走向現代中國之路

呂正惠

人間出版社

獻給我太太

目錄

代序：四十歲從頭學起

一

　　一九七〇、八〇年代之交是令人振奮的歷史轉折點。台灣黨外政治運動和鄉土文學運動同步發展，國民黨的政治高壓和思想鉗制越來越失去效力。七七、七八年間，國民黨發動它所能掌控的一切媒體，對鄉土文學進行總攻擊，但迫於輿論壓力，終於不敢逮捕鄉土文學的領導人陳映真等。七九年，黨外在高雄舉辦遊行時，由於糾察工作組織不力，讓混進遊行隊伍的不良分子有機會進行暴力破壞，國民黨藉此誣蔑黨外人士蓄謀叛亂，把重要黨外領導人幾乎全數逮捕，並對主要人物進行軍事審判。但在審判結束不久之後所舉行的選舉中，受刑人的家屬凡參與選舉的，無不高票當選。所以，當時我們心情非常暢快，以為台灣即將進入大有所為的民主時代。

　　沒想到，十年之後的局勢卻讓我大為沮喪。我那時候涉世未深，不知道整個七〇年代潛伏著的台獨勢力正在蓄勢待發。所以等到八〇、九〇年代之交，情勢逐漸明朗時，我從困惑轉為憤怒，完全不知道要怎麼辦才好。

　　一九八六年，黨外主要力量在美國暗中唆使下，宣布

組織「民主進步黨」。按照當時尚屬有效的戒嚴令，蔣經國可以依法逮捕組黨人士。但是，這樣必然導致台灣社會嚴重對立，因此，蔣經國只好在第二年宣布取消戒嚴令。後來民進黨在訂定黨綱的最後階段，突然有人提議加入「台灣前途由台灣人民自決」的條款，而且通過了。有一批五〇年代的左派政治犯，在民進黨宣布建黨時，立刻申請入黨。等到黨綱一通過，他們又立刻宣布退黨，並且登報申明反對民進黨的黨綱。這一事件的發展，可以看出一九八〇年代末台灣政治情勢之詭譎。

另一方面，原本有台獨傾向的文化人也開始他們的密謀運作。他們攻擊鄉土文學領導人陳映真的大中國情結，並且一再申說，「鄉土文學」的「鄉土」只能指台灣，跟中國毫無關係，所以「鄉土文學」應該正名為「台灣文學」，還一再「論證」台灣現代文學和中國現代文學扯不上任何連繫。這是八〇年代中期開始形成、到八〇年代末已盛行於世的「台灣文學論」。

我原本研究唐詩，但受到鄉土文學運動影響，八六年開始寫台灣現代文學評論，並於八八年出版第一本評論集《小說與社會》，我的位置很清楚，我屬於「鄉土文學派」。但當我的評論集出版後，我卻發現，「鄉土文學」已經不成陣營了，新的陣營現在叫做「台灣文學」。

那個時候國民黨暗中支持日漸興起的「後現代派」，後現代派和台灣文學論者成為兩大勢力，左翼鄉土文學極端式微。大約在九五年左右，雖然我又出版了兩本評論

集，但我新寫的評論已經很難刊登在報紙和雜誌上，我的論文大都只能在學術會議上發表。更糟的是，我的文章寫再多，已經沒有人想看了。我在中文系講授的是中國古典文學，但很明顯，學生對古典文學越來越缺乏興趣，大家都想讀台灣文學，而且必須是「有台灣主體性」的台灣文學。就這樣，我漸漸覺得，在台灣我好像是一個「沒有用」的人，如果不存在了，別人也許更高興。

更大的麻煩是，台獨派宣稱，他們不是中國人，而不認同台獨派的人，也不敢說自己是中國人。我曾經問過幾個外省學生，「你們認為你們是中國人嗎？」他們大都拒絕回答。我跟他們講，你們可以反對共產黨，可以不認同中華人民共和國，但你們無論如何還是中國人啊！但他們對此無動於衷，事實上，這種人是另外一種台獨派，我們可以叫做「中華民國」的台獨派。因為他們如果承認自己是中國人，他們知道將來就要跟大陸統一，所以他們不願意承認，也就是說，他們選擇「中華民國」這一塊招牌，拒絕思考統一問題，這當然是另外一種形式的台獨了。

我在學院裡越來越感到孤獨，非常痛苦。後來有一個朋友跟我說，你何不加入中國統一聯盟，至少那裡還有陳映真等人，你就不會完全孤立。我終於聽從了他的勸告，在 1992 年 4 月正式加入中國統一聯盟。在此之前，我跟陳映真只見過兩、三次面，很不熟悉，加入中國統一聯盟以後，我們才變成「同志」與同事。

二

一九八七年蔣經國宣布開放兩岸探親以後，很多外省人回去過大陸。當時台灣的媒體最喜歡報導這些外省人對於大陸的批評：大陸非常落後，比台灣差太多了；上海還是四十年前的老樣子，一點變化也沒有；大陸廁所連門都沒有，如此等等。當時大陸規定，回大陸的人可以在香港購買電視、電冰箱、洗衣機（所謂三大件），領取憑證，再把憑證交給大陸親友去領取實物。這件事在台灣非常轟動，台灣人都知道，大陸連這三樣最基本的電器用品都買不起。

以當時兩岸生活條件之差距，台灣人不想跟大陸統一是必然的。當時兩岸的政治對抗還很強烈，所以，國民黨當然會跟台灣老百姓宣揚：你看，共產黨多糟糕，四十年來大陸人民的生活完全沒有改善，你們不應該再批評國民黨了。台獨派的推論就更「深」了：只有中國那種落後的國家才會產生永遠一黨專政的政府（這一批評同時也暗指國民黨在台灣的統治），中國是沒有救了。當時台獨派什麼蔑視中國、蔑視中國文化的言論都出籠了。我記得最刺激我的一句話就是：「中國人」就像蟑螂一樣，死也死不完。台灣人在日本統治時代受夠了日本人的歧視，日本人動不動就罵台灣人是「清國奴」，現在台獨派把日本人罵他們父親那一代的話，倒搬過來罵「中國人」。台灣人現在發達了，闊氣了，所以也就有資格罵「中國人」了，那

副嘴臉，我至今難以忘懷。

八十年代大陸的激進派知識分子也對台獨派的氣燄起了推波助瀾的作用。大陸激進派說，美國簡直就是天堂，連台灣都比我們好太多，可見以前共產黨的路走錯了，以後一切要跟著美國。我看了他們製作的《河殤》以後，簡直目瞪口呆。他們說，中國是大陸型文明，是黃色文明；西方是海洋型文明、藍色文明。中國應該拋棄保守的、靜態的黃色文明，走向進步的、躍動的藍色文明。台獨派也看到《河殤》，他們欣喜莫名。他們說，台灣面臨海洋，是藍色文明，跟中國的黃色文明沒有任何關係。

大陸的改革開放，和台灣的解嚴及開放兩岸探親幾乎是同步的，其效果類似戰略上的「分進合擊」，它們聯合打擊的對象就是：共產黨的一黨專政、大陸經濟的落後，以及中國文化的保守與僵化。

我讀高中的時候（1964-7），李敖的「全盤西化論」盛行一時，我因讀李敖的書而開始關心五四新文化運動。我原來就喜歡中國的歷史與文學，我還沒有能力判斷李敖對胡適思想的繼承與發揮是否站得住腳，但閱讀相關書籍卻加深了我對中國歷史、文化的興趣。那時候我就下定決心考大學要選讀文科，放棄人人都以為將來更有前途的理工科（我的數學成績還不錯，讀得起理工科）。一九六七年考上台灣大學中文系以後，我接著讀碩士，然後到東吳大學讀博士，一九八三年拿到學位。在長達十六年（其中兩年服兵役）的時間我一心撲向「故紙堆」中，很少考慮

李敖掀起的中、西文化論戰，以及中、西文明孰優孰劣的問題。

八〇年代末兩岸同時興起、並且還意外形成「唱和」之勢的中國文化否定論，以及到處瀰漫、此起彼落的「我不是中國人」的吆喝聲，讓我感受到了類似「震撼教育」的效果。從內心湧現的兩種最重要的情緒是：「屈辱」——居然這麼瞧不起我們中國人與中國文化，和「憤怒」——發出這種聲音的竟然還都是中國人，是自己的「同胞」。此仇不報非君子，而且，君子報仇，十年不晚。我的報仇方法很簡單，把中西歷史、文學從頭讀起，一定要反駁那些無恥之徒的無根之談。

一九八九年我升了正教授，隨即接任清華大學中文系系主任，我在唐詩和台灣現代文學這兩個領域的研究成績是大家都看得到的。一九九二年，我加入中國統一聯盟，九五年我即將接任統盟主席的時候，也有機會競選清華大學人文社會學院院長。在院務會議投票過程中，我發現我的朋友全部聯合起來抵制我。即使如此，在院務會議中距離半數同意我仍然只差一票。那時候我了解到，我在台灣學術界的「功名」之路已經完全斷絕。從此以後，我日漸脫離所謂的「學術研究」，開始全心全意的搞起我的「雜學」。我已經四十多歲了，但我決心從頭學起，為了替中國和中國文化爭一口氣。

三

　　所謂雜學，並不是隨意找書來看。我先設定了三個大問題，再找相關的書籍來閱讀。首先是中國文化的評價問題。五四新文化運動最大的特點就是，全面批判中國傳統文化，虛心的向西方學習，這是矯枉過正，因為中國文化絕對不可能像新文化運動所批評的那樣全無是處。但毛澤東說過：「矯枉必須過正」，民國初年，保守勢力還非常強大，為了革新，不得不如此。這種反傳統的傾向，一直持續到一九八○年代，最後變成是對中國文化價值的全面否定，這就發展過頭了。也就是說，新文化運動的反傳統，已經完成了它的歷史使命，從現在開始，必須重新肯定中國文化的價值，這是台獨派和河殤派對我的啟示。

　　跟這個大問題相關的，就是對於西方文明的態度，以前為了學習西方，太過於強調西方文化的正面性。事實上，近代西方文明帶給全人類非常大的苦難，譬如，兩次世界大戰所造成的死亡人數，是以往任何歷史都無法比擬的。只看西方的長處，不看西方文明所造成的災難，就會毫無限制的崇拜西方，就像台獨派和河殤派一樣。

　　第三個大問題是，鴉片戰爭以後，中國經過百年的摸索和嘗試，為什麼會走上共產黨所領導的革命道路？革命成功以後，重建中國的道路為什麼會那麼艱難？為什麼需要進行改革開放？這難道是因為走錯路而要從頭開始嗎？真的能夠在社會主義體制下引進市場機制嗎？這樣會不會

最終還是走向資本主義？

　　無論是對我來講，還是對台灣的統左派講，第三個問題都是最為迫切的。我跟一般人最大的不同是，雖然我憂心忡忡，但我對改革開放有信心（也許是盲目的信心吧），因此除了大量的閱讀相關書籍和文章外，我還同時閱讀跟前兩個大問題有關的其他書籍。我不急著尋找明確的答案，我希望在努力學習的過程中，我的體會逐漸深入，最後答案會自動出現。反正，我對台灣的形勢不可能有任何影響，我就沉潛下來安心學習，活到老學到老，這樣我的日子才不會白過。

　　我的讀書範圍之廣，絕對會讓人大感意外。譬如，為了理解中華文明經久不絕的綿延性，我異想天開的想要了解新中國的考古成果，最後我發現了蘇秉琦的《中國文明起源新探》。這本書告訴我，在新石器時代，中國各處都有新石器文明，用蘇秉琦的話說，就是「滿天星斗」。到了新石器時代的中晚期，黃河中游地區，因為處在中心點，終於能夠吸收各處新石器時代文明的精華，形成了華夏文明區，然後再由此輻射出去，帶動各處文明的發展。所以，在有文字之前，中華文明的特質就已形成：它海納百川，包容性極大，因此形成的凝聚力也就非常強大。我把這種想法，應用到我最熟悉的唐宋時代，同時寫出兩篇文章，〈中國文化的第二次經典時代〉和〈難以理解的「中國的存在感」〉。如果沒有讀過蘇秉琦的這本書，我不可能寫出這樣的文章。

　　在重新了解西方文明方面，我決定更偏重歷史，而不像以前那樣太過重視哲學與文學。西方哲學比中國思想更具體系，而且邏輯嚴密，西方的史詩與悲劇性的文學（包括悲劇和小說）讀起來常讓人感到震撼。如果純就哲學與文學來看，很容易覺得中國確實比不上西方。但如果仔細閱讀西方的歷史，你又會慢慢體會到，西方人的集體行為其實是相當野蠻而殘酷的。表面上西方人很講人權，細究起來，全然不是那麼一回事。譬如西方人到達美洲和澳洲，曾經對當地的土著進行大規模的種族滅絕。又如，為了開發美洲的土地，西方從非洲進口了大批奴隸。十七、八世紀，奴隸貿易是西方最賺錢的商業行為。法國大革命和美國憲法都強調天賦人權，但那時候還是奴隸貿易的高峰期，西方人怎麼會沒想到奴隸也是人。再看看最近美國人對阿富汗和伊拉克、歐盟對利比亞的不分平民和軍隊的大轟炸，你會覺得他們講的和做的怎麼會差那麼遠，難道他們一點都不自覺嗎？到現在為止，我還沒有開始把我的閱讀和思考心得有系統的寫出來，這是我未來的工作重點。根據我對中國歷史和西方歷史的比較，我可以自信滿滿的說，中國文化比西方文化「文明」太多了（在本書中，只有〈西方的太陽花，東方的紅太陽〉一文稍微涉及這一問題）。

　　在重新比較中西歷史與文化時，我終於認識到，西方的理論和知識架構不能隨意拿來衡量中國文化。我從文學理論的應用上首先理解到這個問題。我曾經努力學習過西

方文學理論，目的是想借用西方理論的長處來研究中國文學，經過十年左右的實踐與思索，我終於了解這種做法是行不通的，我曾經在別處寫過文章談論這一問題。第二輯中的〈從反傳統到反思傳統〉也是與此相關的探索。按我現在的感覺，不只文學理論，甚至連西方的歷史學、政治學、社會學和經濟學都不能隨便挪用，因為這些學科都深深植根於近代西方資本主義開始發展以後的歷史與社會，如果不經思索就拿來衡量中國歷史與社會，一定會有削足適履之感。最明顯的例子是，自從改革開放後，不知道有多少西方學者從西方的知識角度論證，中國如果一定要堅持走自己的路，最終可能導致中國自己崩潰。實際發展的結果，證明西方學者的預言完全破產。所以西方一位得過諾貝爾獎的經濟學家才會說，如果有人能解釋中國為什麼能在短短三、四十年之間發展得這麼好，一定可以獲得諾貝爾經濟學獎。這不就充分證明，西方的經濟學理論並不是放諸四海而皆準的嗎？經濟學如此，政治學和社會學難道就能例外。當然要在學理上論證這一點，我的學養遠遠不足。但我的感覺確實如此，我希望將來也能在這方面寫出一、兩篇較有說服力的文章。

關於最重要的問題，即中國革命後為什麼會走上集體化的道路？三十年後為什麼要進行改革開放？改革開放的道路會不會走偏、最終又回到資本主義？在思考這些問題時，我很幸運的遇到統左派的前輩陳明忠先生。陳先生同樣關心這些問題，大量的閱讀日本的相關書籍，寫了很多

筆記，想要把這些筆記整理成一本書（就是後來由人間出版社於 2011 年出版的《中國走向社會主義的道路》）。但他二十一歲就進去坐牢，前後關了二十五年，沒有機會好好學習中文。他要我幫他修改文句。因為這個原因，我有很多機會跟他討論。我自己的閱讀方式比較奇特，我拿蘇聯經驗來和中國經驗相互比較，因為透過大陸的翻譯，我可以讀到托洛斯基、布哈林和史達林的傳記以及一些相關論著。我們兩人所讀的書籍不一樣，交流起來特別讓我受到啟發。對於中國的現狀，形勢一有變化，我們兩人也會隨時交換意見。後來，在李娜大力幫忙下，我為陳先生整理了一本口述回憶錄《無悔》。在為《無悔》作序時，我就把幾年來我們討論的心得寫成一篇長文。這是我第一次有系統的就現代中國問題表達看法。這篇文章發表以後，得到了一些人的讚許，我很受鼓舞。因此，其後在為么書儀先生和賀照田先生的書作序時，我又寫了兩篇長文加以補充。這三篇文章在本書第一輯中是排在一起的，很容易找到。這三篇文章差不多凝聚了我對第三個問題的看法，可以說是我二十多年來最重要的讀書心得。

四

一九九〇年代我決心從頭學習時，並沒有任何寫作計畫，讀書只是想要解決心中的困惑。為《無悔》寫完序時（2014 年 3 月 23 日），我非常高興，因為這一篇序把我

二十年思索的一些主要看法都寫進去了，證明我這二十年沒有白活。因此，在沒有任何邀稿的情況下，我主動寫了兩篇文章，第一篇是〈中國文化的第二次經典時代〉（2014 年 4 月 14 日），第二篇是〈難以理解的「中國的存在感」〉（2015 年 4 月 10 日）。那個時候我在重慶大學客座，除了備課和講課外，還有很多空閒時間，這些時間我就用來整理思緒，構想文章，然後每一篇就用三、四天時間一口氣寫完。應該說，從這個時候開始，我覺得二十年苦讀終於有了成果，因此，也就開始有了系統寫作的衝動。

今年我年滿七十，決心把這幾年所寫的文章收集起來，印一本書，為自己作壽。前幾個月為鄭鴻生出了一本書《重認中國：台灣人身分問題的出路》，頗受矚目，我自己這本書就其主要目的來講，也是要「重認中國」——重新認識中國文化的價值、重新認識中國革命的道路。作為國民黨體制下教養長大的台灣知識分子，在台獨派的逼壓下，我下決心要重新認識我熱愛的中國，我用二十多年的時間，一方面努力讀書，一方面儘可能走遍中國的每一個角落，這本書就是我的心得——它述說我是如何從書本中所知道的中國走向現在實際上的中國，同時，我也想把我的新的認識告訴台灣同胞，中國絕對不是你們想像的那個樣子，我所了解的中國，以及鴻生所了解的中國，才是現在台灣同胞必須趕快去認識的中國，這樣台灣才有救。長期以來，我既不想在台灣發表文章，也不想在台灣出

書，因為我認為台灣同胞對我寫的東西已經毫無興趣。因此，除了五年前我退休時自己編的那一本《台灣文學研究自省錄》（學生書局，2014）外，我沒有出過任何書。有不了解內情的朋友，認為我已經不再讀書寫文章，其實我寫得不少，只是都沒有在台灣發表和出版而已。現在我決定不再沉默下去，我把二十多年來的探索編成這本書，在台灣出版，因為現在台灣正面臨巨變的關頭，我又燃起希望，想讓台灣同胞能讀讀我的書，所以我就自費出版了這本書，略獻綿薄。作為一個土生土長的台灣人，我總要為我的家鄉做一點事。

2018 年 9 月 15 日完稿

寫完本文後，覺得有些意思說得不夠充分，再補充一些話。

現在中國已是世界第二大經濟體，美國正對中國發起貿易戰，希望在發展的高速公路上把中國追趕美國的車子遠遠拋在身後，但恐怕很難如願，中國經濟整體實力超越美國只是時間問題。換個方式說，中國的偉大復興已是難以否認的事實，反過來說，相對的，西方的頹勢也已經很明顯。2010 年，我買到一本厚達六百五十頁的大書，里亞・格林菲爾德的《民族主義：走向現代的五條道路》。格林菲爾德特別為本書中譯本寫了前言（2009 年 2 月），開頭就說：

　　我們正面臨著一場歷史巨變。我們敢於如此斷言，因為促成這一巨變的各種因素已經齊備，我們只須等待它們的意義充分顯露出來。除非那個至少能夠消滅人類三分之一的前所未有的浩劫降臨人間（引者按，指核戰爭），否則沒有什麼能夠阻擋這一巨變的發生。這一巨變就是**偉大的亞洲文明崛起，成為世界的主導**，其中最重要的是**中華文明崛起**，從而結束了歷史上的「**歐洲時代**」以及「**西方**」的政治經濟霸權。

　　這一變化只是在新千年到來後的最近幾年才開始變得明顯……（上海三聯書店，2010 年，引文中重點為引者所標）

　　格林菲爾德是美國波士頓大學政治學、社會學教授，同時具有深厚的經濟學、政治學和歷史學的素養。從 1987 年到 2001 年，十四年間寫了兩本大書，在前面提到的那本書之後，還出版了另一本《資本主義精神：民族主義與經濟增長》（上海人民出版社，2009 年）。她具有深邃的歷史眼光，相對於政治學、經濟學的理論模式，她更重視各國民族意識和資本主義發展的歷史經驗。我們只要隨意的讀讀她的兩本大作，就會發現她的學養非常深厚，不是隨意講話的人。比起華勒斯坦（世界體系的理論家）和德里克（中國學專家），她在兩岸讀者眼中只能算無名小卒，她所講的意思，雖然華勒斯坦和德里克也已經說過了，但她說起來更正式、也更具力量。

　　相對於台灣知識分子對於中國崛起的「無感覺」（他們一直相信美國是永不沒落的「永恆帝國」），大陸知識分子對於這種變化還是比較有感覺的，因此，從 1990 年代後半期以後，回歸傳統的思潮一直在增強。但即使如此，大陸知識分子仍然不知道如何在思想上面對這一變局。在心態上，他們仍然處於模糊狀態，不知道如何「述說」這一變化。

　　1980 年代改革開放以後，大陸知識分子曾經痛批中國文化傳統，認為中國要現代化只能按照西方道路走（前文已約略分析過）。後來隨著中國經濟的日漸強大，他們開始猶疑起來，到了二十一世紀，當中國的經濟規模發展到僅次於美國時，他們就不得不重視所謂的中國道路了，相對的，由於西方的經濟與政治日漸出現問題，他們對西方道路的信心也開始減弱，同時不得不承認，應該重新考慮中國傳統文化的價值。當然，大陸內部自由主義的思潮仍然相當強勢，但這一思潮只是不斷的重覆述說二十年前的那一套理論，在世界政治、經濟現實面前顯得蒼白無力，已經不再有理論的「生產性」可言。這樣的現象，我覺得可以用「世界在改變，思想在徘徊」的兩句話來形容，也就是說，大陸知識分子的思想已經跟不上時代了——他們自己也知道，但卻有無法言說之苦。

　　大陸知識分子雖然比台灣知識分子更了解世界變局，但對這一變局的歷史意義仍然估計不足。用格林菲爾德的話來說，這是東方古老文明的重新崛起，同時也是西方

五百年政治、經濟霸權的結束。按照這一說法，這是世界
史的大事，世界史在二十、二十一世紀之交進入了一個嶄
新的時代。我們必須在思想、文化上面對這一變局，同時
有理有據的重新述說世界史，如果我們做不到這一點，我
們就沒有盡到一個重新崛起的東方古老文明的知識分子的
責任。

要做到這一點，必須同時進行兩項探索：一、西方
五百年的霸權為什麼會沒落？近代西方思想、文化內部具
有什麼樣的弱點，從而導致這種沒落？二、古老的東方文
明（印度和中國，特別是中國）為什麼會重新崛起，這
和古老東方文明本身所長期累積的傳統又有什麼樣的內在
關連？更重要的是，西方霸權的沒落，是否也是東方文明
重新崛起的一種後果，我們要如何思考兩者之間的關係？
如果格林菲爾德的歷史直覺是正確的（我完全同意她的直
覺），這裡所提到的問題就是世界文化史的大問題，而回
答這個問題也只能責無旁貸的落在中國知識分子身上。對
於正在沒落的西方的知識分子而言，他們很難承認這種沒
落，我們不可能從他們身上找到答案。在兩個古老的東方
文明之中，中國現在遠遠走在印度前面，我們當然要當仁
不讓的探索這些問題，為人類文明的未來發展尋找答案。

從五四以來，說得短一點，從二十世紀八〇年代以
來，我們所有的現代知識，特別是關於政治學、社會學、
經濟學，還有世界發展的知識，全部來自西方，而現在我
們卻要調轉方向，去思考西方所以產生重大問題的原因，

而且還要重新思考我們長期以來非常瞧不起的傳統文化很可能正是中國重新崛起的深厚基礎，這樣的思考模式恐怕很少人想去面對。因為我們必須承認，原來我們想錯了，必須重頭來過。我們要有認錯的勇氣，還要有重新學習的決心，我們沒有任何人有能力一肩扛起所有的責任，但我們要認清方向，從現在開始，一心一意的往這個方向前進，這樣我們才對得起我們所面臨的大時代。

2018 年 9 月 18 日

第一輯

反思現代中國的艱難歷程

我的「接近中國」之路

──三十年後反思鄉土文學運動[*]

　　一九七七年鄉土文學論戰爆發，到第二年才結束。當時還掌握台灣政治權力的國民黨，雖然運用了手中所有的報紙、雜誌，全力攻擊鄉土文學，但鄉土文學並未被擊垮。表面上看，鄉土文學造成的影響是廣泛而深遠的。可是進入一九八〇年代以後，台灣社會氣氛卻在默默地轉化。等我突然看清局勢以後才發現，台獨派的台灣文學論已經瀰漫於台灣文化界，而且，原來支持鄉土文學的人（其中有一些是我的好朋友）大多變成了台獨派。這種形勢的轉移成為一九九〇年代我精神苦悶的根源，其痛苦困擾了我十年之久。

　　在世紀之交，我慢慢釐清了一些問題。最重要的是，我似乎比以前更了解五四運動以後新文學、新文化的發展與現代中國之命運的關係。從這個角度出發，也許更可能說明，一九七〇年代鄉土文學的暴起暴落、以及最終被台獨文學論取代的原因。因此我底下的分析似乎繞得太遠，但卻不得不如此。想讀這篇文章的人，也許需要一點耐

＊　原刊《思想》第 6 期《鄉土、本土、在地》，聯經出版公司，2007 年 8 月。

性。讀者如果覺得我這個「出發點」太離譜，不想看，我也不能強求於人。

一

中國新文學原本是新文化啟蒙運動的一環，這一點大家的看法是一致的。新文化運動當然是為了改造舊中國，也就是以「啟蒙」來「救亡」。這樣的啟蒙運動後來分裂了，變成兩派：以胡適為代表的改良派，和以陳獨秀、李大釗為代表的革命派。

革命派在孫中山聯俄容共政策下，全力支持國民黨北伐，終於打倒北洋政府。但北伐即將成功時，蔣介石卻以他的軍事力量開始清黨，大肆逮捕、屠殺左翼革命派（主要是共產黨員，也有部分左翼國民黨人）。就在這個階段，原來採取觀望態度的胡適改良派才轉而支持國民黨。這樣，國民黨保守派就和胡適派（以下我們改稱自由主義派，或簡稱自由派）合流，而殘餘的革命派則開始進行長期的、艱苦的武裝鬥爭。

抗戰後期，形勢有了轉變，大量的自由派（其最重要的力量組織了中國民主同盟）開始傾向共產黨。到了內戰階段，知識分子倒向共產黨的情況越來越明顯。最後，當勝負分曉時，逃到台灣的只剩最保守的國民黨員（很多國民黨員投向共產黨），以及一小群自由派（連跟胡適淵源深厚的顧頡剛、俞平伯等人都選擇留在大陸）。

新中國建立之初，執政的共產黨宣揚的是「新民主主義」，認為「民族資本家」和「小資產階級知識分子」是共產黨（以工、農為主體）的「同盟」。一九五七年反右以後，這種「同盟」的夥伴關係才有了明顯的改變，留在大陸的自由派命運開始坎坷起來。

不管大陸自由派和共產黨的矛盾有多深，但有一點看法應該是他們共同具有的：他們都知道，新中國的重建之路並不是循著五四時代「向西方學習」的方向在走的。雖然共產黨在一九五〇年代初期學過「蘇聯模式」，但為時不久，這個政策也大部分放棄了。台灣很少人注意一九五〇年代大陸在政治、經濟、文化各方面的工作模式，我們也很難為這一政策「命名」，但可以說，它絕對不是「西方模式」。

現在我們已經知道，共產黨內部有關各種政治、經濟、文化現實問題的辯論與路線鬥爭，一直沒有間斷過。這也是歷史現實的合理現象，一個古老的中國不是可以輕易改造過來的。像大鳴大放與反右（這是一個事件的兩個階段）、文化大革命（包括林彪事件）和改革開放，就是內部最大鬥爭的反映。應該說，到了改革開放，共產黨的「革命階段」才完全結束，大陸進入「後革命時期」。

撤守台灣的蔣介石集團，這時候也在台灣實行另一種很難命名的「改革」。純粹從政治層面來看，韓戰爆發以後靠著美國的保護終於生存下來的國民黨，在一九五〇年代進行了一項最重要的社會變革，即土地改革。國民黨把

台灣地主大量的土地分給農民，從而改變了台灣的社會結構。台灣許多地主階級的子弟跟農民階級的子弟，此後循著國民黨的教育體制，逐漸轉變成新一代的資產階級和小資產階級。在美國的協助下，台灣社會第一次大規模的「現代化」。台獨派一直在說，日本殖民統治促使台灣現代化，但不要忘記，如果沒有土地改革，就不可能出現大規模的現代化運動。坦白講，不論國民黨的性質如何，必須承認，土地改革是它在台灣所進行的最重要大事，這是國民黨對台灣的「大貢獻」之一（但也是台灣地主階級永遠的隱痛——他們的子弟也就成為台獨派的主幹。）

　　國民黨統治格局的基本矛盾表現在教育、文化體制上。官方意識型態是三民主義和中國文化，但它講的三民主義和它的政治現實的矛盾是很明顯的，特別是在民主主義上。它講的中國文化是孔、孟、朱、王道統，這是五四新文化運動批判的對象，也就是中國「封建文化」的糟粕（這裡是指國民黨教育體制的講授方式，而不是指這些思想本身。）國民黨官方意識型態的主要對手，是美國暗中支持下的胡適派自由主義，他們講的是五四時代的民主與科學（前已述及大陸不走這條路）。經由《自由中國》和《文星》的推揚，再加上教育體制中自由派的影響，他們的講法更深入人心，成為台灣現代化運動的意識型態基礎。它的性質接近李敖所說的「全盤西化」，輕視（甚或蔑視）中國文化，親西方，尤其親美。因此，它完全抵消了國民黨的中國文化教育，並讓三民主義中的西方因素特

別突顯出來。這也是我三十五歲以前的「思想」，在李敖與胡秋原的中、西文化論戰上，年輕人很少不站在李敖這一邊的。

一九五〇、一九六〇年代台灣正在成長起來的年輕知識分子的特質，可以用「反傳統」跟「現代化」這兩個術語來概括。「傳統」包括中國文化、國民黨的反民主作風、以及每一個年輕人家裡父母的陳舊觀念。現代化表現在知識上就是追尋西方知識，而且越新的越好。意識、潛意識、超現實主義、存在主義、荒謬劇，這些名詞很新、很迷人。老實講，這些東西很少人真正理解，但只要有人寫文章介紹、「論述」，大家就捧著讀、熱烈爭辯。當然，真正求得新知的途徑是到美國留學、取經。取經回來以後，就成為大家崇拜、追逐的對象。

不過，新知有個盡人皆知的禁忌。中國近、現代史最好不要碰，所以一般人只知道辛亥革命、北伐、抗戰、「剿匪」。至於馬克思、社會主義、階級這些字眼，沒有人敢用（反共理論家除外），蘇聯、共產黨則只能用在貶義上。所有可能涉及政治現實和社會現實的知識，最好也別摸。我母親沒受過任何學校教育，但我上高中以後，她一再警告我，「在外面什麼事情都不要去碰」，我知道，「什麼事情」說的是什麼。因此，我們的新知涉及現實的只是，現代化社會是怎樣的社會，應該如何現代化（都只從社會生活角度講，不能在政治上講），以及民主、自由、個人主義是什麼意思（心裡知道這只能在口頭上說說

而已）。當然，年輕人（尤其是求知欲強的人）都很苦
悶，所以李敖會成為我們的偶像，因為他敢在文化上表現
出一種非常叛逆的姿態。

二

台灣知識分子對國民黨的大反叛，是在一九七〇年保
衛釣魚台運動中開始的。釣魚台事件，讓許多台灣知識分
子深切體會到，國民黨政權是不可能護衛中國人的民族尊
嚴的。於是他們之中有不少人轉而支持中華人民共和國，
思想上也開始左傾。

不久之前，也正是西方知識分子的大反叛時期
（一九六八），左翼思想在長期冷戰的禁忌下開始復活。
這個新的思潮，一般稱為新左派，以別於以前的舊左派。
新左的思想其實是很龐雜的，派別眾多，其中有些人特別
推崇中國大陸正在進行的文化大革命運動，並按自己的想
法把文革理想化。

現在我已經可以判斷，一九七〇年從海外開始，並在
整個一九七〇年代影響及全台灣的知識分子左傾運動，根
本就是西方新左運動的一個支脈。西方新左運動的迅速失
敗，其實也預示了一九七〇年代台灣左傾運動的失敗。它
是「純粹的」知識分子運動，沒有工、農運動的配合。因
此，新左一般不談工、農運動，一點也不令人訝異。

當然，一九七〇年代台灣知識分子的左傾運動也有它

自己的特點，因為同一個時段，全台灣各階層人士越來越熱烈的投入了台灣的民主化運動（當時叫做黨外政治運動），左傾運動和民主化運動是兩相呼應的。

一九七七、一九七八年的鄉土文學論戰，一九七九年的高雄美麗島事件，分別表現了國民黨政權對兩大運動加以鎮壓的企圖，但結果是一樣的，國民黨都失敗了。此後，台獨運動逐漸成形，民主化運動的主要力量被台獨派所把持，而支持鄉土文學的左傾知識分子，大半也在思想上或行動上轉向台獨。

我想，一般都會同意，一九七〇年代的政治運動，是台灣新興的資產階級想在政治上取代國民黨的老式政權，它真正有實力的支持者其實是台籍的中、小企業家，以及三師（醫師、律師、會計師）集團中的人。只要國民黨還掌握政權，他們就不可能進入權力核心。隨著他們社會、經濟影響力的日漸強大，他們理所當然的也想得到政治權力。

在文化戰場上，支持鄉土文學的，也以台籍的知識分子居多數（他們當然也支持黨外運動）。他們的左傾思想其實並不深刻（包括當時的我自己），「左」是一種反叛的姿態，是「同情」父老輩或兄弟姊妹輩的台灣農民與工人，在有些人，可能還是一種「趕流行」（當時對鄉土事物的迷戀，讓我這個鄉下出身的人很不習慣，心裡認為這些人太做作）。鄉土文學，正像一九六〇年代的現代主義，是台灣的一種「風潮」，它能席捲一代，但正如現代主義一樣，也可以隨著下一波「風潮」的興起而突然消

失。當政治反對力量在一九八○年代中期明顯壯大，並且組織了民主進步黨以後，支持鄉土文學的知識分子開始轉向台獨思想，其實也不過轉向下一個「風潮」而已。

但是，一九七○年代以降，台灣本土勢力對國民黨政權的挑戰，只是台灣面臨的兩個重大問題的其中一個而已。另一個則是，台灣必須面對它與大陸的關係問題。

一九四九年以後，由於西方對中國共產黨所建立的新政權的敵視，居然讓在台灣的「中華民國」在聯合國占據中國代表席位達二十一年之久。一九七一年十月，中華人民共和國終於取得早就應該屬於它的這一席位，這樣，從國際法來講，台灣也就成為共和國的一省。因此，不論在現實上誰統治台灣，他們都必將面臨復歸中國或反抗復歸的問題。

一九七一年以後，台灣知識分子應該思考這樣的問題，但是，他們卻不能思考。在一九八七年解除戒嚴令之前，誰要公開主張「復歸」（也就是統一），或公開反對「復歸」（也就是獨立），都是「叛亂犯」，是可以判死刑的。

一九七○年代的情勢可說極為詭異。「鄉土文學」，哪個「鄉土」？「中國」？還是「台灣」？誰也無法說，誰也說不清。「同情下層人民」，大家都有這種傾向，「應該關懷自己的土地」，大家都同意，只是誰都不能確切知道「自己的土地」是什麼意思。

這個問題到了一九八○年代中期，終於由台獨派正式

提了出來，向大家「攤牌」了。他們那時只敢在「文學」上動手腳。他們說，「台灣文學應該正名」，用以取代「現代文學」，而且，「台灣文學」具有「主體性」，這當然是台獨派的台灣文學論了。這樣，「鄉土」對他們來講，就是只指「台灣」，既然明說是「台灣」，他們越來越少用「鄉土」這個詞。這樣，一九七〇年代的鄉土文學就被他們改造成台灣文學了。

他們的另一個策略，就是攻擊陳映真的中國情結，因為陳映真是公認的鄉土文學的領袖，為他的左傾思想坐過牢，是大家都知道的「統派」。陳映真受到台獨派的攻擊，國民黨當然樂於見到，因為從它的角度來看，這代表「鄉土文學陣營分裂了」。當陳映真被孤立起來以後，台獨派的「台灣文學論」的招牌也就鞏固下來了。應該說，一九八〇年代台獨派藉文學以鼓吹台獨思想的策略是相當成功的。

三

到一九九〇年代末期，台獨論已經瀰漫於全台灣，台獨論的某些說法已不知不覺的滲透到很多人（包括反民進黨的人）的言辭和思想中。那時候，我曾經想過，為什麼一九七〇年代盛極一時的左傾思潮會突然消失？那時候，我曾懷疑陳映真派（主要是《夏潮》雜誌那一批人，我自己在一九七〇年代時並未與他們交往）是否在哪些地方出

了問題。坦白講,在「鄉土文學陣營」分裂時,我對整個情勢完全不能掌握。我只是對於「內部爭執」感到焦灼與不解。因此,我事後相信,陳映真派也許比我稍微清楚,但他們大概也未能了解全局。

當攻擊陳映真的聲音此起彼落時,我還並未完全相信,攻擊的一方是真正的台獨派。身為南部出生的台灣人,我當然先天就具有省籍情結,因此,我覺得,那些攻擊陳映真的人,只是把他們的省籍情結做了「不恰當」的表達而已。後來我發現,他們藐視中國的言論越來越激烈,讓我越來越氣憤,我才真正相信他們是「台獨派」,而我當然是「中國人」,只好被他們歸為「統派」了。既然如此,一不做,二不休,我乾脆就加入中國統一聯盟,成為名符其實的統派。從那個時候開始,我才跟陳映真熟悉起來,其時應該是一九九三年。

應該說,我加入統聯以後,因為比較有機會接觸陳映真和年齡更大的一九五〇年代老政治犯(如林書揚、陳明忠兩位先生),對我之後的思考問題頗有助益。我逐漸發現,我和他們「接近中國」的道路是不太一樣的。

據陳明忠先生所說,他在中學時代備受在台日本人歧視與欺凌,才意識到自己是中國人,因此走上反抗之路。後來國民黨來了,發現國民黨不行,考慮了中國的前途,才選擇革命。我也曾讀過一些被國民黨槍斃的台灣革命志士的傳記資料(如鍾皓東、郭琇琮等),基本上和陳先生所講是一致的。因此,他們這些老左派可以說是在一九四

〇、一九五〇年代中國革命洪流之下形成他們的中國信念和社會主義信念的，他們是為中國人被歧視的人格尊嚴而奮鬥的。

陳映真是在一九五〇年代大整肅之後的恐怖氣氛之下長大的。他居然可以在青年時期偷讀毛澤東的著作，偷聽大陸廣播，只能說是一九六〇年代的一大異數。因此，他很早就嚮往社會主義中國，他的社會主義更具理想性，而且從未全盤否定文革。

我是國民黨正統教育下的產物，理應和戰後成長起來的台灣絕大多數知識分子一樣思考，並走同樣的道路。最終讓我選擇了另一條道路的，是我從小對歷史的熱愛。我讀了不少中國史書，也讀了不少關於中國現實的各種資料，加上很意外的上了大學中文系，讀了不少古代文、史書籍。這樣，自然就形成了我的中國意識和中國感情。因此，我絕對說不出「我不是中國人」這種話，也因此，我在一九九〇年代以後和許許多多的台灣朋友的關係都變得非常緊張，不太能平和地交談。

一九七〇年代以後，因為受鄉土文學和黨外運動影響，我開始讀左派（包括外國的和大陸的）寫的各種歷史書籍。經過長期的閱讀，我逐漸形成自己的中國史觀和中國現代史觀，這大約在我參加統聯時就已定型。後來，常常跑大陸，接觸大陸現實，跟大陸朋友聊天。再後來，在世紀之交，看到大陸的社會轉型基本趨於穩定，中國的再崛起已不容否認。這些對我的史觀當然會有所修正和深化。

　　如不具備以上所說的中國感情和中國史觀，我一定會和同世代的台灣朋友一樣，不認為自己是中國人。而且，我還發現，我的同世代的外省朋友（在台灣出生、在台灣接受國民黨教育），不論多麼反對民進黨和台獨，也不樂於承認自己是「中國人」。也有一小部分人，認為自己是「文化」上的中國人，但不願意說，自己是現在中國的一分子。他們認為，現在的中國已經不是他心目中的中國了。

　　根本的關鍵在於：跟我同世代的人（當然也包括所有比我們年齡小的），或者瞧不起中國，或者不承認共產黨統治下的中國。而很明顯，共產黨統治下的中國不可能在可預見的未來「消失」，那麼，他們當然也就不是「中國人」了。用他們的話說，他們護衛的只能是「中華民國」。當我問「中華民國」的國民不也是「中國人」嗎？他們就拒絕回答。

　　所以，我只能推論說，只有當你相信，共產黨領導下的革命是不得不然的，中華人民共和國是現代中國命運的不得不然的歸趨時，你才會承認你是中國人。一直到現在為止，跟我同世代的台灣人（不論省籍），很少人是這樣想的。

　　一九七〇年代的陳映真派，有很多人不知道這才是問題的關鍵。即使有人知道了，他們也不能公開說明這一點，而且也不知道如何說明這一點。我現在認為，這是盛極一時的左傾思潮在不到十年間煙消雲散的基本原因。關鍵不在於「左」，關鍵在於，他們不了解「中國之命

運」，尤其是「現代中國之命運」。而國民黨在台灣的教育，告訴我們的是剛好相反的說法。他們說，對方是「共匪」，大陸是被「竊據」了。所有的人，包括台獨派都一直相信這個違背歷史事實的說法。

四

為說明這個問題，以下我想以已去世的歷史學家黃仁宇為例子來加以論證。黃仁宇的父親黃震白曾擔任過國民黨重要將領許崇智（蔣介石之前的國民黨軍總司令）的參謀長，黃仁宇本人畢業於中央軍校，曾擔任過鄭洞國將軍（在東北戰場被共產黨俘虜）的幕僚。內戰失敗後，他到美國留學，最後選擇學歷史。黃仁宇在他的自傳《黃河青山》裡說：

我如果宣稱自己天生注定成為當代中國史學家，未免太過狂妄自大。不妨換一種說法：命運獨惠我許多機會，可以站在中間階層，從不同角度觀察內戰的進展。命運同時讓我重述內戰的前奏與後續。在有所領悟之前，我已經得天獨厚，能成為觀察者，而不是實行者，我應該心存感激。我自然而然會擴大自己的視野，以更深刻的思考，來完成身分的轉換，從國民黨軍官的小角色，到不受拘束的記者，最後到歷史學家。

　　從這段話就可以體會到，中國的內戰對黃仁宇的深刻影響。由於家世的關係，他一直支持國民黨，雖然他結交了一些令他佩服的共產黨友人（如田漢、廖沫沙、范長江），但他不能接受共產黨的路線。最後，共產黨打贏了，只好漂泊到異國。他無法理解國民黨為什麼會失敗，選擇歷史這一行，其實就是為自己尋找答案，整本自傳的核心，其實就是對中國獨特的歷史命運的解讀，特別是對現代中國史、內戰以及共產黨所領導的道路的解讀。

　　黃仁宇是從研究明代財政入手，來了解中國歷史的。經過漫長的思索，他終於承認，毛澤東所選擇的道路，是中國唯一可走的道路。他說：

　　黨派的爭吵實際上反映歷史的僵局，內戰勢必不可免，多年後的我們才了解這一點，但交戰當時卻看不清楚。關鍵問題在於土地改革，其他不過是其次。問題在於要不要進行改革，如果將這棘手的問題擱置一旁，我們就永不可能從上而下來重建中國。國民黨軍隊雖然被西方標準視為落伍，卻已經超越中國村落所能充分支援的最大限度，因此必須重整後者。但這樣的提議說來容易，做起來難，因為一旦啟動後，就沒有辦法在中間任何時點制止，必須從頭到尾整頓，依人頭為基準，重新分配所有農地給耕種者……

　　毛澤東的革命在本書稱之為「勞力密集」，一度顯得迂迴曲折、異想天開，甚至連他的黨人也輕視這位未來的

黨主席。因此，我們當時忽略其功效，也許不能算是太離譜。內戰爆發後才完全看到他的手法更直接、更有重點，更務實，因此在解決中國問題時比其他所能想像出的方法更完備，更自足。一旦付出代價，就不能否認計劃中的優點……如果不同意上述的話，至少我們可以接受這個明白的事實：透過土地改革，毛澤東和共產黨賦予中國一個全新的下層結構。從此稅可以征收，國家資源比較容易管理，國家行政的中間階層比較容易和被管理者溝通，不像以前從滿清宮廷派來的大官。在這方面，革命讓中國產生某種新力量和新個性，這是蔣介石政府無法做到的。下層結構還在原型階段，顯然未來需要修正。在此同時，這個驚天動地事件所激起的狂熱——人類有史以來規模最大的財產重分配和集體化——似乎一直持續，直到「文化大革命」為止。這時歷史學家提及上述事件時，可以持肯定的態度，不至於有情緒上的不確定。

按黃仁宇的看法，共產黨所進行的這一場有史以來最大規模的革命，是要到一九七六年才真正結束的（這一點我完全同意）。我跟黃仁宇不同的是，由於我是佃農子弟，因此，在感情上很容易認同這一場以農民為主體的革命。我相信，國民黨所以在台灣實行土地改革，也是為了抵消共產黨的威脅。事實上，為了這一改革，它得罪了台灣所有的地主階級，讓它的統治更加艱難。前面已提到，台灣地主階級出生的中小企業主及三師集團，正是目前台

獨勢力的核心。

對於共產黨重建新中國以後的作為，黃仁宇是這樣評論的：

我們必須承認，在毛澤東的時代，中國出現一些破天荒的大事，其中之一就是消除私人擁有農地的現象。這項措施將中華人民共和國清楚定成共產國家，因為這正是《共產黨宣言》中建議行動名單上的第一項。但這件事可以從不同角度加以探討。首先，馬克思和恩格斯提出這些建議時，是針對「先進國家」。他假設這些國家累積許多資本，因此工業和商業都專注剝削工廠內的勞工。從土地征收的租金對國家的經濟發展貢獻不大，只不過是不勞而獲的另一種形式，很容易消失。毛澤東時代的中國仍然在累積資本的原始階段，一點也不符合馬克思和恩格斯所設想的狀況。其次，毛的運動顯然提倡平等精神和同情心等傳統價值，比較接近孟子，不太像《共產黨宣言》，公社的結構也遵循國家機構的傳統設計。因為其基礎是便於行政的數學原則，其單純簡樸有利於官僚管理。但從歷史上來看，這樣的安排只會導致沒有分化的最低層農業經濟，無法實施現代化。這個缺點已被發現，因此最近也重新進行調適。第三，中國的土地私有制已廢除三十年，我們必須接受這個歷史的既定事實。我自己從來不曾崇拜毛澤東。但我在美國住了數年後，終於從歷史角度了解這個運動的真實意義。考慮到中國人口過剩、土地稀少、農地

不斷分割、過去的農民負債累累等諸多因素後，我實在無法找出更好的解決之道。如果說我還有任何疑慮，我的明代稅制專書和對宋朝的研究就可以讓疑慮煙消雲散。管理龐大的大陸型國家牽涉一些特定要素，並不能完全以西方經驗發展出的標準加以衡量。如果沒有這場改革，也許絕對無法從數字上管理中國。就是因為無法在數字上進行管理，中國一百多年來才會一錯再錯，連在大陸時期的國民黨也不例外。我已經提過，毛澤東是歷史的工具。即使接受土地改革已實施三分之一個世紀的事實，也並非向毛澤東低頭，而是接受地理和歷史的判決。

　　黃仁宇還對這一時期共產黨對城市企業的管理模式做了一些分析，並且從全球資本主義的發展趨勢來對中國的前途做了一些推測和建議，在此就不轉述了。

　　在前面的分析裡，黃仁宇指出了一個非常重要事實，即，「毛澤東時代的中國仍然在累積資本的原始階段」。我認為，新中國的重建，首先要解決的就是，中國現代化原始累積的資金與技術來源問題。由於西方帝國主義對中國革命的敵視和所採取的圍困策略，中國不得不一切靠自己。剛開始還有蘇聯援助，等到中、蘇鬧翻，就真是孤軍奮鬥了。

　　應該說，毛澤東和劉少奇、鄧小平的差異在於，劉、鄧更重視現代化，而毛更重視社會正義。從一九四九年到一九七六年，路線雖然幾度反覆，但最主要的現代化「奠

基」工作從來沒有間斷過。要不然，實在無法解釋，改革
開放以後，中國的經濟為什麼發展得這麼快。不管我們怎
麼批評共產黨，它在一九四九至一九七六年之間為中國重
建所做的正面貢獻，是無論怎麼評價都不為過的 [1]。

　　黃仁宇的自傳初稿寫於一九八〇年初，當時大陸已處
於改革開放初期。如果他能活到現在，一定會更高興，
並且一定會繼續發表他的看法。就我個人而言，到進入
二十一世紀初，特別最近這兩三年，我已完全確認，「中
國道路」確實是走出來了。中國社會當然還有很多問題尚
待解決，特別是政治體制如何變革尤其令人傷腦筋，但可
以斷言，「中國崩潰論」基本上已經沒有人相信了。而
且，我還敢斷言，中國以後也不會完全循著西方的道路
走，即使在政治體制上也是如此 [2]。

1　這裡所說的「奠基」工作，我原先只想到重建社會組織、建
　　立基礎科學、規劃經濟發展、以及一些基礎建設等等。後
　　來在最近一期的《讀書》雜誌（2007 年 6 月）讀到甘陽的
　　〈中國道路：三十年與六十年〉，發現他有更深入的分析。
　　關心這個問題的人，應該讀這篇文章。

2　台灣現在所謂的「民主選舉」，一直在利用族群矛盾，把原
　　有的傷痕不斷的重複擴大。如果大陸也實行同樣的制度，以
　　大陸複雜的民情（包括民族雜居、不同方言區的犬牙交錯等
　　等），將只會造成不斷的分裂、內鬥、甚至內戰。台灣的民
　　主，還包括不負責任的亂開支票，不衡量社會資本的胡亂
　　給錢（包括沒有規劃的老人年金，非常不完善的全民健保
　　等等）。又譬如，台灣的政府為了討好每一個縣以及每一個

　　以上大致可以說明，當一九八〇年代台獨論日漸抬頭時，我思考中國問題的一些基本看法。之所以引黃仁宇為證，是因為，我的看法和黃仁宇類似。我們的不同是，黃仁宇是一輩子研究中國歷史、又親歷內戰的人，而我只是一個關心自己國家命運，因而不得不一面閱讀、一面思考的小知識分子，我肯定看得不如他深入。但另一方面，我比他更認同革命道路，他是接受「事實」，我則欣喜中國終於從千辛萬苦的革命中走出自己的道路。應該說，當一九八〇年代以後台灣知識分子完全置大陸於度外時，我花了近二十年時間完成了對自己的改造——我從「中華民國」的一個小知識分子轉換身分，成為一個全中國的小知識分子。這一點我有點自豪，並為此感到幸福。

　　反過來說，跟我同世代或比我年輕的台灣知識分子，完全接受了國民黨統治下的思想觀念。除了「共匪」和「竊據」之外，他們盲目相信胡適自由主義的「科學」與「民主」，盲目相信自由經濟。我認為，他們不只是「自由派」而已，許多人在美國「軟性殖民」（相對於日本的「硬式殖民」）的影響下，紛紛表示自己不是中國人，無怪乎陳映真稱之為「二度皇民化」。

人，在每一個縣都至少設一所大學，讓每一個人家的子弟都有機會上大學，企圖推行美國式的申請制，但又無法廢掉聯考，造成學生、家長、教師、教育行政人員都不勝其苦，而大學生也大量失業。我們應該對所謂的「民主制」有更深入的思考。

一九五〇年代以降台灣和大陸所走的不同的歷史道路，使台灣知識分子走上了這一條不但無法思考中國之命運的道路，甚至最後還想棄絕中國。這正是美國「軟性」統治台灣的後果。

最近幾年，我曾經跟一些比較談得來的台灣朋友講，除非你選擇移民，只要你住在台灣，你就不可能不面對你最終是中國人的這一事實。這樣，你不但非常痛苦，而且還會錯失一生中（甚至歷史中）的大好機緣。

遠的不說，就說跟我同一世代的大陸朋友，他們基本上屬於老三屆，在文革中都吃過苦頭，當我們正在按部就班的讀大學時，他們許多人在鄉下落戶。我們比他們幸運多了（在他們之前幾代的知識分子的命運就更不用說了）[3]。現在時來運轉，中國出頭了，而我們的台灣朋友卻固執地不想面對中國歷史，固執地相信國民黨和美國教給他們的各種觀念，把中國完全排拒在他們的視野之外，完全不考慮自己也可以是其中的一分子，可以重新思考自己的另一種前景，我實在很難形容他們這樣的一種心態。

3　黃仁宇說，他「得天獨厚，能成觀察者，而不是實行者，我應該心存感激。」相對於他的留在大陸、支持革命的友人（即實行者）的歷經千辛萬苦、犧牲奉獻，黃仁宇的「感激」其實暗含了「慚愧」的意思，這種感受我完全能體會。海外以及台灣的某些人，常會議論說，某人支持共產黨，在文革中被鬥、自殺，誰叫他選錯了路。這種說法，完全不了解中國人的命運，只會隔岸觀火，幸災樂禍，可謂全無心肝。

　　三年前我開始產生另一個想法：五四以後大家都反封建、反傳統，當時這樣做是合情合理的。但事過九十年，中國在浴火中重生了，你又覺得中國的再生能力簡直不可思議，顯然五四時代的人對此有所低估。不過，也沒有關係，正因為反得厲害才可能重新奮起，讓中國重生。但如果有人一路反下去，最後連自己的「中國身分」都要反掉，那只能說是他自己的悲哀。改革開放以後，也有一些大陸知識分子走上這條路，我知道其中有些人是後悔了。我也希望，台灣的知識分子遲早能看出自己的錯誤。

　　台灣的鄉土文學論戰已過了三十年。這三十年是我一生中最艱苦、但也最寶貴的三十年。最艱苦，因為台灣像我這樣想的人太少了；最寶貴，因為我摸索出自己的歷史觀（中國歷史觀必然孕含了一種更大的歷史觀）。如果要在論戰三十週年時談一些自己的看法，我大概只能說這些。如果有人認為離題太遠，太離譜，那就隨他去罷。

2007 年 6 月 12 日完稿

陳明忠回憶錄《無悔》序[*]

一

　　上世紀九〇年代，台灣統派的一些年輕人，很希望五〇年代的老政治犯（我們習稱老同學）寫回憶錄。那時候全台灣已經充斥著台獨派的歷史觀，我們希望老同學的回憶錄可以產生一些平衡作用。但老同學對我們的建議不予理會，他們認為，重要的是要做事，回憶過去沒有什麼用。況且，那時候台灣解除戒嚴令才不久，老同學也不知道過去的事能講到什麼程度，心裡有很多顧忌，當然更不願意講述以前的事。

　　當時我們著重說服的兩個對象，是林書揚先生和陳明忠先生。林先生尤其排斥寫回憶錄的想法，因此，直到他過世我們都不太了解他的一生。陳先生雖然比較願意談過去的事，但也只是在不同的場合偶然談上一段，他也沒有想寫回憶錄的念頭。

　　二〇〇八年，《思想》的主編錢永祥，要我和陳宜中聯合訪問陳先生。這篇訪問稿〈一個台灣人的左統之路〉

---

*　陳明忠回憶錄《無悔》，人間出版社，2014 年 5 月初版。

登出來以後，很意外的被大陸很多網站轉載，大陸讀者反應說，他們對台灣歷史增加了另一種理解。

由於這個緣故，陳先生終於同意由他口述，讓我們整理出一部回憶錄。中國社科院文學研究所的李娜，知道這件事以後，自告奮勇，表示願意承擔訪談錄音和整理、編輯的工作，不拿任何報酬。李娜和藍博洲、張俊傑，還有我，多有來往，比較了解台灣的統派，對台灣歷史也比較熟悉，為人熱情，所以我們都同意由她來承擔這一工作。應該說，這本書能夠完成，李娜是最大的功臣。

李娜完成錄音的逐字稿整理和編輯以後，我列印出來，交給陳先生修訂增補，我再根據陳先生的校稿加以整理。李娜的逐字稿已經把陳先生所講述的事實做了一些歸併，而且劃分了章節。在這方面陳先生和我只做了小幅度的調整。我的主要工作是修訂文字，讓陳先生的意思表達得更明確，並且跟陳先生隨時聯繫，確認一些事實。

我跟李娜講，陳先生普通話講得不太好，講話常有閩南話的習慣，造句、用詞比較質樸，整理時不要太過修飾，儘可能保持他的語氣，這樣比較生動。李娜完全按照這一原則整理，只有少數地方不太合乎閩南語的習慣。我跟陳先生一樣，講的普通話含有濃厚的閩南話味道，因此，凡是我認為不太合乎陳先生口吻的句子和用詞，我都改了。另外，陳先生個性比較急，講得比較快，前後句子常常不太連貫，我就增加一些句子，讓意思清楚。我的修改，陳先生至少看過三遍，他有時候也加以增改。應該

說，全稿是在陳先生的仔細審訂下通過的。

回顧起來，自從李娜把逐字稿交給我以後，又經過了兩年多，因為我很忙，校訂工作拖得太久，這是應該跟陳先生和李娜致歉的，另外，稿子在《犇報》連載期間，把我的校訂稿列印出來，交由陳先生修訂，這種工作都是陳福裕負責的，他還和陳先生密切聯繫，從陳先生處選用照片，編配在本書中。在最後的排印過程中，一切工作全部由人間出版社的蔡鈺淩小姐和夏潮聯合會的李中小姐統籌。最後，黃瑪琍小姐聽說是陳先生的書，立即允諾設計封面及版面，這都應該說明，並表示感謝。

二

陳先生生於一九二九年，經歷了日本殖民統治的最後階段，台灣光復時十六歲，高中已經畢業，因此他主要的知識語言是日語。十八歲時遭逢二二八事件，並身涉其中，事變後不久加入共產黨地下組織。一九五〇年被捕，一九六〇年出獄。出獄後，經過艱苦的努力，成為台灣新興企業的重要管理人員。但他不改其志，始終關心祖國的前途，花費大量金錢從日本搜購資料，並與島內同志密切聯繫，導致他在一九七六年第二次被捕。國民黨原本要藉著他的案件，把當時島內從事民主運動的重要人物一網打盡。陳先生備受各種苦刑，仍然堅貞不屈，讓國民黨找不到擴大逮捕的藉口。國民黨原本要判他死刑，由於海外人

權組織和美國保釣運動參加者的傾力援救，改判十五年徒刑，一九八七年因病保釋就醫。陳先生出獄時，島內台獨勢力已成氣候，不久民進黨組黨，戒嚴令解除。為了對抗以民進黨為代表的台獨勢力，陳先生又聯絡同志，組織台灣地區政治受難人互助會、中國統一聯盟、勞動黨等，是台灣公認的重要統左派領袖。

　　陳先生口述的一生經歷，主要圍繞著上述事件而展開，主要是以敘述為主。雖然偶有議論，但無法系統的呈現他的政治見解，因此他決定把〈一個台灣人的左統之路〉收入書中，以彌補這一缺憾。陳先生的一生，不但呈現了台灣近七十年歷史的一個側面，同時也曲折的反映了中國人的現代命運。因為現代的年輕人對這段歷史大都不太熟悉，我想藉著這個機會對本書中所涉及的歷史問題加以重點分析。我希望這本書將來能夠在大陸出版，因此，我把大陸的讀者都預想在內，涉及面比較廣，希望引起大陸讀者的關注和討論。

　　我的序言主要涉及三個問題：一、台灣人與日本殖民統治的關係，二、國民黨與台獨，三、中國一九四九年革命的後續發展問題。

　　大陸的一般人好像有一個傾向，認為台灣人對日本的殖民統治頗有好感，到現在還念念不忘，其實這是最近一、二十年來台灣媒體給大陸讀者造成的印象，完全不合乎歷史實情。在一次簡短的訪談中（見本書附錄），陳先生一開始就說，改變他整個人生的思想和行為的，就是高

雄中學的日本人對他的歧視。這並不是單獨的個案。陳先生的前輩，二二八事件後台北地區地下黨的領導人，後來被國民黨處死的郭琇琮，是另一個著名的例子。他出身於台北大地主之家，跟陳先生一樣，考上台北最好的高中，也因為飽受日本同學的欺壓而成為民族主義者和社會主義者。只要熟悉日據末期的史料，以及當時台灣重要人物的傳記，就可以知道，光復後加入共產黨地下組織的台灣人普遍都有這種遭遇。

其次，台灣農民的處境，在日本殖民統治時期，遠比清朝惡劣得多，陳先生在書中已經談到了。只要稍微閱讀日據時代的台灣新文學作品，或者了解一下日據時代的台灣經濟發展，也會得到這樣的印象，這就是為什麼日據時期台灣最活躍的反日運動是由「農民組合」所發動的。而領導農民組合的知識分子，大半就是對日本人的歧視非常不滿的、受過比較好的教育的台灣人。這一股力量，是台灣左翼運動的核心，也是台灣光復和二二八事件後，台灣主流知識圈倒向共產黨，並且加入地下組織的主要推動力。

非左翼的民族主義者如林獻堂等大地主階級，也對日本的統治不滿。因為他們極少參政的機會，他們的經濟利益也嚴重受到日本企業的排擠。他們一心嚮往祖國，認為只要回到祖國懷抱，他們就可以成為台灣的主導力量，並且取得他們應有的經濟利益。因此，台灣光復，國民黨的接收官員和軍隊到達台灣時，受到極為熱烈的歡迎，這從當時的報紙都可以清楚的看出來。

　　這種情勢，在國民黨來接收以後，逐漸的、完全的改變過來。國民黨的接收，幾乎一無是處，所以才會在不到兩年之內就激發了蔓延全島的二二八事件。二二八事件後，台灣內部的左翼力量認清了國民黨的真面目，在來台的大陸進步知識分子的影響下，迅速倒向共產黨。他們之中最勇敢的、最有見識的，基本上都加入共產黨的地下組織。當時國共內戰的局勢對共產黨越來越有利，他們認為台灣解放在即，不久的將來就可在共產黨的領導下，建設一個全新的中國。沒想到，不久韓戰爆發，美國開始保護殘存的國民黨政權，國民黨也在美國支持下，大力掃蕩島內的親共分子，這就是大家習稱的白色恐怖。國民黨秉持「寧可錯殺一百，不可放過一個」的原則，幾乎肅清了島內所有的支持共產黨的人。這樣，最堅定的具有愛國主義思想的台灣人，不是被槍斃，就是被關押在綠島，還有一部份逃亡到大陸或海外，日據時代以來最堅定的抗日和民族主義力量，在台灣幾乎全部消失。

　　非左翼的地主階級（左翼之中的地主階級也不少，如郭琇琮、陳明忠都是）雖然對國民黨還是很不滿，但比起共產黨，他們還是勉強跟國民黨合作。但是，美國為了杜絕日本、南韓和台灣的左翼根源，強迫三個地區的政權進行土地改革。國民黨當然願意跟美國配合，因為這還可以藉機削弱台灣地主階級的勢力。國民黨表面上是用國家的資源跟台灣的地主階級購買土地，但實際上付給地主的地價根本不及原有的三分之一。台灣的地主階級從此對國民

黨更為痛恨，地主階級的領袖林獻堂外逃日本，而且還支持在日本從事獨立運動的另一個地主邱永漢。所以陳先生才會說，台獨運動的根源是土地改革，這是從未有人說過的、深刻的論斷。

這樣，台灣內部原有的最堅強的、愛國的左翼傳統在台灣完全消失，而原來溫和抗日或者跟日本合作的地主階級，全部轉過來仇恨國民黨。前一種人的後代，在父親一輩被捕、被殺或者逃亡之後，在反共的宣傳體制下長大，無法了解歷史真相，又因為上一代的仇恨，當然也只會仇恨國民黨。而地主階級的後代，不管他們的經濟力量受到如何削弱，他們還是比較有機會受到教育，比較有機會到美國留學。他們上一代對國民黨的仇恨都遺留在他們身上，他們在海外又受到美國的煽動和支持，他們的台獨組織在一九七〇年代大大的發展起來，並且在八〇年代和島內的台獨勢力相結合，就成為目前台獨運動的主流。

在美國新興的台獨勢力，開始美化日本人的統治。就台灣一般民眾而言，他們親身經歷到日本和國民黨的統治，他們認為日本官吏比較清廉而有能力，而國民黨的官吏則是又貪汙又無能，他們逐漸忘卻日本統治的殘暴和壓榨，因為國民黨的殘酷絕不下於日本人，而國民黨的壓榨也和日本不相上下。所以，台獨派對於日本殖民統治的美化，很容易得到一般台灣民眾的呼應，這樣，整個歷史就被顛倒過來，積非成是。最重要的關鍵還在於，國民黨把最堅強的抗日的、愛國的島內勢力根除無餘，這也是八〇

年以後島內的統派力量一直很微弱，難以發揮影響的原因。

三

國民黨為了維護自己的政權，殘酷的清除台灣最堅強的、抗日的愛國力量，這純粹是自私。但國民黨為了穩定台灣，發展台灣的經濟，不得不實行土地改革，這件事無論如何不能說他做錯了。沒有土地改革，就不可能有後來的經濟發展。台灣地主階級的後代對此念念不忘，也應該加以批評。

坦白說，這十多年來我對國民黨在台灣的功過比較能坦然的加以評價。國民黨在土地改革後，實行低學費的義務教育，又實行非常公正的聯考制度，讓許許多多的貧困的台灣農家子弟逐漸出頭，確實有很大的貢獻。另外，由於教育的普及，受過教育的台灣人基本上都會講普通話（台灣稱為國語）。普通話不但讓台灣的閩南人、客家人、外省人，還有原住民可以相互溝通，而且，在兩岸互通以後，還可以跟大陸一般民眾溝通，客觀上為統一立下了很好的基礎。雖然在推行普通話的過程中，國民黨曾短時期（一九五、六〇年代之交）施行過禁止方言的過當政策，但總是功大於過。現在的台獨派，不管花多少力氣想把閩南話文字化（他們稱為台灣話文），都不能成功，反過來證明了國民黨推行普通話的貢獻。

一九七〇年代以後，尤其在一九八七年解嚴以後，過

去三十餘年台灣歷史的真相逐漸被暴露出來。面對台獨派及一般台灣民眾對國民黨罪行的控訴，國民黨的統治階層，以及他們的第二代很難反駁，再加上美國的暗中支持，國民黨也無法以法律來壓制台獨言論。這樣，政治上台灣就分成兩大陣營，即現在一般所謂的藍與綠。在國民黨長期統治之下，還是有不少台灣人跟國民黨合作，他們的利益和國民黨密不可分，同時，由於民進黨常常訴諸群眾運動，過分偏激，不少中立者寧可支持國民黨，現在藍、綠兩邊大致勢均力敵。

不過，藍軍也並不支持統一。國民黨的核心統治集團，是當年戰敗逃到台灣來的最頑固的反共人物，他們有很深的仇共情緒，並且把這種情緒遺留給他們的第二代。他們認為，雖然國民黨治台初期犯了重大錯誤，但台灣社會現代化的貢獻還是要歸功於國民黨，在國民黨統治之下，台灣民眾才能過上富裕與民主的生活。因為仇共和自許的成就，即使面對台獨派極大的壓力，他們也不願跟共產黨合作，接受統一。就其實質而言，藍營基本上和綠營一樣，都很少具有民族主義的情懷。除了維持「中華民國」的正統性這一點之外，他們跟綠營的區別並不大。所以很弔詭的是，藍營雖然表面不講獨立，他們真正的心願是以「中華民國」這一塊招牌，把台灣獨立於中華人民共和國之外。所以現在的國民黨也成為另一種意義的台獨派。可以說，國民黨長期和美國合作所進行的反共（後來還有反中）宣傳，造成了今天島內兩黨惡鬥、面對大陸又

兩黨一致的怪異局面。

其實，這一切都是美國長期導演出來的。美國在韓戰之後，一方面用武力保護台灣，一方面支持台灣的經濟改革，又利用極優厚的留學條件，把大部份的台灣菁英都吸引到美國去。事實上，現在的台灣統治集團（不論藍、綠），還有台灣大部份的企業家和高級知識分子，他們的後代（或其親屬）、甚至他們本人，不是擁有美國公民權，就是持有綠卡（馬英九的女兒就是美國籍）。這樣的集團既控制了台灣，又和美國具有利益上的種種瓜葛。在這同時，又有美國的盟友日本助上一臂之力。因為，做為台獨核心的地主階級的後代，基本上都親日，在他們的影響下，「哈日」之風盛行。台獨派甚至把當年日本人斥罵台灣人的「支那」和「清國奴」，轉而用到現在的中國人身上，可謂荒謬絕倫。可以説台灣長期在美國和日本的影響下，已經自視為亞洲的「文明國家」。台灣人實際上抄襲了日本人的「脫亞入歐」論，不但瞧不起中國人，也瞧不起東南亞國家。

現在大陸有少數人有一種想法，認為讓台灣長期維持現狀，對大陸的政治改革會產生積極的作用，這是不了解台灣問題的本質。因為，台灣問題是美國和日本採聯合行動，刻意干涉中國內政的最後殘餘。台灣問題不解決，就是中國百餘年來被侵略的歷史還沒有結束。我們應該站在民族大義的立場來看待台灣問題，不應該對台灣的所謂民主抱有幻想。最近民進黨煽動無知的學生包圍總統府和

立法院，表現出一種無可理喻的反中情緒，就是最鮮明的
例子。

四

　　陳先生接受新民主主義革命、加入地下黨時，只有十
八歲。那時候的他，對社會主義的理論、社會主義的革命
的認識都不是很深刻。一九六〇年他第一次出獄時是三十
一歲，此後十六年，他想盡辦法偷讀日文資料，以求了解
新中國的局勢。一九七六年第二次被捕，不久文革結束，
這時，他也許才開始真正的「探索」。他說，文革結束之
後台灣對文革的報導，讓他非常痛苦，他不知道中國革命
為什麼會搞成這個樣，他不得不為自己犧牲一輩子所追求
的事業尋求一個合理的解釋，不然他會覺得自己白活了。

　　一九八七年陳先生第二次出獄，他開始閱讀大量的日
本左派書籍，企圖深入了解中國革命的歷程、文革發生的
背景，以及改革開放後中國如何發展的問題。他已經把他
的探索過程和看法寫成了《中國走向社會主義的道路》這
本書，主要的觀點在本書中也略有提起。

　　陳先生探索的結論大略如下。他認為，中國革命的第
一步是「新民主主義」，集合全民（或者說四個階級）的
力量與意志，發展「資本主義生產方式」，全力現代化。
這一階段還不是社會主義，而是朝向社會主義的第一步。
這個說法，意思和鄧小平「社會主義初級階段論」相近。

又說，劉少奇是了解列寧的新經濟政策的，「新民主主義」和新經濟政策有類似之處，「新民主主義」的形成，劉少奇貢獻很大。新中國建立以後，事實上，「毛澤東個人」走的就是一條「違反」新民主主義這一「毛澤東思想」的路，所以才會產生「反右」和「文革」那種大錯誤（亦即，毛澤東不遵守「毛澤東思想」）。總之，陳先生最後肯定了自己年輕時選擇的「新民主主義」，而且，把這一主義思考得更加清晰。

陳先生認為，毛澤東本人的思想則是一種「備戰體制」，是在面對美國和資本主義帝國主義的隨時威脅時的「應時之需」，毛澤東錯把「應時之需」當作正確的思想了。陳先生是劉少奇「修正主義路線」的堅決的擁護者。陳先生又認為，中國現在的政治體制並沒有違反社會主義的精神，還在朝著社會主義的方向前進。至於什麼時候達到社會主義，他是無法知道的。他能夠看到自己祖國的強大，看到統一有望，也看到中國有實力制衡西方，特別是美國帝國主義的、資本主義的掠奪政策，他已經沒有什麼遺憾了。

我是一個「後生」的觀察者，不像陳先生具有「參與者」的身分。我也像陳先生一樣，認為「後進」的中國的所謂「革命」，第一個任務就是以「集體」的力量全力搞現代化，以達到「脫貧」和「抵抗帝國主義」這雙重任務。但是，我比較相信毛澤東思想具有「複雜性」，並不純粹是「備戰體制」。

　　不論我跟陳先生在這方面的想法有什麼不同，但我們都了解到，革命的道路是非常艱難的、前無所承的。在五〇年代，主管經濟的陳雲和主管農業的鄧子恢常和毛澤東「吵架」，因為他們不能接受毛澤東在經濟上和農業上的一些看法。陳雲常常退出第一線，表示他不想執行毛澤東政策，而鄧子恢幾次跟毛澤東唱反調後，終於被「掛」起來，無所事事。梁漱溟所以跟毛澤東大吵，也是為了農業政策。這些，都可以說明，建國以後，路子應該怎麼走，黨內、外有許多不同看法。大躍進失敗以前，大致是毛主導，大躍進失敗以後，變成劉少奇主導。文革又是毛主導，文革結束鄧小平主導。應該說，中國的情勢太複雜，內部問題很難理得清。經過文革的慘痛教訓，鄧小平才能抓穩方向（八九年還是差一點出軌、翻車）。我推想，鄧是以劉為主的一種「綜合」，正反合的「合」，而不是純粹的劉少奇路線。但這只是「推論」，目前還無法證實。

　　中國共產黨和毛澤東都犯過錯誤，而且一些錯誤還不小，應該批評。但如果說，這一切錯誤都是可以避免的，因此共產黨的所作所為主要的應該加以否定，那未免把中國這個龐大而古老的國家的「重建」之路看得太簡單了。鄧小平主導以後，還不到三十年，大家都覺得好像走對了，不免鬆一口大氣，歌頌鄧的英明。我認為，這也是把問題看簡單了，鄧是毛、劉、周的繼承人，他不可能不從他們身上學到一點東西，因此，鄧也不是純粹的鄧個人。對於歷史，我覺得應該這樣理解（鄧應該也從亞洲四小龍的發

展看到一點東西，當然這是隨他的意思決定去取的）。

我覺得，大陸內部現在最大的問題是，很多知識分子不了解中國革命在「反西方資本主義帝國主義」或者「反資本主義全球體系」中的意義。在中國崛起之前，西歐、北美、日本這些「列強」，都曾經侵略外國，強佔殖民地（甚至可以包括蘇聯在二次戰後對東歐國家的宰制），而中國從來就沒有過。到目前為止，中國是唯一靠自己的力量站起來的現代化經濟國家。

現在大家說：「中國是世界的工廠」，俄羅斯的一份週刊說：「世界超過一半的照相機，百分之三十的空調和電視，百分之二十五的洗衣機，百分之二十的冰箱都是由中國生產。」前幾年大陸南方鬧雪災，交通癱瘓，物資不能輸出，據說美國的日常用品因此漲了一、兩成。我說這話，不是在誇耀中國的成就，而是想說，中國的經濟改變了「全球體系」。

在中國的經濟還不能對「全球體系」造成明顯影響時，西方、日本都已憂心忡忡，擔心中國的崛起會「為禍世界」。即使到了現在，如果美國不是陷入一連串的泥淖之中，你能想像美國願意坐視中國崛起嗎？美國不是不想做，而是沒有能力去做。

如果中國因素的加入，使得「全球體系」陷入不平衡狀況，如一次大戰前，德國的崛起讓英、法寢食難安，那「全球體系」就只有靠「先進國家」為了「扼阻」新因素的「侵入」而發起戰爭來解決了，兩次世界大戰都是這樣

發生的。事實上，上世紀九〇年代美國並不是不想「教訓」中國，只是它沒有能力罷了。美國和日本搞軍事聯盟，說如果「周邊有事」，他們要如何如何，意思不是夠明顯了嗎？

如果中國經濟的崛起，能夠讓「全球體系」產生良性的調整，從而對「全人類」的發展有利，那就是全人類的大幸。如果因中國的崛起，而讓全世界經濟產生不平衡，從而引發另一波的「列強大戰」，那人類大概就要完蛋了。現在美國經濟不景氣，情況似乎頗為嚴重；如果美國經濟一下子崩潰，你能想像這個「全球體系」能不「暫時」瓦解嗎？這樣豈不也要「天下大亂」？應該說，中國一再宣稱「不稱霸」，宣稱要「和諧」，就是希望避免這樣一次大震盪。我覺得，這個時候重新來思考馬克思對於資本主義邏輯的分析，就更有意義了。我是一個中國民族主義者，但我從來就希望，中國崛起只是一種「自救」，而不是產生另一個「美國」或「英國」或「日本」或「德國」，或一種難以形容的資本主義「怪物」。我覺得這樣的思考也可以算是一種讓「全球體系」「走向社會主義」的思考。

從馬克思的原始立場來解釋社會主義，這個社會主義只可能是資本主義生產方式在全球範圍全面展開時，才可能實現。因為，只有全人類有豐裕的物質生產，才可能想像馬克思所構想的那個人人富足、人人自由的物質與心靈雙方面得到完滿實現的社會。一次大戰以後，西方資本主

義體制第一次碰到全面危機時，許許多多的左派革命志士認為，全球革命的時代已經來臨，最終證明是一種幻覺。

這一次「不合乎」馬克思原始構想的「世界革命」，以蘇共的革命開其端，以中共的革命達到高潮，以二次戰後許多「後進國」的共黨革命延續下去。現在已經可以了解，這還不是「社會主義革命」，而是「後進國」以集體的力量來實現資本主義生產方式的現代化工程，這一工程可以把「後進國」絕大部份受苦受難的人從西方資本主義帝國主義的侵略與剝削之下解救出來。這一革命的犧牲相當慘重，但相對而言，二次戰後那些走「西方現代化」路線的「後進」國家，犧牲也一樣慘重。姑且不論這兩條路誰是誰非，「後進國」都被迫走進資本主義國家逼他們非走不可的道路。走第一條道路而唯一獲得成功的是中國，走第二條道路很可能將要成功的，大家都看好印度。中國的成功對世界資本主義體系具有三重意義。第一，它的崛起好像還不至於導致德國、日本崛起以後的那種資本「帝國大戰」。第二，到現在為止，中國經濟也還不是經典意義下的「資本主義」（它還保留了相當比例的公有制、也沒有全面市場化），因此可以希望它對其他「後進國」產生啟導作用，讓它們不必完全照「西方道路」走。

中國的崛起距離全球範圍的現代化還很遙遠。拉丁美洲、非洲、伊斯蘭世界、東南亞，這些地區目前都還在發展。我們不知道西方（尤其是美國）和伊斯蘭世界的衝突如何能解決，也不知道拉丁美洲最終是否可以從美國資本

主義的桎梏之下解放出來。但是，無疑的，現在可以用更清醒的眼光，用馬克思的方法，好好的審視全球資本主義體系的未來。只是，我們很難期待，二十一世紀會出現另一個馬克思。

在這種情形下，每個地區、每個民族都只能以自救、自保為先。達到第一步以後，如果能對周邊地區產生影響，促使它們良性發展，而且不對周邊地區產生明顯的經濟「剝削」，我相信，這樣的國家就要比以前的英、法，二次戰後的美、日好太多了。並且，第三，如果它還能進一步制衡愈來愈黷武化的美國，讓美國不敢太囂張，那它對世界和平無疑是有貢獻的。我認為，中國是現在世界上唯一有力量達到這三重任務的國家。

我跟一些大陸朋友談過我的看法。有些人認為中國本身的問題多如牛毛，我這樣想，未免太不切實際。我逐漸了解，這種人大多羨慕美國模式，認為中國距離美國模式還太遙遠。但讓我高興的是，像我這種思想傾向的人越來越多，而且他們的影響也在逐漸增加。我相信，這種思想傾向，在未來的一、二十年之內，會成為大陸思想的主流。

五

我跟陳先生來往二十餘年，用客觀的眼光來看，他一輩子的經歷讓我非常感興趣。他出身於大地主之家，從小不愁吃穿。生性聰明，居然從偏僻的鄉下小學，考上台灣

南部最優秀的高雄中學，然後又以第一名考上台中農業專
門學校的農化系，最後還是以第一名畢業。以這樣的背
景，在台灣剛光復的歷史條件下，他可以從政，就像他的
好朋友林淵源那樣，很容易成為地方派系領袖，甚至可以
選上縣長。他也可以從商，在台灣現代化的過程中，不難
成為富裕的企業家。他也可以走學術道路，如果光復後他
到日本留學，應該有機會成為名牌大學的教授，但是，這
些路他都不走。在高雄中學的時候，因為日本人的歧視與
欺壓，就走上反抗之途；光復後，因為國民黨接收的劣政
和二二八事件，就走上革命的道路，因此歷經艱險，九死
一生，從不後悔。從我們光復後接受國民黨教育的人的眼
光來看，實在太不可思議了。

陳先生現在的生活非常簡單，如果沒事在家，一天就
買兩個便當，中餐和太太共吃一個，晚餐再吃另一個。他
全心全力為他的工作奔忙，此外，沒有其他的需求，我沒
有看過人生目標這麼明確、行動這麼果決、意志這麼堅定
的人。一個人，十八歲就決定加入革命組織，到現在已經
八十五歲了，還不想休息。看到這樣的陳先生，再想起五
○年代就已犧牲的郭琇琮、吳思漢、許強、鍾浩東等人，
就會覺得，他們那一代人真了不起。

我跟陳先生相處，最大的收穫是：鮮明的意識到，小
知識分子那種患得患失、怨天尤人的壞習氣。有一次，在
他面前，我對某件事情大發牢騷，他非常不解的看著我
說，這有什麼呢？讓我很不好意思。應該說，這十年來，

我的目標越來越單純，行動越來越堅定，牢騷越來越少，
他的無形的影響是很關鍵的。我很高興，他的回憶錄的出
版我有機會稍盡棉薄之力，我也希望，藉由這本回憶錄可
以讓人們回想起五〇年代為了全中國和全人類的前途而犧
牲的那一代台灣菁英。

2014 年 3 月 23 日

新中國統治下的尋常老百姓[*]

　　么書儀教授這本書人間出版社已於二〇一〇年出過一次，印五百冊，賣出的不到兩百本，銷路不好。但我一點都不氣餒，決定重印一次，只出原書的上半部，這是原書最有價值的部分，我的序文就是要跟大家介紹它的價值何在。

　　么書儀教授是中國社會科學院文學研究所的研究員，是元代戲曲的專家，我在未認識她之前就買了她的兩本專著。後來清華大學專攻戲曲的博士生先後見到了么教授，跟么教授處得很好。有一天，其中一位跟我說，么老師有一本自傳，想在台灣出，老師要不要看一下。我匆匆看了一遍，覺得非常好，就幫她出了。書名就叫《尋常百姓家》，封面上有一張么老師、她的先生洪子誠（北京大學教授，著名的大陸當代文學專家）和她女兒的合影。那時候我跟么老師還不是很熟，不便反對她的封面構想，就這樣出版了。一般人可能會以為書裡講的是她們全家三個人的故事，這些故事當然也吸引人，可是在台灣認識他們三個人的並不多，自然引發不起購買和閱讀的興趣。

---

*　么書儀《歷史縫隙中的尋常百姓 —— 父親母親的一生一世》，人間出版社，2016 年 9 月初版。

　　么老師把這本書送給大陸的一些朋友，他們都熟知么老師和洪老師，所以都讀了，讀了以後都說好，應該在大陸出。大陸朋友的反應我完全可以預料到，因為確實是好書，特別好的是談她的父母的上半部，大陸朋友也都這樣看。這一部分涉及到大歷史中的小人物，大歷史是指共產黨建立新中國的前四十年，小人物就是么老師的父母。用么老師的話來說，她的父母只是尋常的老百姓，但他們卻遭遇到了現代中國的一次極為重大的政治變動，那就是共產黨打敗了國民黨，建立了新政權。這個新政權的性質和治國模式在中國歷史上是極其獨特的，它在建國初期的重大舉措影響了中國幾億（大多書籍都認為當時中國人口在四億左右）的老百姓，每一個老百姓都被捲入大變動之中，日常生活無不受到影響。么老師從自己的經驗出發，只寫她的父母和家中小孩從小生長的環境。描寫的範圍雖然只限於一個小家庭，但仍然可以看出共產黨的建國過程對小老百姓日常生活所造成的震盪幅度之大。由小可以觀大，從一個小家庭我們可想像幾億的中國人口所受到的重大衝擊。因此我認為，本書有兩項重大的價值，首先，透過本書我們可以窺見新中國建立初期的一些具體細節，其次，我們可以看到，么老師的父母為了應付這個變局，使出所有的生命的力量，盡力照顧他們的小孩，讓他們都能受到最好的教育。么老師的父母只是普普通通的小老百姓，但藉由他們的一生，我們仍然可以看到，中國的老百姓如何在歷史的大變局中堅忍踏實的生活下去。他們的一

生其實可以看做中國所有老百姓的縮影，由此我們可以理解中國人獨特的生命力，也許就是這種生命力的累積，才有改革開放以後中國的爆發性的發展。這是一本小書，但它所具有的歷史意義卻不可小看。

一

中國共產黨建國時，基於他們所信仰的馬克思主義，極為重視人民中的階級成分。他們認為，這個政權首先要考慮占人口絕大多數的、長期受壓迫和剝削的工人和農民的利益。當時的中國，工業化規模極有限，工人人口不多，農業人口占中國的絕大多數。所以，共產黨的第一要務是要照顧農民，讓他們可以穩定的生活。為此，共產黨發起了全國規模的土地改革運動，把農業人口分成雇農、貧農、中農、富農和地主，以貧、雇農為主力來鬥爭地主，口號是「打土豪，分土地」。這個運動從一九五○年進行到一九五二年，其結果是，三億多無地或少地的農民分到了土地。

這一運動的政治效果非常明顯，廣大的中國的貧、雇農無不擁護中國共產黨，使得剛剛建立的新政權完全穩固下來。我有兩個大陸朋友，一九八○年代以後都移居國外，他們都不喜歡共產黨政權，但兩人一致承認，中國共產黨所有的群眾運動中最成功的就是土地改革運動。

除了階級立場之外，中國共產黨還有一種抵抗外國帝

國主義侵略的理論。他們認為，絕大多數的中國人都因為
帝國主義的侵略而受害，只有少數人（主要是買辦和大地
主）才會跟外國勢力合作。所以，只要團結了大多數人，
自然就能夠全國一心，抵禦外侮。既然占人口最大多數的
農民都擁護新政權，新政權無形中也就達到了抵抗帝國主
義侵略的目的。這也是土改的一大成就，有些人略過不
提，事實上是不夠公允的。

　　與工、農群眾相反的，是需要整肅或管制的五類分
子，即地主、富農、反革命分子、壞分子和右派，俗稱
「黑五類」。地主和富農在土改運動中受到衝擊，反革
命分子在一九五〇年的鎮壓反革命分子運動（鎮反）和
一九五五年的肅清暗藏的反革命分子運動（肅反）中受到
清除和管控，右派是一九五七年的反右運動中被甄別出來
的。在歷次運動中先後被歸入「黑五類」的人，除了在土
改、鎮反和肅反中被清除的人之外，其他人就一直處在
「管控」使用中（他們都不具備充分的公民權，也就是被
「專政」的對象）。共產黨用種種方式把潛在的反對者、
不滿者以及他們不放心的人區別出來，分別對待，以達到
進一步鞏固政權的目的。

　　我曾經把一九五〇年代國民黨在台灣所進行的肅清運
動（即所謂白色恐怖，整肅島內一切的左傾分子）講給大
陸朋友聽。有些大陸朋友會說，我們也有肅清運動啊，而
且規模更大，被整肅的人更多。從表面來看，兩者的確很
相似，但本質卻是不同的。共產黨的肅清運動，背後是廣

大的工、農群眾的支持，而國民黨的肅清靠的只是軍隊和特務的力量，兩個政權的性質是完全不同的。對於兩地後來的發展，現在存在著許多議論，但我認為，再過一段更長的時間，歷史的評價就可能會更清楚了。

二

在這個歷史大背景之下，我們就可以簡單敘述么老師父母的一生了。么老師的祖父和叔祖父兩人是河北省豐潤韓城鎮劉各莊的農民，只繼承了三畝三分三釐的「墳地」。兄弟兩人下定決心要發家致富，因此除了種田之外，還經營一個「雙盛永」的小鋪子，由於兄弟兩人同心協力，一個在家種田和看鋪子，一個跑外面進貨，雙盛永業務蒸蒸日上，讓兄弟兩人能夠購置五十畝地。但就在他們事業的高峰期，先是么老師的叔祖父因長期在昏暗的燭光下記帳而導致雙目失明，接著祖父又因長期在外面奔走而勞累致死，雙盛永不得不關門。

么老師的父親是祖父與叔祖父兩人唯一的繼承人，而他卻在二十歲至二十二歲之間在北京、唐山和天津的股票市場，把他繼承的家產幾乎全部敗光，最後只留下六畝墳地和兩座舊宅給叔祖父的大女兒（這個女兒因丈夫抽大煙，離開夫家，回到娘家）。

經過三、四年躲債和到處尋找機會的歷練以後，父親終於東山再起，在一九四五年的三次股票買賣中賺了大

錢，把所有債務還完，並在唐山買了房子，而且把叔祖父和叔祖母從農村接來奉養（祖母已在父親到處躲債時過世）。這時候的父親終於擺脫了敗家子的惡名，成為人人讚揚的成功的股票商人。一九四七年，父親又在股票市場中掙了大約一百兩黃金，決定把全家從唐山遷居北京，因為從北京到唐山和天津交通便利，又可以讓兒女得到更好的教育環境。這是一次非常正確的選擇，對兒女的將來影響非常深遠。

一九五〇年，新建立的共產黨政權決定在北京開設股票市場，么老師的父親再一次展現他敏銳的眼光，又掙了一百多兩黃金，他因此買下了小茶葉胡同一座非常寬敞的房子。但這一次的成功卻種下了失敗的種子。一九四七年父親剛遷居北京時，曾為一位商人朋友的兒子李濟新開設的信義染織工廠投注資金，到了一九五〇年，這一家工廠的資本已經賠得精光。手中正有錢的父親，已經了解了新社會的輿論，知道做股票是投機倒把的行為，他想轉而投資工廠，把工廠辦好，讓自己進入民族資產階級的行列，因此，再度投資信義工廠。

一九五一年年末共產黨開始「三反運動」，主要整肅黨幹部的貪汙行為。由於三反，又引發了「五反運動」，主要針對資本家和奸商的行賄和逃漏稅。在三反、五反運動期間，工廠要停廠，以便清查，但同時不許解雇工人，不許停發工資。這項運動歷時將近一年，一些小資本的工廠廠主根本撐不住，信義工廠也就倒閉了。身為最大投資

者的父親，負責償還所有債務，他只好把股票賺錢以後買來的小茶葉胡同的房子賣掉，再到兵馬司胡同租房居住，從而結束自一九四五年東山再起以後的黃金歲月，時為一九五三年春天。

從一九五三年春到一九五八年底，么老師的父親以「行商」的身分來養家活口，為此他跑過天津、山西、陝西、東北、廣州等地，從價低的地方進貨，再到價格高的地方賣出，他非常勤勉努力，把一家人的生活維持得不成問題。但是在一九五五年的肅反運動中，他卻被牽扯進來了。年輕的時候他奉叔父的命令加入五台山普濟佛教會，被推為理事，並為其募款。他很快就發現佛教會的許多大理事生活糜爛，就不再為佛教會募款，也不再參加活動。一九五〇年鎮反運動的時候，普濟佛教會被共產黨列為「反動會道門」，領導人李俊傑被槍決，父親心裡還為共產黨喝采，覺得做得很對，他完全沒想到他必須向共產黨坦白交待這一件事情。一九五五年肅反運動發動以後，他突然意識到，應該交待，所以就寫了一份材料交給當地的派出所。從一九五五年到一九五八年，他前前後後寫了三十份資料，共一百五十多頁。最後被定性為「一般歷史問題」。

一九五八年十二月，么老師的父親接到派出所的通知，要他參加公安局組織的生產隊去當裝卸工，以便「通過勞動改造思想」。當時即將進入建國十週年，為了慶祝，首都要完成十大建築作為獻禮。當時被徵調的多達

五千餘人，都是一些有輕微歷史問題的人，他們所承擔的
都是重勞動。父親雖然已經不是壯勞力，但做事認真，吃
苦耐勞，一年之後就被任命為班長。這些裝卸工都是有薪
水的，工資每月八十多元，糧食定量每月四十五斤，要不
是後來碰到三年困難時期（大飢荒），是足夠維持全家七
口人的開支的。

　　一九六二年下半年，么老師的父親終於從生產隊回
家，結束了他的「通過勞動改造思想」的工作，但卻碰到
了新的困難。在參加生產隊期間，「行商」已經被取消，
為行商重新安排工作的部門也已撤消，父親錯過了安排
工作的機會，變成了無業遊民，只好到街道辦事處申請當
臨時工。臨時工工作時間不固定，工種不一，報酬也不相
同。父親仍然以認真負責的態度，去面對派給他的任何一
項工作。因為他一個人可以既推煤又燒鍋爐，把醫院手術
室的溫度燒到恆定，因此被醫院指定留下來，成為長期的
臨時工，每天賺兩塊錢。這個時候他的長子已經就業，長
女（么老師）已經考進北京大學中文系，全家勉強可以過
日子。

　　一九六六年五月文化大革命開始，么老師的父親受到
極大的衝擊，他被勒令掃大街，同時長期臨時工被取消，
他只好撿馬糞，收集馬纓花、槐樹籽、馬齒菜、蚯蚓和土
鱉什麼的，以維持生活，他知道哪裡收購什麼，收購價多
少。一九六八年十二月，突然開始了全國性的「城鎮居民
上山下鄉」運動，父親因為在城市已是無業狀態，所以就

被迫「自願上山下鄉」，帶著太太和兩個小女兒到北京郊區昌平縣的北流村下鄉務農。這段時間幾近十年，從父親的五十歲到五十九歲。對於一個五十歲以前從來沒有種過田的人來講，那一種艱苦也就可以想像得到，但父親最後還是學會了所有的農活。

一九七九年，共產黨政府允許一九六九年上山下鄉、而今已經喪失勞動力的、城裡有住處的居民回城，這樣，么老師的父母又回到了北京城。雖然父親年紀已經六十歲，子女都已成家就業，可以奉養他，但他仍然繼續工作。在徵得原來雇用他的人民醫院的同意後，他回去當臨時工。這時候大陸的經濟體制已經開始改變，所以父親又開始想要經商了。一九八一年父親辭掉臨時工，申請當個體戶，每天拉車擺攤賣水果、花生，每個月掙一、兩百元，一做就是十二年。股票市場重新開放後，一九九三年父親決心回去做股票，他的三個小女兒都出資，他為每個女兒賺了十幾萬元到二十餘萬元不等，這在當時是相當可觀的財富。十一年後的二〇〇四年九月父親騎自行車摔倒，大部分時間昏迷不醒，二〇〇五年六月去世，享年八十五歲。

三

從以上的簡述可以看到，么老師的父親一九五〇年以後的生活，完全隨著共產黨的各種運動而起起落落。他雖

然已經練就了做股票的種種技巧，但他知道股票生意在新社會終究要被取消，所以就用買股票賺來的錢轉投資到工廠去，沒想到來了三反、五反運動，讓他的工廠破產。他只好登記做行商，做得也不錯。但他也知道，最終行商這一行業也會被取消，所以，當他因為「一般歷史問題」而被徵調到生產隊當裝卸工時，他就認真學習、認真工作。三年半的裝卸工結束，他因為在這期間失去了重新安排工作的機會，淪為臨時工。不過因為他的優良表現，他被人民醫院指定為長期臨時工。文化大革命發生以後，他的臨時工被取消，在北京過了兩年撿馬糞、馬纓花……以換取最微薄收入的艱苦生活，然後又因為國家政策下鄉務農十年。在生命的最後二十一年，他終於又回到了他所最熟悉的行業，賣貨物和做股票。他的本領在經商，但在新的社會主義體制底下，經商的行業被取消。他只念到高小畢業，除了經商之外別無其他才能，所以只好隨著各種狀況從事各種體力勞動。他在舊社會所學習到的本領，在共產黨的新政權底下毫無發揮的餘地。由此可以看到，新政權的建立對他的生命影響之重大，這是他所遭遇的「歷史之命運」。而他只是一個例子，新中國的建立，對千千萬萬的中國老百姓來講，都是他們在中國歷史大變動中所必須面對的「命運」。

么老師的父親，么靄光先生，最讓人佩服的是，面對每一次生命的大變化，從不發牢騷，而只是老老實實的重新學習，努力工作。么老師談到父親在生產隊當裝卸工時

這樣說：

父親從小不會勞動，在很長的時間裡都過不了勞動關：鐵鍬不會使，鋼錠扛不起，籮筐抬不動，抬一天筐肩膀腫得抬不起胳臂，幹完一天活以後兩條腿疼得走不動路，四十歲雖然是正當年，卻自認了三等勞動力進了「老頭班」……

三年半的裝卸工讓父親在體質上有了很大的收益：吃得香、睡得著，以前的胃痛和失眠都已經不翼而飛，拿起鐵鍬來就像是使槍弄棒，這使他後來對於體力勞動無所畏懼……

關於他當臨時工的狀況，么老師是樣敘述的：

父親的勤勉認真和「人前人後都一樣」的品性，把「臨時工」也幹得勤勞刻苦：他做過給下水道和水暖工當下手的「管工」，存留至今的在一疊元書紙上面畫的「低水箱坐式糞恭桶做法規格」、「樓上高水箱蹲式恭桶做法規格」、「多連小便斗自動沖水做法」……粗細水管、彎頭、三通的連接走向和尺碼都標示得清清楚楚……證明了父親希望從外行到內行曾經的努力和用心；父親做過給鍋爐工打雜的「推煤工」，到後來父親可以一個人又推煤又燒鍋爐，而且做到把醫院手術室裡的溫度燒到恆定，以至

於父親被人民醫院留下來燒暖氣不再換人，據說那主要是手術室的要求……

五十歲的父親不得不下鄉種田，從未做過農活的他，剛開始非常的辛苦，什麼活也幹不了，但父親：

一如既往的勤勉和認真，對所有的農活都從不敷衍了事，幾年下來也就學會了鋤地、薅草、耧地、鍘草……而且也學會了像農民一樣養了豬，每天收工都帶回家一捆豬草……

么老師所描繪的父親的形象，一直纏繞在我的頭腦中，讓我突然想起么老師在另一地方對父親所下的評論。父親股票生意失敗，因負債而遠走他方，寫了一封信給他的太太，表達他的憂心與痛苦，同時談到對於未來他是如何考慮的。這是當時一個高小畢業生的文筆，閱讀起來非常有意思。就在這個地方，么老師評論到：

這封保存到今的信，是把一個男人在事業上的成敗，和自己對於家庭的責任心完全融合在一起的一種表述，在父親二十三歲的年輕的心裡，已經擔當起了自己作為「丈夫」，作為「兒子」，作為「兼祧男」，作為「女婿」，對妻子、母親、叔父、嬸母、岳母所有的責任……

　　這一評論可謂精當。父親是中國舊社會倫理培養出來的男人，作為一個男人，他知道自己的責任，也一直在盡最大的努力做自己認為應該做的事。最有趣的，是他對太太的態度。他很意外的娶到了城裡書香世家的女子，雖然他是農村財主的繼承人，但還是高攀了。因此他一直認為賺錢養家是他的事，太太只需要在家中主持家務。按照新中國的政策，女性可以要求分配工作，但不論家庭經濟如何困難，父親總不讓母親到外面工作，而實際上母親很有能力，也很想出去工作。這可以看出父親的頑固與保守。他們到北流村落戶種田時，雖然經濟更是困窘，父親仍然堅持不讓母親下田，這時母親身體日趨衰弱，這又表現了父親的體貼，而這一切都是中國傳統教育培養出來男人的性格。

　　這個傳統婚姻中的傳統家庭，在生活最困難的時候，把所有傳統的美德都發揮出來了。三年困難時期（一九六〇～一九六二，即所謂大飢荒），父親在生產隊當裝卸工，是重體力勞動，全家生活就靠他一個人，他的身體絕對不能出問題，所以在母親的主持下，家中的每一個人主動扣除自己的份額，以便讓父親能夠吃飽肚子去幹活。為了籌錢去黑市買糧票，父母都盡了最大的力。當父親在生產隊時，母親整天不停的修改舊衣服，「把舊旗袍修改成為短褲、把衣服裡子染成黑色，做成棉襖，把穿不出去的衣服面子（綢緞之類）用糨糊裱成袼褙，納成鞋底……」。父親每月可以回家休息四天，一回到家的當天

深夜，避開別人的耳目，用自行車馱著母親所做的那一大包衣服上路，去京東郊縣悄悄地賣給農民，買回高價糧食、豆子和全國糧票。第三天深夜從郊縣騎一夜車，第四天凌晨到家，往返三百多里，第四天白天睡一天覺，傍晚回生產隊報到。這是全書最動人的兩段，可以看出主外的男人和主內的女人如何精誠合作，讓全家度過新中國建立以來最艱困的三年。

看到么老師的父母不論面對怎麼樣的艱難條件，都以最認真的態度去面對生活，解決困難，決不氣餒，我不禁在想，他們的動力來自哪裡？後來我看到，么老師的女兒，父親的孫女在給「姥爺」的一封信中就問過這個問題：

上次我問姥爺：「活著為了什麼？」姥爺說：「一為事業成功，二為撫養教育兒女，實際上第一條也是為第二條服務的，總而言之，就是要教育好子女。」聽了這話我有些愕然了，真的，我還沒聽說過這種對於人生意義的解釋。

孫女是在改革開放之後長大的，那時候大陸已開始流行資本主義、重視個人選擇、發揮個人才性的教育理念，所以對姥爺的回答會覺得不可思議。我父母那一代所秉持的生活理念，和么老師的父母是完全一樣的。因此，我恍然大悟，原來一向被新文化運動和共產黨革命理論斥為「封建道德」的人生觀，才是中國老百姓堅韌的生命力

的來源。不管共產黨如何搞運動，不管老百姓要面對多少
生活上的變化，他們仍然按照祖祖輩輩的教訓，為了養育
子女，咬緊牙關，認真生活。原來，「封建道德」才是中
國文化綿延不絕、生生不息的生命力的主要來源。想起來
不免覺得荒唐，共產黨為了他們的革命理念，為了他們的
建國理想，三十年之間把中國的老百姓真是「折騰」得夠
嗆，而中國幾億的老百姓所以禁得起折騰，靠的竟然就是
共產黨一直想要「消滅」的「封建道德」，世界上還有哪
一種「歷史的諷刺」比這一點還更強烈呢？應該說，這是
我讀么老師回憶父母這本書最大的體會，我終於看到了中
國歷史流變中的某一個癥結點。

四

　　那麼，很多人一定會問，共產黨在建國以後的三十年
間，為什麼要不斷的發動各種政治運動，來不停的「折
騰」中國老百姓呢？現在還有很多人對共產黨在這三十年
的作為持負面評價，主要就是對於接連不斷的政治運動的
不滿。

　　我們先來看建國以後第一個全國性的政治運動，即土
地改革運動。前面已經說過，土改結束以後，三億左右的
農民分到了土地。自從清末中國開始內憂外患以來，許多
農民無地可種，無以為生，即使能租到土地，也要受到地
主嚴重的盤剝。許多學者已經指出，在這種情況下，年輕

力壯的農民只好投靠各種軍閥，靠打仗為生。所以，重建社會秩序的第一步，就是讓每個農民都有地種。農民生性保守，只要種地可以勉強養家，他們就會安定下來。在這種情況下，採取鬥爭地主的方式讓農民能夠無償的分到土地，地主無法反抗，政府又可以得到農民的擁護，可以說是政治上的最佳選擇。前面說到的我的兩位大陸朋友，都出身地主階級，他們當然對這種鬥爭方式很反感，但他們也無法否認這是共產黨高明的政治運作。

其次談到新政權與西方勢力的關係。社會主義是以反對資本主義為目標的政治運動，它認為資本主義帝國主義在中國的設廠投資，都是利用中國的廉價原料和勞工，來賺取巨額的利潤，外資的剝削更甚於地主對農民的剝削。所以，新政權就毫不客氣的沒收外資工廠，凍結它的股票，而且拒付賠償或利息，所以么老師的父親所買的開灤煤礦的股票就形同廢紙。這樣，新的社會主義政權跟發達國家的資本主義政權必然形成對立，發達國家當然要撤人撤資，讓新政權獨自去面對沒資金、沒技術、沒人才，難以發展的窘境。所有團結全國人民、以反帝國主義為目標的社會主義國家都必須面對這種困境。如果它們選擇跟外資妥協，最終革命成果仍然會被外資龐大的力量所吞噬掉，如果選擇排斥所有外資，就會變得無錢、無人、無技術，最後寸步難行，經濟反而會比革命前還糟糕，如非洲的莫桑鼻克和津巴布韋。

因為種種原因（這裡就不細談），中國新政權選擇與

蘇聯合作，由蘇聯提供設備與技術人才幫中國發展經濟，這樣，中國跟西方資本主義國家就斷絕了一切關係，而以美國為首的西方國家也對中國採取圍堵政策，期望以此困死中國。一九五○年代中期，中蘇關係惡化，蘇聯把他們的設備和人才都撤走，中國只能「自力更生」。著名的美國歷史學家斯塔夫里亞諾斯曾引述美國經濟學家，一九七三年諾貝爾經濟獎得主列昂季耶夫，說到：

這些國家（按，指欠發達國家）必須積累起國民收入的30%到40%才能實現自力更生的發展。列昂季耶夫還強調說，要達到這種積累，必須採取「意義重大的社會和制度方面的變革」，其中包括「更平等的收入分配」。（《全球分裂》，商務，一九九五，頁八七五）

這意思也就是説，全國老百姓，不分階級，每個人都要過苦日子。如果舊社會中的地主菁英階級、城市知識分子和各種技術人員都要過著以前那種優渥的生活，即使全國農民都支持新政府的政策，政府也無法控制國民收入的百分之三十至百分之四十，這樣，就無法集中全國的力量來自力更生。因此也就必須搞政治運動，讓既有的富裕階級一方面承認他們以前是過著剝削式的生活，另一方面激發他們的愛國熱情，他們才會比較樂於接受低薪政策（實際上他們的生活水平雖然降低了，比分配到土地的農民還是好多了。有一個右派分子被下放到農村，只領半薪，當

農民知道他的工資以後，開玩笑的說，你的工資給我領，我代你被鬥爭。）可以說，前三十年的許多政治運動所以主要針對知識分子和城市中產階級，就是要他們甘於過苦日子，好讓國家爭取在三十年內搞好基礎建設、工業建設和軍工業，以保障國家的經濟未來能獨立發展，同時也保障國家安全，讓資本主義國家不敢再入侵中國。五〇年代的口號，「不要褲子要核子」，就是這種精神的體現。

么老師的父親在政治上背了兩個包袱，「逃亡地主」和「一般歷史問題」。其實父親在早期股票生意失敗時，已把祖父和叔祖辛苦賺來的五十畝地幾乎敗光，只剩下六畝地和兩座舊宅留給叔祖的女兒，股票生意成功以後，他遷居唐山和北京，早就脫離農村。但是土改時當地農民仍然把他定性為「逃亡地主」，這樣，根據政策他們就可以把叔祖的女兒掃地出門，把六畝地和舊宅分掉，而且以往所欠「雙盛永」商號的一切債務都可以一筆勾消。那時候父親在北京的股票市場賺了很多錢，他根本不會在意這一點損失，但「逃亡地主」的帽子一直戴在頭上，讓他每次在政治運動中都戒慎恐懼，深恐被遞解回鄉，接受農民的鬥爭。

父親的歷史問題其實一點都不嚴重，因為他早就看出普濟佛教會有問題，早就不參與募款。但他前前後後還是寫了不計其數的坦白交待，每一次的坦白交待都會提醒他自己是有歷史問題的。他到生產隊去進行三年半的「勞動改造思想」以後，恢復自由了，但也因此失去了重新分

配工作的機會，不得不做臨時工。好不容易成為長期臨時工，在文革的時候又被取消，最後還下鄉種了近十年的田。么老師對於這段過程有極詳細的記載，而且還選載了好幾段父親非常長的坦白交待資料。么老師深深為父親被列為革命對象感到不平。我覺得父親也許還算不上被革命的對象，但他那麼輕微的歷史問題，卻也把他們全家折騰得夠嗆。在這個地方，任何人都會對父親的遭遇和么老師的感受深表同情。書中所附父親的坦白資料也許有人會覺得太多，閱讀本書的時候也許可以先跳過不看，但我每一篇都細讀了，也因此對共產黨的政治運動印象非常深刻，對於共產黨藉由政治運動控制使用一些所謂有問題的人有更清楚的理解。文革時，當地管區警察張玉珮對父親的評論是，「么靄光膽兒小，他那點兒問題都交代了，又沒有新問題」，以此為理由，不讓紀婆子抄家。這個評論同時也反應了，父親是如何小心謹慎的在新政權底下過日子。

認真追究起來，這三十年中日子過得最苦的，其實還是分配到土地的農民。共產黨不久之後就開始辦農業合作化，即所謂人民公社，後來改為生產大隊制，農民一起勞動，按工分分配所得，這種體制是為了把生產大隊的收穫最大比例的繳交給國家。反過來，國家又以比較高的價格把各種農具和日常用品賣到農村。坦白的講，這是對農民進行雙重剝削，黨內外有不少人堅決反對過。但當時國家收入的最大來源還是農業，只能從農業擠出更多的剩餘，來從事國家的整體建設。所以，在文革末期，農村是非常

貧困的。改革開放初期，高曉聲的兩篇小說〈李順大造屋〉和〈漏斗戶主〉就非常生動的表現了當時農民的生活狀態。

更有甚者，當全面性的經濟危機發生時，農村就會成為洩洪的緩衝地。一九六〇年大飢荒開始蔓延，即將衝擊城市，共產黨決定把幾千萬（具體數字我不記得了）的城市居民趕到農村去，而那時候的農村並不比城市好到哪裡去。一九六八年十二月又有一次全國性的城鎮居民上山下鄉運動，么老師的父親就在這一次運動中「自願」下鄉種田的。按照溫鐵軍在《八次危機：中國的真實經驗》中的說法，新中國面臨的前六次大危機，都是推給農民去承受的。還有，除了種田以外，農民還要承擔額外的勞動，譬如興修水利，而這一切都是無償的。應該說，當新中國需要萬眾一心，忍飢挨餓來從事建設時，農民的犧牲遠超過一切階級。

但奇怪的是，這一切農民都忍受了下來，而且還一直擁護共產黨，至少是不反對共產黨，這實在是歷史上的「奇蹟」。這讓我想起蘇聯在新經濟政策之後開辦集體農場以後，引發農民大反彈，蘇聯政府不得不出動軍隊鎮壓，還把許多農民流放到西伯利亞。從此以後，蘇聯的集體農場始終存在著問題，從而導致蘇聯時期生活用品一直處於匱乏狀態。中、蘇兩個社會主義政權把農業集中生產與管理，都是出於同樣的目的，以農業所得來發展工業，但兩個政權和農民的關係卻完全不同。我至今也不能理

解，中國共產黨是怎麼跟農民打交道的，可以肯定的是，農民的擁護是他們一切政治運動可以發動的基礎。從純政治的角度來看，這是中國共產黨最大的成就。

以上是要說明，共產黨在建國前三十年以政治運動的形式來動員群眾，發揮整體力量，集中所有資源，這一切都是為了讓中國能夠「自力更生」。但群眾運動的潛能也有它的極限，現在已能了解，文革後期群眾的熱情已大不如前。我們可以說，經過前三十年的刻苦奮鬥之後，群眾的耐力已經發揮到極點，再也不能持續下去了，這個時候就需要政策的大調整，所以就有了改革開放。改革開放讓中國民眾獲得了相當的自由，可以朝著另外一個方向發展，可以發家致富了，然後他們在前三十年的長期折騰中所鍛鍊出來的各種能力，也就完全爆發出來了，是「井噴式」的爆發，超出所有人的意料，包括中國人自己。但我們還必須強調，如果沒有前三十年全體民眾刻苦努力打下的基礎，後三十年的發展根本就完全無法想像。

如果我們只是從一般的社會和歷史知識來論證新中國前三十年的成就，那可能會流於抽象、空洞，正如司馬遷引述孔子所說的，「我欲載之空言，不如見之於行事之深切著明也」，么靄光的一生就是新中國前三十年「見之於行事」的一個最好的例子。他從成功的股票商人，一路淪落，做過行商、臨時工、還下鄉務農，但在這麼艱苦的條件下，他養育了五個子女，其中三個考上大學，而全部五個子女都有很好的職業，最後還重回股票市場，幫三個女

兒賺了十幾萬到二十幾萬元。雖然他只是新中國幾億民眾的其中一人，雖然他這三十年的經歷也只是新中國三十年歷史的極其微小的足跡，但從這裡擴大想像，就可以窺視到三十年歷史的大概。

我以這樣的方式來論述么書儀教授這本書的價值，肯定會讓么老師大吃一驚。記得以前台灣的顏元叔教授曾經發表過一篇轟動一時的文章〈向建設中國的億萬同胞致敬〉。他對新中國前三十年的認識，跟我的看法很相似，但那時我只想到共產黨的領導，而顏教授卻更進一步的想到生活在這三十年中的億萬中國民眾，因為沒有他們的忍飢挨餓和刻苦奮鬥，就不可能有今天的中國，所以他要向所有中國民眾的致敬。我讀么老師這本回憶錄的時候，么靄光先生的形象非常鮮明的出現在我眼前，他就是我應該向他致敬的中國民眾的一員。我也希望現在已經生活在幸福中的中國人，不要忘記新中國前三十年許許多多像么靄光一樣犧牲奉獻的善良的中國老百姓。

2016 年 7 月 11-15 日

中國社會主義的危機？還是中國特色的社會主義？*

　　孔子説，「四十而不惑」，似乎人到了這個年紀就會世事洞明，行動果決了。我剛好相反，接近四十的時候，我開始進入人生的黑暗期，要通過長長的、狹窄的隧道，花費了近二十年的時光，才能重見天日，從此行走在青天朗月之下。

　　1980 年代的後半期，我的台灣同胞，不論本省籍還是外省籍，突然開始痛恨「中國人」，一面咒罵、毀謗中國，一面聲稱自己不是中國人。這帶給我很大的痛苦，因為我是當時台灣極少數的、非常真誠的認為自己是中國人的人。1989 年 7 月我第一次踏上海峽對岸大陸的土地，實現了「回歸祖國」的夢想，但我卻愕然發現，在這塊大地上，知識分子似乎都極端厭惡當時的政府，極端嚮往美國的政治模式和社會生活。那種厭惡與嚮往之間的截然對照，讓我一時陷入「失語狀態」，無法跟他們交談。雖然此後我常到大陸去，但在知識分子之間好像找不到朋友，而我也沒有主動交朋友的欲望。

---

* 賀照田《當社會主義遭遇危機》，人間出版社，2016 年 8 月初版。

　　幫我打破這種局面的是賀照田。在認識我之前，照田已經結交了許多台灣朋友，包括錢永祥和陳光興。照田想要透過光興和我見面，但我對他的態度相當冷淡，他好像有點受傷。但他鍥而不捨，我最終接受這個朋友。經由他，我先後認識了孫歌、張志強、江湄和馮金紅。在和他們交往的過程中，我逐漸發現，小我十餘歲的這些人好像是可以交談的，也就是說，他們都不是我非常不喜歡的、崇拜美國的自由派。我發現我以前的頑固與錯誤，以更開放的心情來接觸初次見面的大陸朋友，即使他們多多少少還保留了一些自由派的觀點，我也不會那麼生氣了。我慢慢發現，隨著時間的推移，自由派的信念已經很難說服許多善於思考的大陸知識分子，他們的思想都處於思索與變動的狀態，我最感興趣的就是這種狀態。這是無法把握的，連他們自己都不是很清楚，當然，我也不知道我自己最終能找到什麼答案。這就好像滾動的球碰上另一個滾動的球，這種對話有時候很痛苦，甚至令人生氣，但有時候又相互激發，對我有很大的幫助。這樣，在經過六、七年的不斷接觸、不斷擴大交遊圈，我終於形成自己的看法，從長期的黑暗中逐漸走了出來。

　　我和我的大陸朋友都共同面對一個問題：如何評價現在的中國政權？未來應該怎麼辦？是怎麼樣的過去導致了現在的狀態，因此必須面對似乎無解的未來？換句話說，中國為什麼會走上社會主義革命的道路？是要否定這個革命，還是要加以肯定？如果要肯定，應該如何肯定？同時

也要解釋目前為什麼是這樣，而將來又應該如何走？可以說，「撥亂反正」後的改革開放，讓有心的中國知識分子都不得不問：中國要怎麼辦？這是大家共同的宿命。

　　但，非常奇怪的是，在這十幾年的探討過程中，我和照田卻很少有討論或爭論的機會。這可能是因為，在朋友聚會的場合，人人都想講話的時候，照田往往保持沉默。如果只有我們兩人，不是我講他聽，就是他講我聽，很少有對話。我不知道為什麼會形成這種局面，但因此，長期以來我一直不太能理解，他到底在想什麼。最近幾年，他寫了幾篇文章，朋友都認為，很能表現他的思考方向，因此我建議，他把這些文章交給人間出版社來出，我承諾為他寫一篇序。他很高興就同意了，還為此花了一段時間，把長期未能完成的一篇文章趕寫出來。我希望藉著這個機會仔細閱讀這些文章，理解他對中國問題的看法，順便也談談我的一些意見，就算是我們兩人交往十餘年來的一次難得的交流機會。

　　讀完了本書中的文章，再回憶以往他曾經說過的話，我終於能理解，照田是如何思考中國問題的。照田思考的起點是改革開放，他認為，中國的社會主義革命在文革後期遇到了危機，所以才有了改革開放，但改革開放初期，不論是當政的共產黨，還是當時的主流知識界，都沒有真正的掌握到這一危機的本質，不論在政治上（共產黨），還是在認識上（主流知識界），都沒有產生正確的引導作用，所以後來才會發生八九年的事件。事件發生後不久，

商品大潮淹沒了一切，以前的社會主義價值觀完全崩毀，金錢成為衡量一切的唯一標準，虛無主義瀰漫於整個社會。照田的最主要問題是，當前中國大陸的虛無主義是怎麼產生的？應該如何克服？

跟大陸知識分子接觸多了以後，我覺得他們大致可以分成四類，第一類是純粹的專家，認真的搞自己的本行，此外的事都不管。第二類，表面上也是很好的專家，平常還是非常認真的從事自己的本行，只有在聊天時才會知道他們其實非常迷惘。第三類，每天發牢騷，課堂上也發牢騷，批評這個批評那個，他們認為如果政治體制不改革，一切就沒有希望，這類人很多。第四類，腦筋很清楚，知道中國該做什麼，他自己該做什麼，這種人最少，通常都會成為知識界的領袖，如甘陽、劉小楓和汪暉。像照田這樣的人好像是一種例外，他的「專業」就是要直接面對這一虛無與迷惘，非把這個問題解決不可。所以，我們可以說，他一直在思考當代中國的精神危機。從大陸之外的知識界來看，照田是當代中國「精神史」的專家，但從他自己本身來看，他本人就是當代中國大陸精神危機的一個特殊的「案例」。因為他非常愛自己的國家和人民，他對於改革開放後的精神危機非常敏感，始終無法忘懷，總想找到問題的來源和解決的方案，「路漫漫其修遠兮，吾將上下而求索」，這兩句話是他最好的寫照。他的求索歷程可謂艱難無比，而這一切也反應在他極其獨特的文體中。這一點，鈴木將久先生在他的序文裡，已有詳盡的分析，我

就不多說了。

　　照田和大陸主流知識分子最大的不同是，他肯定中國社會主義革命的貢獻，而不像其他人那樣根本否定革命，從而對現政權充滿了懷疑。本書中的第一篇文章〈啟蒙與革命的雙重變奏〉就是談論這一問題的，這篇文章完全針對李澤厚的名文〈啟蒙與救亡的雙重變奏〉。李澤厚的文章為「撥亂反正」以後的改革開放奠定了思想的主調，成為 1980 年代新啟蒙思想的「宣言」。他的論證可以簡化為：五四時代的啟蒙思想，在中國面對生存危機時，被「救亡」的急迫任務所壓倒，在李澤厚看來：

　　中國共產革命長時間的艱苦軍事鬥爭經歷本已不利於現代價值在這革命中的扎根、生長，而這革命軍事鬥爭不得不依賴農民，不得不在落後的農村環境生存，更使得這革命遠離現代，越來越被農民深刻影響，從而使這個在起點上本是被現代前沿知識分子所發動的革命，最後被改造成了一個被農民身上的封建性和小生產者特性深刻浸染的革命。毛時代的諸多弊病，特別是文革的爆發，正是以這革命中的現代性被封建性和小生產特性深刻侵奪為前提的。

革命的目標原本是要讓中國進入「現代」，但為了救亡，為了長期的軍事鬥爭，不得不依賴廣大的農民，這樣，農民的封建性和小生產者特性反過來「浸染」了革命，使得

為了「現代」的革命完全變質了。也就是說，中國共產黨領導的革命最後完全背離了現代化的原始目標，諷刺性的被小農的封建性所裹脅，原本應該成為革命對象的封建性，最後完全窒息了「現代化」革命。

照田非常尖銳的指出，李澤厚的觀點完全是知識分子本位的觀點，也是五四初期啟蒙型知識分子的觀點。五四運動以後更多的知識分子投向國民黨，但經過幾十年的國共鬥爭，證明知識分子高高在上指導革命的方式是無效的。共產黨在長期鬥爭中，充分了解知識分子如果不能跟廣大民眾相結合，革命根本找不到真正的動力。共產黨領導下的黨員幹部，在跟群眾長期合作的過程中，終於掌握到了結合最大多數群眾的方法。剛開始他們訴諸於工農群眾在經濟上的被壓迫和被剝削，在階級鬥爭和抗日救亡的實踐中，他們找到了「既立足於階級、又能跳脫出階級」的運動模式，把更廣大的中國民眾結合在一起，從而創造出「人民」這一概念，吸引了廣大中國人民的支持，取得反封建和反帝的雙重勝利。照田對中國社會主義革命的群眾運動性質的分析，無疑是全書最精彩的部分，他說：

中國共產革命最富思想、實踐靈感時的階級認識、階級鬥爭實踐，在充分慮及各社會階級的社會經濟狀況的同時，還大量慮及歷史、社會、政治、心理、文化、組織諸方面問題，從而把本來主要著眼社會經濟不公問題的階級鬥爭實踐，同時變為對時代歷史、社會、政治、心理、文

化、組織情勢的積極回應。

這樣，在中國共產黨的領導下，中國人民形成了一種新的
「情感－意識－心理－價值感覺狀態」，從而在民族危難
的關頭反而更積極、更昂揚、更舒暢，願意為了民族的新
生咬緊牙關，刻苦奮鬥。孫中山說，「余致力國民革命凡
四十年……深知欲達此目的，須喚起民眾」，孫中山所期
望的這一任務，其實是由共產黨所完成的。

　　照田所說的這種共產黨與群眾的關係，不只在新中國
政權的建立過程之中，起到關鍵性的作用，在建國以後的
國家建設中，更發揮了無法估計的影響。

　　新政權最重要的目標，就是要讓中國能夠獨立自主，
也就是說，不但要讓帝國主義不敢再侵略中國，而且還要
讓中國的經濟擺脫帝國主義的經濟侵略。資本主義帝國主
義在中國的投資設廠，都是利用中國的廉價原料和勞工，
來賺取巨額的利潤，所以，新政權就毫不客氣的沒收外資
工廠，凍結它的股票，而且拒付賠償或利息。這樣，新的
社會主義政權跟發達國家的資本主義政權必然形成對立，
發達國家當然要撤人撤資，讓新政權獨自去面對沒資金、
沒技術、沒人才，難以發展的窘境。所有團結全國人民、
以反帝國主義為目標的社會主義國家都必須面對這種困
境。如果它們選擇跟外資妥協，最終革命成果仍然會被外
資龐大的力量所吞噬掉，如果選擇排斥所有外資，就會變
得無錢、無人、無技術，最後寸步難行，經濟反而會比革

命前還糟糕，如非洲的莫桑比克和津巴布韋。

　　因為種種原因（主要是美國對新政權的拒斥），中國的新政權不得不選擇與蘇聯合作，由蘇聯提供設備與技術人才幫中國發展經濟，而以美國為首的西方國家也對中國採取圍堵政策，期望以此困死中國。1950年代中期，中蘇關係惡化，蘇聯把他們的設備和人才都撤走，中國只能「自力更生」。關於經濟不發達國家如何自力更生，美國著名的歷史學家斯塔夫里亞諾斯曾引述1973年諾貝爾經濟獎得主列昂季耶夫，說道：

　　這些國家（按，指欠發達國家）必須積累起國民收入的30％到40％才能實現自力更生的發展。列昂季耶夫還強調說，要達到這種積累，必須採取「意義重大的社會和制度方面的變革」，其中包括「更平等的收入分配」。（《全球分裂》，商務，1995，頁875）

這意思也就是說，全國老百姓，不分階級，每個人都要過苦日子。如果舊社會中的地主菁英階級、城市知識分子和各種技術人員都還過著以前那種優渥的生活，即使全國農民都支持新政府的政策，政府也無法控制國民收入的30％至40％，這樣，就無法集中全國的力量來自力更生。因此也就必須號召全國所有的群眾一起來過苦日子。一方面要讓全國農民都願意把高比例的農業生產上繳政府，讓政府憑藉農業剩餘（這是經濟落後國家最大的收入）來搞工業

和國防建設，另一方面，也要讓城市知識分子和技術人員
接受低薪政策（實際上他們的生活水平雖然降低了，比起
分配到土地的農民還是好多了。）可以說，新中國前三十
年全體民眾都一方面為國家建設而賣力，另一方面還要過
著恰好溫飽的苦日子。而共產黨所以能夠領導中國人民萬
眾一心的往這個目標邁進，靠的就是照田所說的那一種中
國人民全新的「情感－意識－心理－價值感覺狀態」，在
這種狀態中，中國人民積極、昂揚、舒暢，根本不會在乎
那一點點苦。可以說，中國共產黨和中國人民所建立的生
命共同體，不但讓新中國能夠建立起來，而且還讓新中國
在建立後的三十年之中，在「一窮二白」的條件中，奠定
了足以自力更生的經濟基礎。如果沒有這個基礎，所謂的
改革開放政策根本就無法執行。

　　然而，對新中國的建立發揮了那麼大的歷史作用的群
眾（特別是農民群眾），在李澤厚〈啟蒙與救亡的雙重變
奏〉的論述中，卻因為他們的封建性和小生產者特性，
而成了中國現代化的絆腳石。按照這種推理，改革開放
就只能拋棄群眾，換由深具啟蒙精神的知識分子來領導，
才能重新把中國帶上現代化發展的正確道路。這種思想，
以 1957 年反右的觀點來看，只能定性為「極右」，現在
卻成為 1980 年代知識界的主流思想。而主持改革開放的
鄧小平體制，為了對抗文革殘餘的「極左」思潮（群眾路
線的最終表現），只能容忍這樣的思想潮流，才能取得意
識形態上的平衡。在這種情況下，深受文革時期社會主義

理想主義影響的世代，思想上不感到迷惘、困惑、甚至幻滅，那才奇怪呢！關於這一些，照田在〈當社會主義遭遇危機……：「潘曉討論」與當代中國大陸虛無主義的歷史與觀念構造〉這一長文中，已經做了極為細緻的分析，可以讓我們深刻理解，中國共產黨革命思想的理想主義已經逐漸崩解，從此以後共產黨政權必須一再的為他的統治的思想基礎重新進行解說，而其解說的有效性卻一直被主流知識界所質疑。用西方政治學的觀點來講，這是共產黨政權的「統治危機」，而這也就是照田「當社會主義遭遇危機」的真正涵意。

就是在這個時刻，我才第一次踏入大陸的思想界。到那時為止，我關心台灣政治的發展和中國現代歷史的進程，已將近二十年。在二十年的閱讀和苦思之中，我得到一個極膚淺的結論：中國的社會主義革命，其實是中國人在共產黨的領導下，以集體的力量自力更生，從而建立一個獨立自主的現代國家的第一步。下面要怎麼走，現在還看不清楚，但無疑的，第一步的工作已經完成了，其成就可謂不同凡響。我偶然閱讀黃仁宇的自傳《黃河青山》，發現他的看法和我極為類似，我非常高興。然而，當我進入大陸，接觸了大陸知識界，我卻非常震驚。因為當時的主流知識界普遍認為，大陸政治的第一要務就是進行體制改革，講白了就是要實行所謂的「政治民主、經濟自由」的西方體制。再下來的發展，就是「告別革命」，並進一步否定過去的革命，認為中國走這一條道路是走錯了。了

解到這種情況，用一句古詩來形容，我真是「氣結不能言」。也就是説，照田在本書中所論證的，正是我進入大陸思想界的起點。

因為我並未生活在大陸，沒有被捲入群眾運動的大潮中，我就不會像我同年齡的大陸同胞那樣，對現實的變化反應強烈；又因為我一向以歷史的眼光來看當代社會的發展（對於台灣問題我也是這樣看的），所以，當時我只能得出下面幾點看法。

首先，革命的群眾運動時期不可能持續太久，總要在某個時間點結束。從文化大革命到改革開放，説明新中國的發展已經到了另一個階段。我沒有足夠的知識來解釋這一變化，但能理解歷史上的革命都有類似的發展，譬如，法國大革命從雅各賓專政到熱月政變。但中國的革命是社會主義革命，完全不同於法國的資產階級革命，如果改革開放退回到西方資產階級那一套，那麼，中國革命所取得的成果就會付之東流，所以，堅持共產黨的領導、堅持社會主義路線是絕對必要的。蘇聯政權的垮台，以及蘇聯政權垮台後俄羅斯的一片亂象就可以證明這一點。中國實在很幸運，因為八九年之後的兩年內蘇聯就垮了，這個驚心動魄的現象震醒了相當一部分的大陸知識分子，讓他們清楚看到，所謂體制改革其實是一種反方向的「革命」，結果完全不可預期，反而會導致社會的大混亂。因此，不少知識分子從激進變為保守，這是一種歷史發展的良好現象。

改革開放所追求的現代化，一方面以改善生活和「致

富」來吸引群眾，另一方面繼續加強前三十年一直在努力的經濟建設與國家建設，如果成功的話，中國將成為一個現代化的大國，那就是以前三十年的自力更生為基礎的一次大躍升。大陸的部分知識分子和所有西方觀察家都認為，以現有的共產黨體制，是不可能實現現代化的目標，如果一定要這樣做，只能導致現有體制的崩潰。這種推論我是完全不相信的，因為他們想像的道路只能是西方走過的道路，而中國已經按自己的方式走了三十年，怎麼可能把這一切都拋棄而從頭來過呢？無論我們如何評價鄧小平，我認為鄧小平必然考慮過這些問題。所以，我們只能非常焦慮的看著大陸面對著接連而來的一個一個轉型的困難，「相信」它可以一個一個的克服，最後贏得現代化的成功。一句話，我每天都很擔心，但我相信中國一定會成功。

就是在得到這些體認的時刻，我開始和照田、張志強、江湄、馮金紅等人密切來往。江湄和張志強在回顧他們那個世代的心境時，這樣說：

我們這一代人出生於文革後期，成長於改革開放的八十年代，從上大學起，就習慣於用想像中的西方先進標準批評中國與中國人之種種，深受後革命時代普遍幻滅虛無情緒的影響，自感生活於革命以至「文革」後的文化廢墟，其中似乎只有殘破傳統的變性遺留，難免自慚形穢。在我們的周圍，從批判現實走向蔑棄現實，靠著蔑棄現有

中國的一切以保持優越感和孤憤感的人，不乏其人。

這一段話可以和照田在〈當社會主義遭遇危機……〉一文
所分析的青年的虛無感相互應證。照田認為，如果國家
（共產黨政權）和主流知識界（李澤厚等人）當時能夠敏
銳的察覺到青年的困境，而往正確的方向疏導，這種困惑
和幻滅就不至於成為一種強大的虛無感。這實在是過度期
望了。國家一心一意的撲在經濟建設和社會穩定上，無力
顧及思想建設，即使做了，也沒人會接受和相信（如清汙
運動）；而主流的知識界，又一面倒的想搞啟蒙和西化，
反而讓青年更加厭棄「殘破傳統的蠻性遺留」；國家和主
流知識界對此完全無能為力，江湄所形容的那種狀態我是
很清楚的。

　　我當時唯一抱持的信念是，如果你不相信中國的文明
傳統，又不相信共產黨過去及現在的領導，你將一無所
有。你只能相信，而且必須相信，而且還相信再過一段時
間中國就會成為現代化的大國。我就是靠著這種信念，才
沒有掉入虛無主義的深淵中。或者說，正是因為我的台灣
同胞紛紛否棄自己的中國人身分，才更加堅定我的中國情
懷，而這就成為我沒有溺斃的唯一一根浮木。江湄和張志
強曾經這樣回憶我們多次長談所得的感想：

　　對於我們來說，中國無論帶給你光彩和榮耀，還是失
望和恥辱，並不重要，甚至中國的復興是從此一帆風順還

是要再經坎坷，也並不重要，它都是我們必須熱愛並承擔的自己的命運，都是我們自己精神生命的根源命脈所在。這樣的「中國情懷」，更進一步要求我們把自己的人生和這個更大的歷史命運結合起來，以一種深切的道德情感，去理性地反求歷史，以求啟示和指點，以求自我理解、自我承擔和自新的能力。

他們說，這是我對他們影響的結果，我絕對愧不敢當。但和他們兩人相處的經驗，讓我信心倍增，讓我相信比我小十多歲的大陸年輕一代知識分子是可以寄予希望的。

我還想綜合談一下我跟大陸一些年輕朋友的談話經驗。他們總是跟我說，大陸有這個問題、那個問題，如果沒有進行根本的改革，這些問題是無法解決的。我通常的回答是，按照你們的想法，中國問題真夠嚴重的。可是你們想想看，從八九年的危機到現在，中國經濟不是一步一步往前邁進嗎？如果這個國家真是大有問題，請問這些進步從何而來。其中有一個跟我多次交談後，突然說，「甘陽每次來北京跟我們聊天，常常會很生氣的說，我們在外面看中國（那時甘陽還在香港），越來越有信心，每次來北京，就只能聽到你們不斷的發牢騷，不知你們怎麼搞的？」的確如此，大陸知識分子看到的中國全部是缺點，對大陸的許多進步現象都視若無睹，相反的，他們所看到的美國，全部是光明的，美國那麼多的社會問題，美國對伊斯蘭國家的總總野蠻行徑，他們一點感覺也沒有。這樣

的知識分子，實在讓我感到驚訝。跟他們相比，我所堅持的中國信念反而讓我能夠把問題看得更全面，而不會被瀰漫於兩岸的美國價值觀所迷惑。

跟這些新交往的大陸朋友接觸了一年以後，2006 年的某一天，我好像大夢初醒，我告訴自己，中國的現代化工程好像已經站穩了腳步，中國的復興已經是明擺的事實。我那時非常驚訝，連續想了好幾天，覺得應該錯不了。再過兩年（2008），中國成功的舉辦了奧運，而當年年底美國就發生了金融大海嘯，完全證實了我的直覺。你想想看，1840 年，西方帝國主義用大砲打開了中國的國門，1900 年中國差一點被瓜分，1937 年到 1939 年，半個中國被日本占領，1945 年抗戰「慘勝」後不久又開始打內戰。1949 年新中國終於建立，之後不到六十年，中國竟然能夠全面現代化。從被許許多多的帝國主義所侵略，到終於實現中華民族的復興，竟然只用了一百七十年左右的時間，這只能稱為近代世界史的「奇蹟」。對於這個世界上綿延最久的文明所具有的強韌的生命力，我深深被它吸引，在它浴火重生時，我感受到人類歷史的奧祕。這個時候，我覺得我又可以重新回去探討我比較熟悉的唐代歷史和文化，因為唐代是漢帝國崩潰以後，經過四百年的混亂，中國再一次建立的大帝國，因此也可以說，唐代也是中華文明「重生」的大時代，它的歷史經驗值得我們不斷的探討，以便和新中國這一次的重生做比較。這樣，作為一個中華文明的探索者與詮釋者，我又進一步感到生命的充實。

相對於中國的崛起，我同時也強烈感受到西方的沒落。2008 年美國的金融大海嘯讓人印象極其深刻，雖然我不很能理解世界經濟，但導致美國金融脫序的一系列作法，還是讓人覺得荒謬至極，讓我們對當代西方資本主義金融體系的運作方式產生懷疑。與此相關的是，從總總資料可以看到，美國最主要的財富竟然集中到只占美國人口 1% 的人身上。從國際形勢看，美國與北約對南斯拉夫的轟炸，美國對阿富汗和伊拉克的攻擊，還有後來歐盟國家對利比亞的轟炸，像這樣的一連串的赤裸裸的侵略行徑（還傷及大批無辜平民），西方的媒體竟然可以大言不慚的為自己辯護，很難想像這是人類「文明」的表現。當這種局勢演變成敘利亞和伊拉克境內的混戰，伊斯蘭國的興起，大量難民的湧進歐洲，以及恐怖攻擊的綿綿不斷，這一切難道不是美國和歐盟強力輸出他們的「文明」的成果嗎？再說到美國近年來的所謂「重返亞太」，根本就是要威嚇中國。美國覺得中國日漸強大，已經威脅到它在太平洋的勢力，所以緊緊的拉住日本和菲律賓，擺出強大的軍事同盟，警告中國就此止步，不要再往前了。明明是要維護它世界霸主的地位，卻又要說出一番沒有人相信的大道理，好像都是中國人錯了，完全是流氓行徑。以上總總，都讓人感覺到西方文明已是強弩之末，圖窮匕見了。

如果把中國的崛起和美國的胡作非為加以對比，那麼，東方的復興和西方的沒落就構成了當今最重要的世界圖景。美元現在已經成為世界上最沒有信用的貨幣，但美

國仍然利用殘存的軍事力量和經濟力量,以大量印鈔票的方式來「沖刷」它的國債,其他國家吃了大虧,仍然對它無可奈何。現在中國崛起了,人民幣有國際信用了,一旦人民幣成為國際貨幣,美元帝國就會崩潰,這只是時間問題而已。再就國際輿論而言,在所謂南海仲裁案後,美國立即宣布,仲裁具有法律效用,但最近召開的東盟外長會議根本不予理睬。東盟大部分國家越來越與中國靠近,因為他們理解,他們的經濟發展需要與中國合作。根據長期的經驗,他們跟美國、日本的經貿往來是得不到好處的,這種好處只能求之於中國。這也就是說,中國經濟壯大,不只是自己國力增強而已,還可以幫助欠發達國家發展經濟,而不像西方資本主義國家那樣,只會把這些國家搞得越來越貧困。這種情況,也不只限於東盟國家,許許多多的非洲國家也是如此。孫中山也講過,中國強大以後,要「濟弱扶傾」,應該說,現在的中國才有了實行這種理想的能力。

從這裡,我們才能討論現在的中國為什麼還是「社會主義國家」。當西方在十九世紀提出社會主義的理想時,主要是針對工業化國家(當時只限於英國和法國)城市工人非常惡劣的生活狀態,社會主義的方案主要是為他們而設計的。當馬克思提出世界革命的構想時,他思考的對象主要也是西歐國家,雖然他說的是「全世界的無產階級聯合起來」,但他想像的全世界還是以西歐為中心。所以,當列寧領導的布爾什維克在俄國奪取政權,準備推行社會

主義時，西方的理論家都認為，列寧搞錯了，貧窮國家怎麼有條件實行社會主義呢？

其實列寧並沒有搞錯，他已經意識到，在一戰前後，世界最大的矛盾不是發達國家的資本家與工人的矛盾，而是欠發達國家和發達國的矛盾。當發達國家的工人生活日漸改善時，欠發達國家的絕大部分人民卻普遍貧窮，當發達國家可以從欠發達國家「賺」到更多利益時，發達國家的資本家很聰明的把一小部分利益分給自己的工人，以求國內的穩定，這樣他們就能用更多的力量去榨取欠發達國家。當然，另一個大矛盾就是發達國家為爭奪殖民地而起的大衝突，一戰和二戰都是這樣產生的，因為發達國家彼此有了矛盾，才能讓布爾什維克在俄國建立第一個對抗富裕國家的社會主義貧窮國家。

在這裡我們不能分析蘇聯政權的興衰史，但我們應該記得，在二戰英法美集團和德意日集團打得不可開交時，是蘇聯最後起到了決定勝負的關鍵作用。在二戰結束、冷戰開始時，也只有蘇聯有力量跟以美國為首的西方集團對抗。蘇聯政權可能犯了不少錯誤，但它能夠在相當長的一段時期和富裕的西方集團抗衡，使得二戰後許多貧窮國家有了某種模糊的希望，同時也得到一些喘息的空間，蘇聯政權的這種貢獻，我們是不應該忘記的。

對中國來講，最幸運的是，當中國建立社會主義政權時，蘇聯是對抗西方勢力的主角，而中國只是配角。當然，中國參與了韓戰，讓美國極為痛恨，對其長期採取圍

堵政策。不過，美國的主要精力還是在跟蘇聯搞外交戰、搞代理戰爭（支持國外的親美或與親蘇勢力之間的戰爭）和軍備競賽。這就讓中國有了默默地自力更生的機會。當美國在越南戰爭中耗費了大量的國力，不得不聯中制蘇時，中國才走向國際政治舞台，其時已是文革後期。再來就是毛澤東去世以後的政權轉換，然後是改革開放的試驗期，中國內部問題層出不窮，而蘇聯不久就被軍備競賽拖垮，美國成為世界唯一的強權。應該說，一直到 1990 年代的中期，美國從來沒有預料到中國會成為強勁的對手。雖然我們無法知道，美國什麼時候才意識到中國的威脅，但等到美國醒悟過來，中國已經無法摧毀，美國即使想要有所作為也已經不可能了。就像我（還有少部分的大陸知識分子）突然醒悟到中國已經足夠強大，很多西方人也像作夢一樣的發現，中國已經成為巨人，簡直不能相信。也許我們只能說，中國人確實善於「韜光養晦」，這種文化底蘊讓人無法捉摸。

中國「韜光養晦」政策最典型的表現，就是默默地和非洲國家及東盟國家長期地、友善地交往，爭取他們的信任，並且在中國經濟逐漸壯大以後，讓這些國家深深體會到，和中國的來往確實可以改善他們的經濟。很少大陸知識分子留意新中國的外交政策，這種外交政策完全是以長時期的努力為基礎的，看起來似乎不計成本，但當它的效果顯現出來的時候，就成為很難改變的事實。當美國和日本突然發現中國和東盟的關係非比尋常，急切想要改變，

不惜向東盟國家開出種種誘人的條件時，東盟國家也只是虛與委蛇，他們更願意相信中國。因為有了這種基礎，所以當中國提出「一帶一路」的構想時，才能得到熱烈的響應。

如果說中國有一種世界戰略，那就是與欠發達國家真心交朋友，在這些地方廣結善緣，讓西方勢力逐步退出這些地方，而跟中國站在一起。同時，中國和蘇聯最大的不同是，蘇聯到處輸出革命，在很多地方與美國對著幹。中國就不這樣，凡是美國利益最為緊要的所在，譬如中東，中國絕不插手，這樣就可以減緩美國的敵意。現在中東和北非已成為美國和歐盟最後的命脈，絕對不能喪失，他們一直在介入主導，所以整個地區才會炮火連天。美國和歐盟藉著蘇聯崩潰的機會，往東擴展勢力範圍，到了烏克蘭，就碰到俄羅斯的激烈抵抗。而且因為金融大海嘯的影響，歐盟已經很難為原來的東歐國家的經濟發展提供什麼助力，他們的力量也已到了極限。這樣，就迫使俄羅斯和中亞五國更靠向中國。一邊是俄羅斯和中亞，另一邊是東盟國家，以中國為中心，逐漸形成了一種新的亞洲經濟秩序，讓美國及其忠實的附庸國日本和菲律賓極其緊張，但不管如何努力，他們是不可能阻擋這一新秩序的發展的。

隨著中國經濟實力的壯大，中國長期在欠發達國家中默默發展所建立的關係開始有質的變化，讓雙方能夠更密切的結合在一起。反過來說，這也就限制了美國和歐洲發展的空間。和蘇聯不同，中國是以「潤物細無聲」的方式

來逐步抵消西方資本主義帝國主義對世界欠發達地區的壓榨與剝削。如果說，社會主義的敵人是資本主義，那麼，中國以它獨特的方式自力更生，以它默默努力的方式和貧窮國家建立緊密的同盟，從而逐步削弱了資本主義帝國主義的勢力，減少了它的有害的影響，這難道就不是一種社會主義嗎？它的發展速度非常緩慢，功效在相當長的時間內似乎看不出來，但到了今天，就成了美國、日本和歐洲國家最大的勁敵，資本主義不得不逐步退卻。中國這種成就，從現代世界史的角度來看，怎麼估計都不為過，因為它已改變了世界歷史的進程。

孟子說：「以力假仁者霸，霸必有大國；以德行仁者王，王不待大——湯以七十里，文王以百里。」西方資本主義大國都相信武力，想當世界霸主，所謂推行普世價值，不過是「假仁」而已；新中國在 1949 年建立時，若以國力論，只能算小國，國弱民貧，只能自我刻苦努力，並且真心誠意的交一些窮朋友，就像文王以百里起家，這也可以算是一種「王道」的變形吧。孟子的學生還問孟子說，既然文王那麼了不起，為什麼不能及身而「王天下」，必須再經武王、周公的努力，然後其道大行。孟子的回答非常有意思，他說：

由湯至於武丁，賢聖之君六七作，天下歸殷久矣，久則難變也。武丁朝諸侯，有天下，猶運之掌也。紂之去武丁未久也，其故家遺俗，流風善政，猶有存者……故久而

後失之也……然而文王猶方百里起,是以難也。齊人有言曰:雖有智慧,不如乘勢;雖有鎡基,不如待時……

西方資本主義勢力興盛至少兩百年,天下歸之久矣,百足之蟲,死而不僵,我們雖然強調西方沒落了,當然不會是土崩瓦解。而中國百年積弱,也不是一朝一夕就能長得身強力壯。幸運的是,美、蘇爭霸,同時美國又自恃富強,窮兵黷武,中國才有了待時而動,乘勢而起的機會。但另外一方面,如果沒有前期的自力更生,中國也就無法掌握到這個機運。天助自助,何其幸哉。放大視野來看,這是中國人改變人類歷史的大好時機,怎麼可能悲觀。但是,往前追溯三十年,那時候有誰是樂觀的。歷史就是這麼奇妙。如果還有人跟不上時代,還要懷疑中國的一切作為,那就讓他慢慢追趕吧。

　　照田花了十年的時間,長期探索當代中國的虛無主義問題,他對改革開放初期思想界的混亂和知識分子的迷惘與徬徨,一直憂心忡忡,這些我都曾經感同身受,完全能體會他為什麼要這樣做。我問過幾個比照田還年輕的一代,他們都說照田的探索對他們很有啟發作用。日本、韓國的學者也想把他的文章翻譯出版,作為了解中國當代思想的起點,這些都足以證明照田的貢獻,十年苦功沒有白費。照田很謙虛的說,他已完成了他的學徒時期,我覺得還不如說,照田即將由此跳脫,進入到一個思想的新階段。因此,我就藉著他的新書出版的機會,一口氣說了一

大堆我近年來的想法給他聽。通常我在喝了半醉之後，就會像這樣對著大陸朋友胡說八道一通，因為我比較年長，又是極其難得的台灣愛國同胞，所以再怎麼冗長，他們也都會很「高興的洗耳恭聽」，我也希望照田就把我這一篇序當做他的新書出版之際，我高興的喝醉了忍不住說出來的一番醉話，總之，就是期望他能夠在未來五年內再出一本新書。

2016.8.4

鄭鴻生《重認中國》序 [*]

一

　　本書作者鄭鴻生，跟我是同一個世代。他小我三歲
（一九五一年生），在台灣的學制上低我兩屆，他考進台
灣大學社會系時，我升上中文系三年級，他大二轉入哲學
系時，我們就成為鄰居。他出生於台南，我出生於嘉義，
都是南部人，閩南語是我們共同的母語。能夠在成長背景
和教育背景如此相似的朋友中，找到一個同屬統派的人，
我真是非常高興。記得一九九〇年代，在一次宴會上，有
一個同鄉前輩突然問我：呂正惠，你不是嘉義人嗎？怎麼
會是統派？我一時不知如何回答，只好笑笑。現在如果有
人問我同樣的問題，我就會說，我的朋友鄭鴻生是台南
人，他也是統派，他還寫了一本書，談論這個問題，你可
以買來讀一讀。

　　當我越來越明確知道鴻生也是統派時（近十年的
事），我也很好奇：幾乎所有朋友都變成獨派，為什麼鴻

---

* 　鄭鴻生《重認中國：台灣人身分問題的出路》，人間出版
　　社，2018 年 6 月初版。

生始終堅持他的中國人立場，我很想拿他的經驗來和我的作比較。這一次有機會系統閱讀他這方面的文章，才發現，我們的論述方式有一個很大的區別。我一開始就從中國近代史的角度出發，論證台灣淪為日本的殖民地是中國近代被侵略歷史的一部分，說台灣不是中國的土地，說台灣人不是中國人，完全是無稽之談。鴻生採取的是另一種策略，他談自己家族三代（祖父、父親和他自己）的不同經驗，他詳述自己受教育和成長的歷程，由此得出結論：台灣人的身分認同問題是歷史造成的，要徹底解決，只有「重認中國」這一條出路。

　　鴻生謙稱自己不懂理論，只能談論自己的經驗。但鴻生很容易就看出，班納迪克・安德森《想像的共同體》一書所提出的民族理論，主要是從近代東南亞國家被殖民的歷史歸納得來的，很多地方無法解釋歷史悠久、民族成分複雜的中國。鴻生在台灣和美國接受過不少「理論」，但他最終發現，這些「理論」會形成各種各樣意識形態上的「政治正確性」，像是心靈的緊箍咒，嚴重禁錮了內在的自由，讓台灣知識分子在思想上日漸萎縮。鴻生特別重視歷史經驗，就是對這種僵化的「理論」建構及其應用的一種強烈的反彈。但鴻生從自身的台灣經驗出發，經由不斷反省、考察的結果，在我看來，卻得出一個有關近代世界史的非常重要的「理論」，或者一個具有重大理論意義的觀察，值得濃墨重彩加以表彰。

　　鴻生的家世比我好得多，他生長在台灣最早的文化中

心府城（今台南市中心區），曾祖父經營布店生意，祖父上過幾年漢文書房，閩南語是他的生活語言。日本統治台灣以後，用各種手段讓漢學堂無法繼續存在下去，並要求台灣人入日本設立的公學校讀書。鴻生的父親生活上仍然使用閩南語，但卻學會了作為知識語言的日語。當時日本是東亞最現代化的國家，鴻生父親所習得的日語當然涵有許多現代化知識。於是父親自以為比祖父更具「現代文明」，只熟悉閩南語、不懂日語的祖父在兒子面前自然矮了一截。

鴻生接受的完全是「中華民國」的教育。一九六三年剛上初中時，他因某一事件隨著台灣的輿論譴責日本政府，父親企圖為日本政府講話，兒子以他學來的國語詞彙夾雜著閩南語，「理直氣壯」的挑戰父親，在論述層次上只會使用日語的父親無力反駁，只好「無話可說」。以後這種狀況就變成常態，父親也在兒子面前嚐到了祖父曾經嚐到的滋味。所以，從教養上來講，鴻生的祖父屬於前清一代，父親接受的是日本教育（鴻生稱之為「乙未新生代」），而鴻生卻完全在「中華民國」的歷史文化教育下長大（鴻生自稱為「戰後新生代」），鴻生一家三代先後經歷了三種政權的統治。

我從小生長的小農村，和鴻生的府城背景相差很大。我讀完小學五年級才離開農村，據我的記憶，我們那個村子很少人讀過書。我在村子裡沒有聽過村中的長輩講過日語，而我們這一代開始進入「中華民國」的小學就讀，也

很少人把國語學得好的，村子中只聽到閩南語，而且只有生活語言，沒有知識語言。小學六年級我們家遷居台北，我的國語才慢慢進步，「中華民國」所教導我的東西才開始在我腦海中生根。可以說，日本人對我祖父、父親那兩代影響非常小，而在我一九六〇年十二歲離開農村之前（我父親賭博賣了田，不得不到台北謀生），「中華民國」對我們這一代的影響也非常微弱。我們這一代到了城市以後，才開始脫離傳統農村，接受了現代化的生活。

台獨派認為，日本的統治對台灣的現代化貢獻很大，我所以不能接受，就是來源於我小時候的農村經驗。事實上，日本的公學校教育，還比不上「中華民國」的小學教育那麼深入農村，大片的農村過的仍然是傳統的閩南社會的生活。太平洋戰爭末期，日本雖然大力推行皇民化政策，但其實只有在城市還勉強推得動，原因就在於絕大部分的台灣農民根本不會講日本話〔補一，見文末〕。

我小時候在農村中只接觸到兩種傳統農村所沒有的事物，除了「中華民國」的小學教育之外，另一項就是電燈。按我的記憶，很小的時候我們家還兼用煤油燈，後來電燈才開始普及。我們仍然使用井水或者用「幫浦」抽水，還沒有自來水。大便仍然蹲茅坑，小便則使用房間角落的大木桶，因為這些將來都可以處理成肥料。自來水可能比抽水馬桶使用得早，我大學快畢業的時候（一九七〇左右），我伯父才裝上抽水馬桶。日本統治台灣時，重視的是水利灌溉的改善和鄉間道路的鋪設，對於農民的教育

和生活基本上是不關心的。台灣農村的大變化，來源於「中華民國」實行耕者有其田政策以後，農村慢慢富裕起來，普遍買得起自行車和收音機。交通工具（村人要上嘉義市一般都騎自行車，至少要一個半小時）和通訊設備（透過收音機才能了解外面的生活）的普及，才打破了農村的封閉狀態。

綜合鴻生和我的經驗，從日據時期到一九六〇年之前，台灣中南部大致可以分成兩大塊，一塊是以府城、嘉義市、彰化市、台中市為核心，地主階級大半集中居住在這些區域，日本公學校教育比較普及，受日本現代化的影響比較大。另一塊則是農村，就像我描述過的我從小生長的村子。耕者有其田政策實行以後，地主階級一般都「怨恨」國民黨，但他們的底子還是比較雄厚，子弟比較能夠受到良好的教育，特別是大學畢業以後有條件到美國留學。這些地主階級的子弟，後來就成為台獨運動的主力，他們沒有在真正的農村生活過，因此就根據自己的城市經驗，美化日本的殖民統治，認為日本對台灣的現代化貢獻巨大，其實跟真正的歷史相距甚遠。

我到台北以後，整個教育成長背景就跟鴻生一致了，我喜歡讀書，相信「中華民國」政府所說的一切，是標準的好學生。我是鄉下小孩，生性羞澀，不像鴻生那樣，在府城讀高中時，就能交到一些好朋友，還有機會和中部、北部著名高中的學生「串連」。但我在台北讀的是建國中學和台灣大學，自然容易處身於「最進步」的文化氛圍之

中。在我們心智成長的過程中，六〇年代是非常重要的，鴻生稱這一段時期是台灣的「文藝復興」，也許有一點誇大，但確實是李敖、殷海光、柏楊等人打破了國民黨嚴密的思想控制，讓我們的心靈開始活躍起來。

「中華民國」從小學、中學到大學建構了一套嚴密而完整的中國歷史、文化和愛國教育體系。關於前者，國民黨所教導的大致如下：中國文化是世界四大古老文明中唯一完整延續至今的文明，歷史悠久，我們應該以此為榮，並有責任將其發揚光大，尤其需要繼承以儒家思想為基礎的仁義和忠孝美德。

關於黨國教育，國民黨說：偉大的中國自近代以來開始積弱不振，備受帝國主義的侵略。還好在八年抗戰之中，在「蔣總統」的英明領導下，終於打敗了日本，廢除了不平等條約，中國終於躋身世界五大強國之列，成為聯合國安全理事會的常任理事國。不幸的是，因為「共匪」叛亂，大陸淪陷。我們必須鞏固台灣這塊基地，等待時機反攻大陸。我們從小所熟悉的口號就是，「還我河山，恢復中華。」

從一九五〇年到一九七〇年，只要在台灣各級學校受過教育的人，一開始都完全接受「中華民國」所傳授的歷史和文化，並且相信自己的責任就是要「反攻大陸」和「復興中華文化」。當時的台灣學生都很熱情的接受這種教育，立志要做一個堂堂正正的中國人，鴻生在書中對此有生動的描寫。鴻生、我，還有鴻生提到的那些人，都是

「中華民國」培養出來的標準的好學生。

　　但到了一九七〇年代，「中華民國」的統治危機開始出現。「中華民國」一再強調，它是中國合法的政權，而統治中國絕大部分土地的對岸政府只是一批「土匪」（「共匪」），他們經由陰謀鬼計「竊據」了大陸，所以「中華民國」在聯合國有席位，而對岸的「共匪」則不被國際社會所承認。我們當學生的時候，對這種國際形勢並不了解，其實有識之士內心很清楚，總有一天，「中華民國」的中國代表權要被對岸的「中華人民共和國」所取代。一九七一年就發生了這樣一件驚天動地的大事件。你如果不是生長在隨時準備「反攻大陸」的台灣，你就不能了解這件事對我們的震撼有多大！如果「中華民國」沒有了，那我們是什麼人呢？台灣人的認同問題至此完全浮上台面。

　　「中華民國」喪失了中國代表權之後，它在台灣內部統治的穩定性也就出現了問題。既然「中華人民共和國」已經進入聯合國，「中華民國」就不再可能「反攻大陸」了，那麼，它為什麼還能以代表全中國的名譽來統治台灣呢？在這之前，國民黨所帶來的外省人士占據了「中央政府」的絕大部分重要的職位，本省人的參政權基本上只限於省政府和縣市政府（當然這是本省人的主觀感受），而且，以前為了「反攻大陸」，「中央民意代表」從來不改選。在一九七一年之後，這一切都不再有合法根據。本省人士隨著「中華民國」合法性危機的出現，順勢進一步爭

取更多的中央參政權，七〇年代風起雲湧的民主運動就這樣產生了。當然，台灣的中產階級和知識分子都盼望，國民黨能夠取消戒嚴體制，讓台灣更加民主自由，但不可否認的，主要的動力還是本省人（尤其是在台灣經濟發展中日漸壯大的中產階級）越來越熱切的想要取得更多的參政權，以便自己能夠在未來決定台灣的前途問題。

從法理上來講，「中華人民共和國」現在已經是中國唯一合法的政權，而台灣是中國的一個省分（國民黨和共產黨都這樣講），那麼，台灣將來當然要回歸「中華人民共和國」，而這樣的出路，正是作為台灣民主運動主流的台籍人士所反對的。他們喊出的口號是「革新保台」，「革新」就是要改變台灣一黨專政的體質，讓它更民主化，這樣就能夠抵抗共產黨的「併吞」企圖，如此才能達到「保台」的目的。一九七九年國民黨藉機逮捕了幾乎所有台灣省籍的重要反對派領袖，以「叛國」罪控告他們，但在美國的壓力下，不得不公開審判。在審判過程中，主要嫌犯之一的姚嘉文，在法庭上公開陳述他的「革新保台」的理論，引起很大的共鳴。其實，「革新保台」就是拒絕跟共產黨統治下的中國統一，是台獨派在不能公開表明自己的主張之前的一種「靈活」的說法，具有很大的蠱惑性，因為當時台灣社會的人確實很怕未來被共產黨「統一」。

在一九七一年的時候，所有台灣人都了解，如果「中華民國」不存在，台灣只能屬於「中華人民共和國」，但大家都不願意接受這一現實，都想要阻攔這種可能性。

明明知道台灣是中國的，但卻不願意跟現在的中國政權統一，這是台灣人焦慮之所在。這種局面的形成，追根究柢來講，要追溯到一九五〇年。韓戰爆發以後，美國派第七艦隊保護「中華民國」政權，同時與西方盟國在聯合國大力支持「中華民國」的中國代表權，把「中華人民共和國」排除在國際社會之外長達二十年之久。同時美國還對「中華民國」大力進行軍事和經濟援助。沒有這一切作為，「中華民國」不可能生存下去，遲早要被共產黨消滅掉。就這樣，一個被聯合國承認、但實際上只統治了中國最小的一個省的「中華民國」，一個不被聯合國承認，卻統治了中國最大部分的土地和最大多數的人民的「中華人民共和國」，二十年來並存於世，這一「怪現狀」其實是美國蓄意造成的。一九七一年「中華民國」雖然喪失了國際地位，但台灣的社會與經濟經過二十年的發展，已經有了相當的穩定性，所以，兩岸如何統一的問題，就變得非常複雜了。

這一切的主謀者當然是美國，但國民黨也難辭其咎，對此，鴻生的評論可以一字不漏的引述如下：

「總的來說，中國大陸在全世界範圍取得了代表中國的名號，國民黨體制因為失去中國代表性而陷入合法性危機，而以戰後新生代為主力的新興台獨勢力，則藉由民主運動逐步在台灣取得了政治正當性。這三者在一九七〇年代同時發生，正是台灣由自居中國走到反中國之路的關鍵時刻（重點引者所加）。

　　這個中國人身分竟然那麼容易受到外在局勢的影響，顯示國民黨的這個文化共同體的中國概念有著嚴重的弱點。一九四九年國民政府撤退來台，兩岸敵對所帶來的斷裂，其實比日本據台五十年還要嚴重，它完全切斷了兩岸人民的具體接觸與互動。更嚴重的是，國民黨政權為了其代表中國的統治正當性，又做為全球冷戰的前哨，無所不用其極的將對岸描繪成妖魔之境的『匪區』。

　　國民黨在台灣施行了看似強大的中華民族教育，然而卻是頗為片面的中國人身分教育。對我們學生而言，炎黃以降各個時代的人物是中國人，參與到辛亥革命、五四運動以及八年抗戰的當然是中國人；本省人與流亡到台灣來的外省人是中國人，港澳人士、或留學在外甚至已轉成僑民的當然也是中國人。但是有一種人處於模糊地帶，那是一九四九年以後中國大陸的那好幾億人口。

　　當時在台灣說我們中國人如何如何，中國青年應當如何如何時，是不包括那將近十億人口的。我們宣稱要『反攻大陸，解救大陸同胞』，這個『大陸同胞』是無臉、抽象、觸摸不到的，幾乎不在『我們中國人』的意識裡，我們從教科書上知道的只是停留在一九四九年之前的統計數字『四萬萬六千萬人』。可以說國民黨把這抽象的『四萬萬六千萬人』一起帶到了台灣，而將具體多樣的大陸人民描繪成『苦難同胞』的刻板形象，於是後來當活生生的大陸同胞出現在台灣人面前時，竟然頗為陌生。攤開中華民國地圖，我們也只看到一九四九年之前的三十五省行政區

劃和有限的鐵公路連線。『中國』凍結在一九四九年。

在兩岸如此長期嚴重對立、不相往來，以及反共教育的強烈灌輸之下，我們對大陸的認識弔詭的隱含著將中國本身妖魔化的元素。於是當一九七〇年代國際局勢發生巨大變化，使得國民黨在台灣建立起來的中國代表性面臨嚴厲衝擊之後，台灣人對大陸的祖國想望遂逐漸萎縮，剩下來的卻是妖魔形象。」

國民黨教育體制下的中國，一方面是歷史性的，是一九四九年以前的中國，而且經過國民黨意識形態的嚴重染色；另一方面對於存在於中國大陸的現實，又完全加以妖魔化，這就使得台灣人在一九七一年「中華民國」喪失中國代表權以後，不知道如何面對現在已被國際承認的「中華人民共和國」。更嚴重的是，國民黨的反共思想和美國的冷戰意識形態相結合，在台灣形成了非常堅強的、以美國觀念為普世價值的一套思想體系。以這一思想體系來衡量中國大陸現在的一切政治、社會和經濟現實，「中國」就成為世界上一切落後的集大成者。這樣的「中國」，他們怎麼願意去認同？在這方面，鴻生的分析也很精采，值得引述：

「在二戰結束後的冷戰局勢裡，作為冷戰前哨的中華民國被嵌入一個類似美國保護國的位置。在那種國共鬥爭的嚴峻情境下，台灣的主流思想基本上是受限於親美反共的思想框架的。這時的黨國體制不僅在思想上，同時也在實際行動上，對左派進行全面鎮壓與肅清。一九五〇年代

的左翼肅清遂造成台灣從日據以來的左派傳承完全斷裂，以致在隨後的幾十年甚至到今天，都極為缺乏左翼的聲音與挑戰，可謂全世界少有。國民黨於是很成功的在台灣建立了一個幾乎不受任何挑戰的反共社會。

在缺乏能對美國價值進行批判的左翼思想的環境下，台灣的進步運動只能在有限的親美反共的範圍內，尋找反抗的資源。這就是一九五〇年代以降，雷震、殷海光、李敖等人的自由主義與全盤西化，以及早期黨外人士所啟動的民主運動的主流思想。從那時起，我們的反抗，包括剛萌芽的黨外運動，基本上都是在親美反共的框架下運作，當年能擺脫戒嚴體制管轄的知識菁英也多半前往美國或英國留學，在島內能對此有所反思的左翼則被迫淪為另類與邊緣，這個『消失的左眼』正是台灣進步運動的嚴重缺憾。

這個親美反共的意識形態與作為，不僅為台灣的民族想像事業清除了思想上的抗體，也在其發展上起了推波助瀾的作用，就是建立一個將對岸的中國人視為對立他者的心理潛意識。然後國民黨又被有意無意的認定是傳統中國的代表，於是在我們戰後這一代的西化潮流中，反國民黨、反傳統與反中國遂有了心理連結的可能。」（重點引者所加）

非常諷刺的是，國民黨的反共思想和美國的價值觀結合在一起，成為台灣的主流思想，而國民黨本身卻成為落後的中國傳統的代表者，和共產黨捆綁在一起，成為「反中國」可以指認的具體對象。「台灣」是現代化的

「國家」，而「中國」永遠是封建和落後的，這種鮮明的對比，是台獨派論述結構的基礎。按照這種思路，台獨派自然而然就把台灣「建國」的源頭追溯到日據時代。因為有了日本的統治，台灣才開始現代化，台灣才能夠脫離中國，而有了「獨立建國」的機會。這也是台獨派絕口不談國民黨的統治對台灣全面現代化的貢獻的原因，因為如果承認國民黨對台灣現代化也有貢獻，就不能一勞永逸的把「中國」打入永遠落後的「黑牢」之中。

台灣被迫和大陸長期分離，然後再恢復接觸，這種歷史經驗前後有兩次。第一次是一九四五年日本戰敗，「中華民國」來接收台灣，第二次是一九八七年台灣解除戒嚴令，開放兩岸探親。如果把這兩次經驗加以對比，就會發現一個很有趣的「共同」傾向，即「現代化」的台灣嘲笑大陸或中國的落後。

鴻生在〈水龍頭的普世象徵〉和〈「二二八事件」可以避免嗎？〉兩文中，對國民黨來接收台灣時兩岸的文明差距做了詳盡的分析。台灣透過日本的殖民，相對於大陸來講，比較的「文明化」。現在還流傳著一些故事，譬如國民黨的軍隊衣衫不整，背著大鍋，拿著雨傘，讓台灣人非常失望。又譬如，國民黨的士兵看到牆壁上的水龍頭竟然冒出水來，覺得很神奇，就拔了下來，但往別的牆上一插，卻又沒有水流出來。這些故事都是要表明，當時的「中華民國」有多麼落後，而台灣又是多麼文明。兩岸開放探親以後，先到大陸去的主要還是外省人，而這些外省

人回到台灣，大半都會宣揚大陸如何落後，他們所講的最大的笑話是，大陸的廁所竟然沒有門，或者大陸竟然還在使用臭不可聞的茅坑。水龍頭和廁所，就成為兩岸兩次恢復接觸時「文明對比」的象徵，可謂無獨有偶。

前面講過，我一九六〇年才從農村搬到台北，那個時候我才知道有水龍頭和抽水馬桶，所以這兩個笑話我覺得一點都不可笑。如果這樣，那麼一九五〇年代的台灣農村就應該成為被嘲笑的對象。說一九四五年台灣比「中國」進步很多，又說一九八、九〇年代，大陸大大落後於台灣，我覺得都是「台灣人」要標榜自己如何的「文明進步」。而且，八、九〇年代的「台灣人」，主要還是跟著國民黨撤退來台灣的外省人。這樣，我們就能理解這些喜歡嘲笑別人落後的人，恐怕心理是很有問題的。

標榜自己如何文明，別人如何落後，這種心理主要來源於西方文明對落後國家的絕對優勢，落後國家因此不得不亦步亦趨的努力學習西方文明。這個過程，在世界各地區有著複雜而又相互區別的進程，在這裡我們只能涉及日本和中國，以及曾被中國割讓給日本的台灣。鴻生對此所作的種種分析，是全書最精采的部分。

談到日本對台灣的統治，鴻生是這樣說的：「日本在台灣實行現代化是由上而下強力推行的，不僅上層菁英必須屈從，下層庶民也不放過，企圖在整個社會進行現代化。英國在香港則重在培養幫它治理的中上層管理菁英，庶民只要順從，大半放任其自求多福。日本帝國的這種強

勢作為有個特殊的心理因素，就是它作為後起的現代帝國，學習西方先進帝國，它不甘認輸，要做『帝國主義世界的模範生』……由此來看，日本在其現代化過程中確實有其自主性，然而從它後來的帝國作為卻也可看出，它在這過程中也在進行某種心理與精神上的『自我殖民』，由此而產生了對自己過去『落後』狀態的羞恥感與自卑感，與追求模範生心態互為表裡。這種羞恥感與自卑感在它要對其鄰近的亞洲地區進行侵略與殖民時，特別不能忍受這些殖民地的『落後』狀態，而要對其實施全面的現代化改造。」

鴻生還談到日本自十九世紀開始的「脫亞入歐」熱潮，鴻生說：「他們所謂的脫離指的是脫離精神上、思想上的羈絆，講白一點就是不再跟你中國玩東方文明的那一套了。日本從此走向西方帝國主義的霸業之路，甚至到了戰敗之後也回不來，此後它在東亞的存在就一直是個西方文明的象徵物，像是歐美世界從北美洲跨過太平洋延伸到東亞邊緣的前哨。」

對西方文明的無限崇拜，使得日本成為學習西方文明的模範生，同時它還比西方人更瞧不起亞洲國家，非常不能忍受亞洲的落後。太平洋戰爭期間它對它所奪取的亞洲土地上人民的暴虐統治，其程度甚至超過西方人，這就可以看出日本表面強勢所掩藏的內心的虛弱與自卑。

日本統治台灣，其實是非常瞧不起台灣人的，一直稱台灣人為「清國奴」，而一般的台灣人（強烈抗日的例

外）面對比自己文明的日本，內心既自卑，又痛苦，這只要讀皇民化時代陳火泉所寫的小說〈道〉就可以充分體會到。戰後由於封鎖中國的需要，台灣受到美國的保護，在美國和國民黨的聯合打造下，一時成為日本之外亞洲經濟最繁榮的地區，台灣可謂「發家」了。但是令人想像不到的是，台獨派卻說，這一切都是日本殖民現代化帶給台灣的，是台灣最應該感謝的對象。其實日本的殖民現代化只是範圍很有限的起點，真正大規模的現代化是在美國協助下由國民黨完成的。

關於這一點，鴻生形容得很生動：「現代化啟蒙有若信仰基督上帝般的宗教感召，乙未新生代基本上是經由日本統治帶來的現代化而啟蒙的，是第一批受到現代化教育的台灣人，這對他們而言是有特殊的生命意義；傳遞給他們『現代文明』的日本帝國，就有如傳遞基督教義給第一批台灣信徒的長老教會那樣，戴上了神聖光環。」因此，日本就如同台灣的「再生父母」。既然日本脫亞入歐，台灣作為日本的模範生當然也要脫亞入歐，日本瞧不起亞洲國家，特別是中國，台灣當然也要有樣學樣（台灣對於來自亞洲的外籍勞工和外籍新娘的歧視就是最好的例子，而相反的對於在台灣打工賺錢的美國人——教美語為生，則極盡巴結之能事）。

但台灣到底不是日本，日本本來就是一個獨立的國家，它在精神上脫離中國而走向西方，但不曾否認自己的歷史與傳承，而台獨派的「脫亞入歐」的想像是以割捨其

文化母體的中國文明為代價，而將其主體掏空了。鴻生說：

> 台獨運動並不真正想要以先人與歷史來做為其主體的
> 基礎，甚至自慚形穢。如此所謂的主體性就變得空洞虛無
> 了，可說竟是在自我「去主體化」。

> 這種歷史虛無主義的空洞主體，最近還表現在從 2017
> 年起中央不再紀念鄭成功這位「台灣人主體」的開創者這
> 件事上。台獨運動看似對過去在台灣曾經存在的所有政權
> 一視同仁，都認定為外來政權，包括統治台灣長達二百多
> 年的清朝及其之前的明鄭。如此就將這兩百多年間移民台
> 灣的閩南語族，也就是如今台獨運動的主要成分，歸為外
> 來政權的後代了。這種自我否定就難以避免的要去鄙視自
> 己的先祖，否定自身的來歷，割斷自己的歷史，包括遺忘
> 日據時期的台民抗日史與前清先民的勞動成果，進而棄絕
> 閩南文化的母體。

> 在這種自我否定的空洞主體狀態下，心理上為求補
> 償，台獨運動抬高日本殖民統治對台灣的貢獻、懷念日本
> 所賜予的種種現代化建設、重建日本神社等等行為，就很
> 可理解了。然而這些都只是以日本的現代性來填補自我的
> 空虛，卻完全沒學到日本對歷史傳承的自我肯定精神，反
> 而成為其未曾反省清理的法西斯遺毒的重災區。

這是我所看過的、對台獨派這種「思想怪胎」所作的
最深刻的心理分析。

二

　　但是，這麼精采的論述，也只是鴻生全部創見的一部分而已。鴻生還進一步從中國現代化的艱難而複雜的歷程，來分析中國為了要建設成現代化國家時，不得不面對的巨大的困難。這個整體的歷史見解，才是鴻生為我們提出的一個非常具有「理論」意義的、有關近代世界史的大詮釋。我們先看鴻生怎麼說：

　　「總的來說，傳統中國在受到西方現代帝國侵略，被迫進行西方現代化改造，以其規模之龐大、際遇之多樣，就有了多重不同的現代化路徑。台灣被日本帝國從上而下強勢施以日本殖民式現代化改造，香港被大英帝國有選擇的、較不強勢的施以英國殖民式現代化改造，兩地在回歸之後確實有著不一樣的後殖民情境。而中國大陸若是先不管其局部分歧，整體而言則是自我摸索著一條較為自主的道路，最後由中共的路線取得主導。

　　不管是哪條路徑，這個現代化的過程都造就出一批新的知識與政治菁英，接受不同的西方（或西化的日本）理念的灌輸與栽培，各自在其社會取得論述主導者的地位。例如接受日本皇民化教育的台灣的李登輝及其同輩，又如接受港英教育栽培的香港知識與管理菁英。這批新型知識與政治菁英構成現代化後的新得利者，然而也構成回歸後解決後殖民問題的巨大障礙。由於有著不同的現代化路徑而產生不同的『現代身分』，當這幾個不同身分互相碰撞

時就產生了一時難以消解的現代問題。以台灣為例，這些人一方面構成反國民政府的力量，另一方面也構成台灣分離運動的基礎。二二八事變除了有國共內戰及光復後復出的左翼分子的因素外，也有大陸與台灣不同現代化過程所產生的不同現代身分衝突的因素。這個面向在九七回歸後的香港應該也構成了重要的背景。

　　不同的現代化造就了不同的現代身分，不同的現代『中國身分』、『台灣身分』與『香港身分』……可以說不同的現代化路徑所產生的歧異是二二八事變的底層因素，當時雙方都沒有機會與條件進行心靈與意識的袪殖民工作。九七之後的香港所面臨的也有同樣的情境，構成今日占中衝突的底層因素。

　　所以說，作為現代化得利者的知識菁英這一階層是特別麻煩的，他們在被各種現代化方案養成之後，往往以各自的『帝國之眼』──西方帝國的文明世界觀，來看待自己社會的傳承、下層勞動者、各種『落後』的現象，以及母國整體。例如在台灣『水龍頭的故事』自光復之後就一直被分離運動者用來貶抑大陸來台人士；或者以西方社會個人主義為基礎的『自由民主』來看待自身社會的政治安排；或者對自身社會或第三世界國家都抱著深怕被西方『恥笑』的焦慮不安。這些帝國之眼引起的焦慮不安，在台灣甚為尋常，在香港今天的衝突中也一一具現。」

　　鴻生這一段分析，點出了西方文明對全世界的征服最特殊的一點，即它不只是武力的征服，更是文明的征服，

這是已往的帝國征服所沒有的，從這個角度來看西方與中國的關係就再清楚不過了。自從中華文明形成以來，其核心區曾經好多次面對塞外遊牧民族的入侵。當核心區全部或部分由遊牧民族占領並進行統治時，中華文明不但沒有就此消失，而且還因為終於同化了入侵者，而讓自己煥發出更強大的生命力。可以說，每一次大規模同化入侵者以後，中華文明就會產生一次大飛躍。

但是，十九世紀中葉西方（以及西化成功以後的日本）的入侵，卻和以往的歷史經驗全然不同。在長達一百年的、事關國家民族興亡的奮鬥過程中，中國人自己逐漸喪失了自信心。在承認西方的武力（船堅砲利）比自己強大以後，接著又不得不承認西方文明確實了不起。在維護傳統文化與學習西方文化之間很難找到平衡的方法與途徑。如果拿日本和中國相比，就可看出，日本幾乎是輕而易舉的「全盤西化」，從而「脫亞入歐」去了，而中國卻深陷泥淖之中，舉步維艱。當西方的「模範生」日本打敗了曾經長期是它的導師的中國、而且不斷的向著中國內陸入侵，先是蠶食，接著就要鯨吞，中國人的憤懣與悲痛達到了頂點。

中國人喪失文化自信心的徵兆，在五四運動時就已出現了。當時想要廢棄漢字，將漢語拼音化的潮流頗為盛行，而當安特生提出中國文化西來說時，竟然有一些人就輕易相信了，這些都是最好的代表。所以當日本全面入侵時，認為中國不可能打贏，寧可選擇妥協或投降的人還真

不算少。

在面對西化大潮時，知識分子的立場最容易「軟化」。優秀的知識分子，比起一般老百姓，更容易學好西方的語言，以及各種科技、經濟、法律、管理知識。憑著這些本領，只要他願意，就可以為入侵中國的各種勢力「服務」，從而取得優渥的待遇，可以過得起最現代化的生活，不必和一般人民一樣，陷於水深火熱之中。這種例子太多了，無需舉例。但我們也得趕快聲明，雖然知識分子可以輕易這麼做，不過願意和全體人民共同為建設新中國而奮鬥的人仍然占絕大多數，這也是盡人皆知的歷史。這裡要強調的是，選擇從自己的民族「異化」出去，以便和西方人或日本人一起過著文明、幸福的日子，知識分子比起一般老百姓「機會」要多得多。

西方開始征服全世界時，其原有的領土和人口規模在全世界範圍內所占有的比例其實是非常小的，而且有過海外殖民經歷的國家，數量也有限，也就只有西班牙、葡萄牙、荷蘭、英國、法國、德國、義大利、比利時幾國而已，當然還要加上後來急起直追的美國和日本。在二十世紀初期，真正稱得上殖民強國的，也不過英、法、德、美、日五國，義大利都還沒有資格入列。然而，它們卻能夠一方面鬥垮東鄰的奧匈帝國、俄羅斯帝國、奧斯曼帝國，另一方面又先後征服伊斯蘭、印度、中國這三大文明區，其豐功偉績，確實讓人驚嘆。

征服事業的開端當然要靠武力，但西方的武力所以能

夠超越一些古老帝國，主要還是靠傳統文明區想像不到的科技。當英國敲開中國的國門時，中國人以「船堅砲利」來加以形容，可謂簡潔而生動。伴隨著科技的，還有工業生產，因此而來的是源源不絕的物資，這樣就衝垮了像印度和中國這樣具有悠久文明傳統的較為封閉型的經濟。當然，這一切的背後，還有金融、貿易、法律等等技術型知識。當這一切瓦解了西方所征服或控制的地區時，這些地區的傳統秩序陷入一片混亂之中，只得任由西方人予取予求了。

自救之道只有一種途徑，即從學習西方開始，而且以科技和軍事改革為開端，然後不得不以西方為模範，全面改變教育體制。但是，改革越是深入，就越是陷入金庸小說所生動形容的西方「吸星大法」之中，你使力越多，你的力量隨即為西方所吸納，又反過來對付你。就這樣，奧斯曼帝國終於消失於無形，印度次大陸全部淪為英國的殖民地，而中國則陷入「豆剖瓜分」的危機，傳統文明區真是求救無門。

向西方學習所產生的最大問題是，滿腦子西方現代知識的落後地區的菁英階層，發現他們很難改變人數極為眾多的老百姓的行為方式與觀念。在這種情形下，要改變原有的社會結構與習俗，以建成現代化國家，就變得非常困難。最極端的例子要算土耳其，現在土耳其的統治菁英，在凱末爾的強力主導下，幾乎已經完全西化了，而他們所統治的人民仍然生活在伊斯蘭的宗教習俗之下，整個國家

就這樣由西化派和傳統派兩大塊所組成。印度的狀況也有些類似。印度被英國殖民近兩百年，印度的菁英非常西化，他們的科技人才之多世所公認。但整個印度社會還有廣大的落後地區，很大比例的民眾仍然維持著傳統生活習慣，沒有改變。西化往往會擴大傳統文明區統治菁英與一般民眾的差距，而不是使其更緊密的結合在一起。

但我們也不能因此批評一般民眾愚頑不靈。知識分子因各種條件的湊合，很幸運的獲得知識與技術，他們容易相信，任何人只要肯努力，都可以達到這一成就；國家民族之所以不能現代化，就是民眾沒有覺醒，因此要不斷的進行啟蒙工作。事實決非如此。單就與啟蒙相關的教育而言，要對全民進行普及性的教育，國家要投入多少經費，而且還要有一大群人無私無我的長期投身奉獻。再深入而言，當社會已進入某一階段時，菁英與大眾的區隔已經產生，我們怎麼可能想像可以把整個大眾全部教育成菁英。當西方資產階級逐漸形成時，為了對抗占據統治地位的封建階級，他們以個人主義和自由主義捍衛自己的權利。當資產階級終於成為統治者以後，個人主義和自由主義就被奉為普世價值。這種思想的出發點是，只要你有機會發揮你的才幹，你就能出頭。相反的假設就是，你所以淪為庸眾，就是因為你既無才能，又不努力。在陀斯妥也夫斯基的小說《卡拉馬佐夫兄弟》的〈宗教大審判官〉那一節裡，曹西瑪長老說，民眾需要有上帝，不然他們無法生活。我以前從左派的觀點出發，認為這種思想純屬反動。

現在我越來越相信，社會分成菁英、大眾兩大塊，這種結構很難改變。自由、民主制的設想是從西方資產階級的成功經驗推導出來的，當他們控制了全世界的財富與知識以後，我們如何能夠讓全世界被侵略地區的「大眾」翻身呢？同樣的當一個落後國家的菁英越來越西化，而且離他們自己的群眾越來越遙遠時，我們又如何教化這些「冥頑不靈」的群氓呢？從這種假設出發，肯定不能解決被西方侵害的「落後地區」的社會重建問題。

中國的狀況比任何傳統文明區都還要複雜，因為中國早在西元一千年左右就沒有了貴族制度，中國老百姓不可能像日本、土耳其或印度那樣聽從現有貴族階級（或類似貴族的那一階層）的安排。而且中國幅員廣大，民族眾多，各地民情極端複雜，完全不能為西化的現代菁英所了解，因此，絕對不可能像日本那樣，由一個具有基本共識的貴族菁英從上到下來進行現代化改革。從一九二七年開始統治全中國的國民黨原來就想走這一條路，但在抗戰勝利之後的內戰中敗給共產黨，就證明了這一條路當時並沒有得到民意的支持。

共產黨在八年抗戰中，由於在北方農村和農民密切合作，終於尋找出一條道路，即聯合基層農民，從下到上改變整個社會結構，先讓國家有了一個統一的意志，再由這個意志來執行貫徹全國的改革。有了這個基礎，再發動群眾運動，要求全民在共產黨的領導之下，為了國家的現代化建設，一起先過著苦日子。這樣的時間長達三十年，知識

菁英剛開始大半都真心的配合，但經過反右和文革之後，知識分子開始有了異心。文革結束，改革開放開始，知識分子比較能自由進出國門，才赫然發現，西方國家的生活比他們好太多了，甚至台灣、香港、新加坡都比他們好，這樣他們的心態產生了極大的變化，他們認為過去三十年完全走錯了，從現在開始，應該回頭重新學習西方。

即使到了現在，仍然有很多人認為，一九八〇年代是大陸知識界的「黃金時代」，至今令人懷念，查建英主編、二〇〇六年出版的《八十年代訪談錄》（三聯書店）就是最好的證明。八〇年代被視為思想解放的年代，是第二個五四，知識分子終於掙脫了各種教條的束縛，思想空前活躍，人人活在幸福之中。他們對大陸的政治、社會現況非常不滿、對中國傳統文化更加不滿，他們主張「以美為師」，拋棄過去的路線，從頭來過。

陳映真曾經回憶當時最讓他感到痛苦的一段經歷。他說：「八九年四月，他第二度到南朝鮮，對南朝鮮的民眾民主化運動進行了系統的採訪。採訪結束，他應邀飛往美國，參加在加州舊金山帕麗那斯舉行的『八九年中國文化研討會』。他從南朝鮮人民為反美、反獨裁，為民族自主化統一的民主運動而鬥爭的現場，來到把美國著名『漢學家』和大陸『精英』知識分子聚集一堂，在胡耀邦死後北京學生為反官倒、要自由和民主化蝟聚天安民廣場的背景上，傾聽大陸『精英』言論人、電影人、留美學生……大發反毛反共、促請美國為中國『民主化』干涉中國事務的

言論，對大陸『民運』和它的思想引起了深刻的憂疑。」
（《陳映真全集》14 卷 164 頁）

　　對於這些激進派知識分子，陳映真曾慨乎言之：「八
〇年以後，大陸上越來越多的人到美國、歐洲和日本留
學；越來越多的大陸知識分子組織到各種國際性『基金
會』和『人員交流計畫』，以高額之匯率差距，西方正以
低廉的費用，吸引大量的大陸知識分子，進行高效率的、
精密的洗腦。和六〇年代、七〇年代以來的台灣一樣，大
陸知識分子到西方加工，塑造成一批又一批買辦精英資產
階級知識分子，對西方資本主義、『民主』、『自由』缺
少深度理解卻滿心嚮往和推崇；對資本主義發展前的和新
的殖民主義，對第三世界進行經濟的、政治的、文化的
和意識形態的支配的事實，斥為共產主義政治宣傳；對
一九四九年中國革命以來的一切全盤否定，甚至對自己民
族四千年來的文化一概給予負面的評價。在他們的思維
中，完全缺乏在『發展—落後』問題上的全球的觀點。對
於他們而言，中國大陸的『落後』，緣於民族的素質，緣
於中國文化的這樣和那樣的缺陷，當然尤其緣於共產黨的
專制、獨裁和『鎖國政策』。一樣是中國人，台灣、香港
和新加坡能取得令人豔羨的高度成長，而中國大陸之所以
不能者，就成了這種邏輯的證明。『開放改革』以後，即
使從海外看來，卻能生動地感覺到中國大陸因市場、商品
經濟的發展和摸索，相應於社會生產關係上的巨大改變，
而產生了思想上的『兩條路線』的分化。《河殤》系列以

國家體制派意識形態宣傳的方式推出,在大陸全國範圍內引起激烈的震動和爭論,更是形象地表現了這個思潮上的分化。」(《陳映真全集》12 卷 375-6 頁)

最讓陳映真和台灣統左派瞠目結舌的,是激進改革派對中國文化的徹底否定。陳映真說:

> 在錄像影集《河殤》中,甚至嗟怨中國文明的限制性,使中國沒有在鄭和的航海事業上發展成從貿易而向外殖民,以收奪南洋民族走向帝國主義!而這樣的世界觀,竟而曾經一時成為中共官方的世界觀,令人震驚。(《陳映真全集》12 卷,379-80 頁)

《河殤》的大陸文明與海洋文明的對比論,不久就為台獨派所引用。他們說,台灣一直屬於海洋型文明,和「中國」落後的、體質不良的大陸型文明毫無關係,連「中國」知識分子都要唾棄自己的文化了,我們為什麼要當「中國人」?河殤派和台獨派就這樣遙相呼應,令人為之氣結。

八〇年代中期激進派主導的改革進程終於導致了八九年五、六月間的政治風波,並且引發了大陸知識界對現政權極大的離心力量。還好,不久蘇聯垮台,俄羅斯經濟破產,社會動盪不安,這才使得不少知識分子在體會了社會穩定的重要性以後,稍微回心轉意。然後,隨著改革的日益深入,受益者日多;二〇〇二年以後,共產黨改變了

「發展是硬道理」的政策，開始重視社會不公正的現象，特別是對於「三農」問題，花了很大的力氣去解決；二〇一二年以後，又開始全面肅貪，把那些從改革開放中「非法受益」的人清除出去。就在這一時機，又適時提出「一帶一路」的發展大策略，大家終於真切的感覺到，中華民族的偉大復興原來不只是一個「偉大的夢想」，而且還有實現的可能，這樣，全國的民心終於能夠團結在一起，為了一個明確的目標而共同努力〔補二，見文末〕。

我所以重提八〇年代改革開放時期最讓我們感到痛苦的一段經歷，其實是為了引述鴻生書中最讓我感動的一段話：

台灣作為母國中國的一個邊緣地區，被現代帝國殖民之後產生了較為特殊的複雜性，看似台灣的特殊問題。然而在比較香港與台灣被殖民經驗的異同，以及台灣光復與香港回歸後的種種問題後，我們可以發現這個特殊性也不能過度強調，不能視之為只是台灣的個別問題，或是香港的個別問題，而是中國被割讓的邊緣地區的共同問題。當然「台灣問題」或「香港問題」基於其不同殖民宗主國與歷史過程等因素，有其相對特殊性，但畢竟都是由傳統中國社會被殖民與現代化之後產生的問題，所以還是**傳統中國社會現代化問題的一環，就是說最終還是屬於中國的問題，一個在台灣或香港的具體歷史情境下呈現出來的中國現代化過程的問題**。

　　中國的主體大陸地區雖然在現代化的過程中有其相對自主性，而且為了取得這個自主性曾經歷經血跡斑斑的奮鬥，犧牲遠遠超乎台灣，但是就如日本在其現代化中所顯現的「自主」與「自我殖民」的雙重性格，中國的現代化也不免帶著「自我殖民」創傷。**這種創傷的一個具體例證就表現在它曾經比日本更強烈地厭惡自己的過去，露出更昭彰的羞恥感與自卑感。**

　　因此台灣、香港與大陸這三地如今所顯現的各種問題，就不應只被看作不同歷史經驗的個別問題，而應是傳統中國社會在現代化過程中的共同問題，如此就還是要回到中國現代化的整體問題上，更具體的說就是**一個中國現代化過程中如何真正尋回自我的去殖民問題**。（以上重點均為引者所加）

　　八〇年代兩岸的知識分子同時表現出對中國文化的極端厭惡，印證了鴻生所說的「比日本更強烈地厭惡自己的過去，露出更昭彰的羞恥感與自卑感」。鴻生先從自己的經驗出發，雖然主要談的是台灣政治光譜的變遷，但在拿台灣和香港相互比較之後，又把視野推廣到全中國，因此看出了整個中國現代知識分子在學習西方的過程之中所產生的大問題，這種見識，真是非常人所能及，而且文字中充滿了感情，不是對中國文化充滿了深情熱愛的人是說不出來的。我盼望關心中國前途的人都能讀到這本書，因為它不只是談台獨，它談的主要還是中國如何建設成一個現

代國家的問題。

　　以上所述只是鴻生書中最重要的一個論點，其實本書還有許多獨到的歷史體會，以前很少人說過。如因為日本人不讓台灣人參與政治，因此台灣人一直缺乏管理人才；又說，英國人雖然在香港培養了一些管理菁英，但是當香港成為特區以後，香港人似乎表現得缺乏政治領導能力，這真是言人之所未言。又如，光復以後，台灣人從學日語轉而學國語，學好國語以後，終於掌握了用語言論述的能力，這一點也講得很好。台獨派常以國民黨逼迫台灣人學國語作為國民黨對台灣「再殖民」的具體例證，事實上台灣人在不到二十年間就學好國語，而且此後不斷的出現優秀的學者和作家，他們所寫出的中文毫不遜色於外省學者和作家，就足以證明，不論是閩南話還是客家話，都是漢語系統內的方言，所以台灣人要學漢語的另一種方言北方官話並沒有什麼困難（相反的，日語是一種外國語，學起來就不像學中國普通話那麼容易），鴻生以充分的例證說明了這一點（相關論述見本書第三部分），也可以看出他的歷史文化素養之深厚。鴻生還有一篇文章談到中國文化的豐富與多樣，可以破除一般人對中國社會僵化、保守、停滯不進的刻板印象。如果鴻生自己對中國的歷史與文化沒有深刻的認識，就不可能有這許多獨特的體會。

　　鴻生出身於台灣自由主義大本營的台大哲學系，他的同學有極著名的台獨派，也有非常有名的自由主義者，他本人還在美國待了十三年，但最後美國的普世價值觀並沒

有對他產生什麼影響，他始終堅持中國人的立場，靠的就是他對中國文化深刻理解和熱愛。鴻生為人和順，行事低調，在默默之中思考、寫作，最後終於寫成這本大作，初看會讓人感到驚訝，其實其來有自。因為只有中國文化才能培養出鴻生這樣的人格及其寫作風格。

〔補一〕陳明忠曾經回憶，皇民化運動為了推行日語，強迫村子裡的老人也要學習，總督府派人到村裡拍宣傳片，一個老人在被人教了好多遍之後，面對著攝影機，一時緊張，把あたま（頭）講成きんたま（睪丸），讓圍觀的人哄堂大笑，見《無悔》33 頁，人間出版社，2014。又，《無悔》32-3 頁所述均可參考。這些都可以印證我小時候對於農民不講日語的印象。

〔補二〕一九八〇年代中國和蘇聯同時進行改革，這是有必要的，因為社會主義國家先是以社會整體的力量進行原始累積，為現代化奠定基礎，到了一段時間以後，就必須更進一步的發展經濟，才能改善一般民眾的生活。以大陸來講，就必須在社會體制中引進市場機制，同時要有某種程度的思想解放。但在這樣做的時候，也就必然要和資本主義國家接觸，而當中國知識分子在看見外面世界、驚訝於西方的富裕的時候，思想隨即動搖，這是社會主義改革面臨的最大危機。蘇聯和東歐集團對這一危機估計不足，所以一開始改革，整個社會就趨向於解體。中國主政者對

此有相當的警惕，但還是產生了八〇年代末的政治風波。事後看來，中國不但能夠挺住，而且經過一段困難後，終於順利發展，成為世界上第二大經濟體，足以和美國對抗，真是不容易。一九八〇年代可以是資本主義大勝的時代，但中國卻像中流砥柱一樣，不但為社會主義保留生機，最後還能夠制衡資本主義，其貢獻怎麼強調都不為過。

2018.5.3 完稿

初稿完成後，鴻生提了一些意見，我都一一修訂，感謝鴻生。

2018.5.10

關於評價鄧小平的一些思考[*]

　　我生於 1948 年，從小對大陸及中國共產黨的認識，完全來自國民黨的教育體制和宣傳體制。1989 年 7 月我第一次來到大陸，在其後 25 年的時間裡，我到過大陸許多地方，結交了大陸許多朋友，但無論如何我還只能算是一個旁觀者。跟我同年齡層的大陸朋友，基本上都有上山下鄉的經驗，他們的感覺決不可能跟我一樣，這我是很清楚的。對於大陸的發展，以及對於中國的前途，我的看法一定是非典型的。另外一方面，在台灣，像我這樣關心祖國的人也很稀少，我也不是台灣的典型。余亮希望我就鄧小平及改革開放表達一些意見，我極有興趣，忍不住想寫文章。北京有一個朋友勸我不要寫，但我還是想寫。以下的話，可能有很多錯誤，希望大陸讀者諒其無知，憐其苦心，多多擔待。

一

　　經過長期的思考，我覺得，毛澤東死後鄧小平能夠主控大局，根本就是毛澤東默許的。周恩來得癌症不久，毛

---

* 本文為鄧小平一百週年時應《觀察者網》記者余亮之邀而作。

澤東就讓鄧小平主持國務院的工作並兼任軍委副主席,實際上就是要他接班。後來極左派發動「反擊右傾翻案」運動,又把鄧趕下台。當時,對於鄧的處理,是解除一切工作,但毛決定,不開除鄧的黨籍,這樣,鄧的復出就少了很多麻煩。我相信,毛已預測到,在他死後,鄧的復出是難以阻擋的。

毛澤東發動文化大革命,主要的支持力量是極左派(四人幫)以及林彪一系的軍事系統,雖然老幹部大部分都不滿,但基本上可以穩定大局。但等到林彪和毛澤東鬧翻,穩定即消失,毛澤東不得不與老幹部妥協,所以才突然決定參加陳毅的葬禮。晚年的毛澤東主要想在極左派和老幹部之間取得平衡,讓大局穩定。毛澤東說,他平生幹過兩件大事,一件是把蔣介石趕到台灣,一件是發動文化大革命,就是希望鄧小平和老幹部承認文化大革命所做過的一些事。但在反擊右傾翻案的時候,鄧卻拒絕認錯,這就表示鄧根本不承認文化大革命,這就迫使毛不得不解除他的工作。

在這種情況下,毛指定華國鋒接班,就只能是過渡。四人幫倒台後,鄧及老幹部全盤否定文革,我相信毛是預測到這一步的。毛對更遠的將來仍然抱持希望,他相信以後的人會覺得他的文革仍然值得肯定,他並沒有錯(據說,毛說過,我死後右派會復辟,但……,就是這個意思)。但是現在,四人幫既然不可靠(政治上不成熟、整體力量也不足),為了國家的穩定,在他死後,必須由鄧及老幹

部來掌舵，這一點他看得很清楚，而且知道要識大體，不能讓黨和國家的基礎動搖。但毛不會讓鄧直接接班，因為這樣就等於承認文革路線是錯的。毛讓鄧以一種特殊的方式接班（先打倒四人幫，再趕走華國鋒），就是要讓鄧及其盟友為此負起一切責任，讓將來的人來評斷他和鄧之間的是非得失。毛知道他的路線一時受挫，他無可奈何，只能接受現實，但他相信，未來他還有翻案的機會。

不論文化大革命的是非得失如何，仍然必須承認，文革造成了黨的分裂和國家的不穩定。這是毛死後最大的問題，鄧及其盟友掌握政權時必須面對這一問題，必須加以解決，這他們很清楚。當他們把毛的路線從「左」往「右」帶時，他們大概沒有預料到會有 89 年的風波。面對這一風波，他們只能採取緊急行動，不然黨及國家可能就會解體，革命的成果可能就會全部丟光。這樣，中國共產黨將比蘇聯共產黨更早成為歷史的笑柄，而鄧及其盟友也將成為歷史的大罪人。他們都是老革命，他們不會輕忽自己的責任，所以他們採取了行動。鄧後來說，這事他要負責，我覺得這不只是指他最後決定的那一行動，也指他沒有把局面掌控好，才會出現這種嚴重的局面。改革開放後，鄧一直在當時的「左」派（鄧力群、賀敬之等）與激進改革派之間尋找平衡點和穩定點。鄧一時沒有把局面控制好，說明了毛死後中國局勢和世界局勢的複雜性。那個時候中國和蘇聯都在進行改革，美國游刃其間，差點成了全贏之局。鄧可能一時之間疏忽了美國的作用，我覺得這

也許是他重新上台之後所犯的最大錯誤。

鄧如何看待中國的發展問題，如何預測世界局勢的發展，我們恐怕很難完全理解。但89年之後不久，蘇聯就解體了，東歐也解體了，北約的勢力逐漸往東擴展，這他是知道的。他不可能不考慮，在美國的獨霸下，中國如何面對這一變局。我相信他心裡是很著急的。他晚年所做的最重要的一件事，就是92年的南巡講話，以此敦促當時的領導人加速經濟發展。我們知道，美國和北約轟炸南斯拉夫的時候，當時的俄羅斯總統葉利欽非常不滿，而俄羅斯的一部分人也才猛然醒悟，他們完全被美國人欺騙了。再看看後來美國對阿富汗和伊拉克的轟炸和入侵，以及北約的東擴幾乎就要到達烏克蘭，我們就可以了解，如果不是中國的發展速度超出美國的預算，中國的日子也不會過得那麼舒心，美國人總是會對我們指指點點的。我認為鄧小平是看到了這種可能性，而且盡他的責任，敦促中國的領導人速度要快一點。

鄧和毛一樣，不管政治路線如何，總會在世界局勢之下來思考中國的發展。可是我覺得，大陸的大部分知識分子好像都只看國內問題，從一種理想主義的角度，提出一些解決辦法，並以此衡量共產黨施政的得失。鄧和毛都不是這種意義上的理想主義者，他們必定有現實主義的一面。作為中國的領導人，他們必須讓中國具有獨立生存和發展的能力，讓所有的中國人不用再過以前那種極其艱困的日子。鄧的名言之一是，「摸著石頭過河」，不管怎

麼樣摸，目標就是要過河，這就是現實主義。從這個角度講，鄧已經盡了他的責任了。我覺得，在把中國發展的「舵」掌控好這一點上，鄧雖然稍有疏忽，但基本上已完成了他的任務。只要比較蘇聯的悲慘結局以及現在俄羅斯的困境，鄧的貢獻就可以看得更清楚。

二

　　現在我們可以重新思考一下，鄧小平最後所留下來的二十字真言：「沉著應對，穩住陣腳，冷靜觀察，韜光養晦，絕不冒頭。」這看起來像是提醒中國的領導人如何面對世界大局。鄧顯然更關心中國如何因應未來國際局勢的發展。至於國內問題，一方面有了「四個堅持」的原則，另一方面又確立了集體領導和十年一輪換的方針，基本上就可以暫時穩住陣腳了。我覺得，鄧小平臨走前大概也就只能掌握這些，他完全是現實主義的，以後的事他大概也不可能考慮得很清楚。他所謂的「不爭論」，大概也就是：先紮紮實實的一步一步走，至於重大的路線問題，現在還不到考慮的時候。

　　歷史有時候從「後見之明」看回去，似乎就比較清楚了。譬如，2008 年金融大海嘯後，原有的歐、美、日資本主義體系日漸衰落，而中國的經濟前景普遍被看好。這種局勢，在進入二十一世紀時，我們一點也想像不到。與此同時，因為歐、美、日經濟的衰微，中國也要被迫從外貿

型經濟轉向內需型經濟，而這種調整，也需要面對很多困難。不僅如此，中國還必須提前面對，人民幣取代美元，成為國際貨幣的問題。而且，我們也日漸感受到，「發展至上論」的經濟理論恐怕是有問題的，中國的未來如何從這種陷井之中走出來，不只是中國人的問題，其實也牽涉到全世界的未來。不論是在八〇年代中期，還是在九〇年代中期，甚至在二十一世紀之初，我們都不可能這樣看問題，但我們現在被迫不得不這樣思考問題。在這樣的情勢下，固執於社會主義和資本主義的分辨，似乎變成了老舊的思維模式了。現在的問題看來似乎是，以中國為主導的經濟，能否順利的取代歐、美、日的、顯然已出現大問題的資本主義經濟，讓整個世界可以順暢的運轉下去。

再說到政治、軍事形勢。幾乎沒有人會夢想到九一一事件，其後就是美國入侵阿富汗和伊拉克，這引發了全世界對美國國家性質的爭論。今年連續發生的一些現象，也讓人目不暇給。烏克蘭事件導致俄羅斯與歐、美強烈對抗；美國重返亞洲及日本的極力配合，又造成了亞洲局勢的緊張，然後中、蘇兩國不得不緊密合作。最近，我們又看到美國在伊拉克陷入絕對的難局之中，而以、巴衝突又有了新的發展，這些都令人不安。我常常在想，美國會不會挺而走險，會不會在伊拉克丟下一顆核子彈，會不會逼迫中國動武。在整體的世界危機下，中國的政治體制問題似乎也要配合這些變化來思考。

一戰結束後，由於歐洲民選政府不能有效解決經濟難

題，導致法西斯崛起。希特勒掌權後，英、法政府軟弱無力，對希特勒一意姑息，因而引發二戰。與此同時，當1930年代歐洲深陷經濟危機時，新成立不久的蘇聯卻蒸蒸日上，讓當時的歐洲知識分子開始思考自由主義與社會主義的經濟體制孰優孰劣的問題。以此背景來反觀現在，在全世界的危機之下，看起來中國集體領導的民主集中制，似乎比美、日政府更能有效的及時處理突發事件。我們似乎應該務實的面對這一問題，承認中國體制有其長處。我不是說這個體制可以一勞永逸，但對於政治體制的改變，我們似乎應該慎重其事。

上面所提到的兩個方面，其實是密切相關的。中國現在要面對世界經濟局勢調整自己的經濟型態，中國也要面對美、日在亞洲地區的挑釁、面對烏克蘭危機及中東危機，調整自己的外交戰略。這些，並不只是對外，內部也要跟著調整，因為內部問題不能和外部問題相互配合，危機不可能解除。反過來說，我們不能置外部問題而不顧，只考慮如何解決內部問題。中國已經是世界上僅次於美國的重要國家，毫不誇張的說，現在的世界問題和中國問題已經無法分割了，我們考慮問題的方式應該調整。

三

下面我想從一個具體問題來討論像中國這樣的落後國家，在發展上所面對的特殊難題，那就是，1949年新中國

建立以後逐漸發展出來城鄉二元制的問題。我剛到大陸的時候，發現了城、鄉分開的戶籍制度，非常驚訝。我不能理解，靠著農民起家的新政府，為什麼要把農民嚴格的限制在農村之中，這好像回到中世紀的身分制，對農民非常不公平。

我後來逐漸了解，新政府所以樣做，至少有兩個主要的原因。中國的人口非常龐大，當時將近五億，其中百分之九十是農業人口。在新中國的現代化過程中，如果讓農民自由移動，那麼，就會像後來亞、非、拉地區那樣，產生人口數非常驚人的大城市，到處是貧民窟，而這些大城市根本還負荷不了這些短時間湧進城裡的人。如果中國也像其他落後地區那樣，允許農民自由移動，由此產生的社會問題，一定比亞、非、拉地區嚴重得多，當時的政府恐怕是很難應付的，哪有餘裕處理更重要的問題。

其次，由於戰後的種種因素，特別是冷戰的對立，中國必須獨立發展。但中國是一個極端貧窮的國家，根本沒有資金來發展重工業，而沒有重工業，就沒有現代化的基礎。為了解決這個問題，只好把農民限制在農村中，對他們所生產的糧食進行「統購統銷」，其實也就是，讓糧食成為原始積累的主要槓桿。我們只要看一下早期蘇聯的歷史，看一看當時的蘇共和農民之間為了糧食問題產生極大的矛盾，最後蘇共只好出動武力，就可以知道這個問題的嚴重性。

由此可以看出，在新中國的前三十年，農民為國家的

現代化作出了多大的犧牲。後來三農問題發生時，很多人大聲疾呼，現在應該到了回報農民的時候，因此，才推出了農民免稅的政策。

　　隨著改革開放政策的逐步擴展，限制農業人口的轉移根本無法再實施下去，所以就有了我們所知道的一大堆農民工問題。農民雖然可以到城市工作，但戶籍卻在農村，由此產生的許多不公正現象，大家都非常清楚。我們可以說，如果不能徹底解決這個問題，中國的社會轉型就不能說是完全成功的，而且更重要的是，這決不能說是「朝向社會主義」前進的社會。但要把這個問題徹底解決，又非常困難，因為現有的教育、醫療、社會保險各方面的問題，都跟城、鄉二元結構有關係。戶籍體制一元化，也就意味著教育、醫療等體系也要跟著調整，此事非同小可，必須有長期的規劃，以最大的決心來實行，才不會產生許多後遺症。

　　今年 7 月 30 日，國務院印發《關於進一步推進戶籍制度改革的意見》，就是下定決心，要建立城、鄉統一的戶口登記制度，而且計畫在 2020 年完成這一工作。這個工作遲早也要進行，所以選擇這個時機，是因為 2008 年美國金融大海嘯以後，中國的經濟生產必須調整到以內需為主的方向。而要擴大穩定的內需市場，顯然就要打破城、鄉二元結構，縮小城鄉差距和貧富差距，這樣才能增加國民的購買力。也就是說，現在執行這項政策，就同時解決了國內的問題和國際的問題。

　　我們如果從宏觀的角度來看待這一問題，就可以看出，中國從落後狀態發展到現在，已經經歷了三個階段：1、城鄉二元結構的建立，2、二元結構開始鬆動，農民工問題出現，3、戶籍一體化，增加城市人口，擴大全民購買力，把中國經濟發展轉向以內需為主。這樣看來，城鄉問題不過是中國現代化過程中的一個側面而已。把城鄉問題擴展到中國社會的各個方面，就可以看出中國社會轉型發展的困難度和複雜性。

　　再進一步而論，毛澤東時代代表的是中國轉型發展的第一個階段，鄧小平代的是第二個階段，我們現在才正要進入第三個階段。從第一階段到第三個階的大轉折，我們稱之為改革開放，從社會發展來看，其實是不得不然的。但是，這個轉折如果沒有掌控好，就會像蘇聯那樣，整個社會幾乎解體，等於重新再來一次，代價實在太高了。鄧小平把中國社會發展，從第一個階段帶向第三個階段，帶領了中國人涉過最危險的第二個階段，這個貢獻是必須承認的。

　　劉邦去世前，呂后問，蕭何之後由誰繼任宰相，劉邦回答了。呂后又問，再之後呢，劉邦又回答了。呂后又問，再再之後呢，劉邦說，那太久遠了，「非爾所知也」。就像呂后不能從劉邦口中得到二十年之後如何建立領導班子的指導，我們也不可期望鄧小平在去世之前就告訴我們，2010 年代我們要如何面對國內問題、面對國際問題。在文革之後那種飄搖不定的局面下（國內、國外都

是如此），鄧小平掌舵了十多年，中國幸好沒有出現大問題，在他去世的時候，中國的局勢還不錯，在他臨走前，還留下了一些模糊的原則。這些，我們基本上應該給予肯定。現在的中國，以及未來的中國，我們只能期望於現在的中國人，以及未來的中國人，我們不能把責任推到鄧小平身上，甚至推到毛澤東身上，以及推到歷代的帝王以及所有的祖先身上。鄧小平接受了毛澤東的遺產，他必須務實的從這裡開始作起；我們接受了鄧小平的遺產，也只能從他終止之處開始。我覺得，鄧小平現實主義的務實態度，恐怕是我們最需要學習的。

2014.8.29

第二輯

重新認識傳統中國

中華文化的再生與全球化[*]

一

　　八十年前，中國最優秀的知識分子曾經以最激烈的態度批評過中國文化，像「把線裝書丟到茅坑裡」、「最好不要讀中國書」、「廢除漢字」一類的言論隨處可見[1]。即使在二十多年前，也還有人批評中國社會是「超穩定結構」，數千年不變，並認為這種「大陸型」文化無法與豐富多變的「海洋型」文化相比[2]。

　　這一類型的對中國文化的批評，其實都來源於同一的疑惑，即：中國為什麼不能像西方文化那樣，發展出資本主義的生產方式，為什麼不能發展出西方的科學與民主、

* 本文初稿寫於 2004 年，為在北京召開的一個有關中國文化的研討會而作。修改稿收入《全球化與華語文化國際學術研討會》會議論文集，2005 年 11 月 25-26 日，台灣淡江大學。

1 參看周策縱《五四運動》第十二章，303-316 頁，江蘇人民出版社，2005 年 7 月。
2 「超穩定結構」的說法為金觀濤所提出，見其所著《興盛與危機》；又，八〇年代大陸所出紀錄片《河殤》最充分的表達海洋型文化與大陸型文化對比的看法。

個人主義與自由主義？

自鴉片戰爭以後，一百年間，中國無法抵擋任何外國的入侵，甚至連跟中國同時「西化」的「小日本」都可以打敗中國。就國內而言，自太平天國開始，動亂從來就沒有中斷過。甚至在六、七十年代，還發生了長達十年的文化大革命。這一切，使得中國人喪失了民族自信心，懷疑自己的文化大有問題。

然而，也不過二十年的時間，中國的經濟發展突飛猛進，中國的崛起全世界矚目，可以預期，二十一世紀即將成為中國人的世紀。這一切變化實在太過驚人，恐怕連中國人自己都有點半信半疑。

現在已可以確信，不論這種奇蹟是如何發生的，中國從豆剖瓜分、混沌無序的危機中浴火重生、再度崛起，是毫無可疑的。在驚魂甫定，欣喜之情油然而生的時候，我們不得不對自己文化堅韌的再生能力感到十分的驚訝，現在也許已到了對中國文化重新評價、重新「翻案」的時候了。

二

其實，很早以前，中、外歷史學家就已發現，中國文化自形成以後，經歷了數千年之久，從來就沒有間斷過，是世界文明史上唯一的例子。中國文化的再生能力早經歷史證明過，現在只不過再一次證明而已。

　　但是，正如前一節所説，一百年來「西方中心觀」的歷史研究卻一再的漠視中國文化這一特性。這一類的學者一向熱衷於找出中國的病根，但事實是，他們對中國文化的特殊性、中國歷史的複雜性並未有所理解。法國著名漢學家謝和耐説得好：

　　一直到中世紀研究發展起來之前，我們的中世紀始終被認定是一個愚昧和停滯不前的時代，而史學家們的著作卻揭示了一種豐富的和複雜的發展，賦予了似乎是死亡的東西一種生命、色彩和運動。中國的歷史就如同我們那未經探討過的中世紀一樣，被反覆指責為停滯不前、同期性循環先前的狀態、相同社會結構和相同的政治意識形態的持久性，這都是對於一種仍不為人所熟悉的歷史價值的判斷。毫無疑問，自本世紀初以來，在中國、日本和西方國家為中國歷史所寫的大量著作都使我們的知識獲得了巨大發展。但尚談不上如同人們可以對西方歷史所作的那樣深入探討非常細微末節的問題，人們遠未達到足以使人想到把中國社會的發展與歐洲的發展相比較的那種研究分析水平[3]。

3　謝和耐《中國社會史》18 頁，江蘇人民出版社，2005 年 7月。又，近年來對於中國歷史研究的類似的看法不斷出現，請參看王國斌《轉變的中國》，江蘇人民出版社，2005 年 7月；柯文《在中國發現歷史》，中華書局，2005 年 4 月。

　　中國文化最大的特色在於，她的強大、廣博的吸納能力。她以中原地區為核心，不斷的往四方發展，吸收了許許多多的民族，融匯成統一中有多元因素的文化體系。對外而言，通過「絲綢之路」，她也從不間斷的吸納「西方」（伊朗、印度、阿拉伯、羅馬等）的各種事物，以增廣自己文化的內涵。

　　從東漢末年到唐代，中國對印度佛教文化的學習是最突出的例子。中國人花了幾百年的時間把佛教經典幾乎都譯成漢文，為此，還有不少人跋涉幾千里到印度取經。宋朝以後整個佛教文化已和原有的中國文化融為一體，中國文化的體質有些改變了，但仍然還是中國文化。

　　佛教的例子可以看到，中國吸納不同文化的過程是極緩慢的，跟日本的短時間內幾乎全盤照搬（唐代學中國、近代學西洋都是）截然相反。因為緩慢，就有如老牛反芻，最後全消化在原有的體質中。從基本體質的外表看，她似乎沒有大改變，然而「新血」確實已經輸進來了。因此，我們不能說，這種文化是「停滯」的。一種文化「停滯」了五千年而沒有僵硬致死，這實在很奇怪，只能說她從未「停滯」過。

　　新中國誕生的時候，日本帝國才瓦解不久，這兩件截然對比的事件引發一些日本學者的反思。他們認為，中國現代化的過程比日本艱難得多、痛苦得多，但也許中國人走的是正確的道路，而日本快速的、全面的學習也許有問題。他們比較福澤諭吉和魯迅的思想，發現魯迅的看法更

深刻、更有道理，並稱讚魯迅才是「落後」的亞洲真正具有獨立性的思想家。這個例子可以說明，中國獨特的吸納外來文化的方式，也可以說明，她的文化的綿延性為什麼那麼強大[4]。

中國開始被迫向西方學習，到現在也不過一百六十多年。如果從晚明開始接觸西方近代事物算起，就有四百年以上的時間。即使在戰亂頻仍的民國時期，中國也已翻譯了不少西方書籍。新中國曾經花了大力氣翻譯許多西方經典，文革中斷十年以後，翻譯數量在最近二十年中有了驚人的成長。中國的翻譯家到現在還受到尊敬，有不少知識分子以翻譯作為一生的志業。這些都證明，中國吸收西方文化的態度是極認真的。

但正如魏晉南北朝隋唐的學習佛教不是全盤「印度化」，近一百六十多年來中國的現代化也不會是照著西方的路子走，這是，有中國特色的現代化的道路。中國的歷史夠悠久，中國的人口也夠多，這些都可以保證，中國現代化成功以後，不會是西方國家的翻版。全球化理論認為，資本主義體系將會把整個地球變得一模一樣，我想，這種理論很難在中國得到證明。

4　參看竹內好《近代的超克》，三聯書店，2005 年 3 月。

三

　　中國的經濟目前已在全球體系中占了舉足輕重的位置，以致於有一種講法，認為中國已成為，或者即將成為「世界的工廠」。假如一直沿著現代化的道路往前發展，再過半個世紀，中國的生產力也許可以超過美國，這是很多人已經預期過的事。不管怎麼說，中國已經、或即將對全球化產生重要影響，這大概是沒有人可以否認的。那麼，在這個時候，中國文化會在全球化中扮演什麼角色呢？

　　中國崛起對全球化的影響，可以從更深層的文化心理去加以考慮。西方文化基本上是一種海洋文化，也就是說，它們的經濟型態是一種以海上交通為主軸的商業文明。古代的希臘、羅馬，是以地中海為通道的商業文明，近代的西班牙、荷蘭、英國、美國則是以大西洋、太平洋為通道的商業文明。

　　商業文明的本質有點類似於海盜，我們看早期英國的殖民集團就是海盜集團與英國政府的綜合體，即不難窺知一、二。因此，西洋的海洋帝國是以掠奪作為商業助力為其手段的。英國為了打開中國的大門，為了打破與中國貿易不平衡的狀態（英國進口中國絲與茶，而中國卻可以不買英國商品），於是把鴉片進口到中國商場，並且在中國政府禁煙時，悍然發動戰爭。當英國議會在爭辯是否應該發動這一場戰爭時，自由黨的領袖格蘭斯頓說：

他（中國政府）警告你們放棄走私貿易，你自己不願停止，他們便有權把你們從他們的海岸驅逐，因為你固執地堅持這種不道德的殘暴的貿易……在我看來，正義在他們（中國人）那邊，這些異教徒、半開化的蠻族人，都站在正義的一邊，而我們，開明而有教養的基督徒，卻在追求與正義和宗教背道而馳的目標……這場戰爭從根本上就是非正義的，將讓這個國家蒙上永久的恥辱，這種恥辱是我不知道，也從來沒有聽說過的……我們國旗成了海盜的旗幟，她所保護的是可恥的鴉片貿易 [5]。

在還有道德感的英國政治領袖的眼中，發動這一場戰爭無異於海盜行為，但是，大部分的英國議員還是把商業利益放在第一位，投了贊成票。為了強權與利益，正義可以放置一邊，我們只要觀察近代西方資本主義帝國主義的發展，就可以理解這種批評不是無的放矢。

我們以此角度重讀近代西方資本帝國主義的歷史，就可以發現，不論英、法、德、美各國，每一個國家都曾以武力占領別人的領土，然後再在武力的保護下掠奪當地的資源，並把當地當作產品的傾銷地。這種建立在強占與掠奪之上的經濟發展，西方人竟可以夸夸其談的談西方的自由與人權而不臉紅，實在不能不令人感到驚奇。此無他，

---

5 黑尼斯三世、薩奈羅《鴉片戰爭》，89-90 頁，三聯書店，2005 年 8 月。

從海盜行為出發的商業貿易本來就是以「強權」作為最後的標準的。西方文化從希臘時代就是如此,因此西方人竟「習而不察」,完全沒有想到,他們的「文明」是建立在對其他國家的血腥屠殺與剝削之上的。(近來美國所發動的伊拉克戰爭,更赤裸裸的表現了西方文明的海盜本質,在此就不加贅述了。)

日本在明治維新成功以後,學習的就是這一種海盜式的資本主義。日本號稱要爭取「生存空間」,於是為了強占朝鮮而發動甲午戰爭,為了強占東北而發動九一八事變,為了強占整個中國而發動蘆溝橋事變,為了奪取太平洋和東南亞而偷襲珍珠港。很多日本人至今還不承認他們這種行為是「侵略」,因為,他們只不過「效法」英、法、德、美各國而已。英、美可以做,為什麼他們做不得。先這樣做的英、美罵日本「侵略」,無異於先做強盜的責罵後做強盜的,日本怎麼會服氣。這就是近代資本主義的本質——誰先搶誰贏。

相對於效法西方的日本而言,我們再來看中國人的想法。中國近代革命的先驅孫中山,還在中國革命前途渺茫的時候,曾經講過這一段話:

中國對於世界究竟要負什麼責任呢?現在世界列強所走的路是滅人國家的;如果中國強盛起來,也要去滅人國家,也去學列強的帝國主義,走相同的路,便是蹈他們的覆轍。所以我們要先決定一種政策,要濟弱扶傾,才是盡

我們民族的天職。

這一段話，我高中時代讀過，當時覺得，孫中山真是會「吹牛」，中國的前途還不知道在哪裡，就講這些捕風捉影的話。但在日本戰敗，日本帝國崩潰後，竹內好曾發表如下的感想：

> 我在戰後重讀《三民主義》時，被以前忽略了的這一節打動了。中國作為半殖民地國家（孫文認為中國成了多數國家的殖民地，其地位在殖民地之下，故自稱次殖民地），在國際政治中，長期沒有得到獨立國家的待遇，但自己所把握的理想卻是這樣的高遠。這不是真正標誌又是什麼呢[6]？

相對於日本明治維新還在進行，還未成功的時候，日本的維新志士早就在為了所謂的日本的生存空間而思考「北進」還是「南進」，孫中山的思想確乎是「戞戞乎其難哉」，充分顯示中國文化所蘊育出來的胸襟。

從中國文化的發展歷程及其所展現的特質來看，孫中山的思想並不是空穴來風的純個人幻想，可以說是中國文化精神的體現。因為，相對於西方向外擴張的海洋商業文

6　竹內好《近代的超克》，281-2 頁，孫中山的演講文自此轉引。

明而言，掠奪不是它的本質，自我保護才是它的文化發展的根本重點。

自秦始皇建立了大一統的集權帝國以後，中國社會的集體任務是在北方的長城線保持守勢國防，以防備北方、西北方、東北方遊牧民族的南下掠奪。反過來說，它的主要任務是在保護長城南方中國本部的農業文明。當然，有時候它也出征「塞外」，但這種攻勢基本上也是「以攻代守」，它很少想要據有塞外的土地。凡是攻勢超過自保的需要，而具有帝王個人張揚自己威風的成分，在正統歷史上即會承受「窮兵黷武」的罪名。因此，不但秦始皇、漢武帝的過度用兵受到批評，連號稱一代聖君的唐太宗對於高麗的進攻，即在當時就被許多輔政大臣所反對，認為此舉毫無必要。也就是說，中國正統士大夫一向認為，盲目擴張土地一方面勞民傷財，一方面也對中國經濟無所助益。（清朝中葉就是基於同一邏輯，拒絕跟西方諸國來往。）

中國現代化的成功，中國經濟的崛起，在近、現代世界史中樹立了一個特例，至今還很少人提及。此前先進的資本主義大國，不論是英、法、德、還是美、日，誰不曾進行過強占與掠奪，誰不曾讓他國淪為殖民地，誰不曾從中得到大量利益（包括中國所支付的巨額戰爭賠償），以助於國內的經濟發展。而中國，卻在長期被侵略，一窮二白的情況下完全自力更生，從而達到現代化的地步的。中國的崛起是完完全全的「自力」崛起，完全不同於以往的「自力」加「武力侵略」，這就證明，中國人走的是一條

現代世界史上僅有的道路。

　　但是，當中國以其獨特的方式崛起的時候，在西方及日本卻不斷的出現所謂的中國威脅論，其意以為，中國成為經濟強國以後，就會跟著他們以前走過的道路，透過軍事或非軍事的手段侵略他人，剝削他人。用一句中國古話來說，這就是「以己之心，度他人之腹」，以為他們這樣做，中國也一定這樣做。如果這樣，中國的崛起，不過在現存的經濟強國之中增加一個競爭者而已。這樣，對全球經濟體系不但沒有任何好處，反而會因增加了一個競爭者而產生更加不穩定的因素。

　　從中國過去的歷史發展，從中國人的文化心態而言，我以為，中國不會走上這樣的道路。首先，中國現代的經濟發展集中於沿海地區，面積更廣大的西北、西南地區，由於高山眾多，降雨量少，又有不少沙漠，實際上距離現代化還很遙遠。以中國過去歷史上的「先內再外」的思考模式來說，與其說中國人急著向外擴張，不如說，中國人更急於解決沿海跟內陸的平衡發展。就像以前，中國人必須在長城線以內來鞏固自己，才有能力防備遊牧民族一樣。這一向是中國人的思考邏輯。

　　其次，對外而言，中國人的自保政策也跟西方文化的向外（甚至向遙遠的海外）擴張不一樣。在開發內陸的同時，中國同時也要「睦鄰」，也就是把太平洋地區的小國視為自己的同盟國，這樣才能對抗美、日在太平洋的聯盟封鎖。而這樣的「睦鄰」當然不是賺東南亞各國的錢，而

是幫助他們發展，讓他們覺得中國是個朋友而不是敵人。中國人當然再不會「自大」到視自己為「天朝」，但傳統的「以己利人」的思考模式還是存在的，這樣做並不純是「利他」，也是「利己」，因為當東南亞成為自己的盟國時，中國的「自保」就會有進一步的保障。對於較遠的非洲、阿拉伯國家與中、南美洲，中國也採取同樣的政策。中國在外交上，一向與弱勢國站在一起，在聯合國中有較高的威望，就是來自於這一種完全不同於西方的外交政策。

　　針對中國威脅論，中國人回答說，中國文化強調「和」的精神。「和」者，「和為貴」、只有彼此互利才可能達到「和」的境界。歸根到底來說，這還是以「自保」為出發點所發展出來的國際觀。如果處處占人便宜，就會到處樹敵，就談不到「和」，當然也不可能自保了。

　　資本主義的大量生產在西方的發展導致了極端型的向外擴張。中國現代化以後，大量生產的規模可能遠甚於西方。如果這種大量生產能夠達到與世界各國互利互存的境界，那就會改變近代世界史所走的道路，從而改變全球化的本質。這是中國文化對全球化所能提供的最大的貢獻，也就是孫中山理想的現代實踐方向。作為一個中國人，我們當然希望中國能夠按著這一條路走下去。

中國文化的第二次經典時代[*]

一

　　每一個偉大的文明都有自己的文化經典。以中國而言，最早被列為文化經典的是六經，到了後代又加入了先秦兩漢的一些典籍（如諸子和史記、漢書）。以希臘而言，最早被列入經典的是荷馬兩大史詩和赫希阿德，然後加入三大悲劇作家、希羅多德、修昔底德、柏拉圖、亞里斯多德等。以印度而言，先是四大吠陀，後來又有兩大史詩。可以說，沒有形成文字化的經典系列的文明，都很難稱之為偉大的文明，因為沒有文字化就很難流傳下去。

　　文化經典最早都形成於代代的口耳相傳，這些憑著一代傳承一代、靠著背誦和記憶而傳承下來的東西，必然是那一文明經驗與智慧的結晶。到了歷史的某一時期，由於書寫技術的進步，才逐漸文字化，並經由書寫材料（如泥磚、紙草、木片、竹片）而流傳下來。經過這個階段以後，已經文字化的「書籍」就成為某一文明識字階層的教

---

* 本文縮節本刊登於 2015 年 4 期《讀書》時，題為〈中華文明史上的黃金時代〉。

科書，代代傳誦不絕，這樣就形成了文化經典。隨著時代的發展，某一文明內部的文化經典，各典籍之間的地位也許會有高低起伏的變化，但其核心基本上會保留不變，如中國的六經和希臘的兩大史詩。

即使有了文字化，也不能保證某些文明的文化經典就能永遠保存下來，譬如，古代的兩河流域和古埃及。這是世界上最古老的兩種文明，曾經擁有豐富的典籍，卻因後來者的不斷征服，而為世人所忘記。近代以來，由於考古挖掘的努力，兩河文明的楔形文字和埃及文明的紙草才能重現於世。當然，經過考古發現重新綴補出來的文化經典，終究不及文字傳承代代不絕的文化經典那麼完整。

跟兩河、埃及文明形成對照的，是古代希伯來文明。希伯來文明誕生於古代的以色列國，而以色列是一個弱小的國家，常常遭受周邊強大帝國的侵略，國家的存在時有時無，但它們的經典《舊約》卻能靠著猶太教的強大凝聚力流傳下來。後來的基督教也發源於猶太教，基督教除了《舊約》之外又有自己的《新約》，《新‧舊約》的流傳基本上源於宗教的力量，而不是政治力量，這在文明史上是少有的例外。

二

從地理上的區隔來說，我們可以把人類最重要的古代的明分成三大塊，1、東亞的中華文明，2、南亞的印度

文明，3、兩河、埃及、地中海文明。中國文明和印度文明相對來講都比較孤立的發展（但這並不否認，三大文明區之間還是多少有所連繫），而兩河、埃及、地中海之間的各文明卻彼此緊密交流。兩河、埃及以及附近的各文明，後來統一於波斯帝國，波斯帝國可以說是這一地區第一個偉大的綜合體。跟波斯帝國形成對抗的，是希臘各獨立城邦組成的文化統一體。這個希臘文明內部彼此鬥爭不已，最後由馬其頓帝國將它們統一起來，並且滅掉了波斯帝國。馬其頓帝國後來雖然分裂成馬其頓（包括希臘）、埃及（托勒密王朝）和西亞（塞琉古王朝）三大塊，但它們卻擁有共同的文明基礎，這就是所謂的希臘化文明。後來，在地中海西部興起了羅馬帝國，併吞了所有這些地區，再加上羅馬帝國在地中海西部所征服的北非、西班牙和高盧（現在的法國），就形成了古代世界最強大的帝國，和東方的漢帝國遙遙相對。

從文化上來講，羅馬帝國和先前的馬其頓帝國一樣，是傳承希臘文化的。希臘文化所以在希臘政治勢力消失以後還能長期存在，就因為統治它的兩大帝國在文化上都受到它的影響。

三

我們現在常說，近代西方文化傳承了古代的希臘羅馬文明，其實這是一個太過簡略、容易產生誤導作用的說

法。羅馬帝國統一了整個地中海地區，形成了希臘羅馬文明，這個文明的文化經典，除了希臘人的作品之外，又加上了羅馬人的作品（如西塞羅、凱撒、維吉爾、李維等）。但是，在西元二世紀末羅馬帝國陷入長期內戰以後，這個文明就逐漸沒落了，等到西元四世紀君士坦丁大帝重新統一帝國、尊基督教為國教以後，希臘羅馬文明就變成了羅馬基督教文明。我們記得，羅馬皇帝朱利安曾經企圖恢復希臘羅馬文明，但很快就失敗，因此他被稱為「叛教者」，這就說明基督教已成為羅馬帝國最重要的文明力量。等到日耳曼各部落衝進西羅馬帝國境內，西羅馬帝國崩潰，日耳曼各部落紛紛歸依基督教以後，至少有一千年時間，所謂西方文明其實就是基督教文明，希臘羅馬文明幾乎完被忘記了。

就在西方完全籠罩在基督教的勢力之下的時候，東羅馬帝國（拜占庭帝國）還屹立了一千年之久。拜占庭帝國使用希臘語，繼續傳承古代的希臘文明，而且，還影響了後來興起的大食帝國的伊斯蘭文明。現在很少人知道，伊斯蘭文明不但傳承了古希臘文明，同時還傳承了古希伯來人文明。大食帝國的全盛時代不但翻譯了許多希臘經典、產生了不少詮釋希臘文明的大師，而且，他們同時也推崇《新‧舊約》。如果沒有拜占庭帝國和大食帝國，古希臘文明有多少能保存下來，是很值得懷疑的。近代的西方很少人願意承認這一點，好像希臘文明在西方一直綿延不斷，這是很少人揭破的歷史大謊言。

　　一直要到薄伽邱和佩脫拉克（十五世紀）的時代，古希臘羅馬文明才在意大利復興起來，並逐漸波及全西歐，這就是我們所謂的文藝復興。文藝復興以後，希臘羅馬文明和基督教文明並存於西方，成為近代西方文明的基礎。從這個角度來看，古代的希臘羅馬文明，和近代西方所傳承的希臘羅馬文明，很難說是同一個文明，因為後者已經加入了基督教的因素，而前者絲毫沒有基督教的影子。而且，我們不能說，傳承拜占庭文明的俄羅斯文明，以及繼承大食帝國遺產的伊斯蘭文明都不是古希臘文明的繼承人。古希臘文明的「後代」有好幾個分支，西方人憑什麼說，他們是古希臘文明唯一的繼承人？

　　再說，所謂的希臘文明的作用問題，恐怕也需重新考慮。近代西方人把希臘文明吹得神乎其神，認為這是西方人最具天才性的創造，是西方人對人類所做的最偉大的貢獻。其實，真相遠非如此。根據希臘人自己的記載，也根據十九世紀以來的考古發現，越來越多的學者不同意這種看法。他們認為，地中海文明的發源地是兩河流域和埃及，再從這裡擴展到敘利亞、波斯、小亞細亞、腓尼基和以色列（希伯來），再影響到在小亞海岸區域的希臘城邦，然後再擴展到希臘本土（我們只要想一想，希臘早期的哲學家和希羅多德都來自小亞沿岸的城邦，即可思過半矣）。也就是說，希臘文明是兩河文明和埃及文明影響下的產物，說希臘文明是獨立創造出來的，根本站不住腳。羅馬帝國時期，帝國東部因為有較深厚的文明底子，所以

才能發展出基督教，也才能在西羅馬帝國崩潰以後，繼續
存在著拜占庭文明，並且發展出伊斯蘭文明，還有後來的
鄂圖曼帝國。這一大片地區本來就是古地中海文明的發源
地，在近代西歐尚未興起之前，其文明力量遠遠超過西
歐，而且時間長達一千年之久。在這個地區，希臘文明只
不過是這個大文明圈的一環而已，其作用絕對稱不上獨一
無二。在近代西方興起以後，西方人為了突出自己，就拉
出了一個「遠祖」希臘，並把它無限的抬高。

我們現在所讀的人類文明史，不過是近代西方人「創
造」出來的文明史。其實，西方稱霸全世界（從他們壓倒
鄂圖曼帝國和莫臥兒帝國算起）也不過兩百多年，從歷史
的長河來看，兩百多年算得了什麼！等到西方話語霸權一
過，西方文明發展的真相就會大白於世。西方人所敘述的
希臘－羅馬－文藝復興－近代西方這個一線傳承的人類文
明史，總有一天就不會再有人相信了。

四

我們略過印度文明，直接從古地中海文明和近代西方
文明跳到中華文明。

在東亞這塊大陸上，歷史發展最核心的問題是：什麼
時候形成了一個後來稱之為「華夏」的統一文明。這是中
國上古史最重要的問題，隨著中國考古學的日新月異的
發展，這個問題的答案會逐漸的清晰起來。根據現有的

資料，我們可以肯定的說，在周朝建立的時候，以黃河流域為中心，中國人已經形成了非常穩固的文化大一統的觀念。這個觀念還可以往前追溯，應該說，至少從中國歷史中的「三代」（夏商周）以來，這個觀念就已經存在。

我們知道，在周代建立的時候，中國還處在「萬國」並立的時代，但周王（周天子）受天命而成為天下的領袖，也是絕大部分諸侯國所公認的。雖然戰爭時有發生，但周王作為最終的協調者和決斷者的地位，很少受到挑戰。即使在春秋時代，周王的權威已經極為式微，春秋的霸主，特別是齊桓公和晉文公，仍然以周王的輔臣的身分維持次序，不敢在名分上有所逾越。一直到戰國中期，齊國和魏國相約稱王的時候（齊威王和魏惠王），周王的崇高地位才完全喪失。周王的權威名分長期存在，說明天下「共主」的觀念已經長期存於中國人的心中。沒有這個觀念的存在，很難想像先秦諸子都存在著「大一統」的思想，也很難想像秦國最後終於併吞了六國，實現了政治領域上郡縣制的大一統（也即是一般人所謂中國中央集權制的形成。我以前一直以為春秋、戰國的長期戰亂，是大一統思想出現的現實原因。最近和我的朋友張志強討論，才了解這種想法可能早在三代之前就已存在，而周代的宗法封建制則是這種思想的非常具有創造性的體現。）

將中國的上古史和地中海地區的上古史加以比較，就可以看出，兩者的重大區別。以兩河流域來說，這裡先後出現了薩爾貢帝國、漢漠拉比帝國（巴比倫帝國）、亞述

帝國和迦勒底帝國（新巴比倫帝國），周邊也曾有過赫梯帝國（小亞）和米底帝國（波斯）；除此之外，還存在著許多國家。最後，整個地區統一在波斯帝國之下。所有這些帝國，一個接著一個的出現，一個接著一個的崩潰，雖然許多帝國的領袖都自稱為「萬王之王」，但類似於周天子的那種天下唯一的「王」的觀念，似乎就沒有出現過。

我們再來看希臘地區。希臘城邦其實都是非常小的，他們也會成立各種聯盟，彼此打來打去，誰也不服誰。為了維持城邦的「獨立」，他們寧願在內鬥中耗盡力氣，最後，只好由野蠻的馬其頓將他們勉強統一起來。最奇怪的是，即使經歷了許多次的、慘不忍睹的城邦聯盟戰爭，希臘最偉大的思想家，柏拉圖和亞里斯多德，也從未設想過「天下一王」的觀念。從兩河文明到希臘文明，從頭到尾就只存在著國與國、帝國與帝國之間的、你死我活的爭霸戰。這似乎是地中海文明的宿命。

五

當羅馬帝國和漢帝國出現的時候，東、西方的古代史都達到了最高峰。我們如果以第二次布匿戰爭的結束（西元前 201 年）作為羅馬帝國的起點，以馬可・奧略留皇帝的去世（西元 180 年）作為羅馬帝國高峰期的結束，那麼，羅馬帝國的全盛時代約有四百年之久。相對的，漢高祖元年，是西元前 206 年，而漢獻帝即位的那一年（西元

189 年）漢帝國事實上已經不存在了，漢帝國跟羅馬帝國可謂同始同終。一般都把西元 476 年作為西羅馬帝國完全崩潰的界限，我們也可以把西晉滅亡的那一年（西元 315 年）作為中國陷入長期混亂的開端。中國這一次的政治脫序，一直到隋文帝重新統一中國（西元 589 年），時間長達二百七十餘年。但是，當中國重新統一的時候，原屬於西羅馬帝國的區域仍然一片混亂，而且，隨著時間的發展，還要逐步碎片化，形成許許多多的封建小王國和小公國，直至十四世紀才開始形成近代的民族國家（以英、法兩國為前導）。一直到現在，西歐從未真正統一過。

東、西兩大帝國的滅亡，除了內部的因素外，主要就是外部野蠻民族的入侵；在西方，是各種日耳曼部落，在東方，是所謂的「五胡」。我們要問的是，自日耳曼民族衝垮西羅馬帝國以來，西方即陷入長達一千年的衰落期，並且一直受困於強大的伊斯蘭文明，而中國卻能夠在不到三百年的時間內，就恢復了大一統，並且開創中華文明的另一個黃金時代——隋唐帝國時代，為什麼會有這麼大的差別？

從上面所分析的地中海古代文明和中國古代文明的不同性質中，就可以找到問題的答案。自兩河文明的薩爾貢帝國起，直至西方上古文明最高峰的羅馬帝國，所有的西方帝國都是掠奪性的。在這方面，羅馬帝國表現得特別鮮明而野蠻。羅馬帝國是一個純粹依靠軍事武力而征服其他地區的帝國，在每一次的征服中，他把被征服地區的

財物全部搜刮到意大利，並且把被征服地區的大量人口掠奪為奴隸，以致於在意大利出現了歷史上從未有過的奴隸制的高峰時期。在這種情勢下，意大利才會出現經濟上的畸形繁榮。等到羅馬帝國掠奪到意大利的財富和人力消耗殆盡、而意大利本身在長期享受而流於荒淫腐敗之餘，西羅馬帝國就成為乾枯的橘子皮，生機全無了。必須再等待一千年的休養生息，才有再度復興的機會。

再反過來看漢帝國。漢帝國承襲了周人的文明觀，對於「華夏」之外的少數民族，從不以征服和掠奪作為主要目標。華夏文明的擴展，主要是逐步而漸進的，讓周邊的「他者」自願的選擇融入華夏之中，最鮮明的例子是楚國、吳國和越國。這三個國家，在春秋時代還被中原國家視為「非我族類」，他們的北上爭霸，常常讓中原國家憂心忡忡。但到了秦漢以後，卻已成為「中國」的一部分了。我們不要忘記，建立漢帝國的，主要是楚人（這個楚是併吞了吳、越兩國的那個更大的楚）。再進一步而論，稱霸西戎，最後統一中國的秦國，也並非嚴格意義上的華夏。秦的統一中國、楚人的滅秦、以及作為楚人代表的劉邦建立漢朝以後，竟然以秦地作為新王朝的首都，都可以看出，中華文明所以形成的、強大的內聚因素。

關於這一點，我們還可以進一步申論。到了春秋中期，我們可以看到，原本作為中原國家之核心的魯國、鄭國、衛國和宋國都已積弱不振，反而是處在更為邊區的齊國（濱海）、晉國（處在北方，與群狄雜處）、秦（與西

戎雜處）以及被視為南蠻的楚日漸強大。是這四強在邊區的開拓，融進了許多異族的因素，壯大了他們自己。到了戰國時代，事實上也是這四強爭霸（這時候的晉已經分裂為韓、趙、魏三國）。等到秦、漢統一以後，原本的中原中心區（以鄭、宋為核心），再加上四面的齊、晉、秦、楚，以及較晚出現在歷史舞台上的東北的燕，就成為各有區域特色的統一體，也就是費孝通所說的「多元一體」。我們只要讀《史記・貨殖列傳》和《漢書・地理志》，就能看到這種統一中的複雜局面。張志強在談到周代的封建制時說，「宗法封建制的具體創設背後蘊含了一種具有普遍意義的價值意涵，意即通過差異的協調，而非差異的取消，而達成統一的秩序。」（〈如何理解中國及其現代化〉，《文化縱橫》2014 年 1 期），這就可以看出，秦、漢的統一其實是周代封建制的進一步發展，是繼承，而不是突變。這樣的大一統秩序，是地中海地區的波斯帝國和羅馬帝國無法企及的。

這樣的大一統秩序，經過漢代四百年的經營，就更加的穩固，不是任何外來的力量所能擊碎的了。

我們無法確知，五胡亂華以後，衝進中國的邊疆少數民族到底有多少人，估計總在一百萬以上，三百萬以下，數目不會太少。但是比起漢族來，恐怕還是少數，即使有大量的漢族逃往南方，北方的人口還是以漢族為多數。何況，不論在十六國時代，還是在北魏時代，胡人的統治，總需要漢人的協助。我們只要讀前燕和北魏初期的歷史，

就能看到范陽盧氏、博陵和清河崔氏、以及趙郡李氏所發揮的無比重要的作用。因此，進入了中國的各種少數民族，就自然而然的漢化了。到了隋唐時代，這些少數民族完全融入漢族的大海之中。

再說南方。由於東漢末年的大亂，有一部分漢族已經逃往南方，所以才能建立吳國。永嘉之亂以後，更多的漢族逃往南方。經過吳、東晉、南朝三百多年的經營，南方的農業更為發達，而南方的少數民族也有相當大的比例融入漢人的群體中。這樣，經過二百七十餘年的混亂，重新統一的中國，反而比以前更具有發展力。比起西羅馬帝國崩潰以後，西歐的長期分崩離析，從表面上看，中國的再統一不能不說是歷史上的奇蹟。但追源溯始來看，這種大一統的種子早在中國的上古時代就已確立了。從這方面來看，我們能不說，中華文明是人類史上最讓人矚目的文明嗎？

六

為了進一步對比隋唐帝國重新在中國形成大一統，而西羅馬帝國崩潰後西歐形成小國林立的局面，我們可以用當代的例子，來說明中華文明的特質。

俄羅斯帝國是近代西方最獨特的大帝國，幅員廣袤，民族眾多，但形成的歷史卻非常短暫。如果從十六世紀算起，也不過短短的五百年而已。俄羅斯帝國的最大特色，

是它非同尋常的暴增能力。它所併吞的領土，都是一塊一塊的吃進來的，每一塊都有自己的主體民族，迥然不同於大俄羅斯族。也就是說，剛開始，俄羅斯帝國是由武力征服所形成的。

我們應該公平的說，由於大俄羅斯在文化上落後於在它西邊的其他斯拉夫民族，因此，俄羅斯民族並不像西歐先進國（如英、法、德）那麼具有種族歧視，它願意接納外人（很多波蘭人和德國人融入俄羅斯）。但也因為它的落後，它常被受它統治的民族，如波蘭、烏克蘭和波羅的海三小國所瞧不起。雖然蘇聯共產黨曾經煞費苦心的確立了十五個民族共和國的架構，仍然無濟於事，最終還是在二十世紀末轟然崩毀，就如二十世紀初的奧匈帝國一樣。

相比而言，中華文明形成的歷史時間非常長遠，擴展的速度非常緩慢，比較接近於自然的形成，而非由武力在短暫之間促成。從新石器時代各地區「滿天星斗」式的迸發而出，到夏商周三代形成「天下一王」的概念，這一段「史前史」，比起以後有文字的歷史更要長遠得多。而我們到現在，連對這一段「史前史」的理解也只是剛開始而已。這就說明，中華文明形成史的悠久與長遠。

我們再以雲貴高原和四川西南地區為例，來說明中華文明擴展的緩慢。這一片地區，即《史記・西南夷列傳》所敘述的範圍，是漢代以後開始列入中國正史的各種蠻夷列傳裡的。一直要到元、明兩代，雲南和貴州才正式列入中原王朝的省區。這就說明，中國對這塊地區的經營，歷

時一千餘年。

我們如果留心中國歷史，是可以根據各種正史，追溯中國每一塊偏僻地區從朝貢、依附，再到融入的過程。在這一過程中，中國曾經主動放棄過高麗（相當於北朝鮮，在唐高宗時）和交趾（現在的北越，在宋太祖時），因為當時中國的皇帝認為，要維持在當地的統治，太耗費國力，沒有必要。這些都可以說明，中華文明的發展雖有武力的因素在內，基本上還是文明內部的潛在發展力自然而然形成的。

漢帝國崩潰以後，經過近三百年的內亂，而能再恢復大一統，就證明了，中華文明這種逐步發展所形成的內在凝聚力，已經堅不可摧了。以西方為中心的、帝國主義式的向外擴張的歷史觀，是沒有辦法理解中華文明的。它們到現在還在對中國不斷的指指點點，只能證明它們自己是夜郎自大罷了。井底之蛙，又何足以窺天。

七

西方史學習慣把西羅馬帝國崩潰前的歷史，稱為上古史，而把此後至文藝復興的歷史，稱為中古史，有一段時間，甚至稱為「黑暗時代」。現代很多人沿用了西方習慣，把漢帝國崩潰至唐帝國滅亡這段歷史，也稱為中古史。這真是比擬不倫。從中國人的立場來看，自隋唐帝國建立（589 年隋滅陳），至南宋滅亡（1276 年），是中華

文明的另一個黃金時代，怎麼能夠用「中古時代」去稱呼呢？何況，從隋唐至兩宋，延續了將近八百年，兩百多年後才有哥倫布的西航，一邊是黑暗時代，一邊是黃金時代，卻都稱為中古，這算什麼歷史邏輯？這無非是要降低中華文明在世界史中的地位。

世界上有哪一個文明，能夠像漢帝國覆滅後的中華文明，在不到三百年的時間，就能夠在同樣的地理範圍內浴火重生，並進而擴充其發展潛力？所以，隋唐帝國以後再度煥發出新生命的中華文明，應該是人類文明史上的特例，是要大書特書的，怎麼可以用西洋的歷史邏輯來看待呢？而且，我們已經說過，近代西方文明把自己上承古希臘羅馬文明，絕對不能稱之為古希臘羅馬文明的重生。因為它中斷了一千年之久，為此而加入了舉足輕重的基督教文明色彩，而且地理中心也從南歐的意大利轉向阿爾卑斯山以北的英國、法國和德國。其性質完全不同於隋唐和兩宋之承接兩漢。

所以要闡明這一點，就是要突出唐宋文明為中華文明提供了第二批的文化經典。我們現代中國人最常閱讀古代典籍，除了先秦兩漢的著作之外，就屬唐宋時期的作品了。清朝人所編的兩本極為風行的選本、《唐詩三百首》和《古文觀止》，還有，朱熹的《四書章句集注》，到現在還盛行不衰，就說明了，唐宋作品的經典地位僅次於先秦兩漢。一個文明，同時存在著兩套文化經典，這也是世界史上少見的。西方近代民族國家，如英國、法國、德

國，在文藝復興之後，也各自形成了民族文學的經典，然後他們又共同借用了古希臘羅馬經典作為他們的源頭，這種情形和中國文明的一源而兩高峰的情況，是不可同日而語的，因為這都是中華文明自己的產物。

為什麼要這樣強調第二次的經典時代呢？因為我個人預期，在一百年內，中華文明將產生它的第三次的經典時代。

1840 年鴉片戰爭，中國進入近代以後，長期以來，我們都為中國以及中華文明的前途感到憂心、悲觀，甚至絕望。即使到了現在，全世界已經承認中國的崛起，我們很多人還是自信不足，為自己沒有走向西方的道路而自卑，我們還沒有恢復文明的自信。其實這完全中了西方人的圈套，沉溺在他們的史觀之中而不能自拔。這是天大的錯誤，應該趕快矯正。

前面已經說過，從漢帝國的淪亡，到隋唐帝國的興起，經歷了二百七十餘年的時間。如果從鴉片戰爭算起，到 2008 年中、西勢力開始趨於均衡，中間也不過只有一百六十八年。這個時間段，比起二百七十餘年要短得太多了，因此，恐怕很少人會相信我們已經復興了。

回顧一下中國近代史，大清帝國的衰亡，以至中華帝制的解體，也是內外交困的結果。西方帝國主義雖然不像中國古代西北方的遊牧民族，但也是一種外力；太平天國、「捻亂」、「回亂」一連串的起義，說明中國內部也出現了大問題。這就正如東漢末年至西晉初年，內部先有

黃巾之亂，接著外部又有邊疆少數民族的窺視。只是因為西方的侵略，讓我們意識到這是「三千年未有之變局」，因而把問題看得非常的嚴重。哪裡想得到，我們花了不到一百年的時間就把中國重新統一；統一以後，花了六十年的時間就把經濟全面搞上去，誰會想得到呢。以致於連我們自己都不敢相信，不相信我們已經到達了中華文明第三次黃金時代的入口。

　　正因為我們即將進入第三次的黃金時代，這才讓我們想起第二次的黃金時代是怎麼到來的，我們要借鑒第二次的經驗，以便為將來的第三次黃時代作準備，所以我們才要探討中國的第二次文化經典時代，想從第二批的文化經典作品中學習到一點東西，以作為我們創造第三次文化經典的憑藉。

八

　　為什麼需要這種借鑒呢？我想在這裡簡單談一下。

　　從社會結構上來講，整個魏晉南北朝是門閥士族居於統治地位的時代，主要的政治權力是掌握在門閥手中。但是，到了宋代，門閥已經完全解體，整個士大夫階層主要是由考上科舉的進士所組成。理論上來講，科舉進士人人平等，沒有人會因為家世而高人一等，相反的，門閥出身的士人天生就高人一等。而唐代，就正處於門閥士族逐漸失勢、科舉進士逐漸興起的過渡時代。唐代文學與思

想曲折表現了這種一起一落的狀態，而宋代文學與思想正式確立了科舉進士階級的世界觀。把唐、宋文學連繫起來閱讀，即可體會到，門閥士族的思想狀態如可逐漸沒落、科舉進士的意識形態如何逐漸形成的過程。這也就是説，唐、宋文學正是在為即將形成、以及已經形成的新型的中國社會秩序提供人生觀與世界觀的基礎。

拿唐、宋時代來和現代的中國作對比，就可以看出，現代中國最大的不足，那就是：我們對於現代中國的現狀的看法，正處於極為紛歧的狀態。有人完全不承認現狀的合法性，認為還需要西方式的憲政改造；有人認為，現代中國的成就頗為可觀，應該從發揚固有文化的立場，詮釋這一成就的來源（我個人屬於這一派）；除了這兩派之外，中間還有種種的看法。可以説，我們正處於意識形態的混亂的戰場，人心難以和同，社會不能穩定。

我個人很希望，我所從屬的那個思想潮流能夠成為當前中國社會的主流，從而使當前的社會趨於穩定，也只有在這種穩定的基礎之上，我們才能逐步的、漸進的改良這個社會。正是存在著這種想法，我相信，唐、宋文學經典作為中華文明第二個黃金時代的代表，對我們即將進入第三個黃金時代的人，具有無比重要的意義。

2014.4.12-14 初稿
4.22 增補

難以理解的「中國的存在感」

——杉山正明的困惑 *

　　兩、三年前台灣出版界推出了日本學者杉山正明教授兩本著作的中譯，《忽必烈的挑戰》和《遊牧民的世界史》[1]，引發了台灣媒體的注意，據說書還頗為暢銷。我已經多年不關心台灣的出版訊息，但我的一個學生告訴我這件事，還特意買了送給我。我隨手一翻，就發現書中有許多強烈的抨擊中國「正統王朝」史觀的段落。從五四以後，中國知識分子基本上已經不會隨意盲從這種史觀，但我還是因杉山教授所使用的強烈措詞而感到驚訝。我首先就判斷，可能正因為杉山教授對中國正統史觀的不滿，

---

* 本文原定刊於張志強主編《重新講述蒙元史》（題目為〈杉山正明的中華文明觀〉，北京三聯書店，2016 年 6 月），由於此書一再拖延，後來先收入《我們需要什麼樣的「中國」理念》（人間出版社，2015 年 11 月），改題為〈難以理解的「中國的存在感」——杉山正明的困惑〉。現使用後一標題。

1　杉山正明著，周俊宇譯：《忽必烈的挑戰——蒙古與世界史的大轉向》，台北：八旗文化出版，遠足文化發行，2014；杉山正明著，黃美蓉譯：《遊牧民的世界史》（增補版），新北市：廣場出版，2013。

導致這兩本書在台灣受到歡迎，因為台灣一直瀰漫著「反中」情緒，因此我就擺開這兩本書不再閱讀了。

很意外的，去年我在大陸的時候，發現這兩本書已經有了簡體版²。與此同時，廣西師範大學翻譯了日本講談社出版的《中國的歷史》系列，其中《疾馳的草原征服者——遼、西夏、金、元》³也是杉山教授著述的。這樣，杉山教授的三本書幾乎同時在大陸出現，這也讓我有一些驚訝。我把《疾馳的草原征服者》（以下簡稱《征服者》）全書讀完後，實在很難壓抑內心的不滿，很想寫一篇文章大力批駁。我現在終於找到了這個機會。不過，為了慎重起見，我把《征服者》一書又細讀了一遍，這時竟又發現，我好像沒那麼生氣了。因此，我又把《忽必烈的挑戰》和《遊牧民的世界史》兩本書也從頭到尾讀了一遍，這個時候，我又開始佩服杉山教授了。坦白講，《遊牧民的世界史》（以下簡稱《遊牧民》）視野開擴，對了解遊牧民的歷史、了解遊牧民在世界文明發展上的貢獻，這本書寫得簡明清晰，勝於格魯塞的《草原帝國史》。唯一的遺憾是中譯水平實在不高，全書沒有任何譯注、也沒

2　杉山正明著，周俊宇譯：《忽必烈的挑戰——蒙古帝國與世界歷史的大轉向》，社會科學文獻出版社，2013年6月；杉山正明著，黃美蓉譯：《遊牧民的世界史》，中華工商聯合出版社，2014年4月。

3　杉山正明著，烏蘭、烏日娜譯：《疾馳的草原征服者——遼、西夏、金、元》，廣西師範大學出版社，2014年1月。

有附任何地圖⁴，對一般讀者而言實在很不方便。相對而言，《征服者》一書的中譯水平要好一些（但也不是很理想），附圖非常多，也非常有用。我覺得從《遊牧民》可以看出杉山教授的學術水平和宏觀能力，而《征服者》一書則比較明顯的暴露了杉山教授的偏見。本文主要想對這兩本書所表現的對於中華文明的偏見，加以評論。但我要鄭重聲明，我對《遊牧民》一書是非常佩服的。所以要討論杉山教授的這些偏見，是因為我和杉山教授一樣，都對「中國的存在感」這個問題極為關心，我藉此可以說一說我的某些看法。我主要的關心點是，我們如何理解中華文明的性質，這恐怕也是現在許多中國知識分子都關心的一個問題。

一

　　《征服者》一書主要的觀點可以簡述如下：中國的歷史不能從「正統王朝」的觀點去認識，必須打破長城的界限，把北方草原地帶和南方農耕地帶連成一體，認清其互動關係，才能真正了解中國的長期發展。這一觀點現在應該說是已成一種常識，1949 年之後新中國所大力倡導的「多民族史觀」自然就蘊含著這樣的看法。《征服者》的特色在於：極力強調草原遊牧民的貢獻，好像中國的逐

4　台灣繁體版有地圖，大陸簡體版刪掉了。

漸擴大主要歸功於連續不斷出現於北方的遊牧民；在唐代安史之亂後，遊牧民的作用尤其明顯，經過六百年的發展（從安史之亂前後到元代）[5]，中國從原來的「小中國」發展成「大中國」（在清朝乾隆年間定型，一直維持到現在）。本書著重敘述耶律阿保機所建立的契丹帝國在這方面的開創之功，並總結式的簡述蒙古帝國的恢宏事業。作者認為，如果不是蒙古帝國完成了這項工作，就不可能有清王朝所確定下來的「大中國」。也就是說，本書著重說明，我們現在所熟悉的「大中國」，其實是在本書所敘述的六百年中發展出來的，在這之前，中國還只是「小中國」。應該補充說明，本書對蒙古帝國的成就著墨不多，因為在前面所提到的另外兩本書中，杉山教授已經做了更詳盡的分析，所以本書的前三分之二篇幅都集中於跟契丹帝國有關的歷史敘述之中。

在閱讀本書之前，我已讀過姚大力教授一篇非常精彩的長文[6]，此文後半主要從制度層面分析元代和清代如何影響了現在這個大中國的形成。這篇文章非常有說服力，我完全接受他的看法。杉山教授的書，把中國歷史的這一發展，以歷史敘述的方式做了另一種呈現。當然，他的獨

---

5 從安史之亂（755年）到南宋滅亡（1276年）只有五百二十一年，但杉山正明在敘述這一段歷史時，常常往前追溯，所以他統稱六百年。

6 姚大力：〈多民族背景下的中國邊陲〉，《全球史中的文化中國》，北京：北京大學出版社，2014，頁147-201。

特貢獻是，把這一發展的前期準備工作追溯到安史之亂前後到契丹帝國建立的這一歷史時期，應該說，這是相當不平凡的見識。所以姚大力教授在《征服者》的〈推薦序〉中，以非常肯定的口氣說，「本書絕對稱得上是一部好書」。如果杉山教授能夠用一種更嚴肅的方式來分析，也許還可以寫出一本更卓越的著作。

《征服者》一書最大的問題不在於它的正面論述，而在於它的反面論述。為了凸顯北方遊牧民的貢獻，特別是為了表彰耶律阿保機的功業，本書對唐朝、五代的沙陀集團，以及宋朝都極力加以貶低，不時顯露嚴厲批評、嘲諷與揶揄的語氣，態度之輕率頗為出人意表。

先看杉山教授是怎麼議論唐朝的。他說，唐朝對內陸亞洲突厥系政治勢力的間接統治只不過維持了三十年左右（頁 10）[7]，所以唐朝只能算是「瞬間大帝國」（頁13）。杉山教授沒有具體說明這三十年是哪三十年，不過，他在《遊牧民》中明確的說：

> 唐朝的「世界帝國」狀態持續約二十五年，約相當於長達三十五年的高宗治世（649-683）之中、後期。這是繼承持續三十年「世界帝國」的突厥之後的短暫輝煌（唐朝的「世界帝國」是因為有突厥的「世界帝國」才能出

7　此下正文中凡引用《疾馳的草原征服者》，均在文中直接註明頁數。

現，這一點是相當明確）。（《遊牧民》，頁 247-278[8]）

　　這裡，「瞬間帝國」只剩二十五年，而且還拿來跟突厥帝國做對比，好像唐朝比突厥不但矮了一些，而且還是突厥帝國催生出來的。中國歷史學家大概很少人會以「唐朝是否建立了一個世界帝國、這個帝國又維繫多久」，來衡量唐朝的成就。按一般的習慣，從唐太宗即位到唐玄宗天寶十四載安祿山叛亂，都可以算是唐代的盛世，時間長達一百二十年以上。按杉山教授的計算方式，唐朝的輝煌也不過短短的二、三十年，而且似乎還不及突厥帝國，兩種看法的強烈對比，實在讓人很不習慣。

　　杉山教授對安史亂後的唐朝的形容，極富文學色彩，值得一引。他說，唐朝一邊與眾多的、獨立的藩鎮勢力和解，一邊又必須在名義上保持超越它們的形式，

　　總體上是外面穿著唐的外衣，而裡面是在唐的「招牌」下已經形成多極化的「雜居社會」或「雜居公寓」的狀態，而且處處都在蠢蠢欲動。（頁 48）

　　他不無揶揄的說：唐代後半期那個年代，真的就是「唐代」嗎（頁 50）？他還說，名義上的唐「政權」及

8　此下凡引用《遊牧民的世界史》（台灣繁體版），均在文中標明《遊牧民》，再註明頁數。

其名下獨立集團的實體「國家」（按，指各藩鎮），事實上已經轉化為回鶻的庇護國（頁 49）。按他的看法，這個還存在了一百五十年的所謂唐朝，所以還有存在的感覺，是因為中國的正史和文獻都是從「中央」的角度和價值取向編寫出來的（頁 50）。看到這些說法，我心裡一直在琢磨，杉山教授是真心相信唐朝剩下的一百五十年的「真相」是這樣的嗎？我們當然都知道，從政治上看，這一百五十年是在走下坡路，但這就是唐朝的「全部」了嗎？難道歷史是可以這樣讀的嗎？我只能相信，杉山教授就是想「這麼說」。

再來看杉山教授如何評述宋代。他說，剛建立時（960），北宋只不過是沙陀軍閥系列的一個成員，一直到 980 年左右，才像個政權那樣穩定下來。如果不是周世宗柴榮打下基礎，又有趙普這個傑出的政權設計師，光憑趙匡胤和他屬下那些粗暴的軍人，是談不上什麼國家建設的。何況，趙普所進行的那些建設工作，不也是從契丹那邊學到很多嗎？（頁 188-189）他批評宋真宗想要進行封禪儀式時，還請求契丹皇帝的允准，「真是個卑賤又可笑的人」（頁 190）。而宋代的士大夫，在與契丹和平共處之後，就開始高談闊論。即便在中華的中心地帶，受統治的、不識字的人民是跟文化無緣的。宋代士大夫所以成為文化的熱心宣傳者，強力「兜售」「教化」，大概是因為北宋和南宋都要開發「蠻地」江南乃至嶺南，不得不熱心於「漢化」，而實際上這些南方之民變成「漢族」，是更

後來的事情（頁 191）。長期以來一味推崇北宋的做法，有必要根本的修正。亞洲東方的十至十二世紀是契丹所主導的時代（頁 192），「契丹帝國沒有受到來自任何方面的威脅，一百多年間一直享受著美夢般的生活。」（頁 191）

安史軍事集團的興起，孤立來看，好像只是唐朝邊疆將領的坐大，其實遠非如此。陳寅恪在《唐代政治史述論稿》中很詳細的論證了，作為安史餘黨的河北三鎮不只在政治上半獨立於唐王朝之外，而且在文化上也已經遠離中華孔孟之道。杉山正明在敘述安祿山、史思明的故事時，基本上把這個集團視為唐朝、突厥、奚、契丹各勢力在相互交往、對抗過程中所產生的一股「雜胡」勢力。這兩種論述方式，其實是可以互補的。作為唐朝東北邊區最主要的草原勢力，奚和契丹早在武則天時代就已經逐漸壯大。唐玄宗前期的邊區政策是東北和西北並重的，到了後半期，表面上看似乎越來越向西北傾斜，因為吐蕃的勢力逐漸崛起，為了和吐蕃交戰，重兵逐漸移向西北。但如果仔細查看歷史資料，再從安史亂後的情勢加以回顧，就會發現情勢遠非如此。自唐玄宗重用安祿山以後，東北邊疆大致平靜無事，這證明安祿山對奚和契丹的防守是相當有效的，因此玄宗越來越欣賞和信任安祿山。安史之亂表面上平定後，安祿山的餘黨轉化為河北三鎮，從此直至唐朝滅亡，河北三鎮始終是東北地區最重要的勢力。

黃巢攻進長安，中國北方的政治秩序陷入混亂，這個時候興起了朱溫集團和沙陀集團。在兩大集團的鬥爭中，

河北三鎮成為配角。當沙陀集團最終消滅了朱溫集團和河北三鎮時，北方又變成了沙陀集團和耶律阿保機的契丹對抗的局面。而當宋朝作為沙陀集團的繼承人的時候，又成了宋與契丹對峙的局面。從安祿山坐鎮東北防備奚和契丹，一直到宋和契丹對峙其實是一長串歷史的自然發展。看起來奚和契丹集團的興起是無法遏阻的，安史集團、河北三鎮在一段時間內起了緩衝作用；當安史集團的力量全部消耗殆盡以後，以契丹為首的東北草原遊牧民的力量，在未來的一千多年內，就成為中華本土的主要敵對勢力了。因為，繼契丹興起的金、蒙古、女真（滿洲）全部來自亞洲草原的東北地區。反過來看西北。廣義的突厥族（包括建立突厥帝國的突厥，還有回鶻，以及其他部族）興起於西北天山地區及其以西之地，然後再稱霸於蒙古高原。在突厥帝國衰亡的過程中，突厥一直往西遷徙。回鶻帝國崩潰後，回鶻餘眾主要也是往西遷徙。從回鶻帝國滅亡至契丹帝國興起，這一段空檔，蒙古高原是沒有霸主的。從這個地方可以看出，中國北方草原地區的歷史，在唐朝後期出現有一個非常大的變化。日本學者和西方學者常常使用的「征服王朝」（遼、金、元）就是這個時候開始的。從中華本土的歷史來看，這個變化的反映是，中國的政治中心從西北轉向東北。作為中國前半期歷史的重心——長安從此沒落了。而東北的政治中心——北京，地位日漸提升，後來就成為金、元、明、清四朝的首都。所以，總結來說，安史集團的形成、回鶻帝國的崩潰、契丹

帝國的建立,這一連串事件,確實是中國歷史非常重要的大轉折。

杉山教授在談到沙陀與契丹的兩次戰爭時,強烈抨擊司馬光和歐陽修偏袒沙陀。其實沙陀和契丹同樣是夷狄,只不過因為沙陀所建立的後唐、後晉、後漢都被列入中華正統,他們就不辨是非。他對歐陽修的一段批評,非常有意思,雖然譯文不是很好,為了避免曲解,我還是如實加以引用:

> 歐陽修顯然試圖宣揚「中華」,就想說北宋是最美好的。作為對內對外的一種政治手段,可以說那是以這種文化政策為宣導的一次演出。由於連後世的人們都要「騙」,他們真是不得了的人物。(頁138)

在作者看來,作為北宋士大夫最優秀代表的歐陽修和司馬光不過爾爾。作者還進一步批評「將北宋捧為文化國家」的傳統說法,他以凌遲這一刑法,雖然產生於五代,在北宋時期很盛行為例,說明「北宋時期還是相當野蠻殘酷的」(頁138)。可惜作者一時沒有想到狀況相同的女子纏足,不然宋代文化的不人道就可以進一步得到強化了。連一向被稱道的文化都不過如此,宋代還有什麼可觀的呢!這大概就是杉山教授所要表達的意思吧。

二

　　看到中國歷史上一向評價比較高的唐、宋時代，被杉山教授講成這個樣子，老實講，我覺得真是「又好氣又好笑」。看到他説，安史亂後的中華本土只不過是掛著「唐」的招牌的雜居公寓，我不覺笑了出來，有一點佩服他的文學表現力。杉山教授恐怕很難忍受，自安史之亂以後，一直那麼孱弱的中華本土，竟然藉由契丹、蒙古、女真（包括金朝和清朝）三種塞外草原民族的力量，最終形成一個更廣大的中國。那個似乎越來越弱的中華本土，到底何德何能而得到這麼美妙的結果呢？關於這個問題，大概是杉山教授一直存在於內心的困惑吧。其實，答案就暗藏在他對忽必烈功業的敘述中，只是他竟然輕輕忽略過去了。

　　忽必烈應該是杉山教授最為佩服的帝王，因為他是歷史上第一個建立真正的世界帝國的人。以大都為中心，透過驛站這一交通網絡，蒙古的軍事武力和穆斯林的商人可以暢通無阻的活動於歐亞大陸各地；從水路又可以透過中國內部的運河體系，連通中國南方往印度洋的航線，從而形成另一交通和商業網絡。這兩條網絡相互為用，就是一個完整的世界體系了[9]。但是，最重要的，如果沒有中華本土作為基礎，忽必烈的事業是不可能完成的。

9　參見《征服者》，頁 314-317；又，《遊牧民》，頁 210-238。
　　《忽必烈的挑戰》一書的第三部對此有更加詳細的論述。

　　杉山教授也承認，在蒙哥去世後，阿里不哥才是蒙古大汗正統的繼承者，就此而言，不服的「忽必烈一方就是叛軍」（頁 284）。忽必烈最終所以能戰勝阿里不哥，就是因為他占據了更為富庶的漢地。忽必烈禁止往蒙古高原的中心哈剌和林運糧，導致阿里不哥的部隊喪失鬥志。阿里不哥迫不得已只好奪取原本屬於察合台子孫封地的伊犁河谷，從而引發察合台一系的反叛，再加上飢荒接著襲擊伊犁河谷，阿里不哥的軍隊就這樣潰散。[10] 不論是欽察草原、伊朗高原、中亞的河中地、伊犁河谷，還是蒙古高原，都不能提供足夠的經濟實力，長期和據有漢地的忽必烈爭霸。從這裡就可以看出，漢地是忽必烈建立帝國必不可少的根據地。杉山教授還說：

　　忽必烈政權建立後的大元兀魯思將當時世界上最具經濟實力的中華本土納入進來，實行鼓勵國際通商的自由經濟政策，促成了橫跨非歐、歐亞大陸東西的空前的大交流。（頁 328）

　　這樣，真相不是很清楚了嗎？蒙古的軍事武力，穆斯林的商業網絡和世界上最具經濟實力的中華本土，是忽必烈世界帝國的三大支柱，缺一不可。從這個角度看，當時的中華本土只是軍事力量不足，絕對不是個弱者。

10 參見《征服者》，頁 285-286。

　　一般都承認，南宋在軍事上打不過北方的金朝，但經濟實力絕對超過金朝。蒙古滅金時，由於他們還沒有統治漢地的經驗，中國北方遭到極大的破壞，所以杉山教授所說的極具實力的中華本土，當然主要是指中國南方而言。那麼，我們要問，安史之亂以後的五百年間，中華本土到底發生什麼事，使得它的南方最終成為當時世界最為可觀的經濟體。這個發展結果，當然不像蒙古征服全世界那麼驚人眼目，難道不也是一種了不起的成就嗎？沒有這一項成就，忽必烈還能建立他的世界帝國嗎？所以，最終而言，中華本土並不是光享榮譽而無貢獻的、不成器的「帝國成員」。

　　我一直使用《征服者》中譯本「中華本土」這個概念，因為想不出其他表述方法，但我在使用時有我自己的理解方式。我指的是春秋時代以來逐漸形成的、以農耕生活方式為主體，並與「夷」作為對比的「夏」的這個區域。從中國的歷史發展來看，這個區域並不是固定不變的。但不論中華本土如何移動，每一個時代的核心區，其經濟必定是以農業為主體的。譬如在漢朝（包括西漢和東漢），從長城線往南一些，到洞庭湖、鄱陽湖、杭州灣以北，就是核心的農業區。這個核心區，會隨著北方遊牧民壓力的大小而上下移動。譬如，從安祿山叛亂到南宋亡國這一段時間，中華本土的農業區就一直往南移。等到明清時代，農業線又往北移動了，而南方的農業仍然保持住，這樣，中國的農業區就得到空前的擴展。南宋只是偏居一

隅，它的經濟潛力就那麼可觀，我們怎麼能不想像，明清
時期的經濟力量要遠遠超過南宋、也超過北宋。「中華本
土」歷史動力的祕密就在這裡，從春秋以後，它的農業區
一直在擴大。當它擋不住遊牧民的壓力時，北方的農業區
會縮小，但漢人會往南方發展。當它的力量足以把遊牧民
往北趕時，它的範圍又會往北伸展。這樣，持續的一縮一
伸，直至明清時代而達到頂點。

安史之亂以後，「中華本土」的範圍一直被往南壓
縮，但同時農業定居者（我們一般稱為漢人）也逐漸往南
移；相反的，原來屬於中華本土的北方，越靠長城線的地
方越成為農、牧混合區。可以肯定的是，從 755 年（安祿
山叛亂）到 1276 年（蒙古兵攻入臨安），也就是中華本
土最為積弱不振的時候，北方的漢人不斷的往南遷徙，而
中國的農業區也不斷往南發展，同時也有越來越多的南方
土著融入漢人群體。只要稍微讀一下南宋文獻，就可以發
現，廣東和福建的主體居民已經是南下的漢人和漢化的土
著了。我們不能因為中華本土軍事、政治力量的不足，就
忽略了它的農業經濟在範圍上的擴展，以及它在技術上的
進步。

元和八年（813 年），宰相李吉甫獻上《元和郡縣圖
志》時，已經跟憲宗皇帝報告說，當時所有的中央財政收
入全部來自南方各州縣。這也就是說，唐朝最後的一百多
年，是靠著南方的賦稅維持下去的。我們應該思考的是，
「唐」這一塊招牌到底發揮了什麼不可思議的作用，僅僅

這樣就能夠維持一個皇權、宦官、藩鎮和士大夫混合而成的統治秩序？我們同時也不能忘掉，唐朝所以還能維持一百多年，主要還需歸功於南方農業經濟的日漸發達。

黃巢攻入長安以後，中國北方一片混亂，成為大大小小軍閥的混戰區，最後形成朱溫、沙陀、契丹三大勢力並立的局面，這就是我們習稱的五代。這個時候的南方，雖然也有各種小軍閥的割據，彼此之間有時也有小規模的戰爭，畢竟還是比較安定，農業經濟在能力和範圍上都在繼續發展。趙匡胤篡立時，基礎確實不是很穩固。但以當時情勢來看，朱溫系已被消滅，沙陀系老一輩的戰將都已死去，新的軍事體系靠著柴榮的整頓，重新恢復了秩序，也增強了戰鬥力；正好這個時候契丹內部有矛盾，無法南侵[11]，新建立的宋朝在太祖、太宗時代很機敏的掌握了時機，一舉奠定大局。杉山教授說，宋朝只有趙普有國家建設的能力，而且有些還向耶律阿保機學習，我是完全不能同意的。耶律阿保機要解決的是，草原和農耕兩種體制如何並存的問題，而宋朝則要解除武將干政的威脅，還要實現對南方的統一，工作性質是完全不一樣的。

宋太祖、太宗兩人，都不能算是一流皇帝，但也不算差。太祖能夠不動聲色的「杯酒釋兵權」，這不是一般人能做得到的。另外，他決心放棄交趾，盡量不打沒必要的

---

11 耶律德光撤軍途中去世後，下三位契丹皇帝的繼承問題都不是很順利。

戰爭，與民休息，不能說他沒有見識，至少他認識到自己
軍事力量的侷限，決不輕舉妄動。太宗即位之初，想要建
立功業，想要收復燕雲十六州，以證明他有當一流皇帝的
能力（因為他深受弒兄篡位傳言的困擾），但兩次北伐都
大敗。他從此改弦更張，專力於文治，大量擴充進士名
額，打開了庶族地主的仕進之門，由此得到大批新進士的
擁護，不能說他沒有政治頭腦[12]。南方既已統一，國家發
展有了方向，地主階級擁護新政權，農業繼續發展，我們
沒有理由說，宋朝還是一個脆弱的國家。沒有這些基礎，
真宗就不可能有力量在澶州逼和契丹。

　　宋朝重文治而輕武力的政策，當然要付出重大的代
價，最後迫使它不得不以金錢來換取和平。根據 1004 年
的澶淵之盟，每年要送給契丹絲綢二十萬匹、白銀十萬
兩。四十年後（1044），宋朝與西夏議和，每年要給西夏
銀七萬二千兩，絲綢十五萬三千匹，茶三萬斤。稍前又受
到契丹的威脅，也增加了歲幣的額度。宋朝本身養兵甚
多，好像超過一百萬[13]，因為它的養兵兼有救濟失業之徒
的目的。宋朝對士大夫過於寬厚，官員的子弟又可以蔭
襲，冗員不少。這種種加起來，宋朝的財政負擔不可謂不

12 參見陳振：《宋史》，上海人民出版社，2003，頁 647-
　　648。
13 參見鄧廣銘：〈北宋的募兵制度及其與當時積弱積貧和農業
　　生產的關係〉，《鄧廣銘治史學叢稿》，北京：北京大學出
　　版社，1997，頁 81-82。

大。但整體而言，宋朝的農民好像也沒有過得特別苦。其原因就在於，北宋農業的整體發展遠遠超過唐朝，所以，宋朝的文治政策也有其可取之處。

宋朝經濟的發達，學者早已有了定論。應該說，整個農業和經濟，比起唐以前，有了飛越性的進步。到了南宋，雖然退守到淮河和大散關一線，經濟的發展仍然沒有停滯。一、兩代以前，南宋的經濟潛力沒有受到足夠的重視，現在幾乎也是世所公認的。杉山教授自己就說過，「中華所積累的各種各樣的智慧、技術、手段，很多都在蒙古時代得到了進一步的提高」（頁 340）。估且不必細論蒙古時代提高的程度，至少他等於承認，宋朝在各方面是相當進步的。

從宋朝經濟繁榮的程度，我們可以往上追溯中國農耕文明的發展，並由此得出中國農耕文明的特質。杉山教授在《遊牧民》一書中曾經把大型國家及政權，按定居與否分為兩大類，並以農業國家和遊牧國家作為兩種典型的例子。他說，在中亞、西亞及西北歐，僅有極少數者能夠完全符合只有定居型或是農耕國家的形態。這也就是說，在中亞、西亞及西北歐，極少見到典型的農耕國家，這應該是合乎歷史事實的。杉山教授同時也追溯了中國境內歷史上曾經產生過的各政權，一一加以細數，得出的結論卻有一點出乎我的意外。他說：

在歷代中華王朝之中，幾乎看不到完全符合我們「共

通觀念」的「漢族王朝」或「農耕帝國」等。（《遊牧
民》，頁 364-365）

　　從這裡就可以看出，杉山教授對中國歷史認識的盲點
了。遠的不說，宋朝除了西南少數民族地區外，難道不可
以算是一個典型的農業國家嗎？在一般人的觀念裡，中
國第一個長時期的、大一統的朝代漢朝（包括西漢和東
漢），就已經是典型的農業國家了。而明朝，朱元璋建立
政權的時候，很有意識的要把它建成一個純農業國，盡可
能減少其商業因素，規定田賦都要以食物上繳。可是在杉
山教授的標準中，明朝也不能算是典型的農業國家，這真
是不可思議。

　　杉山教授說，從最初的統一帝國秦朝開始，歷經北
魏、北周、北齊、隋、唐及五代之中的後唐、後晉及後漢
等，統治集團的生計原本是以畜牧或遊牧為主的，他們在
將較多數的農耕民納為被統治者後，其國家就變得具有
農耕國家的色彩。因為統治者為遊牧型，被統治者為農耕
型，所以就不能算是共通觀念下的漢族王朝或農耕帝國。
我們就以這一長段歷史來說罷。拓跋政權的代國及早期北
魏時代，基本上還是個遊牧政權，但北魏孝文帝南遷以
後，這個政權就變成是北邊以遊牧為主、南邊以農業為主
了。先不論北齊、北周，後來發展出來的隋、唐政權，一
定要以他們所出身的統治集團的祖先為準，認定這兩個政
權還是遊牧型──雖然他們的被統治者主要是農耕民，我

們還是不能說，這兩個政權是典型的農業政權。我不知道
這種邏輯到底能說服誰？就這樣，杉山教授總是企圖把前
後有關、發展時間又長的一大群人固定在一個狀態下，所
以，不論是拓跋魏還是隋、唐，就都變成了具有混合的性
質，這合乎歷史實際嗎？然後他又說，復興「漢族中華」
的明朝帝國「事實上也是具備濃厚蒙古時代遺產之多種
族混合型社會的面相」（《遊牧民》，頁 239），所以當
然也不是典型的漢族王朝的農耕帝國。在這一番細數中國
歷代各王朝時，不知道為什麼他又忘掉了漢朝和宋朝，所
以，他就找不到共通觀念下漢族王朝的農業國家了。

在這裡，我的目的不在於，和杉山教授爭辯「漢族王
朝」的純粹性；我主要想指出，當杉山教授這麼細緻地區
分了中國歷史上各政權的性質時，他就把中國歷史上另一
個更重要的事實遺漏了，那就是，中國始終維持了一個龐
大的農耕區。只有認識到了中華本土始終存在著一個廣大
的核心農業區，我們才能解釋，為什麼衝破中華本土防線
的各種遊牧民，最後都消失在廣大的「漢族」之中。沒有
任何受過教育的中國人，會認為有一個「純正的漢族」。
「漢族」本來就是中國歷史長期累積的產物，是北方遊牧
民和南方農耕民長期衝突、混融的最終結果。而其關鍵就
在於，中國龐大的農耕區始終存在，界線雖然有移動，範
圍卻越來越大，其最後結果，就是我們所熟悉的明清時代
的那個無限廣大的農業區。

從回顧的眼光來看，杉山正明所謂的「中華本土」，

應該是在秦、漢兩朝完成「大一統」工作以後才初步定型
的。閱讀《左傳》就可以了解到，管仲輔佐齊桓公所進行
的「尊王攘夷」政策裡，所謂的「夷」，北面是指狄，南
面是指楚，而齊桓公所要保護的是指中原地區遵循周朝
農業文化傳統的中原各國，主要包括魯、鄭、宋、衛等
國。當衛國被狄人攻破時，齊桓公幫助衛人從黃河北面遷
到南岸，重新立國；當楚國的勢力一直往北方發展時，齊
桓公加以遏阻，迫使楚國訂立召陵之盟。這都是齊桓公所
進行的「攘夷」工作。孔子稱讚管仲說：「微管仲，吾其
披髮左衽矣。」這是說，沒有齊桓公和管仲的功業，中原
周文化各國可能就會在狄和楚的夾攻之下亡國，被迫改從
「夷」的生活方式。這也可見，在春秋的某段時間內，中
原各國的力量是非常衰弱的。在春秋時代的初、中期，狄
人在北方的勢力是相當大的，包括周王室、晉國、衛國、
邢國的周圍，到處都有狄人，主要由於晉國的努力，北方
的狄不是被晉人所吞滅，就是一直往北遷徙，最終併入更
北方即將形成的遊牧政權之中。南方的楚國，也因為晉國
的強大，最終形成南北對峙的局面。

　　如果從秦始皇統一六國以後的情勢來看，大一統以後
的中國，比起晉、楚爭霸中原的局面，明顯增加了秦和蜀
兩塊地方。終春秋之世，秦國一直僻處西陲，與戎人雜
處，中原各國一向以「夷狄」視之。沒想到秦國併吞了所
有西戎，又滅了蜀國，所以，當秦國最終統一天下時，就
把秦、蜀和中原地區融合為一了。就在秦國在西方逐漸擴

大時，楚國的勢力也在南方極大的擴展起來。楚滅掉了越國，而在這之前越國已滅掉了吳國，所以戰國時代的楚國已經統一了南方，其北邊疆域已經到達現在的河南省南部和江蘇、山東的交界處。當然，隨著秦國的統一，楚國所有的疆域也都包括在大一統的秦朝之內。

我們一般都很容易忘掉一個非常重要的事實，即秦滅亡後，最後統一全國的是楚人劉邦及其集團，也就是說，大一統中國第一個穩定的王朝，是春秋時代還被視為「南蠻」的楚人建立的。劉邦作為漢朝的建立者，竟然把首都定在秦人的中心區長安，表現了深遠的政治智慧。這樣，整個漢朝就把春秋以來所有不同的因素融為一體了。回顧來看，這個大一統的漢朝，既包括一向被視為「蠻」的楚、吳、越，也包括秦和西戎，還包括被春秋時代的晉和戰國時代的趙、燕所吞滅的狄。這所有的地區融匯在一起，就構成其後「中華本土」的基礎，也成為現在所謂的「漢族」最原始的成分。這一切，是在漢朝確立的。由此可見，所謂「漢族」一開始就不是「純正」的，它不但包括了春秋時代的中原地區（即最早的「夏」），還包括了春秋時代所謂的「戎」（西方）、「狄」（北方）、「蠻」（南方）的因素——東方的「夷」早在商周時代就已併入中原地區了，齊、魯兩國就是建立在東夷之地上的。其後更多的北方草原民族和南方土著民族，不斷的加入以農耕為主體的「漢族」之中。不斷有「夷」的因素加入「夏」之中，反過來也就是說，加入「夏」的每一種

「夷」，都對「夏」的形成具有貢獻，就像春秋時代的秦國和楚國，都對大一統中國的形成貢獻良多一樣，而這就是中華文化最本質的因素。像杉山正明那樣，費盡力氣的想要證明，許多漢族因素根本不是來自漢族，實在是有一點小題大作，甚至可以說是無的放矢。

綜觀世界各文明史，找得到像中華本土這麼廣闊、人口這麼眾多、經濟發展像滾雪球一樣越來越大的農業區嗎？米索不達米亞兩河流域、埃及尼羅河流域都在外來勢力的幾次衝擊下，變得面目全非，更不要說中亞的河中地、伊犁河谷地和新疆各綠洲了。唯一相似的也許只有印度，印度受到外來遊牧民入侵的次數恐怕遠多於中國，其核心區還能維持印度教的信仰，確實不容易；但它的東、西端兩大塊（巴基斯坦和孟加拉，都是印度歷史上非常重要的地區）還是被伊斯蘭教徒分割了，未能保持住整體面貌，因此還是不能與中華世界相比。

三

正如前面所說的，廣大的農耕地區是中國歷史發展的基礎，但是，這個農耕地區，當然不會只存在著經濟領域，它還連帶的產生了相關的社會習俗和文化心態，這一切，構成了我們現在所謂「中華文化」的基礎。從文化面來看，它又由兩大支柱所支撐，一個是在秦始皇手中完成的統一的漢字，一個是在漢武帝時代確立的儒家思想體

系。再縮小範圍來看，這個文化所形成的政治秩序，最後落實為「正統王朝史觀」，而這一點正是杉山教授特別痛恨的，他曾咬牙切齒的說：

漢文獻的可怕性，無可比擬……然而作為史料來看，程度如此「性質惡劣」的記載很稀少（即世界少見之意）。對於用歷史文獻的人來說，（這種）記載實在是很難對付的。（頁 140）

而這裡，恰如前面所説的「農業帝國」一樣，卻剛好是「中華文化」最基本的內核。

杉山教授在《遊牧民的世界史》一書中，特別以「被中華斷代史觀念遺漏」一節（《遊牧民》，頁 205-214）來攻擊中國正史對於「五胡十六國時代」的記載方式。他認為，由《晉書》所誘導出來的「五胡十六國」這個名稱，「會被誤導為好像只有這個時期是周邊蠻族們在中國橫行的時代」。他又説，把《北齊書》、《周書》及《隋書》分開編撰，就會讓人忘記了從北魏經北齊、北周到隋、唐根本就是鮮卑「拓跋國家」的一線傳承。總而言之，「中華正統王朝」這樣的觀念，正是中國的正史所編撰出來的，而實際上，縱觀整個中國歷史，純粹的漢族王朝頂多也只有漢、宋、明這三個朝代（《遊牧民》，頁 209）。讓杉山教授感到遺憾和意外的是，把晉朝以降至隋朝為止、架構成正史系統的，竟然是「拓跋國家」出

身的唐太宗李世民，而杉山教授一直堅持建立唐代的李氏是「出身拓跋鮮卑的地地道道的『夷』。(《征服者》，頁 52)[14]」那也就是說，杉山教授所特別不滿的「王朝史觀」的正統性，正是「蠻夷」出身的皇帝特別想爭取的。這是「中華文化」所犯的錯誤嗎？這難道不能算是中華文化的特長嗎？

杉山教授這樣批評唐太宗：

不僅在中國史，就算是在世界史上也沒有類似李世民般希望自己在後世留下完美姿態的人。殺死兄弟並拘禁父親而掌握政權（玄武門之變）的李世民，確實是唐朝的實際創建者，雖然是這般具有能力的君主，但他在世時卻持續地打造讓自己成為明顯地超越其實之明君形象。（《遊牧民》，頁 213）

其實，想當一個偉大的「中華式」皇帝的「蠻夷」，豈只李世民一人，氐族的苻堅、鮮卑族的拓跋弘（北魏孝文帝），甚至清朝的玄燁（聖祖康熙皇帝）、胤禛（世宗雍正皇帝）、弘曆（高宗乾隆皇帝），不也都是如此嗎？不論你如何厭惡造成這種現象的「中華文化」，你都不能不承認，這正是這種文化內在所具有的某種本質特色。

---

14 杉山正明毫無根據的斷定建立唐代的李氏出身鮮卑族，對此姚大力教授已在《征服者》的〈推薦序〉中加以批評。

　　由此我們也可以談一下，杉山教授在比較沙陀與契丹時，特別偏袒契丹的那種特殊的態度。杉山教授認為沙陀軍事集團是十分野蠻的，沙陀人的「職業」就是單純的軍事，戰爭是漂亮的買賣（《征服者》，頁 136，以下均同出此書）。沙陀人以「養子」方式形成的集團，是粗野殘暴、無法無天者的聯盟（頁 137）。沙陀只知一味搜刮百姓，作為統治者、管理者完全不合格（頁 142）。相反的，耶律阿保機把燕地和山後的老百姓，從劉仁恭、劉守光父子以及沙陀李存矩的暴政下拯救出來，把他們帶回契丹統治區，讓他們會教會契丹人紡織和製作工藝（頁 141）。關於這些，史料我並不熟悉，無法分辨是非，但可以指出一個明顯的事實。947 年，耶律阿保機的繼承人堯骨（即耶律德光）攻入開封城，改國號為大遼，改年號為大同，顯然想當中華世界的皇帝。然而，杉山教授稱之為「單純素樸、天生武者性格的堯骨」（頁 185），卻只能在開封待三個月，不得不匆匆撤軍北返，最後自己在途中病死。而被杉山教授批評為殘暴粗野的沙陀軍人，從李存勖到石敬瑭，卻至少統治了中國北方二十多年（923-946），連那個完全不會當皇帝的李存勖都可以在開封待到兩年六個月（923 年 10 月到 926 年 3 月），由此可見，沙陀人比契丹人更了解擔任中華世界皇帝的方法。其祕密就在於，沙陀皇帝知道要把一般政務交給中華官僚管理（這也是馮道能當四朝宰相的原因），而耶律德光連這一點都不懂。事實上，沙陀人進入中華世界（雖然一直處在

邊緣地區）已經超過三代，而契丹則始終居於塞外。因此，我們能說，建立在大農業體系上的文化傳統不重要嗎？杉山教授似乎以「中華化」程度的深淺來決定他對沙陀與契丹的好惡。

杉山教授一直想要把中華世界的統治集團和被統治的人民加以割開，這也證明他對中華世界的了解不夠透澈。只要稍微閱讀《貞觀政要》，就能看到唐太宗治國時的戒慎恐懼。他一再說，「水能載舟，亦能覆舟」，因為從隋末到唐初河北、山東地區的農民在竇建德、劉黑闥等人的領導下一再起義的事件，讓他印象非常深刻。古代的中國農民既不可能關心政治，也沒有機會關心政治，但任何統治者都不能掉以輕心。他們人數眾多，只要有較大範圍的飢荒出現，任何統治者都會難以處理。在隋文帝統治下看起來堅固異常的隋朝，在隋煬帝統治不到十四年就冰消瓦解，這種教訓讓唐朝的建立者難以忘懷。

再說到宋朝，前面已經提到，宋朝太祖、太宗兩代，非常重視與民休息，讓長期處於戰亂的中國農耕區恢復活力。因為自東漢以來逐漸形成的門閥士族在唐朝後半期的衰亂中已完全消失，宋太宗藉此大量增加進士名額，對地主階級大開仕進之門，這就鞏固了統治基礎。有人統計過，兩宋時期考上進士而有家庭資料可查的，其中55%來自平民階層。[15]這也就是說，在公元十一世紀的時候，

---

15 王水照、朱剛：《蘇軾評傳》，南京：南京大學出版社，

中國基本上已經沒有了貴族這個階級，作為宋朝官僚體系基礎的進士基本上來自平民階層。只要稍微了解一下當時世界各大政權、國家的狀態，就可以認識到宋代社會的絕對特殊性，因為，它主要從平民階層中選拔文官，讓文官成為國家的基礎，而讓武將屈居其下，這樣的體制基本上為明、清兩朝所繼承。

再說到被杉山教授極力嘲諷的宋代的教化（已見前），這絕不是如他所說的要開發南方的蠻地，而是因為科舉所開啟的大門讓較富庶的地主對教養子弟產生極大的興趣。同時我們知道，宋代的士大夫重新復興了儒學，而儒學又非常重視「仁政」；不論進入仕途的士大夫在實踐方面做到什麼地步，他們對不識字的農民階層至少不會那麼窮凶極惡。這樣，從皇帝到士大夫，再從士大夫到一般農民，那種統治與被統治的關係，和草原征服者與農耕的被統治者的關係是不能相提並論的。就從杉山教授一再強調的所謂「拓跋國家」來說，唐朝政權與廣大的被統治的農民的關係，和北魏剛統一北方的時候也是不一樣的。杉山教授似乎比較偏愛邏輯推理，而不考慮歷史事實層面的千差萬別。

關於蒙古帝國，特別是忽必烈帝國的政權性質，杉山教授已經分析得很清楚了，簡單的說，這是由蒙古軍事貴族維持政治秩序，由穆斯林商人理財，穆斯林商人再把他

2004，頁 16-17。

們用各種手段得來的財物，交給蒙古軍事貴族，供他們使用（享用）。這種維持國家機器的方式，很難適用於中國廣大的農耕地區。蒙古軍事貴族突然崛起於蒙古高原，在這之前，他們幾乎沒有接觸過漢地。在把金朝趕往黃河之南以後，他們就進行了西征。他們以回鶻為師，以穆斯林商人進行管理，因為這是他們最早接觸的其他文明。當他們滅掉金朝，開始管理北方漢地的時候，他們就把穆斯林的管理方式引進來，這種方式當然不能完全適用於中國北方，於是不得不調整。在他們滅掉南宋以後，他們對南方的管理又採取了新的方式。但整體而言，蒙古軍事貴族主要還是借重於穆斯林，而中國式的士大夫只是作為一種輔助。這種統治方式很難管理中國，這就是他們統治中華世界無法超過一百年的真正原因。

建立明朝的朱元璋，出身於貧農家庭，完全了解蒙古統治的弊病。他企圖取消蒙古人所帶進來的商業因素，又厲行海禁，而且還規定農民以實物繳稅，就是想要把中國倒退到純農業社會。從這方面看，朱元璋的治國方式完全是根據廣大的農耕區來設想的。而為了保衛政權，他又另外設計了獨立於農業之外的軍戶制。他的軍戶制應該有受到蒙古制度的影響，但我們還是必須承認，明朝主要還是一個農業國家。杉山教授否認明朝的農業國家性質，實在令人不解。實際上，清朝的統治方式完全是一個改良版的明朝。

朱元璋的治國另一個特色，來自於他可能非常熟悉

的地方戲曲 [16]。他制定了嚴密的政策，管理全國的演戲活動，規定戲曲的內容一定要教忠教孝。從明朝以後，不識字的中國農民，也可以從無處不在的戲曲演出中學到被封建化的儒家倫理。這種風氣自明朝傳承到清朝，甚至傳承到民國時代，影響極為深遠（五四新知識分子對此非常熟悉，又非常痛恨）。從以上兩點來看，把明清兩朝視為古代農業中國的結束，是非常正確的。他們實際上都是宋朝從皇帝到士大夫，再從士大夫到農民那種政權形態的繼承者。但是，中國的農業經濟從宋朝至明朝、再從明朝到清朝，商品化的趨勢日漸加強，不可能再去阻擋。如果沒有西方勢力的入侵，而清朝是以傳統中國的歷史邏輯壽終正寢，中國的下一個朝代會是什麼樣子，實在引人深思。根據以上所說，我們可以確定，杉山教授大概很難體會中國這個世界上最為廣大、時間上延續了這麼長久的農耕國家的文化心態和獨特的統治方式，所以才會有那麼多讓我們覺得不可思議的「奇談」吧。

杉山教授難以理解中華文明，可能還跟他的某些基本史觀有關係。他說，西方近代國家都是軍事政權，這一點我個人是同意的。但他所以能看出西方近代國家的軍事性質，主要還源於他獨特的歷史觀，在《遊牧民》一書中，

---

16 戲曲在金、元統治的北方比同時南宋統治的南方發達，應和遊牧民占領中國北方有關係，此事論者已多。如果說朱元璋受到蒙元文化影響，他對戲曲的喜好也可算一例。

他特別寫了「被過低評價的軍事‧政治力量」一節（《遊牧民》，頁 251-253），他認為，從經濟層面進行歷史解讀，只能是一種當代現象，表面上好像非常有效，但並不相等於對歷史的理解。他說，「當然越接近近現代，作為人及時代轉動的原因，經濟所占的比重確實是越來越高。但甚至是在現代也相同，經濟以外的重要因素、特別是借由軍事力量及政治力量而讓世界轉動這件事，也是毫無疑問的事實。（《遊牧民》，頁 252）」我個人閱讀他三本著作的印象，感覺到他對草原遊牧民的英雄人物由衷的讚佩，這種態度在歷史學家中並不少見，法國的格魯塞也是如此。杉山教授喜愛契丹，厭惡沙陀，但他還是不能不佩服沙陀的戰鬥勇氣，特別對於李存勗這樣的爆發式的英雄人物，他還是相當喜歡的。反過來講，中華式的農業型的緩慢發展，以廣大厚實來逐漸抵消草原遊牧民的進攻，甚至在失敗之後也還能把進入農業世界的遊牧民最終加以吸納，這種生存方式，杉山教授當然不能欣賞，也無法理解。

杉山教授也知道，槍炮發明以後，草原遊牧民無敵於世界的時代已經過去了。歐亞大草原，其西面被俄羅斯帝國所包圍和限制，其東面受制於清朝，這種歷史發展當然是遊牧民的悲哀。從另外一方面看，當西方國家能夠把槍炮架在船艦上開往世界各地，從海岸炮轟任何文明世界的時候，世界也只好屈服於這種軍事武力之下。對於西方世界的擴張，杉山教授曾慨乎言之：

　　鎮壓挫敗各種美洲原住民的社會及文化，盡可能地進行扼殺、磨碎及無限殺戮，進而強迫征服。事實上，在人類史方面，最大的征服應該就是這個時期西歐對於南北美洲大陸的征服行動。這也同時是人類史上最為惡毒、殘暴及野蠻的征服行動。這是個直接單純的嚴肅事實。無論如何是無法用西歐風格之人道主義來掩飾。包含歐美人在內，我們必須要更直接地正視這個事實。（《遊牧民》，頁 373）

　　對於西方國家在十九世紀之後的征服全世界，他還說：

　　在產業革命及近代社會之外也以強力槍炮及海軍力量進行軍事化的西歐國家，將亞洲眾多國家解體，並企圖在地球上各區域殘留的土地進行殖民化及擴張自己國家利益而展開大大小小的戰爭。雖然有許多說法，但總之近代西歐國家就是軍事國家。（《遊牧民》，頁 373）

　　相比而言，草原遊牧民縱橫於歐亞大草原，無意中溝通了東西兩方的各文明，而其高明的騎射技術比起西方的槍炮和船艦來，不是更據有「人」的味道，而較少機械性質的遍及生靈的殺戮性嗎？強調西方的文明性而譴責遊牧民的殘暴，這樣的人，很難理解他們是怎麼看待人類歷史的。像這一類的議論，是我佩服杉山教授《遊牧民》一書的原因。

　　在當今世界，以其先進的軍事科技肆無忌憚地從遠方攻擊不聽話的國家，以其強大的金融體系干擾、破壞他國的自主的經濟發展，像美國這樣的世界少見的軍事強權，恐怕杉山教授也是同樣會加以譴責的。在這樣的世界大勢下，一個幾乎遭到瓜分的、曾經陷入極度貧困的、人民幾乎無以為生的、古老的文明國家，中國，能夠自力發展，先是保衛自己，讓自己的人民可以吃飽穿暖，然後再成為世界工廠，進而以其雄厚的經濟力讓周邊亞洲國家也跟著發展自己的經濟，因而也形成一種世界力量，平衡美國那一種「唯力是尊」帝國主義，對世界的和平發展來講，不也是一種貢獻嗎？中國這個巨型國家，讓杉山教授困惑不已的這個存在，應該也是人類文明史上的一個非常突出而巨大的現象。遺憾的是，杉山教授對這個文明的存在似乎一直感到不解，甚至有一種厭惡。我很希望，杉山教授能夠重新思考這個問題。

2015.4.7-10

西方的太陽花，東方的紅太陽[*]

　　去年太陽花學運鬧得如火如荼的時候，我在大陸，很幸運能夠耳根清靜，但是還是有人把趙剛寫的批判文章傳給我。我佩服趙剛孤軍奮戰的勇氣，但還是惋惜他虛費光陰，跟那些只講感情、不講理性（而又自以為很講理）的台派辯論大道理。我也曾當面勸過他，不如做自己的事，不要理他們。但趙剛如果肯聽我的話，那就不是趙剛了，他堅持己見，一寫再寫，終於寫出「問題」來了，因此才引發我編這本書的念頭。

　　趙剛最具綱領性的批判文章〈風雨台灣的未來：對太陽花運動的觀察與反思〉發表在 2014 年 6 月號的《台灣社會研究季刊》上（刪節版同時發表於北京《文化縱橫》2014 年 6 月）。不久，網路上開始流傳汪暉的另一篇長文〈當代中國歷史巨變中的台灣問題：從 2014 年的「太陽花運動」談起〉。汪暉自己在文內說明，本文是根據 2014 年 6 月底與台灣友人的談話記錄整理而成。我不能確定，汪暉寫他的文章時，是否已看過趙剛的文章，但可以肯定的是，這兩篇文章把太陽花運動所涉及的台灣內部問題及

---

[*]　趙剛、汪暉等著《我們需要什麼樣的「中國」理念》，人間出版社，2015 年 11 月初版。

兩岸問題，提升到當代世界問題、甚至近代世界史問題的
高度來認識，非常具有「理論」價值。這就證明，趙剛堅
持己見、把自己對台獨派的批判進行到底是正確的。

今年 6 月初，汪暉邀請趙剛到北京清華大學做兩場演
講，其中一場「台派『烏托邦』」我也在場。這一次演講
主要是對台派社會運動的理論與實踐進行心理分析，很
多話鞭辟入裡，把台派的精神狀態描繪得活靈活現。6 月
底，我從重慶回台灣過暑假（我在重慶大學客座），學
生告訴我，香港「破土網」刊載了兩篇批判趙剛清華演講
的文章，並且還引發了爭論，頗為熱鬧。我的學生還說，
批判趙剛的包括台灣交通大學的劉紀蕙教授，而趙剛後來
的回應也只針對劉紀蕙教授。劉紀蕙我也很熟，印象中她
好像很少參加論戰，所以不免好奇，就請學生把他們的文
章印給我看。這一陣子我真是忙，單單閱讀趙剛的三篇文
章、汪暉的一篇文章（重讀）、劉紀蕙的兩篇文章，就花
掉我不少時間（我每次都很訝異，為什麼趙剛和汪暉的文
章都寫得那麼長）。總而言之，我的結論是，把這些文章
收集在一起，印成一本書，對台灣、對香港、對大陸讀者
思考當前的台灣處境、香港處境、大陸處境，以及目前全
中國的問題，以及中國與世界（特別是美國）的關係問
題，都非常具有啟發性的意義。我分別寫信給三位，希望
他們同意把這些文章收集在一起出版，他們都很爽快的答
應了。因為知道我要編這本書，所以就有相關的資訊傳到
我這裡，我又看上甯應斌（卡維波）、鄭鴻生、瞿宛文的

相關文章，他們當然也不會拒絕我的要求，所以這本書很
輕易就編成了。這裡要特別謝謝他們六位的大力支持。以
下我將從兩個角度來說明這些文章的價值之所在。這些文
章涉及兩個大問題：一、當今世界經濟情勢下的台灣問
題；二、「中國理念」在當今世界的意義。

一

「太陽花學運」，全稱「太陽花學生運動」，這個名
稱本身就具有蠱惑性，因為究其實而言，這不是學生運
動，而是藉著學生來搞政治運動。民進黨和台派知識分
子，面對台灣的政治、經濟困局，想要利用這種運動形
式，來進行他們在正常的民主程序中無法完成的工作。
2000 年到 2008 年民進黨的陳水扁執政，貪腐無能，經
濟嚴重下滑，所以 2008 年後才能換由國民黨的馬英九執
政。馬英九除了和大陸改善經貿關係外，也想不出其他辦
法，特別是在他執政的當年美國發生金融大海嘯，台灣對
美國的出口銳減，他更加只能走這條路。馬英九嚴格遵守
政經分離的原則，整體路線實在沒有什麼大錯。但是台派
看在眼裡，心裡非常焦急，因為熱絡的經濟關係一定會改
變兩岸的政治關係。但是，國民黨控制總統府和立法院，
按民主程序他們無法阻擋這種情勢，他們不斷的「訴諸輿
論」，攻擊馬英九的種種「劣政」，馬英九應對無方，民
意支持度不斷下滑。最後當馬英九向立法院提出兩岸服貿

協議時，民進黨既無法阻擋立法院通過協議，就只好出險招，組織學生攻進立法院。沒想到這一奇招收到意料之外的大成功，因為青年學生剛好藉機表達他們對自己前途無望的憤懣，而民進黨又藉這個形勢擴大了「反中」情緒。這一事件導致國民黨九合一選舉大敗，民進黨似乎已經確定要再度執掌政權了。太陽花運動（汪暉如此稱呼似乎比較妥當）把民進黨所擅長的街頭運動發揮到極致，他們一定會食髓知味，一搞再搞的（最近的反課綱聯盟就是明顯的例子）。只要這種模式有效，台灣政局就永無寧日，台灣老百姓只好長期生活在焦慮不安之中。

民進黨和台派知識分子為什麼要這樣操作呢？這樣操作有什麼危險呢？瞿宛文的文章為我們做了扼要而清晰的分析。她先用一個圖表證明台灣是外貿型經濟，沒有外貿出口，台灣經濟就會有問題，其次，她用第二個圖表說明，台灣外貿出口三個主要對象的變化趨勢。遠的不說，從一九五〇年代開始，五、六〇年代是台灣對美國輸出的高峰期，七〇年代以後就逐漸下滑。這時，日本取代美國，成為台灣最主要的出口國家，這一趨勢維持了二十年。八〇年代以後，對美、對日出口一直在往下滑，如今兩國都已降到 10% 以下。相反的，對大陸的出口從八〇年代以來一直在提升，九〇年左右已超過美國，2000 年左右已超過日本，現在占全部出口的四成左右（包括對香港出口）。至於說到台灣的對外投資，1993 年台灣對大陸的投資已占六成以上，2011 年最高，已超過 80%，此

後稍有下降，但至今仍維持在六成上下。以早期台商對大陸一向戒慎恐懼的態度，這種情勢一定是純經濟因素，而不是哪一種政治力量操縱的結果。應該說，大陸經濟的崛起，日本、美國經濟的先後衰疲，是台灣出口經濟不得不轉變發展方向的根本原因。這種趨勢台派知識分子不可能不了解，但他們非硬擋不可，不然台灣遲早要被大陸「吃掉」。但是，除非大陸經濟突然出現大問題，這一趨勢是不可能阻擋的。

瞿宛文明確的說，太陽花運動真正的目的是「反中」，反對繼續發展對大陸的貿易。但他們卻不說反中，而說是「反全球化」、「反自由貿易」、「反新自由主義的自由貿易」。其實這些口號都來自於歐洲的先進國家。歐洲先進國目前經濟日漸困難，產業與資金外移，外來移民不斷，失業率增高，因此經濟保護主義和種族主義（反移民）日漸興起。在這一點上，左派和極右派幾乎沒有差別。兩岸經濟交流是挽救台灣經濟最好的途徑，台灣很幸運，可以把出口和投資轉向大陸，但台派非反對不可，因為他們視大陸為「強權」，寧可不要大陸「讓利」，尊嚴更重要（即使餓死也要面子）。所以他們就挪用了歐洲新左翼的「反全球化」和「反自由貿易」理論，這一切都足以證明，台派是以新左翼的名目來掩飾他們的極右翼面目。為了他們的政治理念，他們完全不顧台灣民眾困苦的生活（台派知識分子和民進黨領導人的日子是不會有問題的）。

對於太陽花的運動模式，趙剛做了非常生動的描述。台派知識分子從西方社會科學界，特別是自由左派或是具有新左傾向的學界襲用了關於公民、公共、社運、民主的各種概念，把這些概念全部收進他們理論的「武器庫」裡，使用時全部「祭」了出來。所以他們以為他們的理論絕對是最正確的、無可辯駁的；他們就是公民的標準，誰要反對他們，誰就沒有資格成為公民。而公民最重要的行動，就是「反 XX」，被他們所反的 XX，就是不符合公民社會標準的壞事物，你要不反這些，你也就不是公民。趙剛在北京清華大學演講的時候，引述了太陽花運動時流行於台派學生的一首歌，其中一段是：

當我走上了街頭　世界就是我的　當我們懷抱信念
當我們親身扮演　英雄　電影　情節
你就是一種信念　你就是一句誓言
世界正在等你出現

反對 XX 的運動，成為無能應對社會現實的唯一實踐模式。最近的反課綱聯盟，有一位學生對他的父母說，他現在是要去革命，革政府的命。他反對政府沒有諮詢他的意見所訂的課綱，作為學生，他反對這個課綱，就是反對這個政府，就是革命，這是非常神聖的。雖然他還未成年，為了這個神聖的目標，他的父母沒有權力阻擋他。有一個學生代表對教育部長說，你講的話我們不一定要聽，

民眾講的話，你一定要聽。他完全沒有反省到他只是民眾中的一個，沒有經過合法的程序，他不能代表民眾；即使經過選舉，他有資格代表某一部分民眾，他也不能號稱代表所有的民眾。輕易把自己無限膨脹，一方面把自己等同於民眾，一方面把自己從別人那裡接受的概念等同於真理或普世價值，這就是太陽花所發展出來的運動邏輯，在這一次的反課綱聯盟中又組織了高中生做了一次生動的演示。趙剛把這樣的模式稱之為「自由主義現代性神移甚至形變為法西斯」。實際上，這是以街頭法西斯運動形式來補助民進黨在合法的民主程序中力量的不足。我相信，在未來幾年內，這種街頭運動模式會不斷的上演，會成為台灣社會不穩定因素的觸媒。即使下一屆是民進黨執政，民進黨也不可能解決台灣社會內在的困境與矛盾，只要有心人善加利用，這種充滿法西斯精神的街頭運動形式就會成為民進黨或台獨運動的側翼。

　　以上只是就台灣內部分析台獨勢力以太陽花運動為代表的近期運作模式，如果擴大範圍觀察亞洲最近的整體情勢，就不由得會懷疑太陽花運動並不是一個孤立的現象。除了台灣的太陽花運動，香港稍後也發生了「占中」行動。「占中」這個名稱就富有象徵意義，它的反中傾向無可諱言。除此之外，還有日本、菲律賓、越南不斷的抨擊中國在南海的「擴張」，與此相呼應的是美國的所謂重返亞洲行動。從種種的跡象來看，台灣的太陽花和香港的占中，好像都不是「在地」的自發行為。趙剛和汪暉都意識

到了這樣的問題。趙剛說，「就美國而言，這次的太陽花學運是一場已經達目的的顏色革命，因為學運結晶並鞏固李登輝政權以來一直在經營的親美與反中。這個趨勢，繼續走下去，將使台灣與韓國、日本、菲律賓、越南等國，在新的圍堵政策中變成無問題性的一個親美反中的『盟邦』以及中國大陸的『敵國』。」汪暉也說，「美國重返亞洲與日本解禁自衛權都是以創造區域性的新冷戰為指向的」，「如果台灣的新社會運動，包括這些學生運動，最終達到的結果就是加入美日為中心霸權結構的話，那等同於自我取消其合理性。果真如此，他們雖然年輕，卻可能是過去時代的迴光返照，而非代表真正的未來。」汪暉加上了一個「如果」，話講得有保留，其實意思和趙剛是一樣的。他們都擔心，台灣年輕學生由於對現狀強烈不滿，反而可能被美、日及其在台灣的「盟友」的台獨勢力所利用，而成為美國舊霸權的馬前卒，為日落西山的美國帝國主義而做毫無意義的戰鬥。

　　如果注意到蔡英文在最近訪美時給《華爾街日報》的投書，以及她在戰略與安全研究中心的演講，就可以證明，趙剛與汪暉觀察問題的敏銳度。蔡英文投書的題目是 "Taiwan Can Build on U.S. Ties"，意思就是台灣將和美國綁在一起，態度不是夠明白了嗎？而這很可能就是太陽花運動真正的動力來源（我把我的一篇短評附在兩人文章之後，以證明他們去年敏銳的感覺）。

二

　　根據上面所說，可以得出兩個結論：一、美、日經濟明顯衰退，台灣出口貿易很難再以美、日為對象，台灣經濟與大陸越來越密切，這是客觀情勢，很難改變。二、美、日經濟雖然衰退，但美國仍然不願意放棄亞洲霸權，正在努力與日本、菲律賓等構築新冷戰防線，企圖圍堵中國；在這種情勢下，美、日在香港製造麻煩，在台灣暗中支持台獨勢力，希望台灣（還有香港）成為新冷戰下的親密夥伴。所以，未來台灣的選擇只有三項，親美、親中、暫時保持中立。現在台派非常著急，因為如果不行動，放任兩岸經濟自然進行，統一勢不可免。所以他們想要藉著各種社會運動，孤注一擲的加入美、日的新同盟，他們認為只有這樣才能避免「被中國霸權併吞的命運」。

　　從這個觀點來看，台灣將成為中、美在亞洲爭奪霸權的焦點，這是我們考慮台灣未來前途最重要的出發點。1895 年台灣成為日本的殖民地，二戰後雖然歸還給中國，但中國不久發生內戰，內戰失敗的國民黨政權逃到台灣。由於韓戰爆發，美國為了圍堵共產黨所建立的新中國，開始保護國民黨政權。這樣，台灣先是直接受到日本五十年的統治，其後不久，又間接受到美國長達六十五年的重大影響，一般的台灣人以日本、美國的生活方式和價值體系來衡量中國大陸，可以說是很自然的。最近三十五年來，美國又蓄意操控台灣的政局和輿論，防阻台灣和大陸親近，

因此，在面臨現在中、美爭霸的局面下，台灣一面倒的傾向於美國，是完全可以理解的（這其中複雜的歷史因素，鄭鴻生以韓國和香港作為對比，做了極為精彩的分析）。

台灣同胞必須理解，我們面對的不只是親美與親中的問題，我們面對的是，以美國為代表的西方近代文明所建立的霸權時代，已經到了日落西山的地步，而綿延已有三千年以上的中華文明，雖然經歷了上百年的沒落，如今卻又浴火重生了。所以我們所面對的，不是一時一地的中、美之爭，而是世界史上難得一見的「東風壓倒西風」的人類文明新舊階段的轉換關鍵。如果我們不能了解這個歷史意義，我們台灣人必定像汪暉所說的，成為「過去時代的迴光返照」，而不是面對東方初昇的朝陽。

台灣讀者可能會以為我是痴人說夢，其實這種文明的起落，很多西方學者已經說過，只是我們台灣人故步自封，還在把美國夢想為屹立不搖的「永恆帝國」罷了。2010 年，我買到一本厚達六百五十頁的大書，里亞・格林菲爾德的《民族主義：走向現代的五條道路》。格林菲爾德為本書中譯本寫了前言，開頭就說：

我們正面臨著一場歷史巨變。我們敢於如此斷言，因為促成這一巨變的各種因素已經齊備，我們只須等待它們的意義充分顯露出來。除非那個至少能夠消滅人類三分之一的前所未有的浩劫降臨人間（按，指核戰爭），否則沒有什麼能夠阻擋這一巨變的發生。這一巨變就是偉大的亞

洲文明崛起，成為世界的主導，其中最重要的是中華文明崛起，從而結束了歷史上的「歐洲時代」以及「西方」的政治經濟霸權。

這一變化只是在新千年到來後的最近幾年才開始變得明顯……[1]（重點為引者所標）

格林菲爾德是一個專業的社會學家和社會人類學家，但同時具有深厚的經濟學、政治學和歷史學的素養。從1987年到2001年，十四年間寫了兩本大書，在前面提到的那本書之後，還出版了另一本《資本主義精神：民族主義與經濟增長》[2]。她是一個具有歷史眼光的社會、經濟學家，我們只要隨意的讀她的兩本大作，就會發現她的學養非常深厚，不是隨意講話的人。比起華勒斯坦（世界體系的理論家）和德里克（中國學專家），她在台灣讀者眼中只能算無名小卒，而她所講過的意思，華勒斯坦和德里克已經說過好幾次了。

趙剛和汪暉都看到了這種世界史的大趨勢。趙剛說：

台灣的問題從來不是台灣的問題而已，而台獨的問題

1　里亞・格林菲爾德著，王春華、祖國霞等譯：《民族主義：走向現代的五條道路》，上海三聯書店，2010。

2　里亞・格林菲爾德著，張京生、劉新義譯：《資本主義精神：民族主義與經濟增長》，上海世界出版集團、上海人民出版社，2009。

歸根究柢是中國的問題。中國在當代世界裡,除了經濟崛起、政治崛起之外,更要面對思想與文化的崛起。如果在將來,中國作為一個理念,涵蘊了一套有召喚力的價值與實踐,形成了一個能提供給人類新的安身立命,以及與萬物相處共榮的道路,或至少能提供給區域人民以正義、和平與尊嚴,那將是「台灣問題」解決之道的根本所在。這是有希望的,因為西方的發展模式、霸權模式、欲望模式已經圖窮匕現了。

這就是說,以西方價值觀為核心的資本主義體系已經無法維持下去了,我們應該思考中國能不能發展出另外一套價值與實踐,以便為人類提供一個安身立命、共榮相處的新道路。趙剛把這樣的思考模式稱之為「中國作為一種理念」。汪暉說:

現在是全球性的政治危機的時代,跟 1989 年以後的情況非常不一樣。1989 年以後,社會主義失敗,「歷史終結」。然而,今天的現實是資本主義危機四伏,不僅邊緣區域如此,中心區域也一樣……我們需要在「歷史終結論」的範疇之外,共同探討新的道路。如果沿著這條道路嘗試開啟新的政治實踐,新的空間、新的可能性、新的力量就有可能湧現。

面對資本主義的危機,汪暉也認為,以「中國作為一

個政治範疇」來探求世界問題的全局性解決，是應該嘗試
的。他們能夠在太陽花運動中，體認到歷史的偉大契機，
不能不說是「特識」。

為什麼這麼說呢？因為即使在大陸知識界，也很少人
具有這種為「萬世開太平」的氣魄。隨著中國經濟的崛
起，中國人的自信心日漸回復，所以越來越重視自己的文
化，越來越肯定中華文化的價值。但是，如何把中國文化
的價值和中國的崛起，以及世界危機的解決連繫在一起，
仍然是一個困難重重的探索工作。甚至極為肯定中國文
化價值的學者，都不敢輕易的認為：中國有責任、也有能
力為未來的世界找出一條新的道路。歐巴馬說，美國還要
領導世界兩百年，但是到現在為止，還很少有中國政治家
和學者毫不愧色的宣揚：中國將為世界開闢出新道路。當
然，中國人比較謙抑，不好大言，但也不能不說，「底
氣」似乎還有些不足。我們從趙剛和汪暉的文章中，已經
看到這種氣魄了，從這個角度來講，太陽花運動還是有貢
獻的——壞事可以變好事嘛！

當然，他們兩人可以說是兩岸思想的先驅。現在兩岸
的知識分子，許許多多的人還在相信西方的普世價值，而
且堅持中國必須往這條路上走。劉紀蕙的文章，很清楚的
表達了這種理念，她的貢獻是，極為尖銳的質疑「中國作
為一個理念」（當然這也同時指涉到汪暉的「中國作為一
個政治範疇」）的思想價值。為了這個目的，她引述美
國、日本的某些中國學者，根本的懷疑是否真有一個「連

續性」的中國。按照中國的歷史敘述,中國有漢朝,有唐朝(其前身是北魏拓跋政權),有宋朝,有元朝(由蒙古人建立),有明朝,有清朝(滿州人建立),這真的是具有同質性的中國嗎?而且,她還說:

> 歷代疆界發生過大大小小的變動,被南北不同族群以戰爭侵入,或是以戰爭擴張,每一個朝代更有高度發展的嚴刑峻法,凌遲、腰斬、車裂、剝皮,動輒上千人的誅九族,也都曾經因為土地集中以及苛稅暴政,而發生了數百次的人民起義。這是同一個中國或是同一個帝國嗎?

劉紀蕙不僅懷疑是否有「一個」中國,還懷疑這個疆域不斷變動、外族不斷入侵、嚴刑峻法不斷發展的所謂中國,具有最起碼的「文明能力」,怎麼能夠作為一種理念呢?

劉紀蕙的質疑是非常正常的,一點也不令人驚異,因為這是台灣以及大陸許多知識分子毫無保留的接受西方人的世界史觀點的必然結果。這個地方我並不是要跟劉紀蕙「抬槓」,我只簡要提一下西方歷史常被忽略的一些常識,以見西方觀點的偏見入人之深。先說到刑罰。西方長期進行大規模的異端審判,被處刑者要焚燒至死,這種刑罰即使在同樣是一神教信仰的伊斯蘭世界也不容易見到(與一般人的印象相反,伊斯蘭世界對不信教的人遠比基督教寬容多了)。十六世紀德國農民起義失敗後,封建主

把其領袖関采爾用鐵鍊綁死在一棵大樹上，然後把旁邊的土慢慢加熱，讓他受盡折磨，烘炙至死，這大概是世界文明史少見的例子吧。另外，中世紀還有所謂貞操帶，用鐵銬把女人的下體封住，鑰匙由男人隨身攜帶，以防女人出軌。即使最強調守貞的中國禮教社會，作夢也想不出這種方法。說到種族滅絕，總不能否認屠殺幾百萬的猶太人是西方人幹的吧。這不是希特勒個人發瘋了，而是整個西方世界不斷的在迫害猶太人的高峰。波蘭人那麼痛恨德國人，但他們還是很願意配合德國人，把波蘭境內的猶太人全部送到集中營去。鋼琴家魯賓斯坦的家族在波蘭人數眾多，二戰後無一人存活下來，這讓魯賓斯坦非常難過，即使他非常想念他的家鄉，二戰後他還是長期不願意到波蘭去演奏[3]。至於近代西方人在征服世界時，如何屠殺和迫害各地的土著，我們就讓非常厭惡中華文明的杉山正明來說吧：

　　鎮壓挫敗各種美洲原住民們（native American）的社會及文化，盡可能地進行扼殺、磨碎及無限殺戮，進而強迫征服。事實上，在人類史方面，最大的征服應該就是這個時期西歐對於南北美洲大陸的征服行動。這也同時是人類史上最為惡毒、殘暴及野蠻的征服行動。這是個直接單

3　見 H. Sachs 著，陳軍譯：《魯賓斯坦傳》，台北：世界文物社，1998，頁 119。

純的嚴肅事實。無論如何是無法用西歐風格之人道主義來
掩飾。包含歐美人在內，我們必須要更直接地正視這個
事實。[4]

　　這是對西方近代文明的殘暴性質最義正辭嚴的譴責，
而且這只是講到美洲，還不包括澳洲和夏威夷，也不包括
非洲黑人的掠賣和奴隸。無論西方人多麼善用人道主義來
蠱惑人心，近代西方文明絕對可以稱得上是人類歷史上最
殘暴的文明，近代西方的繁榮其實是建立在對其他土地上
的人進行滅絕和殘酷奴隸和剝削之上的。想想最近美國對
南斯拉夫、對阿富汗、對伊拉克不分軍事目標和平民住宅
的無限制轟炸，我們對西方人的所謂「人道」就可以「思
過半矣」。

　　再說到戰爭。日爾曼人衝進羅馬帝國境內的早期歷史
姑且不說，就從十二、三世紀說起。先是神聖羅馬帝國的
皇帝聲稱對義大利的土地擁有主權，因此不斷的進軍義
大利，和義大利的城市及教皇長期混戰。然後是形成中
的英、法兩個民族國家進行了百年的戰爭。法國把英國趕
出歐陸後，又和哈布斯堡王室為了義大利的土地發生多次
戰爭（馬基維利就是有感於義大利的屠弱，才寫作《君王
論》的）。接著，神聖羅馬帝國和法國內部分別發生宗教

4　杉山正明著，黃美蓉譯：《遊牧民的世界史》，台北：廣場
　　出版社，2013，頁 373。

戰爭。接著，德國的宗教戰爭引發瑞典和法國介入，著名的三十年戰爭把德國搞得殘破不堪。再接著，法國稱霸歐陸，路易十四夢想把法國的領土擴展到「天然國界」，與全歐洲為敵，爭戰不已，至其死亡而後已。到了十八世紀，新興強國普魯士為了搶奪哈布斯堡王室的西利西亞，又把歐洲各國牽扯進戰爭中。再來就是法國大革命引發的歐洲各國對法國的入侵、法國的再度崛起，以及拿破崙時代不間斷的戰爭。十九世紀號稱是歐洲少見的和平的世紀（從 1815 年滑鐵盧之役到 1870 年普法戰爭，中間半世紀沒有大戰，歐洲人就說這是難得的和平，可見歐洲和平之不易），但也有義大利統一之戰和德國統一之戰。當德國成為強國後，歐洲劍拔弩張，終於導致歐洲最全面的、殺傷力最強的內戰，就是所謂的一戰，其實一戰只是歐戰，是歐洲自中世紀以來各國「競逐富強」的最高峰。一戰不能解決英、法和德國之間的霸業，所以又發生二戰，把全世界都牽連進去，這才是真正的世界大戰，而其起因就是歐洲各國之間的內戰 [5]。歐洲戰爭史是全世界「最精彩」的戰爭史，他們在歐洲的內戰中把自己的國家鍛造成「軍

5　湯恩比在《歷史研究》中對十六世紀以降的歐洲戰爭週期有過統計，按他的算法，歐洲自十六世紀至 1914 年，只有 1559-1568、1648-1672、1763-1792、1971-1914 四個短暫的全面和平時期。參看《歷史研究》，上海世紀出版集團，2010，頁 859。

事國家」（這是杉山正明的評語）[6]，所以他們有足夠豐富的經驗去征服全世界，而全世界都沒有這樣的經驗，所以誰也擋不住。說到戰爭之頻繁，中國是遠遠不如歐洲的。

最後，我們再來檢視一下西方文明的連繫性與同一性的問題。按我們的常識，近代西方文化傳承了古代的希臘羅馬文明，其實這種講法太過於簡略、而且也非常不精確。羅馬帝國統一了整個地中海地區，形成了希臘羅馬文明。但是，在西元二世紀末羅馬帝國陷入長期內戰以後，這個文明就逐漸沒落了。等到四世紀君士坦丁大帝重新統一帝國、尊基督教為國教以後，希臘羅馬文明就變成了羅馬基督教文明。我們記得，羅馬皇帝朱利安曾經企圖恢復希臘羅馬文明，但很快就失敗，因此他被稱為「叛教者」，這就說明基督教已成為羅馬帝國最重要的文明力量。等到日耳曼各部落衝進西羅馬帝國境內，西羅馬帝國崩潰，日耳曼各部落紛紛歸依基督教以後，至少有一千年

6　杉山正明的原話是，「在產業革命及近代社會之外也以強力槍炮及海軍力量進行軍事化的西歐國家，將亞洲眾多國家解體，並企圖在地球上各區域殘留的土地進行殖民化及擴張自己國家利益而展開大大小小的戰爭。雖然有許多說法，但總之近代西歐國家就是軍事國家。」（《遊牧民的世界史》，頁 373）。如果從這個角度來閱讀威廉・H・麥尼爾的《競逐富強：公元 1000 年以來的技術、軍事與社會》（上海辭書出版社，2013），就能了解軍事及技術對西方近代國家形成的重要性了。

時間，所謂西方文明其實就是基督教文明，不要說希臘文明，連羅馬文明幾乎也完全被忘記了。我們確實可以質疑，沒有基督教以前的希臘羅馬文明，以及只有基督教而希臘羅馬文明消失殆盡的西方中世紀文明，是同一個文明嗎？

就在西方完全籠罩在基督教的勢力之下的時候，東羅馬帝國（拜占庭帝國）還屹立了一千年之久。拜占庭帝國使用希臘語，繼續傳承古代的希臘文明，而且，還影響了後來興起的大食帝國的伊斯蘭文明。現在很少人知道，伊斯蘭文明不但傳承了古希臘文明，同時還傳承了古希伯來人文明。大食帝國的全盛時代不但翻譯了許多希臘經典、產生了不少詮譯希臘文明的大師，而且，他們同時也推崇《新・舊約》。如果沒有拜占庭帝國和大食帝國，古希臘文明有多少能保存下來，是很值得懷疑的。近代的西方很少人願意承認這一點，好像希臘文明在西方一直綿延不斷，這是很少人揭破的歷史大謊言。一直要到薄伽丘和佩脫拉克（十四世紀）的時代，古希臘羅馬文明才在義大利復興起來，並逐漸波及全西歐，這就是我們所謂的文藝復興。文藝復興以後，希臘羅馬文明和基督教文明並存於西方，成為近代西方文明的基礎。從這個角度來看，古代的希臘羅馬文明，和近代西方所傳承的希臘羅馬文明，很難說是同一個文明，因為後者已經加入了基督教的因素，而前者絲毫沒有基督教的影子。而且，我們不能說，傳承拜占庭文明的俄羅斯文明，以及繼承大食帝國遺產的伊斯蘭文明都不是古希臘文明的繼承人。古希臘文明的「後代」

有好幾個分支，西方人憑什麼說，他們是古希臘文明唯一的繼承人？

再從文明的發生地來看，古希臘文明最早是繁榮於小亞細亞西岸的希臘城邦，再傳到雅典、西西里和南義大利。羅馬文明的重心是義大利半島的中部。日耳曼民族滅掉西羅馬帝國主導歐洲史以後，西方文明的中心開始往阿爾卑斯山以北轉移，最後變成以法國、德國和英國為核心區。文明地點從小亞西岸不斷的往西移、再往北移。民族從希臘人轉到拉丁人，再從拉丁人轉到日耳曼人。宗教從希臘羅馬的自然性質的多神教變為基督教的一神教。而中華文明的核心區始終在黃河流域（後來擴及到長江流域），經濟形態始終以農業為主，它的統治者好幾次由塞外入侵的遊牧民族來擔當，但主要民眾還是講各種漢語、寫同樣漢字的所謂漢族；思想以儒家為主導，兼容道、佛兩教（佛教東漢末年傳進中國）。如果中華文明不具有連繫性和同一性，那麼，各方面都比中華文明變動更大的所謂西方文明就更沒有資格具有同一性了（甯應斌的文章從理論上對文明的同一性與發展性的關係做了詳盡的分析）。我們有更多的理由懷疑，自古希臘到現在，真有所謂一線傳承的西方文明嗎？這種變動不居的、在近代對外征服全世界時又表現得極為殘暴血腥的西方文明，他們真的擁有了普世價值嗎？我們中國人，何其不思之甚也。

當然，以上只是對劉紀蕙的問題的粗略回應。「中國派」（我把本書中的其他作者都歸為這一派）有責任更加

詳盡的回答她的疑問。我們必須坦白說，由於歷史發展的趨勢，「中國理念」應運而生，因此也正在探索與發展中。我們不只是要說服劉紀蕙，而且要說服肯面對歷史、肯主動思考的兩岸三地（包括香港）的知識分子。本書中收進來的鄭鴻生、甯應斌、呂正惠的三篇文章，只是暫時作為劉紀蕙「有一個中國嗎」這一問題的暫時的對照，並不是最後的答案。歷史時機對我們提出了這麼重大的問題，如果我們每個人立刻就能從口袋裡拿出一個錦囊妙計，那也不可能是答案了。所以，最後我想說，太陽花運動能夠逼迫我們寫出這些文章，編成這本書，足以證明我們企圖回應現實與歷史，當然，這只是我們工作的開始。

2015.8.4 完稿
8.9 修訂

從反傳統到反思傳統 *

一

　　我們不妨把土耳其道路稱為「自宮式現代化道路」，就像金庸武俠小說裡的明教教主，為了練一門至高武功要首先把自己的生殖器割掉，稱為「本門心法首在自宮」。其實很多現代化理論都是這種「自宮式現代化」理論，認為要練現代化這武功，就得先割掉自己文化傳統的根，土耳其無非是在這方面走得最徹底而已。但一個人割掉了自己的生殖器，即使練了武功，活著還有什麼意思？我從前曾多次引用過伯林（Isaiah Berlin）強調個人自由與「族群歸屬」（belonging）同為最基本終極價值的看法，現在或許可以用來解釋為什麼土耳其的現代化道路不但沒有給土耳其人帶來歡樂，反而導致其「在靈魂深處抑鬱而不歡暢」的。這個原因就在於土耳其這種「自宮式現代化道路」不但沒有滿足土耳其人的「族群歸屬感」，反而割掉了這種歸屬，就像割掉了自己生命之源的生殖器，怎麼可

---

*　江湄《創造「傳統」──晚清民初中國學術思想史典範的確立》，人間出版社，2014 年 3 月初版。

能快樂？

　　這是 2003 年甘陽面對記者訪問時所講的一段話，我到 2011 年才讀到。2011 年我的心境已經非常開朗，深信中國前途一片光明，但看到甘陽這一段話仍然引起強烈的共鳴；一方面欣賞他幽默、生動的語言所蘊含的智慧，另一方面也勾引起我對 1990 年代的回憶，因為那正是我最「抑鬱而不歡暢」的時期。

　　從 1980 年代進入 1990 年代，我突然發現周圍的朋友和學生竟然都開始傾向台獨，而媒體上的「去中國化」和「反中國」言論一片喧囂，我為之憤怒，為之氣悶。為了逃避這種無法忍受的空氣，我儘可能找機會到大陸去，可以因此稍微喘一口氣。但到了大陸，我卻又碰到了另一種尷尬的處境。我明顯感覺到了大陸知識分子的極端壓抑，並且了解他們壓抑的緣由。但我們之間卻難以交談，因為我的痛苦和他們的痛苦完全不一樣。我看過《河殤》，簡直目瞪口呆，竟然為了現代化可以放棄一切民族文化特質，我不知道這種思想傾向如何跟台獨思想劃出一條界線。我知道我和新交的大陸朋友絕對不能深談，一深談就會不歡而散。這樣，我在兩岸同時找不到可以縱談而無所顧忌的人，我彷彿得了失語症，或者不知道怎麼講話，或者根本就無法講話。

　　甘陽提到的伯林，是這樣談民族歸屬感的：

當人們抱怨孤獨時，他們的意思就是說沒有人理解他們在說什麼，因為被理解意味著分享一種共同的歷史，共同的情感，共同的語言，共同的想法，以及親密交流的可能，簡言之，分享共同的生活方式。這是人的一種基本需要，否認這種需要乃是危險的謬誤。

我和兩岸的知識分子雖然都使用共同的語言，卻無法分享共同的歷史、共同的想法和感情，我只能陷入徹底的孤獨。為了擺脫這種孤獨，我只能藉著縱酒放肆來發洩苦悶。杜甫說李白「縱酒狂歌空度日」，這也是我過日子的一種方法，我成了朋友口中的「酒徒」。

就在甘陽接受訪問的前後時段，我也感覺到大陸知識界的氣氛好像在逐漸轉變，就在這個時候，我交了一批大陸的新朋友，我跟他們的交流比以往要順暢多了。不久，他們就成為我最密切來往的一個圈子，其中就包括張志強，以及張志強的愛人、本書的作者江湄。他們都比我年輕二十歲以上，但我們談起話來毫無隔閡，因為我們的談話有共同的方向和共同的關懷；用江湄書中的話來說，我們都關心中國文化的「現代化轉換」，我們強烈希望中國文化仍然是未來中國的立國之本，因此，我們都必須面對五四以來的激進反傳統問題，必須從理論上處理這個問題。我也可以跟其他朋友談這些問題，但跟他們兩人的交談空間似乎還要大一些。因為他們兩人都做中國近代思想史，由此勢必熟悉中國古代思想史，而他們兩人對中國古

代的歷史和思想的認識也確實相當深入。因此我們談到中國文化時，就不只限於大方向的討論，還可以涉及更為細節的問題，不至於完全流於空泛。

經過長期思考以後，我覺得，五四以後的激進反傳統和各種革命論，應該已經完成它們的歷史任務，現在已經到了反思傳統、重歸傳統的時候。一個大國不論軍事、經濟力量如何強大，如果文化上不足以自立，或者完全否定自己的傳統，無論如何不能稱之為大國。我知道，大陸已經有人在批判「激進主義」，認為中國當今的問題都是五四以降的激進傳統造成的。我知道這種說法是意有所指，是在暗示激進主義導致共產黨的革命，所以才有今天的問題。我不能同意這種論調，我認為，激進主義和革命是在歷史情勢之下不得不然的。我並不是要否定它們，我認為它們已經完成歷史任務，我們應該開始進入另一個階段的工作，即，現在應該如何重新回歸傳統。

當我談到應該對五四反傳統問題進行具體的檢討，而不能只用一個空泛的「激進主義」加以一筆抹煞時，張志強和江湄也會談到他們自己的看法。在這個時候，張志強最喜歡用五四時代非主流的學術人物來對比主流人物，譬如，用錢穆和蒙文通來和胡適和傅斯年對照，我會大量購買蒙文通的著作就是受到張志強的影響。但他兩人更喜歡用晚清學者來對比五四的一代，其中章太炎是他們都非常熟悉的，他們的談法讓我既感到新奇，又引發強烈的興趣。遺憾的是，我講話的時間太多了，他們很難用完整的

敘述來讓我了解他們的想法。其實，我很想知道他們的思考方式和思考途徑。

還好，經過長期的等待，他們終於各自出版了一本專著，這兩本專著分別呈現了兩人十年來研究和思考的成果。張志強的書我已經讀了三分之二，但其中最重要的一部分涉及佛學，我非常外行，目前只好暫時放棄。江湄的書主要談論晚清的梁啟超和章太炎，以及五四的胡適。這個範圍我比較容易掌握，所以花了三天時間，一口氣就讀完了，其中最難的一篇還讀了兩遍。對我來說，這不是單純的閱讀行為，而是一種尋找解決之道的努力。江湄思考的問題與方向基本上是和我一致的，但她有她的思考過程，也有她藉以思考的對象（章、梁對比胡適），這些對我都有強烈的吸引力，以致於在閱讀的過程腦筋始終發熱，無法休息。

江湄整個探討的出發點是，晚清學者面對西學的全面挑戰時，如何思考中國傳統學問在當前的位置與作用。在這方面，晚清學者表現了相當大的類似性，使他們不同於五四的一代，因而呈現為另一種典範。以往我們都受到五四一代的影響，用五四的看法來衡量晚清的人物。這樣就有一個公式化的結論，當晚清思想家合乎五四的要求時，他們就是進步的，反過來說，當他們不合乎五四的標準時，他們就是落後的。於是，康有為、梁啟超、嚴復、章太炎等人，都有一段極光輝的時期，然後他們就慢慢落伍了，不再值得我們關注。

　　按江湄的看法，在晚清那一代，中學和西學的地位還是對等的，晚清思想家還是能夠以相當的自信談論中學的長處，也有敏銳的眼光能夠看出西學的短處。相反，到了五四那一代，在激烈的反傳統的衝擊之下，中學已經毫無地位，西學以「德先生」和「賽先生」之名獨領風騷。在這種立場下，晚清一代對於中學有所保留的肯定，就被認為是和傳統的割裂還不夠徹底，正是他落伍的表徵。他們對晚清思想家肆意評點，說他們哪一點是進步的，哪一點是落伍的。他們很少從每一位晚清思想家的立場，去整體的考慮每一個人思想的複雜性，以及曲折的變化過程。實際上，只有透過對每一個晚清思想家的具體的、整全的理解，才能真正掌握他們思想的精華，並對我們目前思考中國文化前途產生深刻的啟發。

　　江湄這樣的研究取向，在最近十多年來的學界中並不難找到。但一般的學者，在做這種研究時，大都採取折中的態度，並沒有對五四一代完全偏向西學的立場清晰的加以批判性的分辨，當然也就不可能完全對晚清一代在中學與西學之間徘徊掙扎的痛苦有足夠的體會。這樣，這種研究就不夠徹底，不能讓我們把問題看得更清楚，也不能對我們現在的思考產生明確的衝擊。

　　江湄就不是這樣，在方法論上，她對晚清、五四這兩代始終嚴格區分，讓他們擁有各自的、清晰的面目，兩相對比，兩者的差異就極為明顯，從而更進一步促發我們的思考。譬如，談到章太炎的評價時，她這樣說：

他的思想即新即舊，不古不今，從「左」看則具有徹底的批判性，從「右」看則顯出深刻的保守性。很難用「現代」與「傳統」，「激進」或「保守」的現成框架來認知和解說。新文化運動以後，「整理國故」事業產生了新的「國學」典範，章太炎被擺入「先賢祠」。他的學術思想常常被一分為二，能為時代之前驅者，則倍受尊崇，與潮流對唱之反調，則被視為落伍者難免的局限。**這種二分法過濾了其中既不能被其後「現代」思潮所容納、又不能為其前「傳統」所範圍的思想內容……而這些思想內容是章太炎對其時代變局極具個性和思想深度的反應，往往能給我們習慣於某種思維定式的頭腦帶來衝擊和啟發。**（黑體為引者所標）

仔細讀完江湄那三篇對於章太炎的論述，我很意外的發現了一個我非常陌生的、但又極為深刻的、甚至可以稱之為「後現代」思想家的章太炎。同樣的，她所描繪的梁啟超的形象，也比我一向知道的梁啟超更為豐滿、更為動人。只有嚴格區分晚清、五四兩代，將他們各自分析的方法論，才能得到這樣的結果。

這樣的方法論，應用到五四一代自由派的代表人物胡適和傅斯年身上，也可以同樣讓人產生深刻的印象。全書中我最早讀到的是討論傅斯年的那一篇，我讀後的印象是如此強烈，以至於事隔多年還記得主要的內容。據江湄的論述，傅斯年對中國傳統社會的結構非常的悲觀失望，因

為根據這一結構，很難找到通往西方民主的具體道路。但他又難以忘情於政治，「於是在此門裡門外跑來跑去，至於咆哮。出也出不遠，進也住不久，此其所以一事無成也。」讓我對他既感同情，又「憐憫」他不願「遷就」中國現實的「蠻橫」態度。

傅斯年從西洋政治史了解到，西方民主制主要是來源於貴族階級與君主爭權力，但他清楚知道中國自秦漢以後就沒有封建貴族，自宋以後就沒有門閥貴族，中國貴族制的消失已經超過一千年，而英、法兩國的貴族在十九世紀還有強大的影響力，日本的明治維新和君主立憲政體主要是由日本貴族自上而下推行的。但傅斯年從來不思考，中國在西元 10 世紀以後就沒有貴族制這一明確的歷史事實，是否為世界史中少有的進步現象？他反而因為中國貴族消失得太久，以至於很難建立西方式的民主制而苦惱不已。事實上，自梁啟超以降，包括章太炎、梁漱溟、錢穆等人，都在思考中國很久就沒有貴族對未來中國政治發展所可能產生的影響，但他們沒有一個人會像傅斯年那樣思考——中國社會本來就不像西洋社會，為什麼一定要按近代西洋社會的發展方式來發展？從這一點，就可以看出，傅斯年「食洋不化」到什麼地步。

江湄對胡適的分析比傅斯年更為詳盡得多。讀完她的分析，我非常驚訝，原來我曾經崇信了二十年的胡適，既比我想像的要複雜，也比我想像的要簡單。江湄說：

在中國現代學術史上，儘管已經有不少先行者對中國固有學術思想傳統進行「價值重估」，但真正給出一個新的「全面結構」和「全部系統」的，確乎是胡適。

江湄所勾勒出來的、胡適觀點下的「中國思想史」，出乎我預料之外的有系統，而且「言之成理」，所以胡適模式的「中國思想史」恐怕是被太多人忽略了（因為輕視他）。胡適沒有許多人想像的那麼簡單，他在中國思想史的梳理上確實花了不少工夫。但經過這樣的整理，我們又可以發現，胡適據以梳理的根柢卻又非常簡單，簡單得令人「駭異」。

江湄歸納胡適思想的基礎，得出這樣的結論：

胡適說，「古典」中國的遺產，是人文主義、合理主義和自由精神。所謂「人文主義」，就是關注人生的精神，對死後世界並無沉思之興趣；所謂「合理主義」，是指中國思想從未訴諸超自然或神秘的事物以作為思想和推理的基礎；而人文主義的興趣與合理主義的方法論結合起來，則給予古代中國思想以「自由精神」。這樣的古典中國的遺產成為中國文化的一種強固傳統，一種根本指向，用以估定一切域外輸入的理念和制度，「一旦中國思想變得太迷信、太停滯、太不合乎人文精神時，這個富有創造性的理智遺產，總會出來挽救。」

這種挽救，胡適名之曰「文藝復興」。胡適認為，中國歷史上出現了四次文藝復興，第一次是先秦諸子，第二次是中唐至宋代，第三次是清代考據學，以戴震為高峰，第四次則是五四。胡適整理「國故」的出發點就是他所謂的人文主義、合理主義和自由精神，他總名之曰：科學的人生觀。簡單的講，就是關懷人生，並以科學的理性精神來探討解決人生問題（主要是自然的欲望，特別是溫飽）的途徑。凡是脫離這種道路的，他就加以批判，如各種宗教（他稱之為迷信）和儒家的「成德」、「成聖」、「性理」之學。對於他所推崇的朱熹和戴震，他硬生生的「一分為二」，指出他們哪些地方有科學精神，哪些地方則是與他們的「基本主張」不相容的玄理。

江湄以幽默的口吻對胡適的方法論如此評論：

胡適式的對「傳統」的「創造性轉換」，意味著以現代思想觀念為探測器在「傳統」的廢墟中探寶，「傳統」成了各種各樣現代思潮尋根的淵藪，裡面充滿了已知未知的現代思想「萌芽」，「傳統」總是跟隨著現代思潮的轉換而變換著他的面目和價值。

胡適所以敢於這樣肆意割裂傳統，是因為他認為中國傳統裡「好」的因素被「壞」的因素層層包裹，以至於不能得到充分發展，不能達到西方文明的高度。在他心裡，相對於西方文明，中國文明的發展屬於較低層次，所以江

湄對胡適的文明史觀毫不留情的加以揭露：

> 他基本上持一種生物決定論與環境決定論的文化觀
> 念，是一個簡單粗糙的文化一元論者。**把中西文化之別認**
> **定為不同文化發展階段的高低之差**，認定被現代進程自然
> 淘汰的東西都看作糟粕，去之而後快。（黑體為引者所標）

五四以後，中學全面廢棄，西學取而代之，在這種趨
勢下，胡適立下了最壞的「典範」。不知道有多少人按胡
適的樣子，「以西量中」，務求中國照搬西方模式，遺患
無窮，餘毒至今尚未清除乾淨。

我一直懷疑，胡適對西方歷史的認識到底有多大的深
度。他難道不知道，西方除了科學、民主，還有一個基督
教維繫人心，但因此釀成一次又一次的異端迫害，也釀成
不知多少次的宗教戰爭？難道這就不是宗教迷信？他怎麼
也不知道西方一直有強大的唯心論傳統，如柏拉圖、康德
和黑格爾，難道這些不是玄想？這些都合乎科學的理智精
神？胡適實在是極為素樸的功利論和實用論者，把人心和
社會看得太簡單了。看了江湄的分析，真覺得痛快淋漓。

在江湄的分析下，我們非常清楚的看得出來，胡、傅
兩人對社會改革的看法，實在太一廂情願了，無怪乎他們
的主張在中國全無實現的可能。不過，他們兩人到底還是
在舊中國生長的，同時也讀了許多中國古書，還知道中國
社會原本是什麼樣子，也知道他們的西化道路要面對怎樣

的困難。而他們的信徒們連這一點都不了解，對中國與西方社會不同的歷史形成過程全無知覺，只一味的相信，西方的制度是可以移植到中國來的，那就真是「自鄶以下」，不足論也。甚至還有人說，只有讓外國人來中國殖民，才能讓中國徹底現代化。其實他們連這一點都錯了。十九世紀以後，西方殖民多少國家民族，有哪一個國家民族被他們徹底西化了？

二

和胡適、傅斯年的思考模式相對比，就很容易看出來，梁啟超和章太炎兩人的思想保留了太多的傳統因素，我們甚至可以說「封建餘毒」太深。不過，從今天重新反思傳統的角度來看，反而更值得我們參考和深思。我們先看梁啟超，江湄從兩方面談論梁啟超的思想和五四一代人的差異，即他的「學術」概念和他的史學觀念。

梁啟超在 1902 年撰寫《新民說》時，同時寫成長文〈論中國學術思想變遷之大勢〉，胡適稱讚此文為「這是第一次用歷史的眼光整理中國舊學術思想，第一次給我們一個學術史的見解。」梁啟超在 1918 年 12 月遊歷歐洲之前，決定退出政治活動，在 1920 年代撰寫了一系列的中國學術思想史論著，其中最為風行一時的是《清代學術概論》，是他投入新文化運動後的第一部論著。在此書中，他多處呼應胡適，如表彰清代漢學的科學精神和科學方法，

是以復古為解放的中國「文藝復興」；還特別主張「為學問而學問，斷不以學問供學問以外之手段」，強調治學一定要分業而專精；最後，他還提出要繼續清儒未竟之業，用最新科學方法，以現代的學科分類標準，整理傳統學術的材料，這幾乎是在與胡適「整理國故」的說法相唱和。章士釗因此忍不住嘲諷他，「獻媚小生，從風而靡」。

江湄認為，這是沒有細讀《清代學術概論》全書所產生的誤解。梁啟超在全書〈結語〉中對「我國學術界之前途」進行展望時，除了要求發展科學精神之外，還提出以儒家哲學、佛教哲學建設「優美健全」的人生觀，同時還要闡發先秦諸大哲之理想，取鑒兩千年崇尚「均平」之經驗，建設「均平健實」的社會經濟組織。所以，他在《清代學術概論》中只是發揮其一端而已。錢基博就看得比較全面，他認為梁啟超「出其所學，亦時有不跟著少年跑而思調節其橫流者。」最明顯的例子是，1923 年 1 月胡適發表「整理國故」宣言時，梁啟超隨即在〈治國學的兩條大路〉的演講中，明白指出，除了用「科學方法整理國故」外，還必須用「內省的和躬行的方法」建設儒家式的「人生哲學」。

江湄仔細爬梳梁啟超自受教於康有為直到晚年的有關議論，舉證歷歷的說，梁啟超始終堅持儒學所主張的「全人格」教育，要求今日的「第一等人物」，除了在有限的職業範圍內作「專家」之外，還要在其中融貫社會責任意識，承擔以身為教、移風易俗的責任，成為一個「士君

子」。這就充分證明，梁啟超的學術觀念明顯不同於五四的主流看法。所以江湄說：

> 他（梁啟超）對「學術」的理解始終自覺不自覺地具有濃重的儒學性格。在晚清維新運動中，傳承陽明學血脈的梁啟超特別重視闡發儒學作為人格養成之學的意義和作用，並考慮如何將之與科學相結合，以造就擔負救國大任的志士人格與政黨組織；在新文化運動之後，他對於中國現代學術發展的設想，與「整理國故」運動所代表的主流形成顯著分歧。

其次談到史學。一般的看法是，梁啟超的史學思想可分為前後兩個階段：第一個階段是他東渡日本寫作〈新史學〉與〈中國史敘論〉的時期，篤信進化論、講歷史因果律、強調史學的科學性質；第二個階段則是在 1918 年歐洲遊歷之後，思想丕變，懷疑進化論、否定歷史中的因果規律、否定歷史的科學性質、強調歷史文化的特殊性、重視人的自由意志。江湄認為，這種看法太過簡化。所謂梁啟超晚年史學思想的變化，其實早已內蘊於他早期的思想中。從一開始，梁啟超就沒有完全接受西方的「社會」、「進化」、「因果關係」等概念，無寧說，他是從中國傳統歷史意識的視域出發，去接受這些概念，從而與西方的概念產生了分歧。

在寫作〈新史學〉（1902）的同一年，梁啟超還寫了

〈論佛教與群治之關係〉，兩年後，又撰寫〈余之生死觀〉。這兩篇文章以佛教「因果業報」的世界觀解說「人群進化之因果」及其「定律」。梁啟超認為，人雖然只存在於此時此刻，但所有的活動卻並沒有消失，而是以「精神」、「意識」的形式留存下來，內涵於我們現今所具、正在發用的「精神力」、「心智」之中，從而貽功於未來。整個人類歷史甚至宇宙都是一個大生命，在其中，我們的過去、現在、未來結合在一起。1923 年，在〈治國學的兩條大路〉的演講中，他把這種人群進化的佛教因果觀，用儒家的「仁」的理想重新加以發揮。他認為，人是不能單獨存在的，人格專靠各個自己是不能完成的，因此，「想自己的人格向上，唯一的方法，是要社會的人格向上，然而社會的人格，本是各個自己化合而成，想社會的人格向上，唯一的方法又是要自己的人格向上。」這樣，「社會的人格」與「自己的人格」相互提攜而向上，就是人類進化之大道了。

由此可知，梁啟超從未真正接受西方的進化觀，他反而以他所能領會的佛教與儒家的觀念，用理想主義的方式，闡釋他所寄望的「人群的進化論」。這種進化論的本質與西方的進化倫其實是南轅北轍的。所以江湄分析說，在這種理論下，梁啟超的「社會」與社會演變的「因果關係」的意義，就和西方的原意完全不同了。

最後，我們來看，梁啟超在《歐遊心影錄》裡是如何詮釋柏格森的學說的，他說：

　　拿科學上進化原則做個立腳點，說宇宙一切現象都是意識流轉所構成，方生已滅，方滅已生，生滅相衍便成進化。這些生滅都是人類自由意志發動的結果，所以人類日日創造日日進化。這「意識流轉」就喚做「精神生活」，是要從反省直覺得來的。我們既知道變化流轉就是世界實相，又知道變化流轉的權操之在我，自然就可以得個大無畏，一味努力前進便了。

　　這一段與其說是柏格森的學說，不如說是梁啟超藉用柏格森的術語再一次闡發他的人群進化論。這種學說，自早期一直貫徹到晚期，始終不變。江湄把梁啟超的這種想法稱之為：「科學」的「進化」的「儒家」的「大乘佛教」的人生觀，是非常有意思的。前兩個術語來自西方，後兩個術語是中國本土原有的，本質上是中國的，不過「科學」與「進化」這兩個舶來品確實引發了梁啟超的想像空間，把他原有的、本質性的東西發揮得更有活力而已。我覺得，這就是梁啟超的「中體西用」，這恐怕是梁啟超為人與為學的一貫風格。

　　從以上對江湄兩篇文章的撮述，已經可以清楚看出，梁啟超的學術，和我們現在的觀念相距有多遠。基本上梁啟超學術的底子還是傳統儒家的士君子之學，不過再加上西方科學以增進其實踐工夫而已。對於這樣的「學者」，我們當然不能以現代意義的學者視之，而應該把他看做經過現代轉換的「儒者」。事實上，兼有古代儒者和現代學

者性格的人，也才是梁啟理想中的「學者」。

　　對於這種意義的「學者」的梁啟超，江湄以一篇極精采的長文來論述他的「事上磨鍊」的「新道學」。看了我的序的人，如果想讀江湄筆下的梁啟超，我建議先讀這一篇。如果不怕江湄罵的話，我甚至想說，即使只讀這一篇也就夠你滿足了。

　　江湄指出，梁啟超退出政壇、開始從事學術活動以後，主要的重點是在重新整理、詮釋中國學術思想史，特別重視先秦和近三百年這兩個階段。但這並不是現代意義的純粹的學術研究，實際上蘊含了一個目的，即想在胡適所提倡的、以科學整理國故的新文化運動和傳統儒學之間求取一種平衡。由於經歷過晚清的維新運動和革命運動，親眼看到辛亥革命以後的社會動亂和人心解體，梁啟超深切了解，一個社會公認的信條，是歷史文化長期累積的產物，一旦突然崩潰，就會造成「綱絕紐解，人營自私」的局面。所以實際上，梁啟超在重新架構學術思想時，是想把傳統儒家的義理體系承接到現代，他想把傳統士君子修身淑世的儒學轉化為養成現代公民人格的人文主義「人生哲學」。用江湄的話講，他想發展出一套適用於當今的「新道學」，以對治中國問題乃至現代文化之弊病。他清楚的看到，像胡適所提倡的那種「科學的人生觀」完全不足以維繫人心。

　　江湄按照梁啟超的生活歷程，以及他從事學術活動後各種著述的先後次序，仔細梳理了梁啟超對這個問題的思

考過程，包括他從宋明理學向孔子學說的回歸、以王陽明的學說為起點重新詮釋近三百年學術史，以及對戴震和顏李學派的重視。這樣，他以自己的一生經歷為基礎，經過長期思考，終於得出了一種極有特色的人生觀。江湄對這個人生觀的綜述極為精彩，雖然篇幅較長，仍然值得全段引述：

> 孔子之學乃是「知行合一」、「事上磨練」的人生實踐之學……重要的是「一面活動一面體驗」……所謂「一面活動一面體驗」就是指在「仁」的實踐中，體會到「我」與全社會、全宇宙的共同生命相結合相融貫；體會到文明、歷史進化的極致其實就是生命與生命的感通無礙，各得其所；體會到人生的天職就是實踐「仁」，投入於古往今來、生生不息的生命洪流之中，以促進這一「大我」的向上；但，最重要的是，我們要同時知道，宇宙、人生永遠不能完滿，因此，貢獻於「仁」的實踐的人生事業，並沒有大小成敗之分。唯克盡天職、傾盡全力而已矣。

很明顯，這是前面已提到「人群進化論」從孔子的「仁」的角度出發的進一步發揮，這裡面還融攝了陽明的力行哲學和佛家的因果論，同時也是梁啟超活潑坦蕩的性格、樂觀進取的人生態度的思想結晶，讀來令人無限嚮往。既有堅強的道德信念，又能在生活的具體進程中不斷的磨練自己，永遠興味不衰，元氣淋漓，並讓生命「常含

春意」，這就是梁啟超的一生留給後代的最有價值的人格典範。在現代物質過分充裕、而精神又相對空虛的時代，梁啟超所追求的「新道學」，對我們來講，具有無窮的啟示意義。

三

比起梁啟超來，章太炎的思想更為複雜，用現代的話語來說，他是晚清最早否認儒學的崇高地位、同時也是最早提倡學術的獨立價值的人。但這麼簡單的一個論斷，核之於他自己所寫的各種文字，詮釋起來卻充滿了矛盾，即使想以思想發展的分期方式來加以解決，也並不容易。我細讀江湄的三篇文章，又參考了張志強論章太炎「齊物」哲學的那一篇論文，多少有一點領會。以下我就試著稍加整理。

按照一般的說法，章太炎的思想有兩次大變化，第一次是「轉俗成真」，他由傳統的經學家變成激烈的排滿的革命家；第二次是「回真向俗」，他經歷了和同盟會主流（包括孫中山和黃興）的分裂，以及辛亥革命的失敗，深受刺激，又重新回歸傳統。

要了解章太炎的「轉俗成真」，我覺得應該體會他從經學家轉為革命者的心理「裂變」。章太炎身為清代皖學的傳人，受過嚴格的經學訓練，相信經學的神聖價值，也知道經學是維繫傳統社會最重要的思想支柱。這樣一個正

統人物，要拋棄自小就接受的「教義」，不但要有極大的勇氣，而且在認知上一定要相信自己是站在真理的這一邊（在參加革命的隊伍中，他肯定是舊社會最知名的、也是最博學的經學家）。他說：

> 精神之動，心術之流，有時犯眾人所公恚。誠志悃款，欲制而不已者，雖騫於大古，違於禮俗，誅絕於《春秋》者，行之無悔焉！

他反叛的是「大古」、「禮俗」、「春秋」，都是儒家最為重視的，他參加革命，從儒家的角度來看，就是大逆不道，所以需要絕大的勇氣和擔當，所以他又說：

> 然所謂我見者，是自信，而非利己，猶有厚自尊貴之風，尼采所謂超人，庶幾相近。

這是他堅持真理重於一切，學問高於實用的原因，我認為，這不能解釋為爭取學術的獨立性。這是革命者的道德觀，所以引尼采以自比，我覺得，早期魯迅的人格特質完全來於此。

跟革命的真理相比，他自小所受的儒學教義又算得了什麼？他反對通經致用，認為「道在六經」的說法純屬誇誣之談；所謂「六藝」，原本不過是上古史官記錄、典藏的官書而已。他這些說法，被後來的疑古派捧為先驅，認

為他是大力破除經學思維的人。從其所造成的影響而言，這是合乎真實的，但就其產生的心理源頭來說，為了肯定革命，其勢也不得不盡破舊學。這就是章太炎堅持真理、貶斥儒學，「轉俗成真」的背景。

章太炎傾向革命後，影響他一生最為深遠的就是「蘇報案」，他因此和鄒容一起被關在獄中。鄒容不能忍受獄卒的欺侮，憤激難以自持，暴卒，「炳麟往撫其屍，目不瞑」，年僅二十一。這件事對章太炎刺激甚大。章太炎本人個性與鄒容相近，為了怕自己也像鄒容一樣橫死獄中，不得不讀佛經以自我調攝。就是這一次的學佛經驗，在章太炎的身上留下極深的印記，成為其後來思想發展密不可分的一個因素。

章太炎出獄到達東京以後，成為《民報》的總主筆，這一階段他思想最重要的特質是極端的忿激，不相信世界上有任何真理，並且讚揚革命黨人搞暗殺。江湄說，這時的章太炎，基於「法相之理」而倡「華嚴之行」，在破除「神明」、「天道」的舊迷信時，也以「公理」、「進化」、「唯物、「自然」為新迷信。章太炎有一段話說得很生動：

嗚呼！昔之愚者，責人以不安命；今之妄者，責人以不求進化。二者行藏雖異，乃其根據則同。以命為當安者，謂命為自然規則，背之則非義故；以進化為當求者，亦謂進化方自然規則，背之則非義故……世有大雄無畏

者，必不與豎子聚談微賤之事已！

這裡可以充分看出章太炎的性格，因為他把「安命」和「進化」等同視之，認為都是「微賤之事」，而他這個「大雄無畏者」則不屑與其計較。當然，把一切人世間的看法都當作「幻有」，這是來自於佛學。

　　雖然人間的一切看法都是相對的，但章太炎還是痛切的感到，人類之間的弱肉強食就如生物界一樣，都是非常真實的。章太炎說：

　　芸芸萬類，本一心耳。因以張其抵力，則始凝成個體以生。是故殺機在前，生理在後，若究竟無殺心者，即無能生之道。此義云何？證以有形之物，皆自衛而禦他，同一方分，不占兩物，微塵野馬，互不相容。

這種忿激感當然來自於列強對中國的虎視眈眈，中國既然劣敗，舉世誰有同情之心。革命成功既然遙遙無期，暗殺亦足以鼓舞人心，至少可以逞一時之快，有何不可。這種激切的復仇情結，顯然也深刻的影響了魯迅。

　　這種堅持革命的真理、甚至不惜以暗殺來激勵人心的思想，在辛亥革命前後，在社會現實之前受到很大的挑戰。首先，章太炎逐漸認識到，尼采式的超人的革命志士，其一往直前的勇氣雖然可嘉，但一旦面臨具體的建國工作時，卻毫無能力，甚至人人自以為是，爭執不休。這

反而讓他懷念起孔子所批評的「鄉愿」，至少這些鄉愿們是願意遵守現成的社會規範的。革命之後的大破壞，制度的崩潰，人心的解體，舊社會眼看著無法維持，而新社會的建立遙遙無期，這樣的現象讓章太炎深受刺激。我們可以說，章太炎因為無法忍受革命之後的亂象，因此思想開始趨向保守，最後如魯迅所諷刺的、以國學大師的崇高地位度其餘生。章太炎確實有這種保守性。

但是，也正是在重新思考革命的問題性時，章太炎的思想竟然進入最具創造性的時期。前面說過，為了參加革命，章太炎把追求真理放在第一位，而寧可唾棄他長期從事的神聖的經學。章太炎本質上具有思辨的才能，這種才能讓他可以欣賞魏晉的玄學，因為玄學的名理之辨遠超過儒學。他在獄中學佛時，又熟讀唯識學，唯識學對人類知識的辨析，恐怕要超過西方的知識論。其實西方的知識論推至極致，不得不承認知識的最後基礎是無法證明的，所以休謨乾脆承認自己是個懷疑論者，而康德只能用無法證明的「先驗綜合」這樣的說法，來保證知識的客觀性。說到底，這種知識論遠不如唯識徹底，因為唯識可以很有力的證明，人類的一切知識都是幻相。章太炎既然熟知唯識，當然知道西方的理論，從唯識的觀點來說，也只是相對的、而不是絕對的真理。所以在前面我們就看到，他把進化論和安命論等同視之。中國所以不得不放棄安命論而改從進化論，是因為面臨亡國滅種的危機，是被時勢所迫，而決不是在邏輯上或文明形態上安命論就一定不如進

化論。

因為革命之後所面臨的無法收拾的亂局，章太炎因此領悟，在長期的歷史時間裡形成的社會生活習俗，既已為這一社會的人所共同持有、共同信任，就一定有他自身的價值。從佛學的唯識觀點來看，不管哪一個社會的既成習俗，都是幻相，都不是最後真理。但從已經習慣於社會習俗的每一個社會的成員來說，社會既有的一切都是對的，這個時候，我們就不能從唯識的觀點來說，所有社會都是錯的。這就是「出世法」和「世法」的區別。所以江湄說：

「出世法」把「世法」相對化，令人破除迷信，精神超越，思想解放，有「超人」之智慧和氣魄。然而，人從來都是具體的社會的人、文化的人，必須遵守特定文化、社會環境中的道德規範，尤其是對於社會群體來說，更是需要有「世法」的規範和教育。對於「此土」來說，「世法」就是歷代相傳的儒家人倫禮教。從「齊物」的境界來看，並無真理性的「此土」之「世法」乃是民族文化的特殊規定性所在，是該民族社會、政治及其法律系統的觀念基礎，是必須刻意加以保守的。

這就是章太炎的「回真向俗」。這種「文化保守主義」，是從唯識觀點出發，揉和莊子的「齊物」思想而形成的，這就是章太炎晚年最具創意的「齊物論」。這種思想所以是「齊物」的，因為它沒有在「出世法」和「世

法」之間分出高下。「出世法」是獨見的超人的智慧，但不能因此否認了人間的「世法」的價值。從這個角度看，知識分子絕對不能因為自己識見高遠，就從而否定民眾所共同認可的世俗價值。

　　當我還在閱讀江湄所分析的「出世法」和「世法」的區隔的過程中，我感到非常驚訝，因為我覺得這種說法與劉小楓和甘陽一再推介的列奧・施特勞斯的理論幾乎是一模一樣。再往下讀的時候，竟然發現，江湄在最後也提到了章太炎和列奧・施特勞斯的相近之處，而她所引述的也正是我所讀過的甘陽的同一篇文章，這讓我感到非常欣喜。我突然想到，三十多年前讀到一本香港散文家思果所翻譯的《西泰子來華記》，西泰子即利瑪竇。書中提到，利瑪竇問一個中國士大夫說，你們不信神嗎？士大夫回答，孔夫子說：「未能事人，焉能事鬼？」又說：「未知生，焉知死？」我們只關心人世間。利瑪竇又問，可是你們的老百姓都拜神？士大夫回答，他們當然要拜神，這有什麼關係，利瑪竇大為不解。我覺得，這位士大夫並不是一位「愚民論」者，他認為，士大夫和平民可以有兩種信仰、兩種生活方式，兩者並不衝突。他其實和章太炎一樣，也是一個「齊物論」者，只是他不自覺而已。我又想起我高中的時候，由於接受學校的現代教育，相信的是科學，認為拜神是迷信，因此在拜拜的時候常跟父母吵架。我用學校教我的那一套來衡量父母的行為和觀念，覺得他們真是無法形容的落伍。進入三十歲以後，我才逐漸感覺到，父

母以前批評我「書白讀了」真是一點也沒錯。不管我的看法對不對，我怎麼能要求父母改變他們從小在農村所接受的一些習俗和觀念。以前所累積的生活經驗，讓我立刻就能接受章太炎的「齊物論」。列奧‧施特勞斯也說，幾乎任何政治社會的「意見」都不可能是「真理」，而現在的政治哲學家卻從他們所謂理性的角度來衡量一切歷史傳承的道德、宗教與習俗，這只能稱之為「意識形態化的政治」，現代政治學和社會學的弊病都導源於這一根本的認識上的錯誤，這種說法跟章太炎的理論真是不謀而合。

這只是就「出世法」和「世法」的關係而言。如果只論人世間各種社會的「世法」，那麼，更可以肯定，所有的「世法」都是相對的，因此也都是平等的。如果有一個「世法」竟然敢宣稱它自己是「普世價值」，那只能證明它的無知，而那些信從的人當然也就是無知之徒。西方自啟蒙運動以來，好稱人生來都是平等的，但這只是從啟蒙的價值觀而言，人都是平等的。人如果沒有經過啟蒙，那就不是完全意義上的人，直白的講，那是野蠻人。野蠻人要經過文明人（即經歷啟蒙的人）的教育，才是完整意義上的人。所以當西方人遠涉重洋而殖民的時候，西方人就必須承擔起教化那些遠方土著的責任，而這據說就是所謂「白種人的負擔」。這樣，西方的啟蒙的價值觀就上升為「普世價值」了。從章太炎的「齊物論」來看，再沒有比這種自以為是更可笑的了。

現在我們再來回想一下 1792 年的〈乾隆皇帝諭英吉

利國王敕書〉。按一般的説法，這一封敕書最能表現自居於文明中心的中國人的傲慢，但很少人留心到，其中有這麼一段話：

若云仰慕天朝，欲其觀習教化，則天朝自有天朝禮法，與爾國各不相同。爾國所留之人即能習學，爾國自有風俗制度，亦斷不能效法中國，即學會亦屬無用。

我們必須承認，中國皇帝視英吉利為蕃邦，文明比不上中國。但中國皇帝也告訴英吉利國王，「爾國自有風俗制度，亦斷不能效法中國」，中國皇帝並不希望英吉利「從風向俗」，這對英吉利沒有好處，因為英吉利自有風俗習慣，不可以隨意的效法中國，即使效法也是沒有用的。我們還要再一次強調，那時候的中國人自高自大，是俯視英吉利的，但他不希望英吉利學中國，不是因為不想讓英吉利學，而是中國皇帝很清楚知道，派人來中國學習，再回去教英吉利人，這種做法對英吉利人是沒有好處的。這也就是説，中國人並不急於向蕃邦推銷自己的文明價值，跟西方人急於教化各種土著，在這兩種態度之中，從今天的眼光來看，請問是誰比較文明。

其實自古以來，中國雖然以文明中心自許，卻一直對周邊的少數民族採取這種態度：可以接受朝貢，但不急於同化別人，所以孟子説，「遠人不服，則修文德以來之。」意思是，不要強迫別人來服從自己，要讓他們心甘

情願的學。中國歷代王朝對邊疆地區，凡是願服「王化」的，就設官治理，凡是不服「王化」的，就由他去，他不犯我，我不犯他。所以清朝末年，台灣牡丹社的原住民殺了漂流到台灣南部的琉球人，日本政府要求賠償，清朝政府最早是這樣回答：牡丹社屬於化外（清朝在台灣劃分蕃、漢界線，蕃界內不設官，蕃人自理）。實際上，這就是按照中國的文明觀來回答，而不是按照近代民族國家的邏輯來回答。如果中國的國勢始終比西方民族國家強大，這種文明觀有什麼落伍的地方呢？中國一點也不必屈服於別人的邏輯。

以上舉了利瑪竇和乾隆皇帝的例子，就是要證明，不論就「出世法」與「世法」的關係而言，還是就各種「世法」的關係而言，章太炎的「齊物論」深深植根於中國的文明傳統，是對中國文明特質的簡明的理論化。這種理論，遠比西方「後現代」的多元價值論要高明得多，因為正如甘陽所指出的，現代西方的多元價值論充滿了西方中心的偏見，正如我們前面所分析的西方人的啟蒙價值觀一樣。

與此相關的是章太炎「六經皆史」論所涉及的深刻意義問題。「六經皆史」論由章學誠提出，由章太炎所繼承，五四以後成為疑古學派的主要思想資源之一，章太炎因此被推崇為五四以後科學整理國故一派學者（以下簡稱「國故派」）的重要先驅之一。但是，國故派都知道，章太炎與傳統經學從未徹底劃清界限，他們責備章太炎沒有將「六經皆史」說推至極致，即六經只能作為古史研究的

一種資料，而且其可靠性還需加以質疑。國故派其實是企圖以自己的想法去衡量章太炎，而章太炎根本從來就沒有這樣解釋過「六經皆史」說（如果有的話，也只限於清末參加革命的一小段時期）。應該說，很少人真正的從章太炎的思想發展過程去釐清他的「六經皆史」論的真相。

按照江湄的分析，章太炎對《春秋》與《左傳》的性質的看法雖然經歷了一些變化，但他始終認為孔子是個偉大的歷史家。當章太炎在早年還相信《春秋》與《左傳》確實寄託了孔子的微言大義時，他相信孔子創制立法的精義就是尊重歷史傳承而「漸變」，決不像康有為所說的「託古改制」，這是蔑棄「近古」取法「太古」的「驟變」。章太炎相信，孔子始終相信歷史傳統，他的學說是在繼承與尊重歷史傳統之下發展出來的。到了晚年，他更加確信，孔子不是以「王道」繩「亂世」的理論家和理想主義者，而是一個歷史家和現實主義的政治家。他善於對時勢做出準確判斷，把握一定的時勢下的人心向背，明察可能的歷史走向，然後因勢利導，依據現實提供的條件求得治理的方略。這個時候，章太炎認為孔子刪定六經絕非簡單的「存古」，而是在其中貫穿著他的卓越史識與史意，我們必須從這個角度去探求孔子的「刪定大義」。

章太炎對孔子與六經的關係的看法也許顯得太過尊重傳統，但他說孔子是個尊重傳統的人，這是絕對正確的。孔子就說過，「吾述而不作，信而好古」，如果章太炎不把孔子刪定六經講得太玄妙，他的說法基本上是可以接受

的，所以他的「六經皆史」說決不像國故派所說的那麼簡單。

我在讀張志強的書時，發現張志強也對章學誠的「六經皆史」說非常重視。張志強認為，通過黃宗羲，章學誠把作為一種獨立的義理學的心學，逐漸化入以史學為代表的專家之學，從而成就一種性命與經史合一的新學問。在章學誠看來，這種學問所以還是「儒學」的，是因為可以從「三代損益」的歷史中推想而得「可推百世」的經義。也就是說，

由於歷史是有起源的，因而歷史是有主體的，而儒學則正是從這樣的歷史中「推」而得之的。

這等於說，儒學是一種尊重歷史的學說，它所要追求的「理」是從歷史的、長遠的傳承中體會而來的。孔子自己就說，「殷因於夏禮，所損益可知也；周因於殷禮，所損益可知也；其或繼周者，雖百世可知也。」由此可見，章學誠的「六經皆史」論絕對不是只想把六經作為史料，因此可以知道，章太炎更能夠體會章學誠的深意。

張志強還討論了蒙文通的「儒學」觀。他認為，蒙文通對儒學的最後見解可以歸納如下：

作為思想系統的儒學，本身即是中國文明史展開的動力及其成果，因此儒學是對中國文明史的系統表達，而中

國文明史其實就是儒學在歷史中的展開。

我覺得，從章學誠到章太炎，從章太炎到蒙文通，他們對儒學的看法有相通之處，即，儒學的基本認識方法是「歷史性的」，「理」只能從歷史過程加以認識，同時也只能在歷史過程之中展現。這樣的思想其實和黑格爾及馬克思是有類似之處，但它並不包含明顯的目的性，如黑格爾的世界精神，或馬克思的共產社會。章學誠的「六經皆史」論，讓晚清至現代篤信儒學的人，在面對中國有始以來最大的「世變」的時機，深切的了解孔子如何在世變中考慮歷史的變化和文化的繼承問題，同時也能深刻的體會到，不論歷史如何變化，文化傳承是不可以、也不可能「驟然」斷絕的。在中國悠久的歷史傳承中，以及儒家長期影響中國人心的文化傳統中，你不可能相信、也不可能接受歷史是「斷裂」的（這是西方後現代最喜歡使用的術語之一）。從這個角度講，章太炎是把章學誠的「六經皆史」論第一個進行「現代轉換」，並想以此把儒學傳統繼續傳承下去的人。我認為，江湄的文章已經把章太炎這種用心揭露出來了，雖然在表達上好像還不夠簡明、完美，但非常富於啟發性。按照江湄的詮釋，章太炎確實是晚清思想家中努力想進行中國傳統的「現代轉換」最具創意的人，值得我們想要反思傳統、重建傳統的人好好研究。

再進一步而論，章太炎這種「六經皆史」說，和「齊物論」是彼此相關的。「六經皆史」說表明，孔子是個深

明歷史變化的思想家，他的思想模式是儒家思想的基礎，只有在這基礎上才能理解，每一族群的文化和習俗都是歷史的產物，除非用暴力毀滅它，要不然是不可能以外力（包括殖民）驟然加以改變的。就是因為有這種深刻的認識，所以儒家和中國皇帝雖然覺得自己文明較高，卻從來沒有想以自己的力量強迫蠻夷改變他們的生活習俗。我覺得，這種對待蠻夷的態度，應該是孔子的歷史認識方式所影響的，因此章太炎稱讚孔子是一個偉大的歷史家，是恰如其分的。也因此，章太炎才能同時提出他的獨特的「齊物論」和「六經皆史」說，因為這兩者的基礎都是孔子所開發出來的、對人類歷史發展有深刻理解的歷史認識論。寫到這裡，我不禁回想起，司馬遷早就把孔子詮釋為偉大的歷史家。「究天人之際，通古今之變，成一家之言」，這是司馬遷的自我期許，也是他對孔子的最高讚美。

為什麼在那麼早的時候，孔子就會從歷史的角度考慮文明問題？如果再把這個問題列入考慮，那就只能說，中國文明的發展到孔子的時代，已經過了非常長遠的時間，只有在這種長遠的歷史經驗底下，才會可能產生一個站在歷史角度思考文明問題的人。孔子在那麼早的時候就能夠出現，這就能夠證明中國文明的成熟。以希臘的蘇格拉底來說，當他在希臘城邦面臨危機時，他最為關心的、最常跟人家討論的，就是什麼是最後的真理。這是西方人的思考模式，他們要求馬上得到最後的解決，想一下子就要找到「普世價值」。孔子所開創的儒家就不是這樣思考文明

問題，這兩種思考模式的對比是很有意思的，值得我們深思。（孔子雖然說，「雖百世可知也」，他說的是一代一代會知道「如何損益」，而不是說，歷史就在周朝達到盡善盡美了。只有「普世價值」論者，才敢於宣稱歷史已經「終止」了。）

四

五四激進的反傳統傾向，後來分裂為兩大路線，即西歐式的自由、民主，和蘇聯式的社會主義革命。社會主義革命在 1949 年獲得成功，相對的，自由、民主路線在中國大陸幾乎銷聲匿跡。從 1980 年代開始，自由主義在大陸重獲生機，相反的，社會革命路線備受質疑。1990 年代以後自由主義的聲勢逐漸減弱，同時批判激進主義、要求回歸傳統文化的呼聲日漸興起。一般而言，主張回歸傳統文化的人，不太會以挑戰的口吻全面否定社會革命以後所建立的秩序，相反的，自由主義者在理論上是無法接受現行體制的；從這個角度講，你可以說，想要回歸傳統的人比自由主義者「保守」。但江湄說得好，

今天的這個「大共同體」，並非是中國歷史的簡單惡性遺傳，而是晚清以來經過血與火的鬥爭歷史而重新凝聚的「政治重心」，這個「重心」喪失，並不能展開一片「社會」和「個人」健康成長的沃土，而是回到「國將不

國」的晚清局面。

當代自由主義在否定革命史這一點上，不但犯了「激進主義」的錯誤，還明顯具有他們力圖避免的整體論的思想模式和「借思想、文化以解決問題」的思維方式。

這兩個基本前提我都是非常贊成的。不過我覺得，回歸傳統論者可能要面對的最大問題，並不在自由主義這邊，而是在社會主義革命的具體過程、及其所造成的既有現實。

就像江湄所說的，現在這個國家，這個「大共同體」，是晚清以來無數中國人經過血與火的鬥爭重新凝聚而成的。如果我們不能理解這個凝聚過程何以會成功，何以會造成目前的問題，我們將不可能把目前這個「大共同體」與中國傳統文明重新聯結起來。我和江湄、張志強都相信，晚清以來這個「大共同體」所以能夠重新凝聚起來，除了要歸功於共產黨的某種領導作用之外，恐怕不得不承認，這也是中國文明再生能力的一種表現。我們如果不能理解這一段革命史，同時也就是不能理解中華文明，當然更不用談到傳統的重建了。這其實才是更加艱鉅的工作，但同時也是值得我們全力以赴的工作。孔子說，「其為人也，發憤忘食，樂以忘憂，不知老之將至云爾。」張志強曾告訴我，在他們這個年齡層，有同樣想法的人還不少，這麼說來，我這個老頭子，只要能夠隨時看看他們思考和研究的成果，也就夠快樂的了。

2013.8.8

中國文化是我的精神家園

　　題目這一句話是我的由衷之言，絲毫沒有誇張的成分，所以首先我要簡略說明，我所以有這種體悟的經歷。從上世紀八〇年代末期開始，台獨思想逐漸瀰漫於台灣全島，不只是民進黨的黨員如此，連反對民進黨的國民黨黨員也如此。我大惑不解，曾質問同為中文系畢業的好朋友，為什麼不承認自己是中國人，難道你不是讀中國書長大的嗎？他回答，中國文化那麼「落後」，中國人那麼「野蠻」，你為什麼還要當中國人？這樣的對答，在其後十多年間不知道發生了多少次。我每次喝醉酒，都要逼著人回答：「你是中國人嗎？」很少人乾脆的說「是」，因此，幾乎每次喝酒都以大吵大鬧結束。

　　那十幾年我非常的痛苦，我無法理解為什麼絕大部分的台灣同胞（包括外省人）都恥於承認自己是中國人，難道中國是那麼糟糕的國家嗎？我因此想起錢穆在《國史大綱》的扉頁上鄭重題上的幾句話：「凡讀本書請先具下列諸信念：一、當信任何一國之國民，尤其是自稱知識在水平線以上之國民，對其本國已往歷史，應該略有所知。二、所謂對其本國已往歷史略有所知者，尤必附隨一種對其本國已往歷史之溫情與敬意。三、所謂對其本國已往歷史有一種溫情與敬意者，至少不會對其本國已往歷史抱一

種偏激的虛無主義，亦至少不會感到現在我們站在已往歷史最高之頂點，而將我們當身種種罪惡與弱點，一切諉卸於古人……」我突然覺悟，我的台灣同胞都是民族虛無主義者，他們都樂於將自己身上的「罪惡與弱點」歸之於「中國人」，而他們都是在中國之外高高在上的人。說實在的，跟他吵了多少次架以後，我反而瞧不起他們。

也就從這個時候，我開始反省自己從小所受的教育，並且開始調整我的知識架構。小時候，國民黨政府強迫灌輸中國文化，而他們所說的中國文化其實就是中國的封建道德，無非是教忠教孝，要我們服從國民黨，效忠國民黨，而那個國民黨卻是既專制、又貪汙、又無能，叫我們如何效忠呢？在我讀高中的時候，李敖為了反對這個國民黨，曾經主張「全盤西化」，我深受其影響，並且由此開始閱讀胡適的著作，了解了五四時期反傳統的思想。從此以後，五四的「反傳統」成為我的知識結構最主要的組成部分，而且深深相信，西方文化優於中國文化。矛盾的是，也就從這個時候，我開始喜愛中國文史。為了堅持自己的喜好，考大學時，我選擇了當時人人以為沒有前途的中文系。我接受了五四知識分子的看法，認為中國文化必須大力批判，然而，從大學一直讀到博士，我卻越來越喜歡中國古代的典籍，我從來不覺得兩者之間有矛盾。瀰漫於台灣全島的台獨思想對我產生極大的警惕作用，讓我想到，如果你不能對自己的民族文化懷有「溫情與敬意」，最終你可能不願意承認自己是中國人，就像我許多的中文

系同學和同事一樣。這時候我也才漸漸醒悟，「反傳統」要有一個結束，五四新文化運動已經完成了它的歷史任務，我們要有一個新的開始，中國歷史應該進入一個新的時期。後來我看到甘陽的文章，他說，要現代化，但要割棄文化傳統，這就像要練葵花寶典必須先自宮一樣，即使練成了絕世武功，也喪失了自我。如果是全民族，就會集體犯了精神分裂症，即使國家富強了，全民族也不會感到幸福、快樂。我當時已有這個醒悟，但是還不能像甘陽說得那麼一針見血。

甘陽還講了一個意思，我也很贊成，他說，我們不能有了什麼問題都要到西方去抓藥方，好像沒有西方我們就沒救了。實際上，西方文明本身就存在著很重大的問題，要不然他們怎麼會在征服了全世界以後，彼此打了起來。從一九一四年到一九四五年，他們就打了人類有史以來最殘酷的兩場大戰。我當時還沒想得那麼清楚，但我心裡知道，為了在台獨氣氛極端濃厚的台灣好好當一個中國人，我必須重新認識中國文明和西方文明。應該說，一九九〇年以後，是我一輩子最認真讀書的時期。我重新讀中國歷史，也重新讀西洋史，目的是為了肯定中國文化，以便清除五四以來崇拜西方、貶抑中國的那種不良的影響。這個時候，我覺得自己年年在進步，一年比一年活得充實。著名的古典學者高亨在抗戰的時候，蟄居在四川的嘉州（樂山），埋頭寫作《老子正詁》。他在自序裡說：「國丁艱難之運，人存憂患之心。唯有沉浸陳篇，以遣鬱懷，而銷

暇日。」我也是這樣，避居斗室，苦讀群書，遐想中國文化的過去與未來，在台灣一片「去中國化」的呼聲之中，找到自己的安身立命之處。也正如孔子所説，「發憤忘食，樂以忘憂，不知老之將至云爾。」就這樣，中國文化成了我的精神家園。

二〇〇〇年左右，我突然醒悟到，中國已經度過重重難關，雖然有種種的問題還需要解決（哪一個社會沒有問題呢），但基本上已經走上平坦大道了。每次我到大陸，跟朋友聊天，他們總是憂心忡忡，而我總是勸他們要樂觀。有一個朋友曾善意的諷刺我，「你愛國愛過頭了」。我現在終於逐漸體會，大陸現在的最大問題不在經濟，而在「人心」。憑良心講，現在大陸中產階級的生活並不比台灣差，但是，人心好像一點也不「篤定」。如果拿一九八〇年代的大陸來和現在比，現在的生活難道還不好嗎？問題是，為什麼大陸知識分子牢騷那麼多呢？每次我要講起中國文化的好處，總有人要反駁，現在我知道，這就是甘陽所説的，國家再富強，他們也不會快樂，因為他們沒有歸宿感，他們總覺得中國問題太多，永遠解決不完。他們像以前的我一樣，還沒有找到精神家園。

我現在突然想起《論語》的兩段話，第一段説：

子適衛，冉有僕。子曰：「庶矣哉！」冉有曰：「既庶矣，又何加焉？」曰：「富之。」曰：「既富矣，又何加焉？」曰：「教之。」

翻成現在話，就是先要人多，再來要富有，再來要文化教養。現在中國的問題經濟已經不那麼重要，我們要讓自己有教養，就要回去肯定自己的文化，要相信我們是文明古國的傳人，相信我們在世界文明史上是有貢獻的。如果我們有這種自我肯定，如果我們有這種遠大抱負，我們對身邊的一些不如意的事，就不會那麼在乎。《論語》的另一段話是：

> 子貢曰：「貧而無諂，富而無驕，何如？」子曰：
> 「可也；未若貧而樂（道），富而好禮者也。」

以前我們中國普遍貧困，現在基本上衣食無憂，跟以前比，不能不說「富」了，我們現在要的是「禮」。「禮」是什麼呢？不就是文明嗎？我們能用別人的文明來肯定自己嗎？除非我們重新出生為西洋人，我們無論如何也不可能把自己改造為西洋人。我們既然有這麼悠久的、偉大的文明，雖然我們曾經幾十年反對它，現在我們為什麼不能幡然悔悟，重新去肯定它呢？事實上，以前我們在外國的侵略下，深怕亡國，痛恨自己的祖宗不長進，現在我們既然已經站起來了，為何不能跟祖宗道個歉，說我們終於明白了，他們留下來的遺產最終還是我們能夠站起來的最重要的根據。自從西方開始侵略全世界以來，有哪一個國家像中國那麼大、像中國那麼古老、像中國經受過那麼多苦難，而卻能夠在一百多年後重新站了起來？這難道只是我

們這幾代中國人的功勞嗎？這難道不是祖宗給我們留下了
一份非常豐厚的遺產，有以致之的嗎？我們回到我們古老
文化的家園，不過是重新找回自我而已，一點也無須羞愧。

　　蘇東坡被貶謫到海南三年，終於熬到可以回到江南，
在渡過瓊州海峽時，寫了一首詩，前四句是：

　　參橫斗轉欲三更，苦雨終風也解晴。雲散月明誰點
綴？天容海色本澄清。

擴大來講，中國不是度過了一百多年的「苦雨終風（暴
風）」，最後還是放晴了嗎？放晴了之後再來看中國文
化，不是「天容海色本澄清」嗎？這文化多了不起，當然
就是我們的精神家園了。最後再引述錢穆《國史大綱》扉
頁上最後一句題詞：「當信每一國家必待其國民備具上列
諸條件者（指對本國歷史文化具有溫情與敬意者）比數漸
多，其國家乃再有向前發展之希望。」我們國家的前途，
就看我們能不能回去擁抱民族文化。

2012.1.12

第三輯

陳映真問題

新民主主義革命在台灣*

一

　　我讀過藍博洲許多書，很多地方印象極其深刻，不管別人如何定位藍博洲這個「作家」，我一直以為他是個三十年來始終不改其志的、極其勤勉的歷史紀實作家。經過長期堅持不懈的努力，他為我們描繪了一幅光復初期台灣歷史的整體面貌。他開始時是一個人物、一個人物的紀實報導，這些人物都有他們鮮明的個性和令人扼腕唏噓的命運，然後我們看到，這些具體的生命終於匯聚成廣闊的歷史。這個歷史就是：台灣人在日本人的黑暗統治中期待光明；光明終於來臨時（光復），瞬即又陷入黑暗（碰到了國民黨）；只能在黑暗中尋找另一種光明；終於馬上要見到真正的光明時（共產黨即將解放台灣），最後竟然又跌進更深的黑暗中（美國封斷台灣海峽）。

　　藍博洲所描繪的人物都不是「尋常老百姓」，只能在歷史的大潮中接受命運的播弄。我願意說，藍博洲所描繪

---

*　本文為推薦藍博洲《幌馬車之歌續曲》簡體版（三聯書店，2018 年 3 月）而作。

的人物都是「英雄」。不管在實際歷史中他們是多麼渺小，但他們在關鍵時刻，毅然決然的加入中國共產黨的地下組織，決定為台灣的「再解放」、同時也為新中國的建立奉獻自己的青春。他們無法阻擋的是，一股歷史的大逆流（美國帝國主義）突然橫梗其中，而這些勇敢的青年也就一個又一個的仆倒在馬場町的刑場上，或者一個又一個的關押在一座荒島上，度過了十年、二十年、甚到三十年以上光陰。後來的歷史發展讓他們完全被世人所遺忘，「不惜以錦秀青春縱身飛躍，投入鍛造新中國的熊熊爐火的一代人」（陳映真語）仿如不曾存在過。是藍博洲重新付予他們生命——一個一個在歷史中徬徨、痛苦、尋求、拚搏、逃亡，以至於槍決的有血有肉的生命。我不認為藍博洲只是一個「作家」，他是一個寫歷史的人，他為已經不為人知的台灣史留下了不可磨滅的證言。

二

本書所以取名為《幌馬車之歌續曲》，是因為書中所寫的三個人物，李蒼降、藍明谷、邱連球，都跟藍博洲的成名作《幌馬車之歌》的主角鍾浩東有關係。李蒼降、藍明谷和鍾浩東三人是中共在台地下組織「台省工作委員會」所屬「基隆市工作委員會」的成員，是基隆市地下黨的領導，而邱連球則是鍾浩東的同年表兄弟，從小受到鍾浩東的影響，是幫鍾浩東在他的家鄉南部六堆客家地區

作地下工作的主要人物。有這三個人在側面映襯，鍾浩東的歷史形象就更加完整，因此，本書可以作為《幌馬車之歌》的「續曲」來閱讀。當然本書的三位人物及其遭遇，仍然有其各自的獨立性，並且分別反映了光復前後台灣歷史的某一側面，值得我們注意。以下就綜合地加以分析。

李蒼降那一篇的第二、三兩節敘述了太平洋戰爭末期以台北二中為中心的台灣學生抗日活動。先是有四個二中學生平日常把紅毛巾繫在腰間，一有機會就找日本人吵架動武。到了一九四四年年初，留日歸來不久的女外科醫生謝娥告訴台北的學生，《開羅宣言》已經決定，日本戰敗後，台灣、東北都要歸還中國。這些學生非常興奮，常常互通聲息，互借書刊，其中還有兩人迫不急待的想赴大陸參加抗日戰爭。就在這兩人動身前夕，日本憲兵隊把整批人（包括謝娥）先後逮捕，憲兵隊本部人滿為患。四十多天後罪刑較輕的陸續釋放，只繼續關押幾個主犯。主犯之中雷燦南（台北高等商業學校）被刑求至發瘋而死，蔡忠恕（台北帝大醫學部）被美軍轟炸機炸死。

二二八事件後，這一批抗日學生對國民黨深感失望，他們分別從不同的途徑接觸了中共在台的地下黨員，馬上被吸引，紛紛加入，包括郭琇琮、李蒼降、陳炳基、劉英昌、唐志堂等。其中李蒼降、陳炳基，再加上他們二中時期的同學林如堉，台大化工系助教李薰山，以及當時在台大農學院讀書的李登輝，組成了「新民主同志會」（李登輝後來申請退出），郭琇琮曾經在短時間內擔任這個小組

的領導（後來升任台北市委書記）。「新民主同志會」在學生與群眾中非常活躍，不久就引起國民黨情治系統的注意，他們逮捕了李薰山和林如堉，比較機警的陳炳基逃脫了，而身分尚未暴露的李蒼降則轉往基隆，在鍾浩東領導下工作。

基隆的地下黨組織被偵破後，李蒼降開始逃亡，但不久就被捕，最後和鍾浩東、唐志堂一起槍決。李蒼降的一生是始終和台北地區的抗日活動及二二八事件後反抗國民黨的活動密切聯繫在一起的。

李蒼降篤於友情，在二中時和許訓亭情如兄弟，許訓亭的母親待李蒼降如己出，但李蒼降突然和許訓亭不再來往，讓許訓亭非常生氣。李蒼降蒙難後，許訓亭終於了解李蒼降不想連累他們一家，內心非常感動；李蒼降曾短期在杭州高中讀書，杭高的同學韓佐樑來台找他幫忙安插工作。李蒼降說服韓佐樑入黨，安排他為地下黨效力。由於李蒼降和韓佐樑是單線連繫，李蒼降開始逃亡時先搭火車去找韓佐樑，要他馬上離開，隨後在受訊時，始終沒有供出韓佐樑，所以韓佐樑暫時逃過一劫。一九七〇年韓佐樑在中油煉油廠任職期間，才因公務出國的身家調查而被捕，判刑十年。

從這些敘述中可以發現，李蒼降在就讀台北二中時，就已被校中濃厚的抗日氣氛所感染，由此決定了他一生的道路，最後坦然就義。藍博洲描寫每一個人物時，都會呈現出廣闊的歷史場景，說明這些人物既誕生於歷史的具體

情境中，又積極主動的在歷史中尋找行動的機會──他們被欺壓太久，想掌握自己的命運。

　　李蒼降生於一九二四年，一九五〇年殉難時只有二十六歲。

三

　　僻處高雄岡山的藍明谷不像李蒼降一樣，能在台北找到抗日同志，所以走的是另一條路。由於受到父親的影響，藍明谷從小就具有強烈的漢民族意識，他所喜歡的文學和歷史更加強了這一傾向。他在公學校讀書時，成績一直非常優秀，但因家境不是很富裕，如果念了中學，家裡無力供他讀大學，可能找不到工作，因此只好去讀公費的台南師範。師範畢業後到公學校教書，他當然極不情願去教導台灣小孩成為一個忠君愛國的日本人，不久就放棄教職，到東京求學。

　　藍明谷的心願就是要從東京跑到大陸參加抗日，但卻找不到門路。最後他決定報考日本在北京所設的東亞經濟學院，無論如何先到大陸再說。當時北京是淪陷區，看著一般中國老百姓的生活非常困苦，他感到非常苦悶而壓抑，只好藉著文學創作來抒發，同時也可以得到微薄的稿費以補生活之不足。就在這時，他認識了鍾浩東的同父異母兄弟鍾理和，因為同樣愛好文學，同時身為台灣人而處於被日本佔領的祖國，都身感祖國的落後與貧困，因心情

極其類似而成為好朋友。

不久之後，藍明谷的弟弟蔡川燕（從母姓）也從東京來到北京。抗戰勝利，蔡川燕決定投身解放區，藍明谷非常支持，但因為自己是長子，只能選擇回台灣。這可以證明，兄弟兩人已認識到，祖國的前途只可能繫於共產黨。藍明谷回台灣後，經由鍾理和介紹，到鍾浩東當校長的基隆中學任教，這樣藍明谷就和鍾浩東走在一起了，他們兩人和從台北躲到基隆的李蒼降組成了「基隆市工委會」。

鍾浩東所領導的基隆地下組織因「光明報」案而被偵破，包括鍾浩東在內的一大批老師、職員、學生被逮捕，藍明谷開始逃亡。逃亡一年三個月後，因父親、妻子等親友被拘為人質，他只好出來投案，最後被判槍決。

藍明谷這個南部出身的優秀青年，一生過得動盪不安，貧窮困苦，是因為他在殖民地台灣飽受日本人歧視，一心嚮往祖國，從此千迴百折的尋找祖國，並積極尋求祖國復興之路，最後為此而犧牲。

藍明谷生於一九一九年，一九五一年槍決，時三十二歲。

藍明谷的故事和鍾浩東極其類似，都是一開始就想赴大陸參加抗戰，不同的是，鍾浩東（一九一五年生）和蕭道應（一九一六年生）一起行動，他們兩對夫妻，還有鍾浩東的表弟李南鋒一行五人，從香港偷渡進入廣東。他們馬上被當地國民黨駐軍逮捕，被認為是日本間諜而判死刑，幸好丘念台（丘逢甲之子）解救了他們。他們參加

了丘念台的東區服務隊，因而和共產黨的東江縱隊犬牙交錯。鍾浩東和蕭道應都有意轉入東江縱隊，但因東江縱隊撤往北方而不能如願。抗戰勝利後他們回到台灣，先後加入地下黨。一九五〇年十月鍾浩東槍決，三十五歲。蕭道應一九五二年四月才被捕，其時國民黨政權在美國保護下已穩如泰山，因此強迫蕭道應等最後一批地下黨重要幹部投降，讓蕭道應在羞憤抑鬱中度過後半生。

　　但潛赴大陸參加抗戰最著名的人物，既不是藍明谷，也不是鍾浩東和蕭道應，而是吳思漢。吳思漢本名吳調和，改名「思漢」正是要表明自己尋找祖國的決心。他從東京偷渡到朝鮮，再進入大陸，然後從中國北方到達重慶，可謂關萬里，到重慶後他把這一經歷寫成文章發表，題為〈尋找祖國三千里〉，轟動一時。二二八事件後，他也加入地下黨，和郭琇琮、許強（兩人都是台大醫院的醫師）一起領導台北市委，他們在一九五〇年十一月廿八日同一天槍決（同時受刑的多達十四人，七名是醫師，是當時最大的「匪諜案」，據說引起國際矚目，認為國民黨用刑太過）。吳思漢（一九二四年生）二十六歲，郭琇琮（一九一八年生），三十二歲，許強（一九一三年生）三十七歲。

四

　　藍博洲最近出了一本新書《春天》，寫一對出獄後結

婚的政治犯夫婦。其中的女性許金玉身世最為平凡，因此她的證言更具典型性，最能真實的反映光復後台灣歷史的巨變。

許金玉的生父是在台北艋舺（現在的萬華區）拉黃包車的，生母生了四男四女，生活非常艱苦。許金玉總是吃一些市場撿來的菜，常常拉肚子，養父看到非常同情，把她領養過來，很是疼愛。許金玉上了公學校以後很喜歡讀書，畢業後很想考中學，但養父民族意識強烈，不讓她繼續讀日本書，只好去當女工。許金玉聰明，肯學習，最後考入郵政局當職員。

許金玉進郵局的第二年，台灣光復了。對於光復，許金玉是這樣說的：

> 日據時代，我們本省人處處被日本人欺壓，卻又無可奈何。所以，到了日本投降，大家都欣喜若狂。我因為受到養父的影響，從小民族意識就很強烈。後來我聽到國民黨軍來了的消息，我就自動到台北車站去歡迎。我那時候對祖國抱了一份好大的期望，心想，這下我們可以翻身啦。我們不必再過過去那種被欺壓的生活了。因此，當我看到那些士兵穿著骯髒、破爛的衣服，背著臉盆，手拿雨傘，從前面走過的時候，並不因此而感到失望。我心裡只覺得他們為了抗戰竟然過著那麼辛苦的生活，因此我打從心裡就對他們尊敬、疼惜。

　　許金玉跟一般台灣民眾不一樣，並沒有因為祖國軍隊的「軍容不整」而瞧不起「國軍」，說明她是有腦筋的。她又說：

　　當我頭一次聽到陳儀在廣播的時候說了一句：「親愛的台灣同胞」的時候，我的眼淚就忍不住地掉了下來。那個時候，我可以說是喜極而泣啊！只因為終於聽到自己的父母官來叫這麼親熱的一聲「同胞」。那時候我終於知道自己原來是那麼深愛著自己的祖國。可是，後來的發展並不是這樣。他們帶來的卻是一個非常非常大的失望。

　　由「欣喜若狂」演變為「非常非常大的失望」，是由她在郵局的親身經歷體會而得來的：

　　在台北郵局，大家對祖國的這份熱情也沒幾個月就冷卻下來了。為什麼呢？頭一個，生活習慣不一樣。他們外省人跟我們本省人的生活習慣不一樣。在郵局工作的本省人都是受日本教育的，待人有禮，而且講話也客氣、輕聲。但是，外省人的態度卻很傲慢，他們都自以為他們是統治者，地位比我們高。他們講話都很大聲，小小一件事，他們講起來就像是和人吵架一般地大聲嚷嚷……儘管這樣，起初我們對這些從大陸來的外省同事還是當作自己人，對他們有所期待。但是到後來，對他們的傲慢及種種惡言惡行，就感到不滿了。尤其是一些接收官員，只要是能夠變

賣的，對他們有利的東西，他們就想盡辦法要接收。

其次，就是外省人與本省人差別待遇的問題。接收三年以後，台灣籍員工的待遇還是和日據時期一樣，始終沒有改善。可是做同樣的工作，他們外省人的待遇就比我們好很多。他們外省員工在台灣領的是出差費，真正薪水卻在國內發。而他們所領的出差費也比我們本省員工所領的薪水還要多。儘管他們怕讓我們知道，可是因為會計室也有本省員工，這種差別待遇終究是藏不住的。這還不打緊，最令我們感到不平的是，他們大陸來的人，不管他過去的職位是信差還是什麼，一概都當主管。而我們台灣人就只能擔任下層工作，忙碌的，都是我們。

這就讓許金玉覺得，光復只是換個統治者而已，被欺壓、歧視的還是台灣人，何況，這個新來的統治者比起原來的還要差得多。許金玉和台籍員工一樣，心裡非常不滿，但他們已習慣於在日本統治下逆來順受，也只能無可奈何的過日子。這可以很好的說明，一九四七年二月二十八日查緝私煙的一偶發事件，怎麼會引發一場擴及全島的大反抗，因為台灣人的怒氣已經積壓了很長的時間了（一年四個月）。

郵電總工會也知道，台籍員工由於不會講「國語」（普通話），和外省籍職工難以溝通，造成很大的隔閡，特別從大陸請了兩位老師計梅真和錢靜芝來教國語。誰也沒想到這兩位都是祕密的共產黨黨員。她們的到來讓台

籍員工大感意外，因為她們為人親和，課又講得好，完全不同於郵、電部門的外省籍員工。於是大家奔走相告，去上課的台籍員工越來越多，但許金玉仍然不為所動。最後計梅真主動來找許金玉，請她幫忙刻講義，稱讚她生性善良，樂於助人，許金玉就此成為計梅真最得力的學生。在計梅真的培養下，在人前從不敢發言的羞怯少女，竟然成了郵、電工會最有能力的工會幹部。

一九五〇年一月「省工委」領導人蔡孝乾被捕。計梅真和錢靜芝隨後也被捕，並判槍決。許金玉判刑十五年。一九六五年刑滿出獄的許金玉經政治犯陳明忠、馮守娥介紹，與三年前出獄的辜金良結婚，其時辜金良五十歲，許金玉四十四歲，已過了生育期。兩人經營鹹鴨蛋為生，剛開始非常辛苦，其後由於所製鹹鴨蛋品質優良，為人極守信譽，又非常照顧員工，賺了很多錢。但他們從未享受，所賺的錢幾乎全捐了出去。許金玉一次在演講時說：

　　我以為，我們過去所受的一切的苦，都沒有關係，只要大家能夠得到真正的幸福就好了。而我認為，我們要能真正得到自由，還是要等到祖國統一的那一天。我在年輕的時候，因為受到計老師的影響，從一個養女而走上工運這條路，現在我雖然年紀大了，可只要我能夠做到多少，我還會盡量去做的。畢竟，路，還是要繼續走下去的。

許金玉的光復經歷可以歸結為四個階段：

1、非常欣喜（光復）

2、全然失望（認識到國民黨的腐敗）

3、重尋光明之路（遇見了地下共產黨人）

4、關押或槍決

這就是二二八事件後加入地下黨的台灣人的四部曲，在第四階段被槍殺的大部分都只有二、三十歲，就這樣結束了短促的一生，而被關押十年到三十餘年的，都要以極大的勇氣與耐力去面對漫長的下半生。幸運的是，活下來的人絕大部分始終無悔，一九八八年以後（八七年台灣解除戒嚴令）又重新出發，一直努力撐著「統左派」的大旗。至少有將近十年時間，如果沒有他們的存在，島內就沒有人敢撐起統一的大旗，這實際上已經算是不小的貢獻了。因為在那段最困難的時期，有統派的存在（統左派聯合胡秋原等外省籍人士組織了「中國統一聯盟」，在當時非常轟動。），西方人才不能說，所有台灣人都主張獨立。

藍博洲在《幌馬車之歌》的第三篇〈尋找六堆客家庄農運鬥士邱連球〉裡，透過邱連球與葉紀東的交往，非常具體的告訴我們，葉紀東如何開導二二八事件後陷入迷惘的邱連球，讓他振作精神從事農運工作，這也可以和許金玉的經歷相互印證。

葉紀東雖然是高雄人，但一九四六年春天考進台北延平學院，二二八事件時深度涉入學生武裝行動。事件之後不敢待在台北，原擬到基隆中學教書，後來在屏東中學找到教職後就回南部了，臨行前鍾浩東託葉紀東就近照顧同

年表兄弟邱連球。葉紀東說，「以後我大概一個月去找他一次，每次都聊到下半夜，就在他家睡，第二天一早又回屏東。開始的時候，我只和邱連球一個人見面，後來他的堂兄邱連和與李清增也來參加。每次我都帶一些學習材料去，除了和他們談心事，也討論台灣前途和大陸形勢。後來，我們還計劃配合國府當局三七五減租的政策，在農村搞農民運動。」

葉紀東的回憶中有一段話講得非常有情感：

邱連球住的地方叫什麼名字？我已經記不得了。但我還記得，每次去都是騎自行車，從屏東一直往東走，過一條河，再順著河堤走到他家。他總是在約定的時間到河邊來接我。在天色就要暗下來的時候，我們並肩走在堤防上。漸漸地，月亮出來了。在月光下，一邊是田，一邊是河水，我只看到一條白白的路前行著。

從葉紀東的回憶，可以看出，熱情的邱連球多麼關心台灣的前途，急著為自己找到一條出路。

邱連球和鍾浩東同生於一九一五年，晚浩東兩年被槍決，三十七歲。但當年也和葉紀東長談過的李清增倖存下來，他回憶了葉紀東談話的主要內容：

當天，我們三人談了一整個晚上還不過癮，於是又躺在床上繼續談到天亮。通過葉紀東對歷史與時局的分析，

我和連球初步理解了「二二八」事變必然會發生的歷史因素。更重要的是，我們也釐清了事變的本質：它是中國階級內戰的延長，是一個階級對一個階級的壓迫；外省人與本省人的衝突，不過是階級矛盾表現的地域上的表象而已。這樣，通過葉紀東的教誨，我們開始有了比較圓滿而恢宏的世界觀，並且在現實生活上為實現勞動人民的民主而努力。

打倒腐敗不堪的國民黨只有一條路，在國、共內戰中支持共產黨，讓共產黨來重新解放台灣；也只有在共產黨建立的新中國中，台灣才有真正的未來。有這種覺悟而加入地下黨的台灣人都清楚知道，他們是跟著共產黨搞革命。台灣有些老政治犯常常說，我們對白色祖國失望，因此轉而支持紅色祖國。但台灣關押最久（三十四年七個月）的政治犯林書揚卻比較喜歡說，「我參加的是新民主主義革命」，他的講法更直接，也更有力。

國民黨當然也清楚知道這一點，所以當美國第七艦隊開進台灣海峽後，它就痛下殺手。到了一九五二年，政權更穩固以後，它才改採寬大政策，對最後一批地下黨人以勸降為主，但要他們公開發表懺悔聲明，並一一刊登在報紙上，藉此向台灣民眾宣示，參加「朱毛匪幫」絕對是誤入歧途。

肅清島內地下共產黨人的高潮是在一九五○年到五二年，槍決的人有數千之眾，關押的人數達數萬（這裡面當

然包含許多冤枉的人，因為國民黨採取的是「寧可錯殺一百，也不放過一個」的政策），至今無法完整統計。肅清距離一九四七年的二二八只有三年，時間一久，一般就忘了這是前、後相連，但性質完全不同的兩個事件（事實上二二八的死亡人數遠遠不能和肅清相比）。民進黨對此進行歪曲，到處散播說，國民黨治台初期，屠殺了無數的台灣人，因此台灣人才想要獨立，並把二二八圖騰化。這樣，支持共黨革命的一場運動就完全被消音乃至易幟了。

　　肅清對台灣社會的發展，產生了非常的嚴重的後果。槍殺和關押的人絕大部分都只有二、三十歲，而且，大部分是高校畢業的，或者正在就讀高校和高中，是當時台灣最優秀、最勇敢的年輕人。可以說，一九一〇年代及二〇年代出生的那一代最傑出台灣青年，基本上就此消失。以前台獨派曾經出過一本《二二八消失的台灣菁英》，影響很大。這些舊菁英在社會上都極有名望，當然容易引起注意。而被肅清的年輕菁英才正在冒出頭，像郭琇琮、許強、吳思漢、鍾浩東已有某種社會地位的人還不太多，容易被遺忘。這就可以了解藍博洲長期不懈的挖掘，真是貢獻巨大。我認為我們應該進一步從社會發展的角度，來論述這一代年輕人的被迫退出歷史舞台，對台灣到底影響有多大。

　　有一點是很明顯的，由於肅清，從日據時代累積下來的左翼傳統，從此被斬草除根，以至於到今天為止，台灣知識界一直缺乏「左眼」（陳映真語）。現在，許多人都

自稱是「左派」，但他們根本就缺乏真正的人民的立場
（最近台灣勞工對民進黨的強烈抗爭，最清楚的說明了民
進黨實際上一點也不關心人民的利益）。他們都敢自稱為
「左派」，也就表明，「左派」在台灣尚未真正復活。台
灣真正當道的是資產階級及小資產階級思想，因此陳映真
的政治立場長期無法被人理解。

　　最後，我想把我讀過的藍博洲有關地下黨人的書羅列
於下：

　　《幌馬車之歌》（第一版），時報出版公司，1991

　　《消失的台灣醫界良心》，印刻出版公司，2005

　　《尋找祖國三千里》，台灣人民出版社，2010

　　《紅色客家人》，晨星出版公司，2003

　　《台共黨人的悲歌》，中信出版社，2014

　　《幌馬車之歌》（第三版），時報出版公司，2016

　　《幌馬車之歌續曲》，印刻出版公司，2016

　　《春天》，台灣人民出版社，2017

　　看到這一書目，我們才能具體了解藍博洲長期的努
力。我知道藍博洲還有許多採訪尚未整理出來，他還跟我
說，因為新資料的出土，已經寫過的還要繼續增改。無論
如何，藍博洲有關台灣地下黨人歷史報導的大河系列一本
接著一本出現，台灣人參與新民主主義革命的真相已經逐
漸大白於世。雖然這一運動在台灣橫遭摧折，但革命志士
的鮮血所留下的斑斑血跡永遠讓人難以忘懷。套用〈血染
的風采〉中的一句話：

共和國的旗幟上
也有台灣人的風采

這一段歷史將會永遠彪炳史冊，而那些喪盡天良、滿口讕言的台獨言論，最終只能淪為一時的笑柄。

2018.1.15

補記：因為美國封斷台灣海峽，國民黨政權得以殘存下來，台灣的新民主主義革命橫遭摧折，台灣從此朝反動的方向發展。在一九五、六〇年代之交，二十出頭的陳映真已經完全了解台灣的歷史命運，所以他在六〇年代寫的小說才會那麼絕望和虛無，而且充滿了烏托邦式的幻想。因此，本文和〈一九六〇年代陳映真統左思想的形成〉互有關聯，本文有助於對後一篇文章的深入理解。

一九六〇年代陳映真統左思想的形成*

一

國民黨遷台到現在,已經過了六十七年多,可以肯定的說,在這段時間裡,陳映真是台灣知識界最獨特的一位。將來的歷史家會說,陳映真立足台灣、遠望中國大陸、從世界史的角度思考問題,可能是這個時代台灣知識界唯一可以永垂青史的人物。

1959 年陳映真發表第一篇小說,1960 年又發表了六篇小說,從這個時候開始,有四代知識分子將陳映真視為偶像。第一代是他的同時代人,常能在當時前衛青年藝術家出入的明星咖啡屋見到他,能夠逐期的在《筆匯》和《現代文學》看到他的新作,他們將陳映真視為正在誕生的台灣現代文學最閃亮的一顆明星。第二代是 1960 年代後半期進入大學的青年,他們讀到陳映真的小說時,陳映真已經被捕,成為文壇的禁忌,他們只能在舊書攤尋找《筆匯》、《現代文學》和《文學季刊》,在小圈子中輕

* 原刊《台灣社會研究季刊》,第 106 期,2017 年 4 月。

聲的談論他，他們在最嚴苛的政治禁忌下思想極其苦悶的
時候找到了陳映真，讀陳映真的小說是他們最大的安慰[1]。
1975 年陳映真出獄，遠景出版社隨即把他早期小說編成兩
個集子《第一件差事》和《將軍族》出版。當時鄉土文學
已經非常盛行，陳映真理所當然的成為引領風騷的人物，
從這時開始閱讀陳映真的第三代，人數上最為眾多，陳映
真成為大眾人物就是在這個時候奠定的。1985 年陳映真創
辦《人間雜誌》，有很多人是因為這一本雜誌才知道陳映
真，這算第四代。陳映真去世後，有不少人寫文章悼念，
就反映了五十多年累積起來的陳映真迷實在無法計數。

在我讀過的紀念文章中，印象最深刻的有兩篇。一篇
是曾經在《人間雜誌》工作了將近四年、「直接領受他溫
暖、寬宏的身教和言教」的曾淑美寫的。在她看來陳映真
對人間充滿了人道主義的關懷，對他身邊的人極其關愛、
友善，在人格上簡直就是完人。但她根本不能理解陳映真
的中國情懷，她不知道陳映真為什麼會認同那個令人困
惑、失望的「祖國」；她還認為陳映真只可能產生於台灣
這塊土地，共產黨只會利用陳映真，他們哪裡能了解陳映
真[2]。另一篇是蔡詩萍寫的，他說，陳映真所寫的每一篇

1　我跟鄭鴻生都屬於這個世代，陳映真對我們這個世代的意
　　義，鄭鴻生在〈陳映真與台灣的六十年代〉一文中有深入的
　　分析，可以參考。文章見《台灣社會研究季刊》78 期（2010
　　年 6 月），頁 9-46。
2　曾淑美〈看圖說話〉，《印刻文學生活誌》162 期（2017 年

小說都讓他很感動，但他無法理解，小說寫得這麼好的陳映真，為什麼會在舉世都不以為然的情況下堅持他那無法實現的、唐吉訶德式的夢想[3]。一篇講陳映真的為人，一篇講陳映真的小說成就，這些都令人崇仰，回想起來讓人低徊不已，但無奈的是，陳映真是鐵桿到底的、最為堅定的「統左派」。從這裡就可以看出陳映真的獨特性，許許多多人崇拜他，在他死後這麼懷念他，但就是無法理解他這個人——這麼好的一個人，這麼優秀的一位小說家，怎麼會有那種無法理喻的政治立場呢？

問題的關鍵很清楚：如果不是陳映真的政治信念出了問題，就是台灣的文化氣候長期染上了嚴重的弱視症，一般人長期處身於其中而不自覺，反而認為陳映是一個無法理解的人。陳映真從一開始寫作時對這一點早就看得很清楚，他是在跟一個龐大的政治體系作戰，這種戰鬥非常漫長，他這一生未必有勝利的機會。但他非常篤定的相信他的政治信念，他願意為此而長期奮鬥。如果他不是在六十九歲的時候因中風而臥病，他就會看到他的理想正在逐步實現。在生命中的最後十年，他不再能感知這個世界，可以說是他一生最大的遺憾。

---

2 月），頁 62-67。

3　蔡詩萍〈我攤開《陳映真小說集》，冷雨綿綿的台北向你致敬〉，聯合報，2016 年 11 月 27 日。此文由淡江大學林金源教授提供，謹此致謝。

　　陳映真跟台灣一般知識分子最大的不同就是，從一開始他就不承認國民黨政權在台灣統治的合法性。表面上看起來，這種不承認有一點類似於台獨派，但本質上卻完全不同。陳映真把美國視為邪惡的資本主義帝國主義的代表，而國民黨政權正是在這一邪惡的帝國主義的保護之下才倖存下來的，國民黨為了自己的一黨之私，心甘情願的作為美國的馬前卒，不顧全中國人民的利益，也絲毫不考慮到世界上所有貧困國家的人民的痛苦。如果說，以美國為代表的資本主義是當代世界的「桀紂」，那麼國民黨就是助紂為虐（台獨派只想取代國民黨，其助美國為惡的本質是完全一樣的）。如果你認為美國是好的，你怎麼可能認同陳映真，問題的關鍵在，你認同的是美國的富強，而沒有意識到美國的邪惡，你怎麼可能了解陳映真。因為陳映真首先看到的是美國的邪惡，是美國在全世界的貧困、落後地區所造成無數的災禍，而這些你都沒有看到，你怎麼會認同陳映真。陳映真對全世界充滿了大仁大義，他看到邪惡的本源，你只看到陳映真的仁厚，你的仁厚只是一般的慈善之心，而陳映真的仁義是擴及全人類的仁義，這就是你們和陳映真的區別。你們無法理解你們所崇拜的陳映真，是一個比你們想像的更偉大的人，你們完全不知道他的深邃的歷史眼光和他祈求全人類和平幸福的願望。

二

　　1960 年代後半期我們開始閱讀陳映真時，雖然很被吸引，其實並不真正了解陳映真。我是從《文學季刊》前四期的四篇小說讀起的，我很喜歡前面兩篇，〈最後的夏日〉和〈唐倩的喜劇〉。我所感覺到的是，小說中男性知識分子的挫敗與無能，以及年輕女性的淺薄與追趕潮流。當時文藝圈被認為是台灣思想最進步的一群，一些年輕女性以能進入這一圈子、並和當時頗有名氣的文化人交往為榮。〈唐倩的喜劇〉藉著唐倩與當時知識圈兩位代表人物的交往，以嘲諷的筆調把這些現象描寫得淋漓盡致，真是令人嘆賞。我至今還認為，這是陳映真最好的小說之一。

　　讀過這四篇小說不久，我就聽說陳映真因為思想問題被捕了，這是我第一次意識到台灣的政治禁忌。其後，我開始從舊書攤尋找《現代文學》，將刊載陳映真小說的每一期都買到了，而且都讀了。說實在的，我當時只能欣賞〈一綠色之候鳥〉，其他各篇，包括後來很有名氣的〈將軍族〉，我不是看不懂，就是不喜歡，認為小說的設計有一點僵硬而不自然。所以，對於更往前的《筆匯》時期的作品，我就沒有很積極的去尋找。我已經不記得當時讀過哪些篇，但肯定讀過〈我的弟弟康雄〉，據說這一篇流傳甚廣，但我讀後卻非常失望，認為寫得太簡單，故事完全不能讓人信服。

　　回想起來，六〇年代後半期我對陳映真的興趣，完全

集中在他對知識分子苦悶心境的描寫上，而這種苦悶其實也很複雜，還包括了青春期對「性」的矇矓的想望。我一直把陳映真作為當時知識分子的一般典型來看，從來沒有留意他的殊異性。[4] 我相信我這種閱讀在我們這一代的陳映真迷中相當具有典型性，這種誤讀是時代的必然，因為陳映真所想表達的、全盤否定國民黨體制的「憤懣」之情，和我們青春的苦悶實在相差太遠了。

七〇年代中期，陳映真復出文壇，在他的領導下，原本已經開始流行的鄉土文學更加如虎添翼。我是完全支持鄉土文學的，在思想上對他完全信服，只是對他新寫的小說常常有所不滿。八〇年代中期，台獨思想開始盛行，我跟陳映真一樣，非常反對這種偏頗的政治意識形態。因此我當然變成統派，最後加入中國統一聯盟，和陳映真走在一起了。坦白講，七〇年代中期以後我的思想的變化過程，雖然不能說沒有受到陳映真影響，但主要還是隨著台灣政治情勢的變化，隨著自己的出身（農家子弟）、個性和教育背景（讀中文系，深愛中國文史）而形成的。對我

4　陳映真自己就曾經提到台灣現代主義文學和青春期的台灣青年的性苦悶的關係。我受到這篇文章影響寫過一篇論文〈青春期的壓抑與自我的挫傷──一九六〇年代台灣現代主義文學的反思〉，刊載於淡江大學《中文學報》19 期，2008 年 12 月。我的錯誤在於：完全把陳映真視為其中的一員，而沒有想到提出這一批評的陳映真是置身於其中而又能夠獨立於其外的人。

來講，陳映真只是非常重要的思想界的人物，我很幸運，居然在他後面成為統派。因此，我沒有迫切的需要想要去追溯陳映真的過去，想探問他為什麼會成為統派，因為本來就應當如此，他一定就是統派，就正如有了台獨派以後，我也一定成為統派一樣。應該說，一直到最近幾年，我才開始認真思索，為什麼在那麼早的 1960 年，陳映真的思想就已經是那個樣子。

我所以描述我認識陳映真的過程，是要說明為什麼各種陳映真迷都沒有真正了解陳映真，因為他們和我一樣，都沒有真正深入的探究早期的陳映真，而這正是陳映真思想根底之所在。台灣的各種陳映真迷，或者喜歡他的小說，或者敬佩他的隨和溫厚的個性（很少大名人有這樣的性格），或者景仰他同情所有弱勢者的那種人道主義的情懷。這些陳映真迷，都是在國民黨的體制下成長起來的，有些人對國民黨雖然有所不滿，但還是相信國民黨可以改革，有些人非常反對國民黨，據此而主張台灣應該獨立。當國民黨的那個「中華民國」在聯合國不再成為中國的代表時，他們（不論他們對國民黨的態度如何）根本沒有想到要去和那個被國民黨辱罵了幾十年的對岸的「邪惡」政權統一，畢竟他們都是吃了國民黨的奶水長大的。所以，雖然他們不一定接受民進黨的台獨立場，他們也不可能贊成和共產黨統治下的大陸統一，對他們來講，這是非常不可思議的。不論是堅決主張獨立的民進黨及其群眾，還是繼續擁抱「中華民國」國號的人，都無法相信，這個時候

的陳映真，竟然不顧他的崇高的地位與眾人的尊仰，和一
些人合作，成立了中國統一聯盟，樹起統派的大旗，而且
自己還擔任創盟主席。如果這樣回顧，我們就可以理解，
廣泛散布於台灣文化界的各種陳映真迷為什麼會那麼困
惑，甚至為什麼會那麼憤怒。雖然他們的立場和我截然相
反，但他們和我一樣，從來沒有想要探究陳映真這個人是
如何形成的。這樣，陳映真這個無法繞過的巨大的身影，
就成當今台灣社會最難以理解的問題。陳映真去世後的各
種悼念文章，普遍的表達了這一問題。

三

　　因此可以說，陳映真早期小說一直沒有人真正讀懂
過，一直到最近幾年趙剛的陳映真研究陸續發表，情況才
有所改變。趙剛發現這些小說隱藏著「秘密」，他對陳映
真幾篇小說的精細解讀，完全改變了我對早期陳映真的印
象。在他的啟發下，我仔細重讀了陳映真三篇非常重要的
散文〈鞭子與提燈〉、〈後街〉、〈父親〉，就有了更深
的體會。基本上我們可以斷定，陳映真一生思想的根底在
1960 年就已成形了，以後只是不斷發展、不斷深化而已。
　　陳映真的第七篇小說（1960 年發表的六篇小說中的最
後一篇）〈祖父和傘〉是最具關鍵性的一篇。這篇小說表
面看起來非常簡單，但從來沒有人了解其深層的意義，是

趙剛首先提出了正確的解釋⁵。那個躲到深山裡默默地做著礦工養活孫子的老祖父，其實就是逃亡到深中的中國共產黨地下黨員，在白色恐怖的高潮，他因為過度傷心而去世。那個孫子，小說的敘述者，其實影射的就是陳映真本人。老人的去世代表台灣島內為了新中國的建立而參加革命的人，已經全部被肅清了，而他們卻留下了一個孫子。這實際上是暗示，當時才二十三歲的陳映真完全知道這一批人的存在，也完全理解白色恐怖的意義──台灣殘存的國民黨政權，在美國的保護之下終於存活下來，而台灣民眾從此就和革命中建立起來的新中國斷絕了任何連繫，其中存活下來的、還對新中國充滿了期盼的人可能永遠生活在黑暗與絕望之中，再也見不到光明⁶。

這樣講絕對不是捕風捉影。陳映真曾經提到，小學五年級時有一位吳老師，從南洋和中國戰場復員回到台灣，

5　見趙剛《求索：陳映真的文學之路》頁 76-82，聯經出版公司，2011 年 9 月。

6　2009 年 11 月 21-22 日交通大學舉辦「陳映真思想與文學學術會議」，當時我提交的論文是〈歷史的廢墟、烏托邦與虛無感──早期陳映真的世界〉。那個時候我還不能精確的掌握到真正的關鍵：早年陳映真的絕望感主要是來自於他和新中國完全斷絕了連繫，他幾乎只能在黑暗中想望著正在走向光明的那個新中國。那時候我只讀了趙剛前最早的兩篇文章，問題看得不夠清楚。又，我的文章後來收入陳光興等主編《陳映真：思想與文學》，台灣社會研究雜誌社，2011 年 12 月。

因肺結核而老是青蒼著臉，有一天為了班上一個佃農的兒子摔過他一記耳光。1950 年秋天的某一天半夜，這個吳老師被軍用吉普車帶走了[7]，陳映真從來沒有忘記過他，在早期的〈鄉村的教師〉和晚期的〈鈴璫花〉裡都有他的影子。陳映真還提到，他們家附近曾經遷來一家姓陸的外省人，陸家小姑「直而短的女學生頭，總是一襲藍色的陰丹士林旗袍。豐腴得很的臉龐上，配著一對清澈的、老是漾著一抹笑意的眼睛。」這個陸家小姑幾乎每天都陪著小學生陳映真作功課，還教他大陸兒歌，陳映真放學後的第一件事，就是放下書包去找陸家大姐。這一年冬天，這個陸家大姐也被兩個陌生的、高大的男人帶走了[8]。這一年陳映真考上成功中學初中部，每天從鶯歌坐火車到台北上課（成功中學離火車站不遠），「每天早晨走出台北火車站的剪票口，常常會碰到一輛軍用卡車在站前停住。車上跳下來兩個憲兵，在車站的柱子上貼上大張告示。告示上首先是一排人名，人名上一律用猩紅的硃墨打著令人膽顫的大勾，他清晰地記得，正文總有這樣的一段：『……加入朱毛匪幫……驗明正身，發交憲兵第四團，明典正

7　見陳映真〈後街〉一文，《陳映真散文集 1：父親》頁 52，洪範書店，2004 年 9 月。

8　見陳映真〈鞭子與提燈〉一文，《陳映真散文集 1：父親》頁 10-11，洪範書店，2004 年 9 月。根據〈後街〉所述，陸大姐的哥哥也在台南糖廠同時被捕。

法。』⁹」我們可以想像，陳映真看到這些告示時，一定
會想起他所敬愛的吳老師和他所仰慕的陸大姐，而他們都
是他幼稚的心靈中的大好人，這些大好人也加入了「朱毛
匪幫」，那麼，把他們「明典正法」的那個政府又會是怎
麼樣的政府呢？

1957 年 5 月，還在成功中學高中部讀書的陳映真，
自己打造了一個抗議牌，參加「五二四」反美事件。「不
數日，他被叫去刑警總隊，問了口供，無事釋回。」據
陳映真自己說，他這一舉動「純粹出於頑皮」¹⁰，但一個
毫無政治覺悟的高中生再怎麼頑皮，也不會做出這種事。
進入大學不久，創辦《筆匯》的尉天驄向他邀稿，因此在
1959-60 年之間他寫了七篇小說。對於這個創作機緣，陳
映真這樣回顧：

　　感謝這偶然的機緣，讓他因創作而得到了重大的解放。
在反共偵探和恐怖的天羅地網中，思想、知識和情感上日
增的激進化，使他年輕的心中充滿著激忿、焦慮和孤獨。
但創作卻給他打開了一道充滿創造和審美的抒洩窗口。¹¹

9　見陳映真〈後街〉一文，《陳映真散文集 1：父親》頁 52，
　　洪範書店，2004 年 9 月。
10　同上，頁 54。
11　同上，頁 56。

這實際上是說，在反共的恐怖氣氛中，他的思想早已激進化，他年輕的心中充滿了激忿、焦慮和孤獨，因為寫小說，才有了宣洩的窗口。所以這段話說明了陳映真的政治覺悟是非常早的。

從五四運動到一九四九年，中國一直循著激進的、社會革命的道路往前推進，其頂點就是新中國的建立。台灣，作為被割讓出去的殖民地，它的最進步的知識分子不但了解這一進程，而且還有不少人從各種途徑投身於革命的洪流之中。

這樣的歷史發展，在一九五〇年以後的台灣，完全被切斷了。首先是美國第七艦隊強力介入台灣海峽，斷絕了台灣和革命後的中國的聯繫，其次是國民黨政權在島內大舉肅清左翼分子，完全清除了革命的種子。這樣，台灣的歷史從空白開始，隨美國和國民黨愛怎麼說就怎麼說。台灣的社會，尤其台灣的青年知識分子，在那兩隻彼此有矛盾、又有共同點的手的聯合塑造下，完全和過去中國現代革命史的主流切斷了關係。慢慢的，他們把那一段革命史，在別人的指導下，看成是一場敗壞人性的群魔亂舞。

陳映真的大幸，或者陳映真的不幸，在於：他竟然成了那一場大革命在台灣僅存的「遺腹子」。他不是革命家的嫡系子孫，他的家裡沒有人在白色恐怖中受害。他憑著機緣，憑著早熟的心智，憑著意外的知識來源，竟然了解到當時台灣知識青年幾乎沒有人能夠理解的歷史的真相。從白色恐怖到高中階段（1950-57），他模模糊糊意識到

這一切；他開始寫小說時，對這一切已完全明白，這時他也不過是個大學二、三年級的學生，只有二十一、二歲（1958-9）。作為對比，我可以這樣說，這個時候我十歲左右，還是一個一無所知的鄉下小孩，而我終於完全理解陳映真所認識的歷史真相時，差不多是四十二歲，也就是1990年左右，那時候我已被朋友視為「不可理解」，而陳映真的無法被人理解，到那時已超過了三十年。他是一個極端敏感的、具有極佳的才華的年輕人，你能想像他是怎麼「熬」過這極端孤獨的三十年的。我覺得，陳映真的藝術和思想——包括他的優點和缺陷——都應該追溯到這個基本點。

了解了這個關鍵，我們就可以讀懂陳映真早期另外三篇小說。在第一篇小說〈麵攤〉（1959年9月發表）中，首善之區的西門町，在亮著長長的兩排興奮的燈光中的夜市裡，卻徘徊著一小群隨時在防備裡警察的小攤車。這是遊走在都市中心、每天為生活所苦的邊緣人物，在這一群人物中，陳映真設計了一個患著肺癆病、經常抱在媽媽懷中的小孩。這小孩在一串長長的嗆咳、吐出一口溫溫的血塊之後，

　　黃昏正在下降。他的眼光，喫力而愉快地爬過巷子兩邊高高的牆。左邊的屋頂上，有人養著一大籠的鴿子。媽媽再次把他的嘴揩乾淨，就要走出去了。他只能看見鴿子籠的黑暗的骨架，襯在靛藍色的天空裡。雖然今天沒有逢

著人家放鴿子，但卻意外地發現了鴿籠上面的天空，鑲著一顆橙紅橙紅的早星。

「……星星。」他說。盯著星星的眼睛，似乎要比天上的星星還要晶亮，還要尖銳。（一，2）[12]

這裡的「橙紅橙紅的早星」其後又出現了三次，我以前完全沒有留意到，而趙剛卻敏銳地發現了。前後出現四次的「橙紅橙紅的早星」絕對不是毫無意義的意象，趙剛說它暗示了不久前在海峽對岸升起了五星旗[13]，我是完全贊成的。

在隔了幾段之後，陳映真描寫小孩坐在攤車後面，懷著亢奮的心情，傾聽著喧譁的市聲，觀察著在攤車前喫著點心的人們，

他默默地傾聽著各樣不同的喇叭聲，三輪車的銅鈴聲和各種不同的足音。他也從熱湯的輕煙裡看著台子上不同的臉，看見他們都一樣用心地喫著他們的點心。孩子凝神地望著，大約他已然遺忘了他說不上離此有多遠的故鄉，以及故鄉的棕櫚樹；故鄉的田陌；故鄉的流水和用棺板搭

12 本文引用的陳映真小說，均為《陳映真小說集》六卷本（洪範書店，台北：2001），並隨文注出處，中文數字表示冊數，阿拉伯數字表示頁數。

13 趙剛對〈麵攤〉的詮釋，見趙剛《橙紅的早星》頁33-52，人間出版社，2013年4月。

成的小橋了。

（唉！如果孩子不是太小些，他應該記得故鄉初夏的
傍晚，也有一顆橙紅橙紅的早星的。）（一，4）

把前後兩段文字加以對比是很值得玩味的。小孩因為年
紀還小，不曾看過鄉下的晚夏「也有一顆澄紅澄紅的早
星」，而他只注意到城市天邊的那一顆，這是什麼意思
呢？也許陳映真要說的是，五星旗所代表的希望曾經在台
灣鄉下閃爍過，後來（在恐怖的肅清後）熄滅了，現在只
有這個患著重病的小孩，還能在鬧市中注意到滿懷人類希
望的這一顆星。這個患著肺病的小孩，很明顯暗中呼應著
魯迅著名小說〈藥〉裡的華小栓[14]。這樣，他就成為病弱
的中國的象徵。現在革命成功，但台灣只能隔著海峽遙望
天邊的這一顆橙紅的早星；但它既存在於對岸，就永遠寄
託一種希望。陳映真的第一篇小說，就以如此隱晦的方式
懷想著革命成功後的新中國，以前有誰能夠以這種方式閱
讀這篇小說？趙剛的發現和解讀真是令人讚嘆。

---

14 陳映真熟讀魯迅的《吶喊》，他曾對友人簡永松說，〈阿Q
正傳〉他讀了四十九遍，見簡永松〈緬懷和陳映真搞革命的
那段歲月〉，批判與再造雜誌社等《左翼的追思——悼念陳
映真文集》，2017年1月7日。關於陳映真在意象的使用
上如何受到魯迅影響，請參看呂正惠〈陳映真與魯迅〉，見
呂正惠《戰後台灣文學經驗》頁222-30，北京三聯書店，
2010。

接著我們再來分析陳映真的第四篇小說〈鄉村的教師〉（1960 年 8 月發表）。青年吳錦翔，出生於日據時代貧苦的佃農之家，由於讀書，思想受到啟蒙，他秘密參加抗日活動，因此日本官憲特意把他徵召到婆羅洲去。萬幸的是，他沒有戰死、餓死，終於在光復近一年時回到台灣，並被指派為家鄉一個極小的山村小學的教師。

由於台灣回到祖國懷抱、由於戰爭的結束和自己能夠活著回來，吳錦翔以最大的熱情投身於教育之中。陳映真這樣描寫吳錦翔的思緒：

> 四月的風，糅和著初夏的熱，忽忽地從窗子吹進來，又從背後的窗子吹了出去。一切都會好轉的 [15]，他無聲地說：這是我們自己的國家，自己的同胞。至少官憲的壓迫將永遠不可能的了。改革是有希望的，一切都將好轉。（一，36）

這個吳錦翔是日據時代左翼知識分子的嫡傳，既關懷貧困的農民，又熱愛祖國，陳映真寫出了這一類人在光復初期熱血的獻身精神。

然而，國民黨政權令人徹底失望，激發了二二八事變，不久，中國內戰又全面爆發，戰後重建中國的理想化

---

15 「一切都會好轉的」一句，洪範版漏了「會」字，此處據《筆匯》初刊本補入。

為泡影。吳錦翔終於墮落了，絕望了，最後割破兩手的靜脈而自殺。

當然陳映真只能寫到內戰爆發，他不能提及國民黨在內戰中全面潰退、新中國建立、國民黨在美國保護下肅清島內異己分子等等。現在的讀者可以推測，吳錦翔的自殺決不是由於內戰爆發，因為吳錦翔的形象來自於陳映真的小學老師吳老師，而吳老師是在 1950 年秋天被捕的。小説中的吳錦翔如果要自殺，決不是因為內戰爆發，而是由於美國保護國民黨，國民黨在台灣進行徹底的反共肅清，他已被活生生地切斷了與中國革命的連繫。由於冷戰體制的形成，台灣的命運在相當長的一段時間內不可能會有改變。這樣，生活在新的帝國主義卵翼下的台灣，跟祖國的發展切斷了所有的關係，這樣的生命又有何意義呢？但是陳映真不可能這樣寫，只好説吳錦翔因為中國內戰而絕望自殺。從這篇小説的情節設計方式可以看出，陳映真如何以曲折、隱晦的方式來表達他思想上的苦悶。

比〈鄉村的教師〉只晚一個月發表的第五篇小説〈故鄉〉，把類似的主題重寫了一遍，但採取了另一種情節設計。小説敘述者的哥哥，是一個充滿了基督教博愛精神的人，從日本學醫回來以後，完全沒想到要賺錢，「白天在焦炭工廠工作得像煉焦的工人，晚上洗掉煤煙又在教堂裡做事，他的祈禱像一首大衛王的詩歌」（一，50），是一個十足的理想主義者。他的家庭原本尚屬小康，但由於父親突然過世，一下子淪為赤貧，哥哥由於受到這樣的打擊，

墮落成一個賭徒。作為小說敘述者的弟弟，曾經非常崇拜他的哥哥，由於哥哥的墮落，他在遠地讀完大學以後，一想到又要回到這個家，非常痛苦。他心裡一再吶喊著：

我不要回家，我沒有家呀！（一，57）

這一篇小說無疑部分表現了陳映真養父突然去世時，家中慘淡的景象。但對照著〈鄉村的教師〉來看，我們可以合理推測，造成哥哥墮落的真正原因不是家庭的破產，而是白色恐怖之後理想主義者的被消滅。哥哥和吳錦翔其實是同一類人，國民黨的肅清把他們拋擲在歷史的荒謬處境中，讓他們的精神陷於絕望，最後終於墮落了。哥哥和弟弟其實是同一個人的兩個分身，他們在五〇年代那種恐怖的氣氛中，思想上毫無出路，所以最後弟弟才會痛心的吶喊，「我沒有家啊」！這是一個青年知識分子無助的吶喊。

分析了〈故鄉〉和〈鄉村的教師〉，我們再來回顧陳映真的第二篇小說〈我的弟弟康雄〉（1960 年 1 月發表），就會有另外一種體會。康雄是一個安那其主義者，因為失身於一位婦人，感到自己喪失道德的純潔性而自殺。康雄和吳錦翔以及〈故鄉〉中的哥哥一樣，其實都因為新中國革命理想在台灣的斷絕而感到灰心喪志。這樣，陳映真早期七篇小說中的五篇，其人物和主題始終環繞著這種特殊歷史時代的幻滅感而展開。

陳映真思想上的絕望，只能藉助於他構設的情節，以

幻想式的抒情筆法加以表現。只有這樣，他知識上的早熟
和青春期的熱情與孤獨才能找到宣洩之道。我想，跟他同
一世代的小說家，沒有人經歷過這種「表達」的痛苦——
他不能忍住不「表達」，但又不能讓人看出他真正的想
法，不然，他至少得去坐政治牢。

四

　　思想上極度苦悶的陳映真，在 1964 年

　　結識了一位年輕的日本知識分子。經由這異國友人誠
摯而無私的協助，他得以在知識封禁嚴密的台北，讀到關
於中國和世界的新而徹底（radical）的知識，擴大了僅僅
能從十幾年前的舊書去尋求啟發和信息的來源。

就這樣，他的思想由苦悶而變得激進。他和一些朋友「憧
憬著同一個夢想，走到了一起」，組織了讀書會。「六六
年底到六七年初，他和他親密的朋友們，受到思想渴求實
踐的壓力，幼稚地走上了幼稚形式的組織的道路。[16]」68
年 5 月他們就被捕了。從這簡單的描述，可以看出青年陳
映真已經走到了某種極端，這種極端表現在這時所寫的三

---

16 以上所述見陳映真〈後街〉一文，《陳映真散文集 1：父親》
　　頁 58-59（引文均在此二頁中），洪範書店，2004 年 9 月。

篇小說（〈永恆的大地〉、〈某一個日午〉和〈纍纍〉）
中。這些小說雖然採取非常隱晦的寓言形式，當時還是不
敢發表，後來都是在陳映真入獄之後，經由尉天驄之手，
在不同的刊物和時間，以各種化名發表的，所以一向沒有
引起關注 [17]。

　　七、八〇年代之交我在遠景出版社的《夜行貨車》
（1979 年）這個集子裡第一次讀到這些作品，馬上意識到
其中有強烈的政治影射，但並沒有細想，最後還是趙剛把
謎底揭穿了。趙剛認為這三篇小說的共同之處，都是針對
國民黨政權的直接批判。「青年陳映真對國民黨政權的恚
憤，應已到了滿水位的臨界狀態，從而必須以寫作來『抒
憤懣』」[18]。

　　在〈某一個日午〉裡，房處長的兒子莫名其妙的自殺
了，房處長終於接到兒子的遺書，遺書提到他讀過父親祕
藏了四、五十年的書籍、雜誌和筆記，他說：

---

17 據洪範版《陳映真小說集》，陳映真在這三篇小說的篇末
　　說，〈永恆的大地〉和〈某一個日午〉約為 1966 年之作，
　　〈纍纍〉約為 1967 年之作。〈永恆的大地〉發表於 1970 年
　　2 月的《文學季刊》10 期，署名秋彬；〈某一個日午〉發表
　　於 1973 年 8 月《文季》季刊 1 期，署名史濟民；〈纍纍〉
　　1972 年 11 月先發表於香港《四季》雜誌第 1 期，署名陳南
　　村，1979 年 11 月又刊於台灣的《現代文學》復刊 9 期。
18 見趙剛《求索：陳映真的文學之路》頁 85，聯經出版公
　　司，2011 年 9 月。

　　讀完了它們，我才認識了：我的生活和我二十幾年的生涯，都不過是那種你們那時代所惡罵的腐臭的蟲豸。我極嚮往著您們年少時所宣告的新人類的誕生以及他們的世界。然而長年以來，正是您這一時曾極言著人的最高底進化的，卻鑄造了這種使我和我這一代人萎縮成為一具腐屍的境遇和生活；並且在日復一日的摧殘中，使我們被閹割成為無能的宦官。您使我開眼，但也使我明白我們一切所恃以生活的，莫非巨大的組織性的欺罔。開眼之後所見的極處，無處不是腐臭和破敗。（三，60-61）

這與其說是房處長的兒子對他父親的譴責，不如說是陳映真藉著他的嘴巴，全盤否定了台灣的國民黨政權，認為這個政權「無處不是腐臭和破敗」。

　　比〈某一個日午〉還要激烈的是〈永恆的大地〉。這篇小說我第一次閱讀時就隱約感覺到，好像是在影射蔣介石、蔣經國父子，但是因為小說把台灣比喻為娼妓，我當時（七、八〇年代之交）非常痛恨這種外省政權為男性、台灣為墮落的（或遇人不淑的）女性這種流行的說法，所以不肯細讀這篇小說[19]，並未考慮到這是陳映真尚未入獄

19　1986年我寫第一篇陳映真小說評論〈從山村小鎮到華盛頓〉時，曾對陳映真以男女關係來比喻國民黨與台灣人的關係表示不滿，見《小說與社會》頁61-63，聯經出版公司，1988年5月。

之前的作品。趙剛的詳細解讀非常精彩，可以看出入獄前的陳映真對國民黨政權已經到達了深惡痛絕、勢不兩立的地步[20]。

　　小說的背景是海港邊的一個雕刻匠的房間，房間有一個小閣樓，小閣樓上躺著重病的老頭子，是雕刻匠的父親，而雕刻匠則和一個娼妓出身的肥胖而俗麗的台灣女子同居。老頭子念念不忘他過去大陸的家業，天天辱罵他的兒子，說家業是他敗光的，他有責任把它家業復興起來；而他兒子對父親逆來順受，極盡卑躬屈膝之能事。兒子反過來對那位台灣女性常常暴力相向、拳打腳踢，而另一方面又在她的身上尋求慾望上的滿足，還告訴她是他把她從下等娼寮中救出來的，要她感恩圖報，好好跟自己過日子，將來他們會有美好的前途的。從這個簡單的情節敘述就可以推測，老頭子代表的是國民黨遷台的第一代，所以我一直以為那個老頭子就是影射蔣介石。國民黨政權老是認為是他們的八年抗戰拯救了台灣人，所以台灣應該感恩戴德，好好回報，配合國民黨反攻大陸，將來大功告成之日，大家都有好日子過。

　　以上只是簡略解釋這篇小說的寓言結構，最好能把這篇小說找出來自己讀一遍，再看看趙剛的詮釋，就可以看出當時的陳映真如何痛恨國民黨，而趙剛又如何把這一切都解釋得清清楚楚。兩個人的用字都非常惡毒，配合起來

20　趙剛對〈永恆的大地〉的解讀，見《求索》頁 85-92。

看，可謂人間一絕。在這裡我只想引述其中一個小細節：

……汽笛又響了起來。但聲音卻遠了。

「天氣好了，我同爹也回去。」他說。然而他的心卻偷偷地沉落著。回到哪裡呢？到那一片陰恓的蒼茫嗎？

「回到海上去，陽光燦爛，碧波萬頃。」伊說：「那些死鬼水兵告訴我：在海外太陽是五色，路上的石頭都會輕輕地唱歌！」他沒作聲，用手在板壁上捻熄香菸。但他忽然忿怒起來，用力將熄了的菸蒂擲到伊的臉上，正擊中伊的短小的鼻子。伊的臉便以鼻子為中心而驟然地收縮起來。

「誰不知道你原是個又臭又賤的婊子！」他吼著說，憤怒便頓地燃了起來：「儘謅些紅毛水手的鬼話！」

「紅毛水手，也是你去做皮條客拉了來的！」伊忿怒地說。（三，39-40）

臥病在閣樓上的老爹，老是跟他兒子說，他們在大陸有一份大得無比的產業，「朱漆的大門，高高的旗桿，跑兩天的馬都圈不完的高粱田」（三，38），要他復興家業，再回到大陸去。然而，兒子清楚知道他們是永遠回不去了，而且自己也不想回去。為了讓自己在台灣能夠存活下去，他也只能「做皮條客」去拉來「紅毛水手」，就像他一面暴力相向，而又一直賴以為生的台灣女人反唇相譏時所說的。讓他想不到的是，他的台灣女人更嚮往紅毛鬼子所

說的海外更自由、更美麗的世界。當然，小說中的台灣女人就是未來的台獨派，而那個色屬內在的兒子就是未來的國民黨，將在美國所蓄意培養的台獨派的一擊之下潰不成軍。趙剛說，「此時的陳映真已經預見了大約十年後漸次興起的越來越反中親美的政治力量，以及國民黨菁英在這個挑戰下的荒腔走版、左支右絀、失語失據的窘象，應是有可能的。[21]」我認為完全說對了。

這就是 1966 年陳映真被捕之前的思想狀況。1950 年他從鶯歌國小畢業，這一年他十三歲。就在這一年的秋天和冬天，他親眼見到吳老師和陸大姐先後被捕，不久就在台北火車站親眼見到鋪天蓋地的槍決政治犯的布告。隨著年齡的成長，知識的增加，小時候在他心中已經生根的那顆嫩芽，自然而然的生長為 1960 年的小說家陳映真，以及 1966 年把國民黨批判得體無完膚的反叛者陳映真。這一過程，在趙剛的梳理之下，現在已經非常清楚的呈現出來了。

1950 年國民黨獲得美國的保護，開始痛下殺手清除島內支持中國共產黨革命的人。他們為此不惜傷及大量無辜，寧可錯殺一百，也不肯放過一個。在這麼龐大規模的整肅之下，他們萬萬想不到，革命黨人竟然會在無意中培育了一顆種子，最後發展成一個讓大家感到驚異的大作家陳

21 見趙剛《求索：陳映真的文學之路》頁 92，聯經出版公司，2011 年 9 月。

映真。陳映真是新中國革命黨人在台灣的遺腹子，我覺得只有從這個角度來看，我們才能理解陳映真一生的作為。

近七十年來，中國共產黨的革命和新中國的建立，在美國和國民黨政權聯合打造的反共體制下遭到長期的毀謗。一直到現在，台灣絕大部分的人不但沒有認識到這個革命是二十世紀歷史最重大的事件，其意義非比尋常，反而把一切的邪惡都歸之於新中國成立後所建立的政權。改革開放後，連大陸知識分子都受到影響，完全不能理解新中國建立的歷史重要性。在這種情況之下，作為這一革命運動在台灣的遺腹子的陳映真，當然不會有人真正理解他的重要性。不過，歷史總是往前發展的，現在的中國已成為推動落後地區經濟發展、維護世界和平最主要的力量來源。在未來的十年之內，這一趨勢會更加明顯，明顯到台灣對大陸抱持偏見的人都不得不看到。那個時候，中國革命的意義就會完全彰顯出來，而陳映真的獨特性也就會讓人看得更清楚。蔡詩萍說：

　　然則，陳映真的特別，在於他無論是在台灣，在中國，在國民黨統治的年代，在民進黨崛起的世紀，在改革開放以後的中國，在穿起西裝作中國夢的共產黨面前，他都是十足的「不符主流價值」的「異鄉人」！[22]

---

22 蔡詩萍〈我攤開《陳映真小說集》，冷雨綿綿的台北向你致敬〉，聯合報，2016 年 11 月 27 日。

歷史馬上就會證明誰是對的,誰是錯的。

2017.2.18 初稿

2017.3.3 增訂

補記:本文第一節提到陳映真有四代讀者,這一說法並不完整,因為第五代讀者正在形成。2008 年陳光興準備在上海籌辦陳映真研討會,可惜未能實現,一年後會議終於在台灣交通大學舉辦。在這段期間,陳光興、趙剛和鄭鴻生都寫了長篇的論文。趙剛尤其認真,竟然出了兩本書。陳光興和趙剛在他們各自任教的學校開始講授陳映真,上海的朋友如薛毅、羅崗、倪文尖等也紛紛跟進,因此兩岸都有一些研究生投入陳映真研究,目前雖然人數還不是很多,但已逐漸形成風潮。陳映真的去世,還會帶動更多的人投入陳映真研究,陳映真研究會在第五代讀者逐漸累積後達到高潮,而且在不久的將來就會出現,這時候,陳映真在中國現代文學史上的意義與地位就會得到大家的承認。

2017.3.21

重新思考一九七〇、八〇年代的陳映真

一

　　《陳映真全集》的編輯工作已經完成，全部二十三卷將在 2017 年年底出齊。我把二十三卷的排印稿從頭到尾翻閱了一遍，因此，可以初步談一下出版《陳映真全集》的意義。

　　在編輯之前，我和編輯團隊就編輯原則相互溝通。大家都同意，《陳映真全集》應打破文類界限，完全採取編年形式，把所有的作品、文章、訪談等按寫作時間或發表時間加以排列，如此才能看出陳映真的整個創作與思考活動是多麼與時代密切相關。反過來說，陳映真的每一篇作品或文章，也只有擺在時代背景及陳映真自己的寫作脈絡中才能比較精確的掌握其意義。任何有意扭曲陳映真的寫作意圖的人，也將在這一編年體全集中顯示出其不妥之處。我初步了解了陳映真全部作品的寫作篇目及某些著名小說、文章的寫作時間及彼此的先後順序之後，更加確信，我們採取的編輯體例是完全正確的。

　　其次，在編輯過程中，我們發現，陳映真著作數量之

大也超出我們的意料。一九八八年四、五月間，人間出版社分兩批出版十五卷《陳映真作品集》，其中收入陳映真的小說、文章、訪談等共一七九篇。同一時段（一九五九年五月至一九八八年五月）全集共搜集到三〇四篇，比《作品集》多出一二五篇。從一九八八年五月作品集出版，到二〇〇六年九月陳映真中風不再執筆，中間共十七年多，陳映真又寫了五一六篇，其數量遠遠超過一九八八年五月之前。這五一六篇，除了三篇小說及少數幾篇散文外，都沒有編成集子出版。這個時期的陳映真，在台灣發表文章愈來愈困難，文章散見於台灣、大陸、香港各處，有些很不容易見到。可以說，只有在《全集》出版後，我們才能看到後期陳映真完整的面目。無視於《全集》的存在，研究陳映真無異是閉門造車。

全集總共收了八百一十五篇，而其中小說只有三十六篇，可以比較嚴格的歸類在「文學批評」項內的文章，按我估計，也不過七、八十篇，兩者相加，最多也不過一百多篇。陳映真當然是傑出的小說家，他的文學評論也有極其獨到的見解，他作為台灣近六十年來最重要作家的地位是無可置疑的。然而，在這之外，他還寫了七百篇左右的文章（包括演講和訪談）。按現在一般的說法，這些文章有報導、影評、畫評、攝影評論、文化評論、社會評論，還有許多乾脆就是政論。那麼，我們到底要把陳映真歸為什麼「家」呢？顯然，「小說家」、「作家」這樣的名號，都把陳映真這個人限制在現代社會「職業」欄的某一

欄內。我們必須放棄這種貼標籤的方式，才能看清陳映真一輩子寫作行為的特質，才能認識到陳映真這個「知識分子」對台灣、對全中國、以至於對現今世界的獨特價值之所在。

陳映真自從「懂事」（高中即將進入大學階段）以來，就已確認，他一輩子可能永遠生活在「黑暗」之中。因為他對當時在台灣被追捕、被槍殺的中國共產黨地下革命黨人充滿同情，對革命勝利後剛建立的新中國充滿憧憬；反過來，他認為美國是個「邪惡帝國」，而那個受「邪惡帝國」保護才得以殘存下來的、兼有半封建、半殖民性格的國民黨政權，不過是「腐臭的虫豸」。台灣「一切所恃以生活的，莫非巨大的組織性的欺罔。開眼之後所見的極處，無處不是腐臭和破敗。」（兩處引文均見於一九六六年左右所寫的小說〈某一個日午〉，《全集》卷2，72頁。）

青春期的陳映真對自己所生活的社會既有這樣的認定，再加上養父突然去世，家庭頓時陷入貧困，生活異常艱難，他怎麼能夠不充滿悲觀、憤激與不平呢？這時候，自小就表現了「說話」天才的他，寫小說就成了最重要的救贖之道。對於《筆匯》的主編尉天驄適時的邀稿，陳映真後來在回顧時，曾表達他的感激：

　　感謝這偶然的機緣，讓他因創作而得到了重大的解放。在反共偵探和恐怖的天羅地網中，思想、知識和情感

上日增的激進化，使他年輕的心中充滿著激忿、焦慮和孤獨。但創作卻給他打開了一道充滿創造和審美的抒洩窗口。（〈後街〉，卷 14，154 頁）

小說家陳映真就這樣誕生了。自以為落入歷史的黑暗與虛無中的陳映真，兼懷著憤懣（歷史對他太不公平了）與恐懼（怕被國民黨發現而被逮捕）的心情，只能藉著小說的幻異色彩來抒洩他生錯時代、生錯地方的忿怒與哀傷。從表面上看，陳映真早期小說和當時台灣最具現代主義色彩的作品非常類似，因此一般都把他早期的小說列入台灣最早的現代主義作品中，並提出「陳映真的現代主義時期」這一貌似合理的說法。我以前也是人云亦云的如此論述，我現在完全承認我的錯誤。但更重要的，我們要認清，在一九六〇年代台灣現代主義初發軔時期，陳映真根本就是個「怪胎」——一個台灣地下革命黨人的「遺腹子」、一個對海峽對面的祖國懷著無窮夢想的青年，怎麼會是一個「典型」的現代主義藝術家。一個二十出頭的青年，在六〇年代已經既「左」又「統」，這是陳映真生命、藝術、思想、寫作的「原點」，陳映真要用一輩子的時間，從這個「原點」出發，去探索「此生此世」如何活著才有意義，如何才能對得起自己的良心。這就是陳映真所有思索與寫作行為的基礎。

從一九五九年五月發表第一篇小說〈麵攤〉，到一九六八年五月被捕，現在所能找到的陳映真作品共

四十二篇（新發現的最重要的兩篇是：他和劉大任等友人合編的劇本《杜水龍》，以及他反駁葉珊的〈七月誌〉的未發表的手稿），其中三十二篇為小說，另十篇都是有關文藝、電影、劇場的隨筆。我們或許可以說，這是純粹的藝術家時期的陳映真。但如果陳映真是一個「純藝術家」，他就不會在六五年十二月和六七年十一月先後發表〈現代主義底再開發〉（卷1）和〈期待一個豐收的季節〉（卷2）那種批判現代主義的文章。毋寧說，一九六〇年代的陳映真，被天羅地網般的「動員戡亂時期叛亂條例」所捆綁，不得不作為一個小說家和藝術評論家而出現在世人面前。真正了解他的姚一葦，就天天為陳映真思想日趨激進而擔憂，即使想勸戒也不知如何說出口。

二

　　一九七五年七月，關押七年之久的陳映真終於因蔣介石去世而得以特赦提前出獄，又可以執筆了。由此開始，到二〇〇六年九月他因中風而不得中止寫作，又經過了三十一年，比他入獄前創作時間（一九五九—一九六八）多出二十多年，但兩者在小說的產量上卻形成截然的對比：前九年多達二十五篇，而後三十一年卻只有十一篇（必須提到，十一篇中有四篇是非常長的，可以算中篇小說了。）這是怎麼一回事呢？

　　陳映真出獄的一九七〇年代中期，台灣社會的動盪局

面已為有識者所熟知。一九六〇年代末發生於美國的保釣
運動影響擴及台灣，台灣知識界開始左傾，而且開始關心
大陸的發展，民族主義的情懷逐漸從國民黨走向共產黨。
其次，一九七一年，「中華人民共和國」終於取代「中華民
國」，取得聯合國「中國」席位的代表權，「中華民國」
的合法性已經不存在了。再其次，經過二十年的經濟成
長，台灣省籍的企業家及中產階級羽翼漸豐，他們不願意
再在政治上附從於國民黨，他們暗中支持黨外民主運動，
企圖掌握台灣政治的主導權。在這種情形下，國民黨再也
不能以高壓的形勢鉗制言論，民間的發言空間愈來愈大。

　　陳映真出獄以後，當然了解台灣社會正處於巨變前
夕，他不甘於把內心深處向著共產黨的既統又左的想法永
遠埋藏著，他要「發聲」，他要「介入」，他不願意自己
「只是」一名小說家。只要有機會，他對於什麼問題都
願意發言。而當時的陳映真也的確「望重士林」，是主導
七〇年代文學主流的鄉土文學的領航人，又是坐過牢的最
知名的左傾知識分子，各種媒體也都給了他許許多多的機
會。於是，他成了文化評論家、社會評論家、政論家……
等等，當然，也仍然保留了小說家及文學評論家這兩塊舊
招牌。雖然是社會形勢給了他這樣的機會，但如果不是內心
隱藏了一個深層的願望，他大概也不會想成為什麼「家」
都是、什麼「家」都不是的、那樣無以名之的「雜家」。

　　從陳映真如何詮釋「鄉土文學」，就可以看出他在出
獄之後所有論述的主要意圖，他說：

鄉土文學在一開始的時候，就提出了反對西方文化和文學支配性的影響；提出了文學的中國歸屬；提出文學的社會關懷，更提出了在民族文學的基礎上促進團結的主張，事證歷歷，不容湮滅。（〈在民族文學的旗幟下團結起來〉，卷3，245-6頁）

陳映真在〈美國統治下的台灣〉（卷7）中說，戰後由美國支配的台灣，事實上已經「殖民地化」，文化上唯美國馬首是瞻，文學上以學習西方為尚。所以，鄉土文學要「反對西方文化與文學支配性的影響」。但是，在國、共對峙、國民黨不得不依附美國以圖自存的情況下，這又如何可能呢？至於說「文學的中國歸屬」、「在民族文學的基礎上促進團結」這樣的話，在台灣被從中國大陸硬生生的割裂開來的情況下，不就等於是一些空話嗎？然而，就是這些表面上看來難以實現的主張，國民黨也不能容忍。因為它戳破了國民黨假藉「中國」立場以發言的一切謊話，同時暗示了台灣應該重新思考「如何復歸中國」的問題。

國民黨在一九七七、七八年間，發動它所能動員的一切媒體，圍剿陳映真領導下具有左翼色彩、具有強烈中國傾向的鄉土文學，並企圖逮捕陳映真等人。但終究迫於強大的輿論壓力，不敢實行，一場轟轟烈烈的「鄉土文學論戰」也就草草收尾。

國民黨的圍剿失敗了，但陳映真內心的意圖也只有極少數的人才能體會。我以自己作例子來說明問題的關鍵。

一九七一年「中華民國」在聯合國喪失中國代表權，消息立即傳遍台灣。當晚我作了一個夢，夢見「共匪」登陸台灣，滿山遍野都插著紅旗。半夜驚醒，心怦怦的跳。那時候我已經沒有「反共」情結，但長期的反共宣傳仍然在我內心積存了陰影，對將來共產黨如何統治台灣深懷恐懼。這種情況在七〇年代末仍然沒有改變。因此，陳映真所說的「文學上的中國歸屬」，這裡的「中國」意謂著什麼呢？「在民族文學的基礎上促進團結」，是「兩岸團結」，還是台灣內部各族群的團結？所以鄉土文學時期的陳映真表面上備受各方推崇，但真正的主張從未觸動台灣的人心。

一九七九年的「高雄事件」使島內的矛盾急遽惡化。國民黨藉著此一事件，大肆逮捕黨外政治運動的領袖，而這些人都是本省人，由此激化了省籍矛盾。本省人長期以來對國民黨這一外省政權假藉全中國之名漠視本省人的政治權利，一直憤恨不平，「高雄事件」引發的大逮捕，只能解釋為國黨又將再一次鎮壓本省人的反抗（如三十多年前的二二八事件）。這種對國民黨極度不滿的心理，再進一步發酵，其後公開化的台獨主張馬上能得到很多人的認同，其原因即在於此。

所以，到了一九八〇年代中期，鄉土文學真正的精神已經蕩然無存了。對於正在形成的台獨派來說，「鄉土」就是台灣，是那個幾十年來備受國民黨踐踏的台灣。你要爭辯說，那個「鄉土」是指百年來被西方帝國主義侵凌、

侮辱的「鄉土中國」，你就要被責備為「不愛台灣」的「統派」。至於陳映真所說的文學上的「中國歸屬」，對反對台獨派的人來說，也只能指稱「中華民國」或「中國文化」，你不能說，「我指的是現實存在的中國」，那人家一定會進一步逼問你：「你是指中共嗎？」這樣，你將可能成為「中華民國」的「叛亂犯」——誰敢再講下去！

一九八五年，陳映真創辦《人間》雜誌，以報導、攝影的方式關懷台灣社會內部的少數族群問題、環境保護問題等等。裡面當然會有一些專題涉及統、獨問題（如挖掘二二八事件或五〇年代白色恐怖的真相），但一般社會大眾主要還是把陳映真看作「充滿人道精神的左翼知識分子」，而不是一個追求國家再統一、民族再團結的「志士」。《人間》雜誌時期的陳映真，光環仍在，可惜焦點所照，實在距離他奮鬥的目標太遠了。

三

一九七五年陳映真出獄以後，台灣經濟即將進入最繁榮的時期，陳映真供職於美國藥商公司，因此有機會接觸台灣的跨國企業公司，並觀察到這些公司中、高級主管的生活。除了少數一、兩位最高階洋人之外，這些主管都是台灣人。他們的英語非常流暢，辦事很有效率，深得洋主管的賞識。他們講話夾雜著中、英文，互稱英文名字，開著高級轎車，出入高級餐廳與大飯店，喝著昂貴的洋酒。

總而言之，他們的生活非常洋化，享受著台灣經濟在國際貿易體系中所能得到的、最豐裕的物質生活，當然，其中最為人「稱羨」的是，他們可以輕易的在家庭之外供養著「情婦」。

當然，陳映真不只注意台灣經濟中最尖端、最洋化的跨國公司高級主管的物質生活條件問題，對於經濟愈來愈繁榮的台灣社會中一般人的消費問題，他也不可能不留心。七○年代初期台灣經濟突然興旺的原因之一是，大量越戰的美軍到台灣度假、發了財的日本中產者藉著觀光的名義來台灣「買春」，這種現象黃春明和王禎和的小說早就有所描寫。所以，在八二年七月陳映真就已發表了〈色情企業的政治經濟學基盤〉（卷5）這樣重要的文章，討論資本主義經濟和色情行業的特殊關係。隨著台灣社會消費傾向的日愈明顯，陳映真又注意到台灣的青少年「孤獨、強烈地自我中心，對人和生活不關心，對人類國家徹底冷漠，心靈空虛……奔向逸樂化、流行化和官能化的洪流中，浮沉而去，直至沒頂。」（〈新種族〉，卷8，375頁）

陳映真一九七○、八○年代所寫的八篇小說，除了最早的一篇〈賀大哥〉具有過渡性質外，其餘，不論是《華盛頓大樓》系列的四篇，還是《白色恐怖》系列的三篇，全都跟資本主義的消費行為有關。我以前不能了解這兩個系列的內在聯繫，不知道陳映真為什麼會突然想創作前一系列，然後又莫名其妙的轉向後一系列。現在我終於想

通了。

前一系列最長的一篇是〈萬商帝君〉。在這篇小說裡，作為美國跨國行銷公司在台灣的最優秀的執行者，一個是本省籍青年劉福金，充滿了省籍情結，具有台獨傾向；另一個是外省青年陳家齊，苦幹務實，不太理會台灣社會內部的裂痕。然而，他們都同時拜伏於美國式的企業，甘心把美國產品推向全世界，並認為這是人的生存的唯一價值。這篇小說其實暗示了：國民黨也罷、傾向台獨的黨外也罷，都只是泡沫而已，主導台灣社會的真正力量還是美國資本主義。如果不能戰勝這獨霸一切的、訴諸於人的消費及生理、心理欲望的資本主義的商品邏輯，那麼，一切理想都只能流於空想。

《白色恐怖》系列三篇小說初發表時，都分別感動了不少人，〈山路〉尤其轟動，在當時的政治條件下，竟然得到《中國時報》的小說推薦獎！每一個喜愛這些小說的人，大概都會記得其中的一些「名句」，我印象最深的是〈趙南棟〉裡的這一句話：「這樣朗澈地赴死的一代，會只是那冷淡、長壽的歷史裡的，一個微末的波瀾嗎？」（卷9，311頁）但是，我一直想不通，那個一輩子自我犧牲的蔡千惠為什麼會認為自己的一生是失敗的，因而喪失了再活下去的意志？尤其難以想像的是，宋大姊在獄中所產下的、給獄中等待死刑判決的女性囚犯帶來唯一歡樂的小芭樂（趙南棟）長大以後卻完全失去了靈魂，只是被發達的官能帶著過日子！難道需要這樣悲觀嗎？我還記得

蔡千惠在致黃貞柏的遺書中這些痛切自責的懺悔：

　　如今，您的出獄，驚醒了我，被資本主義商品馴化、飼養了的、家畜般的我自己，突然因為您的出獄，而驚恐地回想那艱苦、卻充滿著生命的森林。（卷6，259頁）

「馴化」、「飼養了的」、「家畜般的」，對千惠用了這麼重的話，真是不可思議！

　　我現在覺得，陳映真無非是要讓蔡千惠這個人物來表現人性的脆弱。即使是在少女時代對革命充滿純情的蔡千惠、以致於她肯為她所仰慕的革命志士的家庭犧牲一輩子的幸福，但不知不覺中，在台灣日愈繁榮的物質生活中，還是把久遠以前的革命熱情遺忘了，證據是，她根本不記得被關押在荒陬小島上已達三十年以上的黃貞柏的存在。「五〇年代心懷一面赤旗，奔走於暗夜的台灣……不惜以錦秀青春縱身飛躍，投入鍛造新中國的熊熊爐火的一代人」（〈後街〉，卷14，159頁），在日益資本主義化的台灣，不是被遺記，就是沒有人想要再提起。所以，與其說陳映真是在批評蔡千惠，不如說陳映真真正的目的是要痛斥：現在的台灣人不過是被美國馴化的、飼養的類家畜般的存在，是趙南棟之亞流，雖然沒有淪為趙南棟的純生物性，其實距離趙南棟也不會太遠了。

　　《華盛頓大樓》系列和《白色恐怖》系列的故事性質，表面差異極大，但其基本思考邏輯本身是一貫的：

四十年來台灣已被美國式的資本主義和消費方式豢養成了只顧享受的類家畜，已經喪失了民族的尊嚴，忘記了民族分裂的傷痛，當然更不會考慮到廣大第三世界的人民掙扎在內戰與飢餓的邊緣。而且台灣人為此還得意不已，以為這一切全是自己努力掙來的。

以前我討論這兩系列的小說時，使用盧卡奇的小說批評方法，因此看到的全是其中令人感到不滿足之處。半年多前讀到趙剛新完成的論文〈戰鬥與導引：《夜行貨車》論〉，受到很大的啟發。我終於理解，不考慮陳映真對一九七、八〇年代台灣社會的全部觀察和感受，而只討論他的小說，仍然是一種形式主義──雖然我並未應用西方的形式批評方法，但我援用盧卡奇的方式過於機械化，最後還是掉入某種形式主義。這次在編輯《陳映真全集》的過程中，終於發現，不管你想要研究陳映真的哪一個方面，都一定要整體性的了解陳映真，才不會產生以偏概全的弊病。

2017 年 10 月

陳映真如何面對大陸的改革開放

一、陳映真與保釣左派

　　最難理解的陳映真是陳映真對大陸改革開放的態度，以及他對中國發展前途的看法。在這方面，人們都有強烈而鮮明的立場，並以自己的立場去詮釋或曲解陳映真，以便利用陳映真或譴責陳映真。至今為止，還沒有人全面整理陳映真自己在許多文章中所發表的議論，給後期陳映真梳理出一個完整的思想面貌。這一次在翻閱《陳映真全集》的過程中，我特別留意這方面的問題。現在我先說說我自己初步的看法，這些看法肯定還不成熟，但考慮到可以作為將來繼續討論的出發點，我也就不嫌其淺陋了。為了取信於讀者，以下的討論會大段引述陳映真的原文。這種行文方式比較特殊，希望大家能理解。

　　前面已說過，早在一九五、六〇之交，陳映真已對革命後所建立的新中國充滿憧憬，而且否定國民黨政權在台灣繼續存在的合法性。四十年後，在建國五十週年之際，陳映真作了更清楚的表述：

　　　　中國共產黨領導並取得勝利的中國革命，是中國人民

在古老的中華帝國崩潰、軍閥割據、帝國主義侵略、民族
經濟破產的總危機中爆發出來的救亡圖強的巨大能量的一
個結果。這個革命打倒了帝國主義、打倒了封建主義，消
滅了官僚資本主義。沒有打倒這三座大山，今天的中國會
怎樣，看看印度就明白了……有人批評中共不應該選擇社
會主義道路。但這是在百年國恥，被帝國主義豆剖瓜分的
命運中崛起的中共，從國民黨手中接下殘破貧困的中國，
奔向富強時必然的選擇。（重點引者所加，〈中國知識界
失去了人民的視野〉，卷 18，113-4 頁）

這是陳映真最基本的歷史認識，是他一生行為的基礎。為
此，在一九九〇年二月中國共產黨處境艱難的時候，他毅
然決然的率領中國統一聯盟的主要盟員訪問北京，和江澤
民見面；他參加建國五十年的慶典；在最後無以為生時，
他選擇定居北京，擔任中國人民大學的客座教授。這是他
一輩子信仰的歷史信念，不管你如何批評他，他始終不改
其志。

　　從這個地方，就可以解釋陳映真和海外文革左派的差
異。海外左派從小接受反共、親美教育，釣魚台的主權問
題引發了他們內在強烈的民族情懷，把他們的眼光從台灣
的中華民國引向大陸的中華人民共和國。這時候大陸正在
進行文化大革命，文革的理想主義激起了他們的熱情。陳
映真這樣說他們：

　　然而，來自白色的港台、在保釣運動前基本上對中國革命一無所知，甚或保持偏見的保釣左派留學生，卻在短短幾年保釣運動中辛勤而激動地補了大量的課，不少人經歷了觸及靈魂深處的轉變。他們從一個丟失祖國的人變成一個重新認識而且重新尋著了祖國的人。他們更換了全套關於人、關於人生、關於生活和歷史的價值和觀點。有不少人為此付出了工作、學位甚至家庭的代價，卻至今無悔。祖國的分斷使歷史脫臼，運動則使歷史初初癒合。（〈我在台灣所體驗的文革〉，卷 15，395-6 頁）

雖然如此，海外左派還是缺乏陳映真的歷史認識，他們並未從中國現代史中深切了解中國為什麼會走上社會主義革命的道路，他們不知道新中國建國道路之艱難。所以，當他們懷著理想踏上大陸，大陸的「貧困與落後」首先就讓他們大失所望，一大批人因此幻滅。等到文革結束，大陸進行改革開放，剩下的人又認為大陸已經「走資」了，從此也就拋開現實的中國，並且對兩岸的統一問題毫無興趣。

　　陳映真曾經談到一批海外文革左派回到台灣以後，跟台灣統左派之間的「不協調」關係，他說：

　　在「釣運」左翼中以社會主義和毛澤東主義改變了自己和人生道路的人們，開始深刻地懷疑一九七八年以後中共的社會主義道路，從而使原本理所當然地以大陸社會主義統一台灣、變革台灣的思想陷於苦惱。他們開始思考台

灣的社會主義變革道路的另外可能的選擇。左翼統一論逐漸變成了左翼的統一躊躇派。

一九九二年以後，隨著大陸的國家資本主義與私有經濟綜合經濟迅猛發展，這些毛派人士眼見中共對台政策逐步非革命化，及至九七年香港回歸，他們眼見了紳商階級主導的、妥協的民族統一模式，加深了毛派人士的失望……

而凡此，都促使毛派人士逐漸趨向於某種「一島社會主義」變革論。九〇年代中，這些毛派朋友陸續回台，首先找台灣在地左翼統一派——主要是五〇年代肅清中倖活下來的前政治犯和七〇年代在地保釣左翼，即《夏潮》雜誌周圍的年輕世代——尋求同盟。但後者對於民族統一的近於「黨性」的堅持，使他們至今無法走到一起。（〈沒有「幽靈」，只有心中之鬼〉，2001，卷 19，258-9 頁）

這些海外毛派（即上文所說的海外保釣左派）從此以後只講「左」，絕口不提「統」，他們要求台灣統左派「暫時」放棄統一運動，而專注於島內的社會主義運動。統左派當然不會同意。在相當長的時間內（至少到二〇〇〇年民進黨執政之前），他們在台灣島內的「左」派光環其實遠遠超過統左派。我們當然不能把島內統一運動難以展開的責任歸之於這些毛派，但這些毛派對於統左派有時候甚至是從瞧不起上升到藐視的地步的，這一點我個人深有體會。

陳映真與許多海外保釣左派有交情，甚至對他們還

有一些同情，但陳映真絕對堅持統一運動刻不容緩，這
是毫無疑問的。他最長的一篇自傳性質的文章〈後街〉
（1993）中有一段非常重要的話：

> 從政治上論，他認為大陸與台灣的分裂，在日帝下是
> 帝國主義的侵奪，在韓戰爭後是美帝國主義干涉的結果。
> **台灣的左翼應該以克服帝國主義干預下的民族分斷，實現**
> **民族自主下和平的統一為首要的顧念**（重點引者所加）。
> 對於大陸開放改革後的官僚主義、腐敗現象和階級再分
> 解，他有越來越深切的不滿。但他認為這是民族內部和人
> 民內部的矛盾和課題，它來和反對外力干預、實現民族團
> 結與統一不產生矛盾。（卷14，168頁）

克服帝國主義的干預，實現民族的和平統一是「首要」
的，改革開放後大陸內部的問題是民族內部的矛盾，「台
灣的左翼」應該加以分辨。這一段話明顯是有針對性的，
和前一段引文相比較，就可以看得出來。

　　主張先「左」而不「統」的台灣左翼常以陳映真為同
道，並引陳映真對大陸改革開放後一些令人不滿的現象的
批評，以證明陳映真也認為大陸「走資」了，企圖混淆視
聽。相反的，有些人又過度愛護陳映真，以為陳映真某些
情緒之言不宜「編入」文集或全集中，就這更增加了人們
對陳映真思想堅定性的懷疑。其實，根本就沒有這樣的問
題，所以上面的分析與論辯絕對是必要的。

　　保釣左派除了受到文革時代毛澤東思想的影響外，還接受了一九六〇年代後半期在西方興起的「新左派」的一些想法。新左派，特別在法國，也受到毛主義的影響。我曾經略微讀過一些西方新左派的書，覺得那只能算是發達資本主義社會的左派，事實上後來一些論新左派特質的著作也都這樣批評。新左派不久就「過時」了，被更為「激進」的法國「解構派」所取代。法國解構派對西方影響最大的人物就是福柯，到現在福柯還是非常的紅火。他的思想的主旨就是要把一切的「社會建構」解構掉，認為這一切都是後天人為形成的，目的是要壓制社會中的「異類」；或者說，是藉製造異類、壓制異類以形成「社會建構」。福柯的思想最能代表西方「激進」知識分子既不滿社會現實、又無力改變現實的困境。他們最重要的武器就是「批判」、「解構」，知識分子由此而得到滿足。解構派和新左派其實是一脈相承的，把它們的思想邏輯發展到最極端的就是福柯，福柯的聲名長期不墜，就可以看出西方激進知識分子精神之所在。

　　當年我所以很快就放棄新左派和解構派，是因為我發現他們根本沒有意識到第三世界的存在。沒有第三世界視野的人，怎麼可能是「左派」呢？陳映真和這些左派根本的差異就在於：他始終關注第三世界。

　　早在一九八四年一月，陳映真就發表了〈中國文學和第三世界文學之比較〉（卷 7），把當時台灣盛行的鄉土文學擺在第三世界文學的視野下加以論述。從這樣的視角

談論台灣的鄉土文學，在當時的台灣，可謂絕無僅有。一九八三年三月，陳映真有關跨國企業的小說集《雲》出版後，漁父寫了一篇書評〈憤怒的雲〉，批評陳映真的小說是為「依賴理論」張目。因為漁父的主要目的是要批判「依賴理論」的錯誤，而為當時流行的、美國自由主義的發展理論辯護。這就給了陳映真一個機會，讓他能夠詳盡的批判自由主義的社會發展觀，同時也談論「依賴理論」的要旨。這篇文章，〈「鬼影子知識分子」和「轉向症候群」──評漁父的發展理論〉（一九八四，卷7）非常的長，是陳映真一九八〇年代有數的理論文章。「依賴理論」在台灣從來沒有充分的介紹，理由很簡單，台灣學界完全是自由主義的天下，任何超出自由主義的社會發展論述，都很難在台灣立足，所以陳映真這一篇長文在當時很受矚目。

陳映真的第三世界論，是和他對當代資本主義性質的認識，他對中國必須走社會主義道路的堅持這兩者緊密相連的。當我們了解了當代資本主義的性質和第三世界發展道路的艱難之後，我們才能真切認識到社會主義中國在當今世界所應負起的責任、所應盡到的歷史使命。對這一切，陳映真都有非常清楚的論述，這才是「左」的陳映真的真面貌，很遺憾的是，至今還很少人認識到。

二、陳映真論資本主義

前面已經談到，一九八〇年代陳映真小說最重要的主題，就是資本主義消費文化對於人的心靈的腐蝕作用。現在從理論層面再簡單談論一下。陳映真在中篇小說〈萬商帝君〉（1982）中，藉著劉福金這一人物，對資本主義消費文化作了清楚的剖析：

把企業的產品迅速、廣泛地普及於社會大眾，必須通過企業有計畫、有組織、有行動地「開發」人對商品的慾望——這就是劉福金花了四十多分鐘時間神采飛揚地說明的一個著重點，他的美腔美調的英語，似乎越來越流利起來了。他說：

「這就是所謂『創造慾望』，」劉福金用英語說⋯⋯

劉福金以一種精巧陰謀的設計者那種快樂的聲調說，要使每一個消費者成為今日的國王。要動員一切資訊科學、心理學、行為科學和社會學⋯⋯藉著現代大眾傳播的各種技術知識，去開發人的七情六慾。「要解放人們的慾望，通過設計良好的企業行動，去開發人對於商品的無窮嗜慾。」劉福金說，「挑起慾望，驅使他們採取滿足慾望的行動——購買我們的產品。而且要在滿足了一個慾望的同時，又引起一個新的慾望⋯⋯」（卷 5，341-2 頁）

生產本來是為了滿足人們生活上的基本需求，但資本主義

的邏輯卻是：為了追求更大的利潤，可以藉著現代大眾傳播的技術，開發人的欲望，挑起人們的購買欲，創造人們的需要。這實際上是消費的「異化」、消費的「非人性化」，把人降低為「消費的動物」。而這種無限開發型的消費形態，同時又會耗去地球上不知多少資源，直至耗盡而後已，這不是人應該追求的生活。這是陳映真反對當代資本主義的一個非常重要理由。

陳映真堅決反對當今資本主義體系的最重要理由是：資本主義是製造當今世界兩極分裂——富裕的資本主義世界和廣大、貧窮的第三世界——的罪魁禍首。為了讓讀者對陳映真富有感情的論辯方式有一個深刻的印象，以下將引述陳映真論述亞洲國家的悲慘處境的一個長段：

整個亞洲之中，各民族各國有它們不同的歷史和文化。然而，今日亞洲各族人民所面對的各種嚴重的問題，卻有高度的共同性，那就是被外國獨占資本和與之相結合的國內支配階級的掠奪所產生的貧困和不發展。從十九世紀的舊殖民地時代以降，貧困在古老的亞洲大地上一貫地再生產著。幾百年來，貧富的差距、窮人的數量，在廣闊而古老的亞洲只有愈加惡化的傾向。

二次大戰後亞洲前殖民地的「獨立」，其中絕大部分並不真實。因為今日的亞洲「國家」，許許多多都是過去西方殖民主義直接的產物。如果亞洲不曾被殖民主義和帝國主義侵入過，亞洲人民所建造的國家，肯定和今天

的國家在性質和形式上完全不同。亞洲的貧困之再生產，基本上是這歷史上新舊殖民主義本身所再生產的。新舊殖民主義，對於亞洲前資本主義的社會構造往往不是加以現代資本主義的改造，而是依據殖民主義的利益，時而和傳統的社會構造體相溫存，巧加利用；或時而竟加以固定化。今日廣泛存在於亞洲的半封建甚至封建的殖民時代大莊園制度和其他的落後而殘酷的生產關係，便是顯著的例子。……

急於透過資本主義改造而追求發展的亞洲，由於殖民主義掠奪機制殘存，不但沒有創造出均質的、主動積極的工人和農民，反而從工人和農民的分離解體中產生更多的貧民。統治者利用亞洲複雜的文化、人種、宗教和語言的矛盾，使這些窮困的人民互相對立，互相敵視。窮人歧視窮人。窮人敵視窮人。亞洲新殖民主義的資本主義累積過程所大量產生的貧困，因貧困人民間的矛盾而掩蔽了貧困本身的劇烈痛苦。

許多亞洲自覺的政治經濟學家認識到：這亞洲貧困的再生產進程，同時也是富有的先進資本主義國家繁榮富裕的再生產進程。北方的先進國家固然也有貧富階級的分化，但透過霸權主義、新殖民主義從廣泛第三世界吸收的財富，使先進國家內部的階級矛盾鎮靜化和緩和化，是不爭的事實。（〈尋找一個失去的視野〉，1991，卷12，372-4頁）

陳映真的分析是有宏大的歷史視野的：資本主義的帝國主義掠奪，如何從二戰前的舊殖民地時代過渡到二戰後的新殖民時代；殖民地雖然表面獨立、但仍然深深依附在資本主義體制之下，即使再怎麼努力，也無法獲得政治、經濟、文化各方面的「真正獨立」。在亞洲之外，還有廣大的非洲和拉丁美洲，只要粗略讀一下阿明的《世界規模的積累——欠發達理論批判》和多斯桑托斯的《帝國主義與依附》，就可以看出，陳映真的分析是和他們若合符契的。再說到中東伊斯蘭世界。二戰之後，美國為了獨占中東的石油，蓄意製造了一個「以色列國家」，讓中東地區幾十年來戰禍不斷，讓美國可以從容自在的「神遊」於其間。可以說，二戰後的世界，一直是由美國為首的資本主義所宰制的，只有蘇聯能夠稍加制衡。蘇聯垮台之後，美國幾乎為所欲為，然後才在新世紀之初碰到一個可能的對手——正在崛起的中國。

陳映真把富裕的資本主義國家和貧窮的第三世界對立起來的世界史架構，是如何逐漸發展起來的，還有待我們仔細梳理。不過，可以肯定的說，如果陳映真青年時期沒有對社會主義中國革命的強烈感情，他就不可能有第三世界民族解放運動這一歷史視野。歸根到底，中國共產黨的革命經歷，以及毛澤東賦予這一革命經歷的理論詮釋，肯定是陳映真第三世界論及資本主義帝國主義批判的原始出發點。我們必須記住這一點，才能了解，陳映真對中國在改革開放後是否繼續走社會主義道路的深切關懷。

一九九七年亞洲的金融危機讓陳映真進一步認識到當今資本主義體系難以克服的內部危機。二戰後是資本主義的黃金時期，但到了一九七〇年代，景氣明顯衰退，於是出現了一種新形勢。陳映真說：

七〇年代和八〇年代的生產過剩，結束了世界資本主義在戰後二十年的持續景氣而逐步走向衰退。利潤率下降，迫使跨國公司增加新科技、新產品的投入，無如廣泛的生產者無力消費，世界市場積壓過多的產品，導致信用和政府支出的擴大。而為世界大資產階級高奢侈品的生產和消費，又帶來環境生態的破壞，進一步擴大了危機，又進一步削弱了利潤率。**於是過剩的資本從實物生產和貿易領域中向世界性金融投機市場流出，投向第三產業和股票、貨幣、期貨等金融商品的買賣，使世界金融經濟部門快速膨脹**（重點引者所加）。依照統計，世界金融工具買賣的總金額與實物生產及實物貿易總額之比，一九八三年是十比一；到一九九五年，上升到六十與一之比。今天，每日在世界金融市場買賣循環的金額，高達一點三萬億美元，是每天實物生產和貿易總額的八十倍！據估計，投入全球金融投機的資本，一九八〇年是五萬億美元，一九九六年上升到三十五萬億美元，至二〇〇〇年還會上升到八十三萬億美元。一個全球範圍的巨大泡沫經濟正在形成。（〈帝國主義全球化和金融危機〉，1999，卷18，10-11頁）

然而，亞洲國家卻未能及時預見到這些危機，

　　為了維持和貪求向來的高度成長，這些國家有的沒有
分析、沒有批判的全盤導入新自由主義的「金融自由化」
政策，洞開金融內戶；有的不切實際地和美元維持名實不
符的固定匯率；有的從國外導入或借取高額、短期、高利
息資金，在世界泡沫經濟浪潮下投入金融投機部門，終於
引來國際金融寡頭殘酷的金融攻擊，幾乎使國家金融破
產。（同上，11-12頁）

如果不是先進資本主義實物生產（製造業）的下降、金融
投機的無限膨脹，就不可能有亞洲金融危機的暴發。亞洲
國家過度迷信高速度成長、過度相信新自由主義的金融自
由化政策，才讓國際金融寡頭乘虛而入、席卷而去。其根
源是在西方，而不在亞洲，而當時西方的輿論卻一再歸罪
於亞洲國家先天體質的種種不良。很可惜二〇〇八年美國
次貸危機導致全球金融大海嘯時，陳映真已經病倒，不
然，他可能不知道要為自己的先見之明「額手稱慶」、還
是要為金融投機的「愚行」感到悲哀的好？

　　亞洲金融危機時，中國挺住了，而且立即宣布人民幣
不貶值（日本剛好相反），從而贏得亞洲國家的尊敬。全
球金融大海嘯時，中國也挺住了，隨後成為世界各國請求
協助的「金主」，中國作為一個經濟大國，已經無須置疑
了。我們不能否認中國勞動者的勤勞和中國人處理全球經

濟的智慧，但如果不是資本主義體系內部出現了大問題，中國經濟的上升勢頭也不至於這麼「猛」。這些後見之明，足以證明陳映真在亞洲金融危機發生時，多麼準確的看到了資本主義體系的內在「病根」。

我個人曾經在一九九〇年代看到台灣的炒股熱，幾乎所有的中產階級都在玩股票，人人都說他今天又賺了多少錢，教師甚至在課堂上放置收音機，隨時收聽消息，一下課就開車衝向股票市場。大家都說，台灣經濟形勢大好，股票天天漲！我心想，台灣大概快完蛋了，天下哪有這種經濟「發展」模式。果然，台灣經濟從那時起一直往下滑，直到今天尚未看到前景。陳映真這篇文章發表在台灣勞動黨的內部刊物，幾乎不為人知，我這次在翻閱《陳映真全集》二校稿時才發現，一讀之下，真是歎服不已。

綜上所述，陳映真對資本主義的否定是全面性的。他體會到，資本主義為了賺取最大的利潤，不斷開發人的欲望，終將把人降為「消費的動物」；他批判富裕的資本主義國家讓廣大的第三世界人民越來越貧困，讓他們難以溫飽，毫無尊嚴；他認識到資本主義終將因生產過剩，利潤率下降，從而靠著強大的金融資本在世界各地進行金融投機，從中套取巨額利潤。

這樣的體制如果任其發展下去，終將導致全球經濟總崩潰，世界各國或者閉關自守，紛紛築起貿易壁壘；強者也許還會四處劫掠，回到「戰國」時代。幸好中國在這個時候已經完全站穩腳步，可以挽救世界經濟的危局了。

三、陳映真論改革開放前十年

　　中國社會主義革命必然論、第三世界論、以及資本主義性質論,這三者是相互勾連,缺一不可的。然而,這樣的歷史觀和世界觀卻在改革開放後普遍被忽視、被淡忘了。更有甚者,當代中國史也被分成兩個階段:

　　　　普遍流行的看法,總是把大陸當代史一分為二,即建國到一九七九年改革開放前看作一個階段,一九七九年到現在是另一個階段,而一般地否定或負面評價第一個階段,肯定或正面評價後一階段。

　　　　這種看法是一般論,有偏見,不見得公平。(〈中國知識界失去了人民的視野〉,卷 18,113 頁)

陳映真對改革開放的大方向基本上是贊同的,他所不滿的是,改革開放後大陸知識界的視野變得既狹窄、而又自我中心。他最為不滿的是,他們對建國前三十年歷史的否定。對此,他一再慨乎言之。就在寫作上述文字的那一年(一九九九)元旦,有媒體以〈新年三願〉向他邀稿,他在其中說:

　　　　因此,新年第二個祝願,是祈願大陸在開放和發展時,不妄自菲薄中國革命和建國前三十年的巨大成就,並科學地總結清理其負債和遺產,尋求以人的自由與發展、

環境的永續與完整以及中國的主體性為終極關懷的發展思
想與實踐。（〈新年三願〉，卷 17，262 頁）

否定了前三十年，當然也就否定中國社會主義革命的必然
性，接著就出現「告別革命」論，這完全不足為奇。

認為中國當代史從改革開放才走上正軌，大陸經濟發
展的一切成就都要歸功於改革開放，這種看法可謂極其膚
淺。陳映真在〈尋找一個失去的視野〉（一九九一）一文
裡，對大陸在一九七九年之前的經濟成就，作了相當詳細
的描述，最後他說：

這些快速累積和生活改善，尤其在帝國主義重兵包圍
與市場隔絕中，在獨立自主條件下取得的成長，毫無疑
問，是在一個對廣泛翻身貧民有高度道德威信（至少在
一九七六年以前）的黨、魅力領袖、和社會主義理想的條
件下以「動員性的集體主義」，以赤裸裸的人海勞動所完
成，在廣泛第三世界發展道路的絕望性背景下，自有悲
壯、宏偉的評價，是不容抹殺的。（卷 12，382 頁）

如果沒有這三十年所奠定的經濟基礎，也就沒有進行改革
的條件。把歷史一切為二，從負面迅速掉轉過頭，立刻循
著正面往前衝刺，在短短幾年內就取得了驚人的成就，竟
然有那麼多人會相信這種「奇蹟」式的歷史發展觀，真是
令人嘖嘖稱奇。

　　最近和一位大陸朋友聊天，他說，在前三十年，我們天天被教育說：占世界三分之二的廣大第三世界貧窮人民，正等待我們去拯救；改革開放以後才發現，真正需要拯救的是我們自己。我的朋友是黨員，非常愛國愛黨，但竟然連他都這樣講，大大的出乎我的意外。在一九八〇年代初，如果和美國相比，中國當然還非常「貧窮落後」，但如果和亞、非、拉世界比，那就好太多了。像我朋友那麼極其簡單的、缺乏歷史視野的認知方式，其實就是那種「前三十年否定論」的基礎。

　　〈尋找一個失去的視野〉是陳映真全面檢討改革開放的、非常著名的一篇文章，經常被兩岸的各種「左派」加以引用，藉以暗示陳映真其實是「反對」改革開放的。因為這篇文章比較長，對涉及的問題都有詳盡的討論，比較容易在閱讀中迷失了文章的主脈，因此，作為對照，我想引述另一篇短文〈中國知識界失去了人民的視野〉（一九九九）來釐清問題——這篇文章可以說是〈尋找一個失去的視野〉的縮小版。

　　這篇文章是為慶賀建國五十週年而寫的，在談及改革開放時，陳映真這樣說：

　　一九七九年以後巨大的發展，十分振奮人心。我個人年復一年看見大陸社會經濟的快速發展，尤為激動。從發展社會的觀點看，中國在七九年後的躍升，看來尚未有理論上的解說。但我深知這麼大、人口眾多、底子單薄的中

國的崛起，是十分不容易的奇蹟。中國人民力爭復興、獨
立和富強的歷史悲願，沒有比現在更貼近其實現的目標。
（卷 18，116-7 頁）

這哪裡是否定改革開放？接著他又說：

　　當然，這快速、巨大的發展，就像一切國家的經濟發
展一樣，可能內包著複雜的問題。但我只舉兩個隱憂……
（同上，117 頁）

這兩個隱憂，一個是工、農階級的利益受到忽視，另一個
是知識界自我精英意識相對高漲。這兩個問題在〈尋找一
個失去的視野〉中都有詳盡的論述。

　　在這裡，我想先著重地談第二個問題。關於這個問
題，〈尋找一個失去的視野〉中有這樣一個長段：

　　八〇年以後，大陸上越來越多的人到美國、歐洲和日
本留學；越來越多的大陸知識分子組織到各種國際性「基
金會」和「人員交流計畫」，以高額之匯率差距，西方
正以低廉的費用，吸引大量的大陸知識分子，進行高效
率的、精密的洗腦。和六〇年代、七〇年代以來的台灣一
樣，大陸知識分子到西方加工，塑造成一批又一批買辦精
英資產階級知識分子，對西方資本主義、「民主」、「自
由」缺少深度理解卻滿心嚮往和推崇；對資本主義發展前

的和新的殖民主義，對第三世界進行經濟的、政治的、文化的和意識形態的支配的事實，斥為共產主義政治宣傳；對一九四九年中國革命以來的一切全盤否定，甚至對自己民族四千年來的文化一概給予負面的評價。在他們的思維中，完全缺乏在「發展—落後」問題上的全球的觀點。對於他們而言，中國大陸的「落後」，緣於民族的素質，緣於中國文化的這樣和那樣的缺陷，當然尤其緣於共產黨的專制、獨裁和「鎖國政策」。一樣是中國人，台灣、香港和新加坡能取得令人豔羨的高度成長，而中國大陸之所以不能者，就成了這種邏輯的證明。（卷 12，375-6 頁）

即使到了現在，仍然有很多人認為，一九八〇年代是大陸知識界的「黃金時代」，至今令人懷念，查建英主編、二〇〇六年出版的《八十年代訪談錄》（三聯書店）就是最好的證明。八〇年代被視為思想解放的年代，是第二個五四，知識分子終於掙脫了各種教條的束縛，思想空前活躍，人人活在幸福之中。

對我們台灣統左派而言，大陸八〇年代知識界所形成的思想氛圍，讓我們在八、九〇年代之交進入大陸時，常常感到極為痛苦。前述引文提到的、把台灣和大陸加以對比的「論述」，我也遇到好多次。大陸知識分子的邏輯很簡單：台灣經濟比大陸好太多了，可見資本主義比社會主義行，國民黨比共產黨好。當你企圖說明台灣經濟為什麼是這樣發展、問題在哪裡，大陸原本的體質如何，現在已

經很不簡單，將來⋯⋯你話還沒說完，大陸知識分子已經
完全失去興趣，轉而談其他問題去了。

最讓我們瞠目結舌的，是對中國文化的徹底否定。陳
映真在同一文章中這樣說：

> 在錄像影集《河殤》中，甚至嗟怨中國文明的限制
> 性，使中國沒有在鄭和的航海事業上發展成從貿易而向外
> 殖民，以收奪南洋民族走向帝國主義！而這樣的世界觀，
> 竟而曾經一時成為中共官方的世界觀，令人震驚。（同
> 上，379-80頁）

《河殤》的大陸文明與海洋文明的對比論，不久就為台獨
派所引用。他們說，台灣一直屬於海洋型文明，和「中
國」落後的、體質不良的大陸型文明毫無關係。河殤派和
台獨派就這樣遙相呼應，令人為之氣結。

構成八〇年代大陸知識界主體的，主要是正在（或尚
未）脫離困境的文革知青，外加一部分長期受苦的右派，
我們雖然對他們非常同情，但對於他們那種完全缺乏歷史
視野、無比激情然而又十分簡單化的黑、白二分法，卻只
能在內心裡歎息。我們在大陸所感受到的孤獨感，完全不
下於在台灣的時候。查建英在《八十年代訪談錄》提到阿
城和張賢亮對於陳映真的恥笑——一個遠遠落後於時代的
左派「怪物」，這樣的批評我們都曾經遭遇過。

在這裡我不能不提一下，我的朋友趙稀方最近發表的

一篇論文〈今天我們為什麼紀念陳映真？〉論文的主旨是，當年大陸知識界所以不了解陳映真，是因為陳映真生長的台灣曾經是日本的殖民地、後又淪為類似美國的殖民地，他強烈的反殖民傾向使他的思想特別敏銳，而八〇年代的知識界卻沒有殖民地經驗，因此他們一時無法理解陳映真。這一篇文章相當受到矚目，因此我不得不在這裡提出不同的看法。實際上，兩岸真正的差異並不在殖民地經驗，而是資本主義經驗。我另一位朋友朱雙一，在我之前，已經對此提出異議，他說，「當代台灣經歷了比較全面、快速的資本主義發展階段，而在大陸，除了局部地區外，資本主義從沒有真正、全面地發展過。」這才是關鍵。（見朱雙一今年十一月五日在台北舉辦的「陳映真思想研討會」所發表的論文〈「中國問題」中的「台灣問題」之外因和內因——也談「今天我們為什麼要紀念陳映真」〉。改革開放之初，許多人看到美國的富裕、台灣的繁榮，一時目眩神迷，完全倒向了美國和資本主義，他們在大陸所受到的社會主義教育，一夕之間蕩然無存。真正的關鍵是：他們迅速認同資本主義的世界觀與價值觀。「尋找一個失去的視野」！是哪一個視野？陳映真在另一篇文章的題目中給出了答案：「中國知識界失去了人民的視野」。

　　趙稀方的論述方式會產生一種誤導作用：因為大陸知識界沒有殖民經驗，所以他們一時不能理解陳映真是情有可原的。實情決非如此。陳映真在〈中國知識界失去了人

民的視野〉中說：

> 知識界的思想意識形態也發生巨大變化。過去「臭老九」論固然不對，今天知識界的自我精英意識看來相對高漲，談自己的「體系」，談自己的前途的人多，但把眼光拋向廣泛直接生產者的處境與命運者少。如前文所說，中國知識界忽然失去了人民的、馬克思主義（更遑論社會主義）的視野。（卷 18，117 頁）

這才是真相所在。因為這種世界觀還普遍存在於現今的大陸的知識界，所以必須鄭重予以指出。

在這種世界觀下，改革開放初期工、農階級的利益受到忽視、第三世界廣泛存在的貧窮問題受到漠視，當然就不足為奇了。二戰前後全世界風起雲湧的民族解放運動是現代世界史的大事，但在大陸知識界的視野中，這一切卻仿如不曾存在過。如果說文革是「極左」，那麼，八〇年代大陸知識界的主流可以說是「極右」，後者是前者的反動，只有這樣解釋，才能讓台灣統左派稍感「釋然」。

最後，還必須提到〈尋找一個失去的視野〉發表的時機。一九八九年之後，全世界對中國實施經濟制裁，想要困死中國，何新是少數敢為中共講話的人，台灣統左派都讀過他的文章。在一九九〇年十二月十一日，《人民日報》「以顯著而巨大的版面」刊登何新的〈世界經濟形式與中國經濟問題〉，當然立刻引起陳映真的注意，不久就寫了

回應，即〈尋找一個失去的視野〉。陳映真在文中說：

　　總地說來，何新關於世界經濟形勢的看法，基本上沒有超出戰後以第三世界為中心而發展的、馬克思主義的、激進派的世界政治經濟理論的範圍。**但在「改革開放」過程中由西化派、買辦化「智囊」統治了十年後的中國，以官方立場和地位出現何新的這篇文章，就不能不令人瞠目凝神了。**（重點引者所加）

　　何新也以相當大的篇幅談社會主義和資本主義。在「蘇東坡」風潮之後，當全世界資產階級媒體齊聲謳歌「資本主義歷史性的勝利」的時候，何新的發言是引人興味的。（卷 12，380 頁）

陳映真顯然「嗅出」了何新文章的政治性──在趙紫陽體制之後，中共似乎意識到了問題的嚴重性，有意轉換思路。陳映真在這一時機發表這一篇長文，實際上是藉批判過去，以期望於未來。把這篇文章看作是陳映真對改革開放的總批判，只能說是某些「左派」的別有用心之論，何新後來所出的兩本書《世紀之交的中國與世界》（一九九一，四川人民）、《為中國聲辯》（一九九七，山東友誼）都收入了陳映真的文章，這也證明，這篇文章一點也不犯忌諱。

四、陳映真的最後見解

　　二〇〇〇年十月，陳映真到北京參加「經濟全球化與中華文化走向」國際研討會，那時候中國已經通過「世界貿易組織」（WTO）的入會談判，即將於次年正式入會。面對資本主義經濟全球化所形成的難以挑戰的世界秩序，中國是否能保持經濟與文化的自主性，是當時陳映真最為關心的問題。因此，陳映真所提交的論文，〈經濟全球化和文化的自主防禦〉表現出前所未有的憂心。

　　這篇論文所談論的當今資本主義全球化的特質，以及改革開放後大陸社會所存在的問題，和本文前兩節所分析的陳映真的看法，基本上是一致的。陳映真在此文中所特別著重的三個方面，也許正是他為中國憂心之所在。第一，全球化的資本主義獨占了高新科技，霸強國家在經濟、政治、文化、軍事上的超強地位難以挑戰（卷19，126頁）。第二，資本主義經濟的全球化，挾凶猛的資本、技術、商品、廣告行銷，向全世界氾濫，沖刷各國、各民族百千年累積的傳統文化、價值和生活方式（同上，127頁）。

　　最重要的是第三點。二次大戰後，美國中央情報局局長艾倫‧杜勒斯在他的《戰後國際關係原則》中提出一套美國對蘇聯進行「和平演變」的戰略。蘇聯解體後，美國把這一戰略修訂加工，拿來對付中國。陳映真從網站上翻譯了中央情報局《行事手冊》中針對中國的文化戰略。這

一段文字看了真是讓人膽跳心驚，大陸至今還對美國抱有
「天真」想法的知識分子應該好好讀一下。陳映真因此呼
籲，中國應提防以美國為中心的、西方資本主義意識形態
的戰略攻擊，應該「堅決捍衛一九四九年到一九七九年建
設起來的積極、進步的東西，弘揚中國傳統文化中比較健
康的部分，採取必要的步驟，抵禦和防患敵人惡毒的攻擊
（同上，132-5頁）。」

　　然而，在二〇〇〇年如此憂心忡忡的陳映真，五年之
後卻有意想不到的大變化。二〇〇四年西方著名的新左
派刊物《Monthly Review》發表了兩位作者合寫的一篇長
文《中國與社會主義》，台灣左翼的網路刊物《批判與再
造》立即翻譯連載，並邀請多位學者加以評論，陳映真應
邀寫了一篇〈「中國人民不能因怕犯錯而裹足不前」──
讀《中國與社會主義》〉，刊載在二〇〇五年六月《批判
與再造》第二十期上。

　　《中國與社會主義》這一長文，對中國的開放改革持
負面評價，從其〈序言〉就可以看得出來：

　　　中國的經濟經驗至今依然對困難重重的社會主義建設
　　有足多可供借鑒之處。然而，當前的經驗大體上是反面教
　　材。說來可悲，中國政府的「市場改革」規劃本來聲稱要
　　恢復社會主義的生機活力，結果卻造成國家越來越墜向資
　　本主義道路，也日益深受外國的支配，對國內與國際都造
　　成了龐大的社會成本。更加不幸的是，許多進步分子（包

括許多仍支持社會主義的人）依舊為中國的經濟政策辯護，並鼓勵其他國家採納類似的政策。（《中國與社會主義及評論》第 1 頁，批判與再造社，2006）

本書的兩位作者認為，改革開放使中國「越來越墜向資本主義道路，也日益深受外國的支配」，這種完全負面的評價，反而刺激了陳映真，讓他在讀完之後，有一些「出乎自己意外的感想」（卷 22，215 頁）。所謂「出乎意外」，其實就是和兩位作者相反，完全肯定改革開放的價值，五年前在〈經濟全球化和文化的自主防禦〉一文中所表現的憂心一掃而空。

陳映真一開始就把文章所要討論的兩個重點提了出來：

讀了《中國與社會主義》，一方面感到中國關心的知識分子應該自覺地超越官式的「中國特色社會主義」的框架，擴大世界發展社會學的視野，另一方面也要從中國人民尋求自我解放的歷史，和當前美日新保守主義極端敵視中國發展，中國和日美軍事同盟對峙甚至交戰的可能態勢，去看待問題。（卷 22，215-6 頁）

文章的前半從「世界發展社會學」的視野，論說近代四波資本主義工業化。第一波英國，第二波美、法、德，第三波俄、日，第四波中國。在前三波的對比下，中國的「大面積、大體積」的「類資本主義」工業化完全沒有「以殖

民掠奪、不正義貿易秩序進行積累」，而是「清醒而有原則地援引外資」，並「以正常的國際貿易輸入石油、礦物、農畜產品，輸出輕工產品，甚到在第三世界投資，逐漸成了推動世界經濟的富有潛力的增長點與火車頭。」（同上，219頁）中國近三十年的改革開放的成就是有目共睹的。

當然，這種快速的「類資本主義發展」必然有其社會後果：階級分化；地區經濟落差、強力滋生的資產階級思維、價值和生活方式；蛀蝕官僚體系的貪腐痼疾……如此等等。但陳映真很高興的發現了中國共產黨在克服這些問題上的種種努力：

擁有九億農民的中國，在改革開放的過程中，也形成了複雜、難解、甚至是慘痛的「三農問題」。近年來中國政府推行了多項針對「三農問題」的改革政策，包括取消農業稅、加大國家預算對農業的投入、鄉鎮機構調整、農民工權益保護等等，以目前中國的經濟發展水準，如此堅決推動諸多大手筆的改革措施，是其它資本主義國家發展史中不曾有過的事情，有限度地說明黨和國家的干預在解決「類資本主義發展」中社會正義和福利問題上的可能性。（同上，222-3頁）

我個人第一次知道共產黨所推出的解決三農問題的具體方法時，真是吃了一驚，沒想到力度會那麼大。很可惜接著

推行大力肅貪、大力提升工、農大眾的收入時，陳映真已經病倒，無法得知了。不過，陳映真至少由此了解，他最為擔心的改革開放後大陸內部的階級分化問題，到了適當的時機，共產黨顯然有解決的決心與魄力。

陳映真文章更重要的論點放在第二個方面，即美、日對日漸強大的中國的極端敵視。這是因為：

中國正清醒明智地利用她猛爆性的產業化經濟發展，將不斷巨大化的綜合國力，翻轉成世界上舉足輕重的政治、外交、經濟和文化力量……（同上，223頁）

中國逐漸在歐洲、中南美洲——甚至在非洲和東南亞各國結成交易夥伴和戰略夥伴關係。其結果就是：中國隱約中推動了一個多樣的、以和平與發展為核心價值的新世界秩序，足以對抗美國單極獨霸的政治經濟秩序。接著，陳映真就說：

這一切發展與成就，離開中國「開放改革」的獨立自主的類資本主義的工業化發展所增大的生產力，是難以想像的。（同上，223頁）

陳映真終於在當今世界秩序的重建中，發現了改革開放最重要的價值之所在。

陳映真所以會有這種強烈的感受，和蘇聯解體前後，

獨霸世界的美國所進行的一連串侵略戰爭有關。從科索沃到阿富汗，再到伊拉克，美國無不以無人飛機和最先進的武器，對弱小國家進行殘酷的攻擊，完全無視於無辜平民的大量傷亡。陳映真還看到美國無處不在的金融投機，讓亞洲幾十年的發展幾乎毀於一旦；然後再假惺惺的透過世界銀行的貸款，企圖掌控亞洲國家的經濟命脈。再沒比這更惡劣的、軍事侵略與金融掠奪同時並行的單極霸權了。現在他突然發現，日漸強大的中國，竟然可能和第二世界和第三世界的許多國家合作，建立一個以和平與發展為核心價值的新秩序，他怎能不為之欣喜不已呢？對此，陳映真作出了理論性的總結：

　　如果中國的工業化逐漸顯示對世界外交、經濟、政治的舊有秩序的挑戰，也許提醒人們不能習於來自右派和左派對中國發展的，不免受到意識形態左右的過低評價。對中國發展的批評和低度評價由來已久，但至今十幾二十年來這些批判與負面預測，沒有一條成真。**科學、富有創見的評估和認識中國的工業化之發展社會學的意義，成為急迫的理論課題了。**（重點引者所加，同上，226 頁）

陳映真更為關切的是美國和日本在中國周邊的行動：

　　二十世紀末蘇聯瓦解後，二〇〇一年美國和日本的極右保守派執政，美國把原先瞄準蘇聯的核武器改而瞄準新

中國。美國悍然違反三個公報，公然恢復美台高階軍事商談和討論關於「防衛」台灣時的軍事補給政策。美國在東亞擴充軍事人員的配備，重新布置美國在日軍事基地，更重要的是，美國大力推動大膽的日本再武裝計畫。

二〇〇一年四月美國間諜飛機悍然在中國領海挑釁，造成中國一架飛機和一位機員的毀殤，雙方一時劍拔弩張，至九一一事件後才緩和。（同上，226-7頁）

陳映真如果知道美國後來「重返亞洲」的一連串行動，當會更加氣憤不已。陳映真讀了美國日本研究所主任查默爾・詹森（他一直反對美國的軍國主義）的一篇論文，不免憂心忡忡的寫下這一段話：

中國的經濟發展——我不想套用「中國的崛起」的說法，在美國極端右翼保守勢力當朝下，能否和平地容納中國的和平、低調的發展，是個很大的疑問。如果不能，像美國這空前巨大、傲慢、貪婪的戰爭機器，會不會為中國和世界帶來戰禍，查默爾・詹森教授是悲觀的。（同上，228頁）

在這篇文章的最後，陳映真極為少見的向全中國的左派（包括台灣）作了公開的呼籲：

在這樣的態勢下，中國左派要怎樣正確的看待祖國的

「類資本主義」及其發展，除了人云亦云，是不是有可能尋求科學的、獨自的理論上的探索？

馬克思曾對波蘭和愛爾蘭的同志們說，共產主義者應該義無反顧地先投身於重建飽受到列強分解侵凌的祖國的強盛統一，則無產階級才能在一個統一強大的祖國社會中成長為一個強而有力的階級，為自己的解放鬥爭。台灣的左派又怎能將強權下民族分裂，追求祖國的強大與統一的問題束諸高閣，視如無睹？……

貝特霍爾德（按，前民主德國駐華大使）說，中國當前的道路不免引來惡意和善意的批評。「但看來建設社會主義沒有現成的答案。也許有些政策在日後看來是錯誤的——而也有些是正確的，但中國人民卻不能因為擔心犯錯而裹足不前……」

歷史正召喚著全中國的左派，從自己自求解放的偉大歷史中反思，看清眼下的道路，總結經驗，探索一條被壓迫民族尋求獨立自主的發展的理論體系。（同上，228-9頁）

以前的陳映真還擔心改革開放可能會出現一些問題，現在他已經不再有所顧慮了，做總比不做好，實際上是他對改革開放越來越有信心了。認為陳映真始終對改革開放存在重大疑慮，時時想要加以「引述」的各種左派，至此可以無言了罷！——當然，你也可以選擇全力批判他，這樣，你就和他斷絕了關係。

陳映真這篇文章很少人知道，我從來沒有聽人談論

　　過，人間出版社二〇一六年出版賀照田的《當社會主義遭遭危機》時，我認為他所談的主要是過去的事，現在情勢已經大有轉變。因為我看到美國重返亞洲以後，美、日急於結成新的軍事同盟，我理解他們的焦慮。我又看到亞投行和一帶一路計畫的提出，及付之實現，終於領悟到，中國終於可以提出中國特色的社會主義基本藍圖了。於是我寫了一篇序言，〈中國社會主義的危機？還是中國特色的社會主義？〉。我對這篇文章比較滿意，朋友中也有多人表示讚許。今年三月我到廈門參加一場陳映真研討會，在馬雪提交的論文中看到她引述陳映真這篇文章。回台北後，我立刻將文章找出來讀。可以說，我苦思多年才得到的看法，陳映真早在十一年前就表述得很清楚了。這篇文章發表一年三個月之後，陳映真就病倒了，所以可視為陳映真一生思考中國發展前途及社會主義實現的可能性的最後定論，必須濃墨重彩加以表彰。

　　從二〇〇〇年到二〇〇五年，短短的五年之內，陳映真對改革開放的態度為什麼會有這麼大的變化呢？從〈「中國人民不能因怕犯錯而裹足不前」〉的內文中就可以看得出來。首先，中國加入「世界貿易組織」之後，功效竟出奇的好。英國《金融時報》評論，中國在二〇〇一年進入世貿，其影響「不只是重要的，甚至是關鍵的」。在中國生產、組裝的電腦、DVD 機、電視機洪水一般流入美國量販店售出。（卷 22，221 頁），這讓許多擔心中國將被資本主義吸入，喪失其主體性的人（包括陳映真）

大大鬆了一口氣。

其次，二〇〇二年新的領導班子胡錦濤、溫家寶等接任以後，改變了「發展是硬道理」的政策，開始重視社會的不公正現象，特別是「三農」問題，花了很大的力氣去解決，這在前文已經提到。這對陳映真產生很大的鼓舞作用，證明共產黨不是不知道問題所在，而是他們有解決一系列問題的步驟，這也讓陳映真印象非常深刻。

最後，陳映真也提到，美國意識到中國的強大已經無法忽視之後，開始鼓動日本重新武裝，並且進行新的美日軍事聯盟，對中國極盡威脅恫嚇之能事，陳映真因此產生緊迫的焦慮感，所以才在文章末尾呼籲中國所有的左派，希望他們「從自己自求解放的偉大歷史中反思，看清眼下的道路，總結經驗，探索一條被壓迫民族尋求獨立自主的發展的理論體系。」在陳映真臥病的十年期間，以上所提到的三項因素並沒有改變，而且發展得更清楚，陳映真的結論仍然是適用的。我們可以肯定的說，這就是陳映真最後的見解。

最後，順便提一下二〇〇六年陳映真反駁龍應台的一篇文章。二〇〇六年開春，一月二十六日，龍應台在台灣、北美、香港、馬來西亞四地，同時發表致中共國家領導人胡錦濤的公開信〈請用文明來說服我〉，批評中共中宣部下令將共青團系統的刊物《冰點》查封，認為這是不尊重新聞自由的不文明行為。此外，龍應台還批評大陸的經濟發展，表面上看起來好像越來越繁榮，其實造成「貧

富不均」、「多少人物欲橫流，多少人輾轉溝壑」。在大陸改革開放成果日漸顯著，讚美之聲越來越多的時候，龍應台的「行動」明顯是個「預謀行為」，企圖在「自由世界」對中共挑起新一輪的輿論圍剿。

二月十九、二十兩天，陳映真的回應文章〈文明和野蠻的辯證——龍應台女士〈請用文明來說服我〉的商榷〉刊登在聯合報副刊上，強力駁斥龍應台。讀到這篇文章的人都發現，陳映真在文章中對改革開放持完全肯定的態度，譬如他認為，在國家政策的干涉下，中國完成了沒有殖民主義擴張和侵略的積累，減輕和避免了西方資本主義發展過程中的殘酷和痛苦。又說，「它的經濟發展，早已發展成世界和平，多極、平等、互惠發展模式與秩序的推動者，努力團結愛好和平與可持續發展的中小民族與國家，制衡力主自己單極獨霸的大國，而卓有成效。」（卷22，345 頁）這等於說，中國的改革開放制衡了美國單極獨霸的局面，將使世界史的進程往樂觀的方向發展。

熟悉陳映真著作的人都知道，陳映真雖然基本上贊同改革開放，但對改革開放後大陸一些不合理的現象有時也不免憂心。他們看到陳映真反駁龍應台的文章之後，不免略有驚訝之感——是不是陳映真為了反駁龍應台，把改革開放的成就說過頭了。

不是的，因為陳映真在駁斥龍應台的文章中所說的，早在二〇〇五年六月發表的〈「中國人民不能因怕犯錯而裹足不前」〉都論述過了。因為很少人讀到這篇文章，所

以就對陳映真反駁龍應台文章的寫作動機產生誤解，因此
在這裡不能不加以澄清。

五

　　陳映真說過這樣的話：我從來沒有忘記，我是生長在
台灣的中國作家。民族離散、分裂帶來的恥辱、忿怒與悲
哀，直到祖國完全統一之日，將是我生活、思想與創作最
強大的鞭策與力量。（參見〈民族分裂的悲哀〉，卷23）
又說，「對於一個在一九三七年台灣出生的知識分子，對
社會主義理想的嚮往，和對於在冷戰與內戰疊合構造下被
分斷的祖國的嚮往，是相互血肉相連地相結合的，也從而
使我度過了飽受各種壓抑和坎坷的半生。因此，我的思想
和感情不免隨社會主義祖國的道路之起伏而起伏。一九九
〇年以後，我一次又一次在親眼目睹中國社會經濟的巨大
變化而為之欣慶之餘，心中也不免留著一個急待回答的問
題：怎樣理解中國的發展和「社會主義」原則理想的距
離？」（〈「中國人民不能因怕犯錯而裹足不前」〉，卷
22，215頁）

　　對陳映真而言，台灣還沒有完全復歸中國，就是中國
還沒有完全統一，這也就意謂著，中國還沒有完全戰勝近
代帝國主義，因為最後的帝國主義美國還在為中國的統一
設置各種障礙，而且完全無視中國的抗議與警告。戰勝近
代以來各種帝國主義的力量，把中國建設成一個現代化的

強國，實現中華民族的偉大復興，是陳映真一生的夢想。

近代以來，當中國備受侵略與欺凌時，受害最大的是全中國的老百姓，他們曾經在外戰與內戰的磨難中，飽受顛沛流離與飢餓之苦，連基本的生活需求都難以滿足。但也正是這些廣大的中國民眾，支持中國共產黨的革命，使得中國革命得以成功。在新中國建立之後，他們又在共產黨的領導之下，心甘情願的犧牲一時的物質享受，全心全力的支持新中國的建設。沒有他們的「赤裸裸的人海勞動」，中國不可能有今天的成就。因此，中華民族的偉大復興必須以一般人民能夠過上「美好生活」為第一目標。就這點而言，「愛國家」和「愛人民」是密不可分的。這也就是說，強大的中國必須是一個「社會主義的中國」，它是以「人」為本的、以「人民」為本的，以「廣大的人民」為中心的。絕對不能忘記這一點，這是陳映真思想的核心之一。

建成小康社會、實現社會主義現代化、建成社會主義強國，這還不是陳映真最後的理想。陳映真認為，中國在經濟、政治、軍事各方面都強大以後，還必須和廣大的落後國家合作，對抗美國的單極霸權，這樣才能讓全世界落後國家廣大的困苦貧窮的人民大眾有希望過上好日子。陳映真認為，只有讓全世界廣大的貧窮國家一起富裕起來，才是真正在世界上實現社會主義。近代資本主義掠奪性的帝國主義，把世界撕裂成富裕和貧窮的兩個世界，戰勝這種貪婪的資本主義帝國主義，讓全世界在和平中過上幸福

的生活，這就是陳映真最大的夢想。

在大陸實行改革開放以後，陳映真一則以喜，一則以憂。他看到中國經濟的巨大成長，但他也看到大陸知識分子盲目的推崇美國的生活方式，他深怕中國會因此走上西方資本主義的道路，拋棄了原先的社會主義理想。但陳映真和一些認為大陸已經「走資」的所謂左翼知識分子最大的不同是，他始終關注改革開放的實際發展，經過長期的觀察和閱讀，他終於在二〇〇五年左右看到了他的這些夢想有了實現的可能，他終於認識到改革開放的全部意義。

我最近幾年看習近平的講話，看大陸所提出的亞投行和一帶一路的構想，我常常想起陳映真，當我最後看到〈「中國人民不能因怕犯錯而裹足不前」〉這一篇文章時，我感到一切都清朗了。陳映真的夢想與最後的認識，和共產黨二〇〇〇年以後的一切作為，竟如此相似，這真是太奇妙了。

陳映真不只是一個夢想家，他還具有長期追尋探索的那一種極為認真執著的精神。他既堅持社會主義的理想，又深深了解到實現社會主義是一個漫長的過程，在這一過程之中，要始終實事求是的面對現實的困難。作為一個愛國主義者，陳映真對新中國從革命到建國，從建國到改革開放，從改革開放到本世紀的前十年，始終密切關注，中間曾經猶豫而苦悶，終於能夠撥雲霧而見天日。這種長期關愛祖國之心，這種長期注意中國現實中的發展，始終不改其志，這種精神，讓人由衷起敬佩之心。他一生探索、

思考和寫作的歷程，現在就按著年代順序，呈現在他的全集中。在翻閱這一套全集時，我突然想起《論語》的一段話：

> 士不可不弘毅，任重而道遠。仁以為己任，不亦重乎？死而後已，不亦遠乎？

這是一個偉大的知識分子的一生，就其盡心盡力，無愧於人，無愧於己而言，我認為是非常完滿的，令人心嚮往之。

陳映真歷經國民黨戒嚴體制下的高壓統治，看到台獨派的叫囂吵嚷，不以分裂國家、仇視同胞為恥，看到改革開放初期的一些令人憂心的現象，也看到大陸一些知識分子不遺餘力的蔑視自己的民族文化。但他終於親眼目睹祖國的壯大繁榮，理解了中國可以形成一個新秩序，足以平衡惡質的資本主義的持續發展。就此而言，他應該感到欣慰，而我們也應該為他高興。

近代中國，民族長期蒙受屈辱，人民長期生活在貧困窮餓之中，終於重新站起來，圓了復興之夢，並為世界和平帶來希望，這是人類歷史上極少見到的大事件。在這一過程中，多少仁人志士犧牲了，多少民眾無辜受難了，但中國畢竟走過來了。這一段歷史如果不被忘記，人們也就會記得，其中有一個生長在台灣、終生未在名分上回歸祖國、一輩子繫念祖國的作家，叫陳映真。

2017 年 11 月

第四輯

難忘的人

一生心繫祖國的葉榮鐘*

一

葉榮鐘生於一九〇〇年，其時日本據臺已有五年；一九四五年臺灣光復，他四十五歲，一九七八年去世，七十八歲。前半生生活在日本殖民地的臺灣，後半生生活在國民黨戒嚴體制下的臺灣，可說是生不逢時的臺灣知識分子。像這樣的臺灣知識分子，人數可謂眾多，但葉榮鐘卻有極其獨特之處。他沒有機會接受完整的漢文教育，也從未去過中國大陸，臺灣光復前沒有機會學習中國普通話，但他卻能夠寫出非常流暢而有味道的中國白話文，在整個日據時代，在同樣的條件下，應該只有他一個人做得到。另外還有兩位出生於一九〇〇年的臺灣文人，其中他的好朋友洪炎秋白話文也寫得很好，但洪炎秋在北京大學讀書，長期居住在北平，他能寫出這樣的白話文一點也不令人驚訝；另外一位，吳濁流，就只能用漢文寫舊詩，一般的文章和小說只能用日文寫。葉榮鐘的白話文完全是自

---

* 葉榮鐘《葉榮鐘選集 文學卷》，人間出版社，2015 年 11 月初版，原題〈歷盡滄桑一文人〉。

修的結果，是經過長期努力才得到的，在日本殖民統治那麼艱困的條件下，他最終能夠把中國白話文修練好，我認為，這一件事最能反映他作為殖民地知識分子的特質；後來在國民黨的嚴酷統治下，這一特質也決定了他所要走的道路。

在白話文尚未通行之前，要學習漢語的古文寫作，是一件很不容易的事情。因為，古文是一種書面語，跟漢語的各種口語沒有直接的關係。學習古文寫作的唯一方法，就是背誦許多古文，讓自己熟悉這種文章的句法和構詞，才能寫出適宜的句子。除了句子之外，還要揣摩古文的謀篇和布局，才能寫出像樣的文章。古人常常要耗費極大的精力，才能成為一位古文名家。

白話文盛行後，很多人以為寫文章就是把嘴裡講的寫出來就可以了，其實這是極大的誤解。有很多人口才極好，講起話來滔滔不絕，寫起文章來卻不知所云，就是最好的證明。寫白話文也要有謀篇和布局的功夫，意思才能清楚；同時還要從古文裡面學習如何讓文字簡練，讀起來才不會讓人覺得囉嗦，這都不是可以輕易習得的。白話文的造句以口語為主，和古文相比，這是唯一的長處。只有這個長處，還是很難寫出好文章的。

如果一個人在成長時期，既沒有時間和機會熟讀古文，又只能講漢語的方言，而沒有機會學習普通話（這是白話文的基礎），這樣要能寫出通順的白話文已經非常困難了，要想寫出好文章，那就好比想要登天一樣。正如前

面已經說過的，一直生活在臺灣的日據時代的文化人，只有葉榮鐘一個人做到了，這實在是長期的、堅毅的努力的成果，沒有聰明才智、沒有非常好的記憶力、尤其沒有堅強的意志，是不可能達到的。

二

葉榮鐘雖然出生於地主之家，但由於父親早逝，家道隨即沒落，只有在八、九歲時正式學過漢文，只讀了《三字經》和《論語》兩部書，以後的漢文都是零零星星學來的。十七歲的時候，鹿港的舉人莊士勳在文廟開夜學，葉榮鐘跟他選讀《大學》和《春秋左傳》，對《左傳》的文字感覺津津有味。他說，他頭一次對讀漢文感到興趣。對一般人來講，《左傳》是中國古籍中比較簡奧難讀的，但如果讀懂了，就會覺得《左傳》的文字有一種獨特的味道。葉榮鐘讀漢文不久，就喜歡上了《左傳》，而且一生都是如此，證明他對漢文有獨到的領悟能力。十八歲的時候，葉榮鐘與幾個朋友合辦《晨鐘》迴覽雜誌，他在雜誌上寫了一首七絕：

傷心莫問舊山河，奴隸生涯涕淚多。
惆悵同胞三百萬，幾人望月起悲歌。

據葉榮鐘自己說，這首詩在同仁間傳頌一時[1]，這證明了，他有寫舊詩的才情。以上兩件事，可以看出，葉榮鐘具有漢文的文學才華。

才華引起別人注意，受到稱讚，就會更激發學習的興趣。我們對葉榮鐘學習漢文的過程不是很清楚，但從他的〈我的讀書經驗〉一文中可以略知一二。他從施家本和林幼春那裡聽說，閱讀舊小說，乃是國文進修的有效方法。施家本推薦他讀《東周列國演義》，但他說，這本書頭緒紛繁，實在弄不清楚，而且文字呆板乏味，讀來全無興趣。他認為舊小說中對進修國文最有用的是《三國演義》，因為《三國演義》文字簡明通順，如果能夠善於閱讀，一定受益不少。我個人相信，這是他的親身閱歷，舊小說中的《三國演義》和古籍中的《左傳》是他學習漢文的過程中，受益最大的兩部書。

葉榮鐘又說，沒有國文基礎的人，最苦的就是辭彙的貧乏。所以查閱字典和辭典，也是獨學自修的好辦法。假使能夠把《辭海》或《辭源》常常帶在身邊，有餘暇的時候隨便翻閱一下，多少也是會有收穫的。辭書的內容雖然彼此沒有聯繫，但你可以隨時記它三五句，總是有用的。葉榮鐘說，他做事不能持之以恆，記性也不夠好，在這方面努力不夠，不論這是否謙辭，但我也相信，這是他學習漢文的方法之一。

1　見〈我的青少年生活〉。

　　葉榮鐘還說，林幼春曾經告訴他：「你腹中如果有十篇八篇的古文能夠琅琅上口，落筆時就不致眼高手疏，想說的話有說不出來的困難了。」對此，葉榮鐘評論道，即使你把四書五經都整套背了下來，執筆行文，也未必就能得心應手，因為寫文章是需要一番布置和剪裁工夫的[2]。這就說明，葉榮鐘是理解林幼春的話的，背誦古文是為了理解古文的謀篇技巧，而不是死背文字而已。

　　葉榮鐘成長時期，鹿港文風猶盛，他雖然家境不好，但仍然有許多前輩可以隨時請教。他理解《左傳》的文字魅力，也能體會古文的剪裁工夫，說明他的領悟力確實高人一等。在零碎的學習過程中，努力尋找對自己最有用的書籍，還隨時查辭書，增加自己的辭彙能力，他的長期摸索恐怕也很少人做得到。這就是他的漢文能力不斷進步的主要原因。

三

　　少年時代對漢文的特殊體會，自己所寫的舊詩受到前輩和朋友的欣賞，這些都進一步促發了葉榮鐘學習漢文的興趣。但我以為，葉榮鐘所以長期不懈的學習漢文，最主要的因素，恐怕是他的強烈的民族意識。

2　以上所論，除另有注明外，均引自葉榮鐘〈我的讀書經驗〉一文。

葉榮鐘在他的回憶錄〈我的青少年生活〉中，有一段
談到他和日本雇主的關係，非常動人。由於家境沒落，公
學校畢業後，他就不得不到外面工作。其中有一段經歷是
這樣的：他到台中一家日人經營的撞球場作記點員，主人
浜田有個姊姊對葉榮鐘很好，他所來往的日本人，即使跟
他爭論過，也沒有特別厭惡他，但他總是覺得很痛苦。有
一天恩師施家本來看他，葉榮鐘不禁眼淚雙流，泣不成
聲。葉榮鐘說：

> 其實令我痛苦的並不是個人的問題而是臺人對日人的
> 問題，不過在當時的我也還沒有明確的意識，只有漠然感
> 覺被日人差使是很可悲的，為日人做工而得報酬是很可恥
> 的，浜田一家待我不錯，我個人對他們並無惡感，但是以
> 臺灣人的立場而言則他們也是我所厭惡的對象。

十五歲的葉榮鐘對日本人有這麼強烈的內、外之別，好像
會讓人感到意外，但如果我們參考葉榮鐘的另一段回憶，
也就可以了然了。

葉榮鐘談到，日人設立臺灣銀行，發行臺銀券，每張
臺銀券可兌換銀元一圓，但臺人一拿到銀元券，寧可立即
兌換銀元八角半，即使吃虧一角半，也不肯持有臺銀的銀
元券。葉榮鐘認為，這其中雖然表現了臺人對銀元的偏

好，其實更重要的是，臺人根本不信任日本人³。我們可以說，日人治臺之初，確實需要一段時間來取得臺人對他們的信任，這是任何外來統治者必經的歷程，葉榮鐘是很明白這一點的，在他的回憶錄中分辨得很清楚。因為他還提到另一件事：他在辜顯榮所經營的鹽務總館屬下的運輸機構工作，有兩個日本人（佐藤和吉田）感受到葉榮鐘對他們並不特別低下的態度，對他很不滿，有一天藉故生事，用柔道的手法把他拉倒，並踹他一下。葉榮鐘說，

　　這是我有生以來頭一次被人用暴力侮辱的記錄。這事情並不加強我對佐藤等的仇恨。因為我認為這是整個臺人對日人的問題而不是個人的問題，臺人要如何來掣止日人暴虐這一問題使我加強關心，著意去思索。

這就更加顯示，葉榮鐘的民族意識比起臺人在日人治臺初期對日人的不信任感還要來得深，那確實是對於他者暴力的反抗，他自己了解得很清楚。他認為，除了臺人自立自強之外，別無他法，這是他決心到日本念書的原因⁴。從這種態度也可以理解，這也反過來加深了他對於漢文的認同感，這就是為什麼他會長期閱讀漢文書籍、加強他的漢文寫作能力的主要原因。他在這方面的表現，比起他的好

3　〈我的青少年生活〉。

4　〈我的青少年生活〉。

朋友、同樣非常堅持民族立場的莊垂勝，只有過之而無不
及，確實是非常獨特的例子，因為在他的文人氣質底下還
埋藏了一種「火烈」的性格。

一九二五年葉榮鐘二十五歲的時候，在詩友們的讀
詩會的「課題」中，他寫了一組〈暴風雨〉的七絕（四
首），後兩首如下：

> 烈風亂吼滿天秋，猛雨如驅萬火牛。
> 頃刻江山翻故態，滄桑變幻使人愁。

> 無情風雨猖狂甚，大地飄搖似片舟。
> 劫後月華依舊白，誰憐補屋細民憂。

這很明顯是把日本的據臺比喻為暴風雨對臺灣的侵
襲，這種侵襲當然是年輕而烈性的葉榮鐘所不能忍受的，
後來他投身於林獻堂所領導的抗日民族運動可以說勢所必
至。三十四年後，他寫了四首〈六十感懷〉，其中第二首
如下：

> 往事追懷獨愴神，風流倜儻早無倫。
> 曾因抗敵推先覺，自分憂時敢後人。
> 詞藻公卿勞擊節，丰姿鄰女枉窺臣。
> 比來狂態都收斂，豈為年衰白髮新。

這詩的前六句就是描寫他參加抗日活動的情景。「抗敵推先覺」，表明他不只是一個追隨者。他的漢文是同儕中最被推許的，所以說他的詞藻被「公卿」（指林獻堂、楊肇嘉等抗日大地主）所嘆賞，成為他們的文膽。他年少風流，曾經引發「鄰女」的偷窺。據說，「放膽文章拼命酒」是他早年的名句。這些詩句也許有一點誇張，卻能形象地綜括他日據時代的抗日文人形象。

四

臺灣光復後，葉榮鐘追隨林獻堂，積極從事政治活動，這一段經歷，他在〈臺灣省光復前後的回憶〉一文中有詳盡的敘述。一九四六年春，葉榮鐘的好友莊遂性出任省立臺中圖書館館長，他受邀擔任圖書館的編譯組長。一九四七年二二八事件發生，莊遂性被推舉為臺中地區處理委員會主任委員，事件結束後莊遂性被捕，經多人營救，始無事釋放。當然，他們兩人所擔任的圖書館館長和編譯組長的職務也就被撤銷了。莊遂性不再接受任何安排，回萬斗山莊經營農場，葉榮鐘到彰化銀行任職，兩人都脫離政壇。一九四九年秋，林獻堂赴日養病，從此不再回臺。葉榮鐘和莊遂性自日據以來即追隨林獻堂，林獻堂的隱退更堅定了他們兩人不再參與公共活動的決心。

葉榮鐘此後即「退隱」於彰化銀行，默默地過著自己的日子，雖然有機會出任公職，但他一概拒絕。一九五六

年九月林獻堂在日本逝世後,他受命編輯《林獻堂先生紀
念集》(一九六○年出版),這項工作包括為林獻堂編遺
著,編寫林獻堂年譜,編輯《追思錄》,其中包括他的懷
念文〈杖履追隨四十年〉,這可能是他退隱後第一次公開
發表文章。這項長期的工作可能引發他對過去追隨林獻堂
從事政治運動的回憶,同時觸動他對光復後臺灣人處境
的深刻感懷。《林獻堂先生紀念集》編輯校對工作即將完
成的時候,葉榮鐘剛好六十歲,他寫了一組(四首)七言
律詩記述他的心情,題目就叫〈六十感懷〉。當年九月二
日的日記上,他提到準備寫《六十年之回憶》。這份自傳
自十二月六日開始動筆,第二年的八月十四日、十五日、
三十日,九月二十六日、十二月八日的日記,都有寫自傳
的記載。日記最後一次提到寫自傳是一九六二年四月四
日,此後可能就中斷寫作了。這一份自傳在葉榮鐘生前從
未發表[5]。林獻堂的去世,紀念集的編輯,葉榮鐘的六十歲
生日和自傳的寫作是一連串相關的事件,促發了葉榮鐘回
憶過去、感嘆自己坎坷一生的衝動。六二年四月四日最後
一次寫自傳,四月九日的日記上有這樣一條記載,「在枕
上籌思寫臺灣民族運動先烈傳事」,可見他在回顧了自己
的一生後,隨即想到應該把一些從事臺灣民族運動的「先

---

5 葉榮鐘去世後,自傳發表於《文季》一卷三期(一九八三年
  九月),題為〈葉榮鐘先生回憶錄〉,此文收入全集時改題
  〈我的青少年生活〉。

烈」們的事跡記錄下來。在這之前，他已寫過〈杖履追隨四十年〉（林獻堂）和〈矢內原先生與我〉，寫下這則日記後，至當年年底，他連續寫了〈記幸耀翁〉、蔡惠如、施家本、梁任公與臺灣、莊遂性，共五篇。這些文章，莊遂性的長子林莊生全部讀過，非常欣賞。一九六三年五月八日，林莊生致信葉榮鐘，希望他能寫一部臺灣政治文化史。到七月時，葉榮鐘突然又想寫自傳了，本來的題目只是〈半壁書齋由來記〉，後來越寫越長，就變成了長達兩萬多字的〈一段暴風雨時期的生活記錄〉，一直到十一月才定稿。一九六四年，彰化銀行創行六十週年，葉榮鐘受命寫《彰化銀行史》，這項工作到年底才完成。就在他忙於編寫銀行史時，林莊生又再度於七月九日來信，希望葉榮鐘能將臺灣文化運動的前後狀況先行錄音，以後再根據錄音整理成書。但就在前幾天（七月二日），葉榮鐘已經開筆寫光復時期的回憶。〈臺灣省光復前後的回憶〉持續寫作到九月才定稿。一九六五年初，葉榮鐘的第一部隨筆集《半路出家集》出版。一九六六年葉榮鐘自彰化銀行退休，第二年受到蔡培火、吳三連等人的敦促，開始寫《臺灣民族運動史》，歷時三年，到一九七〇年三月始完成初稿[6]。

---

6 黃琪椿根據葉榮鐘未發表的日記，排列了葉榮鐘一九五七至一九六四年間的寫作記錄與構想，我才能完成以上一段文字，所以這一段文字的初步構想應該歸功於她。

從以上所整理的著述經歷來看,葉榮鐘是在對故友的追思和自己年滿一甲子的感懷中,開始了具有個人色彩的歷史寫作。可能由於有這樣的寫作經歷,才引發別人要求他寫《彰化銀行史》和《臺灣民族運動史》。因為有了一九六〇年至一九七〇年這十年間的持續不斷的寫作,葉榮鐘才能為日據時代和光復時期的臺灣留下許多令人印象深刻的回憶和記錄。作為日據時期漢文修養最好的一名文人,葉榮鐘終於在歷史的長流中留下了他的足跡。

五

作為日據時期和國民黨統治時期的觀察者與記錄者,葉榮鐘具有一些無人可及的條件。首先,他全程參與林獻堂所領導的臺灣民族運動,對其全部過程非常熟悉,其次,他是矢內原忠雄的學生,熟讀《帝國主義下的臺灣》,了解日本帝國主義資本主義對臺灣經濟的剝削,當然也深知作為被剝削底層的臺灣農民的沉重負擔。在日本帝國主義的壓迫下,臺灣地主階級的利益受到損害,這很容易了解;但臺灣農民階級所受到的沉重的剝削,這就不是一般地主階級出身的知識分子所能體會和認同的。葉榮鐘雖然出身地主階級,但由於家道早就沒落,早期生活非常困苦,因此也就容易同情農民。即使他一直跟隨地主階級從事政治運動,但他還是能夠客觀的看待左翼的農民組合運動。所以他對日據臺灣社會的記述,一直能夠保持平

衡，讓後人有更多判斷的餘地（只要閱讀《葉榮鐘選集政治經濟卷》中的〈製糖會社之剝削與蔗農之覺醒〉與〈臺灣農民組合〉二文即可體會此點）。

作一個時代的見證者，葉榮鐘還有一項難以企及的長處：他具有人道主義的胸懷。在〈矢內原先生與我〉一文中，他表達了對矢內原基督教博愛精神的敬意，雖然他未能如矢內原所願，最終信仰基督教，但他的仁愛之心卻始終存在。他具有強烈的民族意識，但這並不能蒙蔽他的眼光，他知道有些日本人是很善良的，譬如，他曾經工作過的彈子房老板的姊姊，以及到他家祭拜他父親的那個日本警察[7]。但他了解，日本殖民者對臺灣人的歧視是整體性的，個別善良的現象終究不能改變大局，反過來說，那些特別凶惡的侮辱他的日本人，也不是他痛恨的對象，他痛恨的是一群人對另一群人所表現出來的那種非人道的行為，也就是我們現在所說的種族歧視，這是我們閱讀葉榮鐘的著作，必須謹記在心的一點。

日本投降以後，葉榮鐘寫了一首詩：

忍辱包羞五十年，今朝光復轉淒然。
三軍解甲悲刀折，萬眾開顏慶瓦全。
合浦還珠新氣象，同床異夢舊因緣。
莫言積怨終須報，餘地留人與改悛。（八月十五日）

7　此事見於〈我的青少年時代〉。

這首詩當然不是提倡「以德報怨」，但對戰敗的日本所表達的憐憫之情仍然讓人動心。我相信，葉榮鐘可能看到許許多多的在臺日人在等待遣回日本之前的種種慘象，才會有這樣的「不忍人」之言。這首詩充分體現了中國儒家的仁者之心，表達了葉榮鐘的人道主義精神。

這首詩的第二句「今朝光復轉淒然」，讀起來有點奇怪。葉榮鐘後來在〈臺灣省光復前後的回憶〉中有詳盡的解釋，文字雖長，但絕對值得一引：

隨陳儀長官蒞臺的一群新聞記者於十月末由張邦傑少將嚮導，到臺中來考察。我記得是中央社特派員葉明勳先生，下車後見到臺中站廣場的歡迎牌樓大書「歡迎國民政府」字樣，私下對我們幾位同志說，這些文字不合文法，應該寫「擁護國民政府」，「歡迎陳儀長官蒞臺主政」。我們對他的好意自是感謝不置，不過我們終沒有改掉，而且也不想改。因為這不是文法的問題，而是觀念有所不同。我們衷心的喜悅是脫離日本的桎梏而復歸祖國的懷抱，也就是歡迎祖國來統治，若寫歡迎祖國又覺空洞不切實際。國民政府是中華民國的合法政府，所以我們歡迎國民政府就是歡迎整個祖國的意思。也唯有歡迎整個祖國，重入祖國版圖，我們才能夠摸到由光復得來的歡喜的實體。我們出生於割臺以後，足未踏祖國的土地，眼未見祖國的山川，大陸上既無血族，亦無姻親。除文字歷史和傳統文化以外，找不出一點連繫，祖國祇是觀念的產物而沒

有經驗的實感。但是我們有一股熱烈強韌的向心力，這股力量大約就是所謂「民族精神」。有人說陳儀長官在法理上代表國民政府，而國府又是祖國的代表，那末歡迎陳儀長官不是就等於歡迎祖國嗎？這樣的三段論法當然可以成立。但這並不是邏輯的問題，這一股熱情所祈求的是血的歸流，是五千年的歷史和文化的歸宗，陳儀不配做我們傾注情感的對象。

　　筆者在光復當初，曾以八月十五日為題，做一首七言律詩……其第二句的「淒然」兩字，並不是隨便說說，而是有真實的感覺。我們五十年間受盡欺凌壓迫，好不容易一旦光復，這是我們夢寐不能忘懷的問題。但是五十年間是這樣地過去了。投入祖國懷抱以後又是一番怎樣的景況？我們觀念上的祖國到底是怎樣的國家，我們對祖國的觀念，由歷史文字而構成的，當然佔有相當的分量，但還不及由日本人的言動逼迫出來的切實。當我們抵抗日人的壓迫時，日人一句共通的恫嚇就是「你們若不願意做日本國民，返回支那去好了。」緣此日人的壓迫力愈大，臺人孺慕祖國的感情也就愈切，假使日人在這五十年的統治期間，能夠切切實實施行所謂「一視同仁」的政策，不歧視，不欺凌，那末臺人的民族意識，或者不致如此強烈。因為言語、文字、風俗、習慣以至於歷史文化，雖然也是民族的紐帶。但是最要緊的仍是要看是否利害一致、機會均等。日人最會唱「同文同種」的高調，但除非天真得出奇，或腦筋有問題的人，是不會欣賞那一套的。

剛回到祖國懷抱的臺灣同胞對國民黨高層人士對待臺人的
態度是非常敏感的，他們非常希望代表國民政府的重要人
物能夠像對待遠方歸來的親人那樣對待他們，但實際上情
況剛好相反，他們似乎是以勝利者的姿態來對待臺灣同
胞。葉榮鐘提到，行政長官陳儀蒞臺不久，就無緣無故的
逮捕了十數名臺灣士紳，不久又把他們釋放，事前事後都
沒有任何解釋。對此，葉榮鐘評論道：

> 現在回想起來，陳儀這一手，可能就是所謂「新官上
> 任三把火」的手法。先來一個下馬威，給臺人一點顏色看
> 看。臺人用怎樣的心情在孺慕祖國，懷念同胞，陳儀似乎
> 不屑理會，他不但不能用「視民如傷」的態度來慰撫這些
> 被祖國遺棄了半世紀，在異族的鐵蹄蹂躪下，無依無靠，
> 過著包羞忍辱的生活，好不容易邀天之幸，能夠重見天
> 日，復歸祖國懷抱的同胞，而竟用征服者的猙獰面目，玩
> 弄那一套已經過時洩氣的「權謀術數」來修理臺人，時代
> 錯誤，莫此為甚。

遺憾的是，來臺接收的官員，大多具有陳儀這一類「征服
者」的嘴臉，讓歡欣鼓舞迎接祖國同胞的臺灣人的心靈受
到嚴重的挫傷。在受了日本統治者幾十年的藐視之後，竟
然還要受到祖國政府的欺凌，真是情何以堪啊。也因此，
葉榮鐘才會深深懷念具有庶民性格、把臺灣同胞當成真正
的同胞的監察院長于右任，並在他去世時主動的寫了懷念

的文章。文章提到，在南京時于右任宴請他們，葉榮鐘剛好坐在他旁邊，于右任喜歡喝白乾，在坐的臺人只有葉榮鐘還能喝，可以勉強奉陪。以後于右任每次舉杯，都會叫一聲「白乾的朋友再來一杯」。實際上于右任根本不知道這位「白乾的朋友」的名字，但葉榮鐘仍然感覺到他「老人家，一片真誠，祇是對睽違了五十星霜的臺灣同胞，表示慰撫的熱忱。」葉榮鐘還說，「于院長並沒有灌我們迷湯，給我戴高帽子，甚至連一句『辛苦』的客套話都沒說。但是他那一片真誠，在不聲不響之間，竟能使我們五體投地，感激莫名。」[8] 如果國民黨來臺的接收大員，人人都表現了于右任的那一種赤忱，就不可能有二二八的悲劇了。

二二八事件後，被「免官」的葉榮鐘和他的好友莊遂性，退出公共活動，躲在自己的天地之中，默默地品嚐「光復」這個「苦果」。他們當時的心境，後來跟他們建立深交的徐復觀在莊遂性去世後，曾經作了相當生動而感人的描述[9]。他們都讀過中國古籍、了解中國歷史、對祖國文化充滿了感情。他們雖然痛恨國民黨，但從來沒有懷疑中國文化的價值，也從未斷絕過對中國前途的關心，這

8　〈偉大人物的丰度〉。

9　徐復觀〈一個偉大地中國地臺灣人之死——悼念莊垂勝先生〉，原載於《民主評論》十三卷第二十四期，後收於《徐復觀雜文集——憶往事》，時報，一九八〇。

在葉榮鐘所寫的舊體詩中仍然可以找到一些蛛絲馬跡。
這些作品常常受到忽視,因此有必要在這裡特別指出。
一九三一年九月二十二日,葉榮鐘寫了〈聞燕北戰事〉
(二首),第二首云:

> 誰遣生涯作楚囚,教人啼笑兩無由。
> 高樓袖手渾難已,熱淚盈眸未敢流。

祖國被自己的統治者所侵略,而自己只能袖手旁觀,難過
之情自可想見。

> 憂患中年百念灰,夜深何事獨徘徊。
> 黨牛祖李皆兒戲,混水摸魚是禍胎。
> 風氣已隨旗色改,危機重挾報聲催。
> 天心民意誰當諒,失措晴空一響雷。(憂患)

這首詩寫於一九五〇年,我覺得應該是有感於國共內戰國
民黨全面潰退。第五句「風氣已隨旗色改」是指中國共產
黨建國,七、八兩句葉榮鐘表達了他對時局的困惑與驚
慌。第三、四句是指臺人有支持國民黨的,也有支持共產
黨的,葉榮鐘一時無法分辨是非,認為這些人是隨著大潮
「混水摸魚」,會有後患。我還懷疑,這兩句是指國民黨
已經開始槍殺島內的「匪諜」。這可以從下面〈霪雨兼旬
小園花草狼藉不堪〉(四首)的詩句中體會出來:

連宵雨打又風吹，滿目瘡痍亦可悲。
猶有宿根摧未了，春來還可競芳菲。

飄紅墮紫遍東籬，憔悴庭花慘不支。
剩得劫餘三兩朵，墻根遙托可憐姿。

索居苦雨悶生時，卻為殘紅賦小詩。
便即化泥香不減，流風餘韻繫人思。

蕪穢寧甘冷眼窺，得時蔓草正蕃滋。
栽培畢竟非容易，缺葉殘枝慎保持。

這組詩的暗喻結構是非常明顯的，「連宵雨打又風吹」指的是外來的暴力，這些暴力摧殘了園花，到處「飄紅墮紫」，只有劫餘的兩三朵還存在。那些被摧殘的花，即便是化作泥土，仍然「香不減」，他們的「流風餘韻」令人懷思。配合這組詩的寫作時間來看，只能是指一九五〇年國民黨大開殺戒，槍殺了許許多多的共產黨地下黨人。地下黨人的主要領導都是二、三十歲的青年，風華正茂，是當時臺籍青年中的精英（譬如同一天被槍斃的郭琇琮、許強、吳思漢），而他們在臨刑前都正義凜然、慷慨赴義，當天押著他們前往刑場的人都極為驚訝。我想，葉榮鐘每天從報紙上閱讀槍決名單，一定感慨萬千。從這組詩來看，葉榮鐘對時局的看法比上首穩定多了，上一首有些驚

慌失措，而這一首，也許有感於犧牲者的壯烈，似乎讓他
對國、共內戰的是非得失有了更明確的判斷。我這樣講並
非空穴來風。一九五七年葉榮鐘曾經南遊，沿途寫了〈過
濁水溪〉、〈仙草路上〉、〈關嶺路上猩猩紅〉、〈孔
園口占〉（園在關仔嶺）、〈遊珊瑚潭〉、〈望海〉等
詩[10]。在這一組南遊詩中，我發現了隱身於其中的極其獨
特的〈望海〉：

> 車窗探首望西南，近處青青遠處藍。
> 舉世關心衣帶水，波光蕩漾正秋酣。

第三句「衣帶水」一語告訴我們，葉榮鐘所關心的正是對
岸的大陸，而「波光蕩漾正秋酣」的景象不正暗示他對他
所遙望的遠方大陸有所期盼嗎？這並不是孤例，因為還有
下面這一首詩：

> 忽聞海上漲新潮，聲震寒窗破寂寥。
> 老馬心情思寄語，雲天無奈路迢迢。（忽聞）

葉榮鐘大概是聽到大陸發生什麼大事，感到非常振奮，因
此寫了這首詩。我曾經聽過劉知甫談到他父親龍瑛宗，因

---

10 參考〈葉榮鐘年表〉一九五七年，《葉榮鐘全集》九，六一
　　頁，晨星出版社，二〇〇二。

為在銀行做事，可以看到日文報紙，龍瑛宗常常把報紙上登載的大陸消息剪下來，貼在剪貼簿上。我把這件事轉告給葉芸芸，葉芸芸說，葉榮鐘在彰化銀行也可以看到日文報紙，他也是這樣做的。這可以證明，葉榮鐘一直關心大陸的發展。葉榮鐘在日本人欺壓下所培養起來的強烈的民族意識，讓他能夠在國民黨政權和祖國意識之間做出明確的區隔。這一點是非常重要的，有必要再做進一步的證明。就在寫了〈忽聞〉的同一年（一九六一），葉榮鐘還作了〈長夜〉（二首），第一首云：

> 漫漫長夜苦難晨，往事追思獨愴神。
> 忍辱包羞成夙昔，同床異夢又翻新。
> 莫因秦政豺狼險，便說姬周骨肉親。
> 大錯鑄來誰與救，解鈴端賴繫鈴人。

這首詩的三、四句明顯改寫日本剛投降時葉榮鐘所寫的那首〈八月十五日〉（前已引述）的第一句（忍辱包羞五十年）和第六句（同床異夢舊因緣），所以這兩句是說，日本的統治雖然已經過去了，可是現在竟然有人想把臺、日的「同床異夢」關係翻新處理。第五、六句把豺狼式的「秦政」和「姬周」作為對比，這個「秦政」應該是指國民黨，反過來「姬周」就是指日本人。那麼意思就很明顯了：有人因為痛恨國民黨，就美化日本的統治，想要和日本擁抱在一起了，當然從寫作年份來看，那只能指廖文毅

在日本的卵翼之下成立的「臺灣共和國」。這一件事讓葉榮鐘「漫漫長夜苦難晨」，他雖然理解這些人這樣做的因緣，但仍然認為這是「大錯」，要繫鈴人自己解鈴，及早改正錯誤，這不正好反應了葉榮鐘強烈的民族意識了嗎？十一年後，一九七二年的臺灣光復紀念日，葉榮鐘又寫了兩首詩，如下：

> 迎狼送虎一番新，浪說同胞骨肉親。
> 軟騙強橫雖有異，後先媲美是愚民。

> 鑄成大錯豈無因，畢竟權宜誤我民。
> 天意悔禍猶未晚，解鈴賴端繫鈴人。（十月廿五日）

在第一首裡，葉榮鐘將日本的殖民統治與國民黨的戒嚴體制相提併論，一虎一狼，有的強橫（日本），有的軟騙（浪說同胞骨肉親），但其根本都以「愚民」為主。第二首顯然是呼應十一年前的〈長夜〉，「鑄成大錯」就是指廖文毅等人成立所謂的「臺灣共和國」，這個錯誤雖然有其歷史因緣（豈無因），但是大錯就是大錯，現在悔過猶未晚也，自己繫鈴還要自己解鈴。最後一句完全重覆〈長夜〉第一首的末句，可見葉榮鐘對臺獨運動的批評是始終一貫的。

六

　　以上只是根據葉榮鐘的舊體詩來推測他在國民黨統治下的心境，很多話他是不可能在文字上明言的。一九七四年五月他有機會到美國探望兒子和女兒兩家，六月還特別到加拿大探訪莊遂性的長子林莊生。林莊生是最關心葉榮鐘的著作的人，最早鼓勵葉榮鐘寫作《臺灣民族運動史》的就是林莊生。葉榮鐘在加拿大與林莊生暢談三日，其中最重要的可能涉及臺灣前途問題。林莊生在他的著作《懷樹又懷人》（一九九二）一書中，有專章回憶葉榮鐘，書中並未談到他們的談話涉及臺灣問題，這是可以理解的，因為當時還有很多禁忌。可喜的是，葉榮鐘事後從美國給林莊生寫了兩封長信，信的內容主要還是涉及這一問題，這兩封信保存下來了，因此我們可以了解他晚年的一些想法。

　　在第一封信（一九七四年七月十七日從波士頓寄出，用中文寫）中，葉榮鐘認為，臺灣問題之解決，可以想像著有三種方式：國際管理、向中共認同、獨立，經過一些說明和推論，葉榮鐘說，「然則臺灣之將來除向中共認同以外似已無路可走」。林莊生收到信後，回了兩封信。林莊生很同情他父親莊遂性和葉榮鐘的中國情懷，但他本人的立場偏向於「臺灣人的前途由臺灣人自己決定」，他不願意無條件的接受統一的看法，當然他也不是教條式的臺獨派。他在這兩封信一定跟葉榮鐘坦陳他的看法，因此，

八月十二日葉榮鐘又從華盛頓發出一信,這一封信是用日
文寫的。其中有一段,《葉榮鐘全集》的譯文如下:

問題是,客觀地說,即超越中共的意圖與臺灣人的願
望來看時,臺灣到底能守住獨立與否不無疑問。最近美國
記者 Alsop 的〈總結中國之行〉讀了更增強此感。如依其
所言,中共的農業生產能力,不出一九八〇年即趕上日本
單位面積生產量,工業生產能力十年後即可獲得國際競爭
能力。臺灣在農業生產固可自給自足,但經濟命脈與日本
同樣,是依工業製品的輸出來維持外別無方法。但是一旦
中共的工業製品登場國際競爭的場合,不必說臺灣,連日
本也受絕大的威脅。日本可轉換往高度精密方向求活路,
或輸出豐厚的資本以吸收利潤,臺灣卻全然無此可能性
(臺灣的農工業生產品現已發生輸出不振的問題),就是
中共無惡意,以現在臺灣貧弱的工業基礎,應該完全無法
與之對抗。據此觀點來說,對中共的認同問題,不管臺灣
的喜、惡,我想這是必然的趨勢。

在前一封信中,從國際環境討論臺灣前途問題,葉榮鐘是
這樣說的:

關于(臺灣由)國際管理可能為日美所歡迎,但照目
下之國際情勢似無可能,縱能實現亦必如周恩來所指摘,
靠日本則受日本之控制靠美國則受美國之操縱,至於蘇聯

則更不堪想像矣。然則獨立是否可能？因中共之強盛與中
美之和解獨立運動漸趨衰落乃有目共睹之事實……

首先要提請大家注意，這兩段話是一九七四年寫的，那時
候葉榮鐘已經確信中共國力的強盛（這讓美國必須和中共
和解）和農業、工業生產能力的增強（這使葉榮鐘相信，
中共不久可趕上日本），這一半歸功於葉榮鐘長期藉由日
本報紙閱讀大陸訊息，另一半可能要歸之於他強烈的中國
意識。現在看起來，他的預言也許過於樂觀（中國的 GDP
在二〇〇〇年才超越日本），但也不過晚了十年左右而
已，他的預測基本上是正確的。同時還要指出，這兩封信
想以理說服林莊生，所以用第三者的口吻來寫，但對中共
所寄與的信心仍溢於言表。

　　這兩封信讓我最感驚訝的，是第一封信中的一段話：

　　愚對於社會主義以至共產主義向無研究可謂一無所
知，但對貧富之懸隔與夫特權階級作威作福之可恨則慮之
再三。因知此一問題若不能解決，則世界永遠不得和平，
社會永遠不得安寧可斷言也。是故此一問題亦即解決臺灣
問題之前提，無論採用何種方法，此一前提若不能解決，
則臺灣問題之議論祇是空論而已……臺灣人包括本人在內
有種種不可救藥之弱點，無恥、自私、卑怯、嫉妒、軟弱
等等，此種缺點與中國大陸解放前民眾所有之缺點完全相
同，除經一番血之洗禮而外在任何自由主義的政治暨社會

體制都無法改變。尤有進者臺灣人之劣根性更因日本五十
年之奴化教育與國民黨二十八年之壓制奴役民族性之墮落
達於極點,以尋常之手段無法救藥。無論共管與獨立皆可
信其無補於事,然則臺灣之將來除向中共認同以外似已無
路可走……

葉榮鐘寫這段話時,大陸還處於文化大革命期間,他對文
化大革命有相當的好感,這是無可否認的時代的印記。但
這些話仍然反映了他非常嚮往社會公正,如果不能實現正
義性的社會改革,那麼任何政治體制都不能一勞永逸的解
決人類社會的問題。因此我們可以說,民族文化感雖然能
夠給與他感情的歸宿,但如果能夠進一步實現社會正義,
那就更是他所衷心期盼的了。

　　自從日據時代追隨林獻堂進行政治活動,葉榮鐘就一
向被臺灣的左翼視為臺灣地主階級的代言人,他在一九三
〇年代的言論基本上也確實如此。前面也已經說過,由於
他從小就過著困苦的生活,他對農民階級容易感到同情,
但整體上他還是從具有民族意識的地主階級的眼光來看待
臺灣問題的。上引的這一段感想,可能是他長期觀察臺灣
地主階級在光復後和國民黨的「合作」關係而得出的。在
林獻堂之外,他長期合作的臺灣地主階級還包括陳炘、
楊肇嘉、蔡培火、羅萬俥、張聘三等人。林、陳二人去世
得早,此外諸人,他在書信中都有相當不客氣的批評,最
後,為了《臺灣民族運動史》的署名問題,他甚至和蔡培

火絕交。我們只要讀一下林莊生《懷樹又懷人》一書中寫蔡培火的那一章，就能了解他在署名問題上所受的委曲。說得坦白一點，蔡培火根本就認為葉榮鐘是受雇於他的文人，沒有資格獨立署名，葉榮鐘在這個地方一定強烈感受到文人如何受制於中國的封建意識。前面也說過，葉榮鐘性格火烈，長期追隨臺灣的大地主，很難保證不受氣，我覺得葉榮鐘跟他的許多「雇主」的關係很值得玩味，可惜不能在這裡詳加分析，我直覺的認為，這種關係，以及他小時候的困苦經驗，使他對社會正義有著相當強烈的嚮往，他對中共的肯定，同時具有滿足民族感情和實現人間正義兩種因素。

一九七七年六月，葉榮鐘發現自己得了食道癌，到醫院進行切除手術，四個多月後才出院，出院後寫了〈鬥癌記〉，其中一段說：

但是我的求生慾望並不怎樣強烈，若說我不怕死，那是欺人之語，不過對於生命並不十分執著卻是事實，這可能也有年齡的關係，因為我已經是七十八歲的高齡了。我平時對「死」看得很清楚，這一條路任何人都無法逃避，年齡超過七十的人，多活十年八年和少活十年八年，實在差不了多少。到了這樣的年齡，生活的機能應該是情緒而不是意志的問題。高興就多活幾年，不高興就少活幾年……

我對「死」的問題看得很淡，原因很簡單，第一是知

道「死」這一關是無人能夠逃避的。第二是自己年事已高，多活幾年與少活幾年，其間相去無幾，不足計較。還有一點是多年來對世事一直站在旁觀的立場，知道這個世界已經不是從前的世界，沒有自己出頭的餘地，自然而然對事物就覺得冷漠不關心，對生活缺少積極的意欲。我這個人，生來就沒有大志氣，更沒有創造事業的野心，所以對事物沒有「志在必得」的執著。不過這樣的生活態度也有其好處，不必奴顏婢膝去求人，也無需蠅營狗苟去鑽營，緣此萬事比較的看得開。

我很喜歡這兩段話，自己覺得很能體會葉榮鐘的心情。前半輩子生活在日本的殖民統治下，後半輩子生活在國民黨的高壓統治下，心境很難平和，因此，他的好朋友莊遂性在十五年前就死於癌症。就在這十五年間，葉榮鐘把自己想寫的，差不多都寫了，還去了一趟美國，並自己認為看清了中國未來的發展，到了這個地步，實在沒有什麼再想爭取的了，所以他的求生意志並不堅強。寫完此文一年，他於一九七八年十月病逝。再過一年，國民黨藉黨外民主人士在高雄遊行的時候製造出所謂的「高雄美麗島事件」，幾乎把臺灣島內爭取民主的重要人物都逮捕了，還把其中一些人進行軍事審判，說他們犯了叛國罪，很可能判處死刑。這個事件影響非常深遠，絕大部分支持民主運動的臺籍人士一夕之間都變成了臺獨派。如果這個時候葉榮鐘還在，他一定會被「臺灣意識」和「（中國）民族意

識」撕裂得痛苦不堪。我相信他不會選擇臺獨，但還是非常痛苦（我自己就是如此感覺的）[11]。就像他說的，如果不高興就少活幾年。我其實很想說，我為他感到慶幸，死得「很及時」。

我有時候突發奇想：葉榮鐘如果活到現在（那他就一百一十五歲了），他會有什麼感受？一九七四年他對中國前景所做的充滿信心的預言，可以說是一種心理的宣洩——他日本殖民統治下所感受到的、作為一個中國人的屈辱感、在他給林莊生的信中得到了宣洩。他很清楚，過去一百多年臺灣人所經歷的坎坷歷史，其實是近代中國人所經歷的全部痛苦的一個組成部分，這個組成部分將因全中國的解放與復興而得到紓解。他的預言雖然有一些認知上的基礎，其實更多的是一種夢想。如果他能活到現在，他一定能體會到他的夢想已經得到實踐了，他一定會感到

11　葉榮鐘在給林莊生的第二封信中對當時在美國的臺灣留學生所發起的反國民黨的運動有相當的期望，回臺灣後看到臺灣黨外民主運動的發展越來越蓬勃也感到很欣慰，他無法預見在去世後不久，這兩個運動即匯合成臺獨運動，不但發展迅速，而且反中國的傾向越來越強烈。他曾在給林莊生的第二封信中談到：據傳彭明敏和王育德有「與其被中共統治，不如與國民黨合作再企圖臺灣獨立之怪說」，他很不以為然。由此可見，他支持反國民黨的民主化運動，而不會贊成脫離中國的臺獨運動。將來我想就此一問題寫一篇文章詳細加以討論。

很幸福。雖然如他所說的，他沒有創造出什麼大事業，但後生如我，讀他的詩文，仍然會受到感動。他的全部著作表達了他複雜的心路歷程，同時也表達了他曲折的思考與探索，為這段歷史留下見證，他是沒有虛度他這一生的，所以他在癌症開刀後才會把生死看得那麼淡薄。

2015.9.21

林書揚的信念[*]

　　林書揚是五〇年代存留下來的左翼政治犯中，少數與日據時代的抗日左翼傳統有傳承關係的人。他出生的麻豆林家，和板橋林家、霧峰林家並稱三林，麻豆林家雖然沒有公開反抗日本統治，卻自始至終拒絕跟日本人合作。林書揚說，「父親給我的最大影響是漢民族主義，等我念到公學校二年級，父親特地央請一位族人從廈門帶回來數冊小學國文教科書。我每天從學校放學回家，就得讀它一個小時（他自己教）……那年代還有漢文報紙，父親每天必讀。往往還花了很多時間和來訪的客人討論時局。他對日本人的批判是嚴厲的，終其一生沒有和日本人打過交道。」漢民族主義是林書揚思想的第一個基礎。

　　林書揚生長在曾文溪畔的麻豆地區，這一地區的農地非常肥沃，稻農和蔗農的人口密度相當高。然而，「農民沒有選擇種植項目的自由，沒有自由販賣生產品的權利」，經濟利益受到日本統治者的嚴酷剝削。一九二〇年代後期，台灣全島的農民湧起一股反抗的熱潮時，麻豆地

---

* 　原刊《台灣社會研究季刊》，第 90 期，2013 年 3 月，原題〈林書揚的一生及其信念〉，由藍博洲與呂正惠聯合撰寫。本書只收入呂正惠所寫的部分。

區就成為農民組合運動的中心，農民組合的本部就設置在
麻豆。「有不少極富才華、熱情洋溢的男女青年穿梭奔馳
在這一塊平原上。」在林書揚上公學校時，農民組合運動
已經受到全面壓制，但從大人們的談話中，林書揚仍然可
以聽到這些人物的軼事，在他幼小的心靈上留下極深刻的
印象。可以說，基於民族主義立場而對殖民者所採取的政
治與經濟鬥爭，從小就植根於林書揚的思想中。

把這些思想用身教、言教的方式，具體的灌注到林書
揚身上的，是他的大表哥（大姨的兒子）莊孟侯。莊家也
和林家一樣，都是前清官吏的後裔，但莊家的人更具有
反抗意識。當台灣文化協會在林獻堂領導下，進行溫和
的「議會設置運動」時，莊孟侯不屑於參加，後來文協在
連溫卿領導下轉向激進路線時，他積極投入，被選為中央
常務委員和教育部長。一九二八年日本總督府想把台南具
有傳統意義的南門墓地遷移到別處，好在當地建立一個大
型的綜合運動場時，莊孟侯領導台南市民起來遊行抗議，
迫使總督府暫時中止計畫。林書揚曾經對莊孟侯說，在台
南市建綜合體育場應該是都市發展的正常現象，為什麼要
反對呢？莊孟侯回答，日本人說建體育場是獻給天皇即位
的最佳貢品，衝著這一點，我們就要反對，我們要藉這個
機會讓殖民地人民增加反抗的信心，同時也讓日本人了解
到，台灣人不是予取予求的。莊孟侯這種堅定的反抗殖民
者的態度，深深的影響了林書揚。林書揚後來說，沒有行
動的思想就是唯心論，可以說就是莊孟侯影響下形成的。

　　莊孟侯光復後積極投身政治，擔任台南市三民主義青年團幹事長，但他對國民黨越來越不滿，批評越來越尖銳。二二八事件後，他被選入台南市處理委員會，以便在社會脫序情況下暫時維持秩序。國民黨增援部隊入台後，他和處理委員會的主席湯德章被捕，判死刑，湯德章立即被槍斃，莊孟侯因過去的抗日事蹟威名在外，又深得民心，改判無期徒刑，關了一年多，因病保外就醫，一九四九年九月去世。按林書揚的回憶，莊孟侯的思想越來越激進，出獄後尤其如此。就在他臨終的那一天，軍法局對他發下了新的逮捕令，罪名是「判匪謝雪紅的同黨」。莊孟侯生病期間，林書揚還看到他和麻豆的謝瑞仁交談，而謝瑞仁後來就是中共地下黨（台灣省工作委員會）麻豆地區的負責人，被捕後作為案首判死刑，而林書揚則因同案而被判無期徒刑。我們雖然不知道林書揚透過什麼途徑加入地下黨，但可以推測，莊孟侯對他的影響是非常大的。

　　莊孟侯最小的弟弟莊孟倫在抗戰前跑到大陸去，日本投降後回到台灣，成為國民黨在南台灣的重要人物，但他真正的身分卻是國民黨情報局的工作人員。讓林書揚更想不到的是，莊孟侯同時還兼具共產黨秘密黨員的身分。最後他因身分暴露而被國民黨逮捕，處死前備受酷刑。

　　從以上所述，可以了解林書揚自日據末期至二二八事件後的思想歷程。他成長於麻豆地區抗日的民族主義的傳統下，又受到農民組合運動的影響，又親炙了莊孟侯的教

導。有這種經歷作基礎，在二二八事件前後，有感於國民黨的腐敗，為了重建新中國，毅然加入共產黨地下黨，一點也不令人意外。

林書揚於一九五〇年五月被捕，其時他只有二十四歲，此後一直被關押了三十四年七個月，一九八四年年底才出獄。被捕時，他對馬克思主義的認識到底到什麼程度，我們現在已不可能知道。在三十多年的關押期間，他沒有自由閱讀的機會，思想只能隨著有限的客觀條件而成長。出獄以後，再過三年台灣隨即解除戒嚴令，在思想和行動上比較的自由。但作為假釋的政治犯，他也不可能像一般人那樣隨意行動。我個人對於林書揚的理解，大半來自於偶然的接觸和閱讀他的文章。據我有限的體會，我覺得有幾點值得談一下。

林書揚在〈遲來的春天──談談《資本論》的解禁〉（一九九一）的末尾，全文引述了馬克思十七歲時的高中畢業作文，然後評述道：

這是馬克思十七歲時的高中畢業作文。我們不是說這篇稚氣未脫的文章也是天才作品。但每當我們讀它的時候，總覺得有件事深深打動著我們的心。馬克思的一生正如這篇作文所述，早在少年時代他已經思考著這樣嚴肅的問題：唯有追求社會完善的個人實踐，才是個人的完善過程。以十七歲少年的領悟，那是何等的純真的。而更可貴的是，護著這份童真，他走到了生命的盡頭，沿路把它珠

玉般地鑲嵌在他的作品中。

在林書揚剛過世時，我的一個朋友跟我指出這一段，特別是「十七歲少年的領悟」是「何等純真」、「護著這份童真，他走到了生命的盡頭」這幾句。我的朋友說，其實這是林書揚夫子自道，他年輕的時候接受了一種理想，然後一輩子就「護著」它，一直走完他的一生。我聽了非常感動，而且知道他說對了。凡是曾經長期接觸過林書揚的年輕人，都非常信服他，不是因為他有什麼豐功偉績，而是信服他的人格。他有一種無形的氣質，讓你由衷的尊敬。

他從馬克思主義學習到，「唯有追求社會完善的個人實踐，才是個人的完善過程」。在現代的世界上，他用自己的生命史證明了，民族主義和社會主義是達到社會完善的、最重要的思想。他說：

前者（民族主義）代表著一個血緣和文化的歷史共同體處在外來強權的控制下無法自主決定本身的發展方向，因而必須以整體團結的力量爭回主體性，這樣的自然要求。而後者則首先代表著共同體中佔有最大的人口比例，承擔著最基本的社會生存手段的生產責任的勤勞大眾對更公正更合理更進步的社會正義的當然要求。

對於處在這一世界現實中的台灣人應該如何做人，他是這樣說的：

　　我們的族群所背負的歷史問題，也不是用摔開、割斷的方式能夠解決的。正面面對著它、苦撐下去，這樣的態度才是時代良心。承受而不是逃避時代的痛——不論是病痛還是產痛，一心祈望終能超脫它，這就是一時代的良知良心。

從民族主義的立場來講，企圖把台灣和中國割裂開來，逃避民族責任；從社會主義的立場來講，因為自己已生活在小康社會中，因而忘掉世界上還有很多勞動者生活在最低劣的條件下，這都是不應該的，不是一個有良知的人應有的態度。這就是林書揚一生的信仰。

　　當然，林書揚生活在具體的歷史條件下，他的理想幾乎沒有實踐的機會，被關在監獄中的一生最精華的那三十多年，只能在默默中忍受過去。然而，為了讓他的生命具有意義，他卻有他自己的「修練」之道。陳映真曾經談到，他在綠島時和林書揚某次在散步時的談話。監獄管理者規定，政治犯必須寫「自省自勉錄」，一般人都會寫一些雞毛蒜皮的瑣事交差了事，但林書揚卻認真的寫下他的所思所感。陳映真對他說，這樣恐怕會惹來無謂的麻煩，他沉默了一會，獨語似的說：

　　如果對自己最起碼的真實勇氣都喪失了，我要到那裡去得到力量，支持我渡過這漫長的二十五年，支持我渡過前頭漫無終點的囚人的歲月？

即使知道自己的理想沒有實踐的機會，他仍然堅持他所相信的。我的一個朋友還跟我說，林書揚出獄後，每當中國統一聯盟或勞動黨有集會或遊行時，他一定參加，而且確實執行分配給他的任務。有些老政治犯，會因為這些活動幾乎毫無社會影響力，而漸漸懈怠下來，但林書揚從未如此，他總是以最積極、最熱心的態度參與。他相信他的想法是對的，他相信這些活動是應該舉辦的，他就認真去做。他是為自己的理想而行動，他不是為實際效果而行動，他要為自己的想法而負責。因此，表面上看，林書揚的一生似乎沒有做出什麼事情，但實際上，他一直在行動。我的朋友的理解是非常正確的，一個人不能改變歷史條件，卻可以按自己的想法渡過自己的一生，起碼這是對自己有意義。這就是思想者和行動者合一的林書揚。

林書揚自一九八四年年底出獄，至二〇一二年十月十一日深夜病逝，總共又渡過近二十八年的歲月。其間他參加了許多活動，寫了無數文章（他的文集超過 1500 頁），但他在台灣社會幾乎是默默無名。不過，他仍然存活在跟他接觸過、跟他學習過的當年的一些青年心中。其中兩個人曾給我寄來了他們個人的懷念文章，下面就引述一些。

有一個這樣說，他剛到綠島時，

第一次見到從青春坐牢到白頭的老同學，便肅然起敬。他們之中有部份人或多或少染上憂鬱症，但更有一部

分人，像林書揚一樣，大有要把黑牢坐穿的氣概，冷靜淡然，雖憂無懼。看到他們，我們也吃了定心丸，不久，我們有些新來的年輕人，逐漸變得跟他們一樣，在崇高的信仰中得到力量。林書揚給我們上的第一課就是超越，超越渺小的自我，擔當起歷史的使命。

他又說，經過長期的學習，他從林書揚身上掌握了四個原則：第一，要有強烈的社會主義祖國意識，台灣絕不可與祖國分離；第二，凡事要有全局觀點；第三，要經常注重思想學習，要有策略觀念；第四，自覺擔負使命，要有崇高的獻身熱忱。他所說的這些，可以印證我們前面對他的評述。

　　另外一個談到，林書揚獨特的教導方式。有一次他問林書揚，「何謂國家？」林書揚回答，「國家是階級的統御及反統御行為。」問他何謂「法律」，林書揚回答，「法律是階級關係的界定」。林書揚的說法和他所學習的任何政治學教科書迥然相異，讓他突然「洞曉」了一切社會現象背後的真相。林書揚曾談到，莊孟侯要他翻閱一位日本著名的馬克思主義教授編的社會科學辭典。從林書揚對這位年輕人的回答中，林書揚終於透過辭典中的社會學名詞的定義，同時也透過他一生的經歷，深深的了解到「國家是階級壓迫的工具」這一著名論斷。

　　由於從小聰明過人，又勤於學習，喜愛思考，林書揚對他極其艱苦的一生是了然於胸的。有一次，我跟他有比

較長的交談機會，就想探問他如何涉案，如何被捕。沒想到他跟我上起歷史課來，從日據時代的農民組合運動，講到麻豆如何成為這一運動的中心；又從國共內戰講到韓戰後東、西兩大陣營如何形成冷戰格局，台灣又如何被美國劃入它的勢力範圍內。我可以體會他的意思：他的一生只不過是這一歷史過程的小小的棋子，要談就要談大歷史，不要太在意個人的命運。

跟林書揚聊過天的人都有這樣的印象，他從不發牢騷，也從不訴說自己受過的苦難，但也絕對不是默默的承受歷史命運的播弄的人。他勇敢的躍入他所認識到的歷史的洪流中，盡力去做自己認為該做的事，正如他自己說的，護著少年時代理想的童真，走過了他的一生。

送高信疆先生，一個純真、善良的愛國者

　　高信疆先生走了，只有六十五歲，他原本可以活得更久的。這幾天我一直在想著他，為了他，我有一次在酒後大發脾氣，把我家裡的大陸客人和台灣客人嚇得目瞪口呆。酒醒後我深自懊悔，一直在想，我為什麼為高信疆的死難過成這個樣子——我終於想通了。

　　高信疆是被二十年來瀰漫於全台灣的「反中國」氣氛給逼死的。一個善良而愛國的中國人，無法忍受這種毫無人性的對於中國的蔑視（難道他們不是中國人？），被逼困居於一個死角，終於下決心逃離台灣，到北京生活，但終始鬱鬱寡歡，就這樣死了。

　　我雖然只見過他三次，但前後兩次都留下極其深刻的印象。我必須把它寫出來，不然，我還會再難過一段更長的時間。

　　我們第一次見面是在一九九○年代的後期，當時台灣的反中國勢力極其囂張。高信疆仍如既往，西裝筆挺，領帶顏色鮮明，頭髮梳得一絲不亂，始終面帶微笑，聲音柔和而緩慢。唯一的不同是，二十年前籠罩在他頭上的強大光環只剩下一點點極其微薄的光暈。二十多年前我還在讀碩、博士，每天必讀《中國時報・人間副刊》，就像所有

渴望追求民主的青年知識分子一般。《人間副刊》的許多
文章震醒了我們長期麻痺的頭筋，我們開始慢慢睜開眼睛看
著自己從小生長的環境，我們嚮往新的生活，心中充滿熱
血，渴望行動。作為一個媒體人，高信疆因為主編這一份
副刊，成為台灣文化、思想界的領航人，一九七○年代，
是高信疆的年代，就像一九六○年代是李敖的年代一般。

一九九○年代後期，我們第一次握手的時候，在一般
人心目中，他只是一個稍具知名度的文化人。我當然深知
他的過去，對他心存感激。他溫和而親切的跟我講話，那
時候我剛以強悍而不妥協的文學評論而獲得一點微不足道
的名聲。我不太能理解，他為什麼對我這麼親切。

活動結束，他邀請我到他家聊天，我更感意外，極力
推辭。我知道他經濟條件好，家裡一定寬敞、舒適，我這
個不修邊幅的老煙槍不會在那環境裡感到舒服。他解釋
說，我另有一個小套房，一人獨居，不會打擾任何人。我
跟著他走了。

他買了一大袋啤酒。他的房間大約有三十平米，到處
散放著書籍和 CD，只能坐在他的書桌邊聊天。看到這種
環境，我立刻安然就座，放開所有顧忌。

我有一肚子困惑。他跟我說，他太太看到他不願跟人
見面，特地為他準備這個套房，讓他可以獨處一室。他一
面喝啤酒、一面抽煙，不停的講話。他說，他受不了外面
的政治氣氛。大家都在罵中國，台獨派罵，不是台獨派的
也罵，大家都瘋了一樣，他受不了。我一下子了解，他為

什麼在初次見面時就特地邀我這個小他五、六歲的後輩聊天，他知道我們是同類。

我的情緒一下高漲起來，長期鬱積心中的憤懣隨著噴湧而出。我不知道我們談了多久。大概是因為明天我還要上課，必須從台北趕回新竹，才不得不告辭。我們是在下午三、四點走進小套房，離開時台北滿城燈火，我心中充滿了淒涼之感。

他看過我談古典音樂的文章，他也喜歡古典音樂，話題在這裡繞了很久。他問我，聽不聽中國人演奏的古典樂。我說，聽過一次傅聰的現場，很失望，此後再也沒試過。他說，應該聽大陸某某人、某某人。一面講，一面拿出一片片 CD 給我看，告訴我某某的可以在這一張聽到，某某的可以在另一張聽到。我說，高先生，你就這麼一張張的去搜集？他說，當然，當然，這是我們中國人的演奏，不可不聽。我簡直呆住了，不知道該說什麼。

我完全認識到他的孤獨。我看到了一個比我更孤獨的人。

第二次見面在北京，我們一團人到北京，陳映真先生帶隊，他來看我們，主要來看老朋友陳映真。他已在北京定居，一點也不想回台灣。

第三次也在北京，我一個人來開會，會後一如既往，到萬聖書店買書，買完書到咖啡部喝咖啡休息。我一面翻看書，一面抽煙，突然就看見高先生走進來。我非常高興，馬上站起來迎過去。我們彼此問詢近況。不久，一位

大陸文化人走進來，走到高先生坐處，握手，彼此交換名片。我看出他們經人介紹，約定在這裡見面，我就告辭回座。我聽得到他們聊天，大陸朋友詢問一九七〇年代的台灣文化界，高先生開始談。我看出，大陸朋友逐漸喪失興趣，因為跟他想聽的頗有差距。大陸朋友開始談大陸思想界，主要就是他個人的思想，我立刻明白他的「傾向」，心裡想，糟了。果然，他越罵越凶，高先生開始為大陸辯護。這種過程我太熟悉了，當時的我已經知道，碰到這種狀況，馬上打哈哈，不用再談了。高先生顯然比我純真、善良，先是委婉的講，但語氣顯然越來越急切。我稍經遲疑，就走了過去。談話被我打斷。他幫我們介紹，我們互換名片。談話繼續下去，但我努力把它掌握在我的「設計」之下，最後在「良善」的氣氛底下三人分手。高先生臨走前一再說，下次到北京一定要找他，我說，一定，一定。當然，下次我沒找他，到北京就是要找談得來的大陸朋友交換資訊，兩個在台灣「失意」的人彼此在北京互訴苦衷沒什麼意思。不過，我很慶幸，那一次我有機會為高先生「服務」。高先生愛國熱誠感人，但他當時恐怕還不太理解，有些大陸同胞會把我們這種人看成「怪物」。這一點陳映真先生的感受更深。我學聰明了，專找比較願意聽我講話的大陸朋友談。

我由此知道，高先生在北京不會很痛苦，但也未必很快樂。

去年年底，風聞高先生得癌症，我有一點擔心，但認

為，他一向風度翩翩，看起來年輕得很，病狀應該是早期
發現，何況他這麼好的人，不會有問題。我很忙，又與他
的交遊圈毫無交集，也無從探聽，我久已拒看台灣報紙、
電視，要不然我就會知道他已回台灣治病，非常不樂觀。

　　我再聽到他的消息時，他已去世十多天。我拿著朋友
送給我的《亞洲週刊》，看完了兩頁的專門報導，呆呆坐
著，表情木然，把我太太嚇了一跳。

　　在這篇報導裡，有人說，「當一個世代過去以後，
再多的力挽狂瀾也於事無補，很多人不了解晚年的高信
疆……」似乎是高信疆自己落後於時代。根本不是！是台
灣社會突然刮起一陣怪異的狂風，把高信疆、陳映真、顏
元叔（退休的台大外文系教授，已移居大陸）、郭冠英
（被馬英九點名批判、因此被免職的新聞局小官員），還
有我，還有一些我們彼此不知道的人，刮得東倒西歪，一
個個如風中蘆葦，但卻莫名其所以。這些人都是堅定的中
國人，在驚詫、掙扎之餘，都成為大海中被海浪不斷沖刷
的一個個小孤礁。其中就數高信疆最善良、最脆弱，他
永遠無法理解，怎麼有那麼多「中國人」（包括「台灣
人」、「外省人」、還有一些大陸人）會那麼蔑視自己的
祖國。在我心目中，高信疆是這一群互不相識的人中最值
得同情的。

　　這篇報導有一半篇幅專訪李敖，我才知道他們從小就
是朋友。從李敖的談話看起來，李敖也可能不太了解高
先生因「過度愛國」而產生的鬱結心情（李敖還有「反

共」情結，高信疆完全沒有）。不過，談到高先生的臨終狀態，李敖說：「最後我想他有一點覺悟吧，我到醫院、到他家裡不只一次看他，我發現他還好，很灑脫，很了不起。」我認為，李敖這一段話應該基本合乎實情。

為什麼呢？據報導，一直到四月二十日醫院才放棄治療，也就是說，此前高先生是清醒的。所以，他一定知道○八年奧運的巨大成功，也知道金融大海嘯，知道中國挺住了。他不可能不知道這些對中國的意義。

大約在二○○五年以後，我感覺到，身邊無形的壓力逐漸減少，因為中國的強大已經非常明顯，台灣知識界的熟人不知不覺在改變對待我的態度，我的眉頭逐漸開朗，酗酒的情況明顯有所改善。由我推想及高先生，他回台治療時，當然比離台遠走時心境好得多。自己的國家站穩了，台灣的歧視大大減緩了，這是很好的。要是我知道，我一、兩年內會死，雖然會有點不甘心，但現在死，要比一九九九或二○○四死好太多了。我會死而無憾。高先生的愛國真情，不知要超過我多少，當然可以走得「很灑脫」。

我要在心中默默地說：高先生，安息罷，祖國再也不需要你為他擔憂。

2009 年 5 月 18 日凌晨三點半一氣寫完，下午三點修改

懷念顏元叔教授[*]

上週的一次朋友聚會中，我偶然聽到顏元叔去世的消息，內心受到很大的震動。自從知道他移居大陸以後，一有機會我就問別人是否知道他在大陸的地址，但沒有人能夠回答。我心裡也想，這事也不是很急，總會探聽到。潛意識裡似乎覺得，顏元叔身體很好，說不定我們哪一天還會在大陸再見。總之，幾年來我常常想起顏元叔，也一直在尋找他，但不能說很積極。現在好啦，他走了，還有什麼好說的。

我個人對顏元叔的感情是很難用言語來表達的，說了別人也不能體會。我感到奇怪的是，每當我偶然在別人面前提起顏元叔時，別人都會認為，我提了一個不值得一提的話題。我感覺到，顏元叔好像徹底被台灣文化界遺忘了，或者說，台灣文化界根本就從未存在過顏元叔這個人。

兩、三年前，文訊雜誌想要為台灣文學的研究者建立一個資料庫，初步計畫是先選五十個人。我和其他兩位比我年輕的著名的教授受命擬定名單，再彙整討論。在見面討論時，我發現他們兩人的名單中都沒有顏元叔，我只能說我感到震驚。這不是說，他們兩人認為顏元叔沒有資格

*　原刊《文訊》第 328 期，2013 年 2 月。

列入五十名之中，而是，他們連顏元叔這個名字都沒有想起來。然而，也不過在四十多年前，顏元叔卻是台灣文壇大紅特紅的評論家，連續十年之間做了很多事情，引起很多爭論，儼然台灣文壇漩渦的中心。而現在，一切了無痕跡，好像水面上從來就沒有產生過這樣的波瀾。

顏元叔一九六七年得到美國威斯康辛大學英美文學博士學位，隨即回到台大外文系任教，那一年我進入台大中文系就讀。一九六九年顏元叔擔任外文系主任，我進入大三。那時候，中文系有一批學生團結在柯慶明周圍，想要為研究中國古典文學尋找一種新方法，而顏元叔也就在那幾年不斷的寫文章，評論台灣現代文學和中國古典詩，他的文章常會引起我們的注意，引發我們的討論。我的學長和同學的情況我並不很清楚，但顏元叔的每一篇新文章，只要我知道，都是必讀的。顏元叔的批評文集，從《文學的玄思》（1969）到《社會寫實文學及其他》（1978），十年之間出了七本，只要一出版我就買。我在台大七年，除了中文系少數兩、三位老師，還有學長柯慶明，就屬顏元叔對我的影響最大。

就我的記憶所及，顏元叔在台灣最紅的那幾年，他做了好幾件事。第一，他想要有系統的評論台灣的當代作家，曾經為五個詩人（余光中、洛夫、羅門、葉維廉、梅新），三個小說家（白先勇、於梨華、王文興）寫過專論。我認為，他企圖為戰後台灣文學作個總評。遺憾的是，由於他的詩學觀點和創世紀詩社南轅北轍，他和洛夫

等人徹底鬧翻，這個工作並沒有繼續下去。他這些文章，連同夏濟安、夏志清的評論，是我早期學寫批評文章的範文。三個人之中我比較偏愛顏元叔，他的論點鮮明，文筆清晰，跟我的個性比較相合。我後來在《小說與社會》中評論了我認為當時最重要的六位台灣小說家，實際上是延續了顏元叔的工作。我所以沒有寫詩人評論，也是因為看到顏元叔做這種工作所惹出來的麻煩。

顏元叔對台灣現代文學一些看法，現在已經很少人記得。但有兩點我覺得應該提起。首先，他曾經以重炮攻擊台灣現代詩某些重大缺陷，並以嘲笑的口吻說，所謂新詩，就是稿紙寫一半。現在大家都還記得，唐文標和關傑明所引發的現代詩論戰，但很少人知道，顏元叔其實是先驅。其次，他是捧紅王文興的《家變》的人。《家變》在《中外文學》連載時，可說罵聲不絕。《家變》連載結束，顏元叔立刻發表長篇評論〈苦讀細品談家變〉，徹底改變了大家對這本小說的看法。王文興自己就說過，沒有顏元叔，《家變》不會這麼轟動。我認為，顏元叔的這篇文章是他最好的評論。這篇文章對我影響很大，有了它我才能寫出《小說與社會》中的那一篇王文興論，我自己覺得，這是我最好的小說批評。

顏元叔的第二個工作和第三個工作是和台大外文系的同事創辦《中外文學》雜誌和比較文學博士班。這兩個工作是彼此關聯的。顏元叔認為，外文系的學者不應該只是研究外國文學，應該關心本國的文學；運用西方的理論和

方法來論述自己的文學，才是外文系學者應做的工作。同時他也認為，沒有一本優良的文學雜誌，本國的文學就不可能得到健康的發展。由此可見，顏元叔是具有使命感的人。我們不應忘記，一直到一九七〇年代前期，《中外文學》始終是台灣文壇的最重要刊物之一，當時對文學有興趣的人，很少不看這本雜誌的。

顏元叔的第三個工作是，努力譯介西洋理論，他花了兩年多的時間譯出了衛姆賽特（William K. Wimsatt, Jr.）和布魯克斯（Cleanth Brooks）合寫的《西洋文學批評史》（1971 出版）。本書中譯稿多達五十五萬餘字，而且非常難譯。顏元叔說，他的父親將全稿修改了兩次，以便讓譯文更接近可讀的中文，他自己也修改了兩次。一九六、七〇年代，很多人談論西方理論，但很少人願意像顏元叔這樣下苦工夫搞翻譯工作。我曾經花了整整兩個月的時間，對著英文原著將全書細讀一遍。從此以後，我才敢讀西洋理論。而且在對讀的過程中，我還發現，譯錯的地方並不多。書所以難讀，是因為理論實在很不好譯。顏元叔的這個工作，我到現在還深深感念。此外，他還在一九七三年主持翻譯了一套西洋文學批評術語叢書，共二十本。這套書主要是由外文系的年輕老師和研究生翻譯的，水準參差不齊，但對我還是很有用。我有許多西洋文學知識是從這套書學來的。（這套書的英文版第一批出二十本，接著又陸續出了一些，台灣並沒有繼續譯下去。後來大陸好像全套翻譯了，只是我無法買全。）

　　一九七四年七月，在學習七年之後我離開了台大，那時候顏元叔還是很紅。我常聽到關於他的一些耳語，知道有人私底下叫他「屠夫」，大概因為他為人有霸氣，文章也寫得凶悍。還有人更不客氣的稱他「市儈」，這是批評他貪財好利。我只關注他的工作和文章，不怎麼在意這些流言是否屬實。現在我已經了解了，一個人在最紅的時候，是不可能沒有毀謗和流言的，何況顏元叔一向我行我素，根本不在意別人的批評。

　　據我後來的體會，顏元叔的沒落和兩件事有關。一九七一年的台大哲學系事件，他沒有表態支持官方，有人不高興，因此沒當上文學院院長。同時就在那一段時間，他開始提倡社會寫實文學，再加上以前他對現代詩的攻擊，實際上，他和後來興起的鄉土文學精神上多少有相通之處。我還記得，他曾在一九七三年的《中外文學》發表〈台灣小說裡的日本經驗〉，這篇文章比林載爵那一篇著名的〈台灣文學的兩種精神〉還要早幾個月出現。因為以上種種，當鄉土文學進入全盛期後，他的處境就變得非常尷尬。為了自我澄清，他曾帶頭攻擊具有階級意識的「工農兵文學」，以便努力為他所提倡的「社會寫實」文學留下一片清淨地。即使如此，反對鄉土文學的人仍然有人暗示說，他為鄉土文學當了開路先鋒；而鄉土文學陣營的人，也不可能接受他那種溫和的立場。在兩邊不是人的情況下，一九七〇年代中期以後，他就逐漸離開文壇的風暴圈，主要改寫雜文，成為名噪一時的散文家。

　　但顏元叔並不想以散文家的身分終結他輝煌的事業。他說，人一進入五十，就應該寫一本大作。他最先的想法是，分析中國古典詩中的一些名作，把他的所學奉獻給中國文化。在這之前，他這方面的文章由於喜歡談論詩中的性意象而備受攻擊，現在他又犯了一個更嚴重的錯誤。一九七七年十二月他發表了一篇〈析杜甫的詠明妃〉的文章，居然把這首耳熟能詳的名作誤記了兩個字，而且還洋洋灑灑的據此分析了數千言。這一下就產生了群起而攻的局面，他雖然公開道歉，有人還是不依不饒，而且還有監察委員想提案彈劾。當時我為顏元叔感到惋惜，但我認為，他只是太過自信，相信自己的背誦能力，不肯再查一遍書，而犯了大錯，這根本無損於他的學識和能力。但不少人認為，顏元叔完了，沒有人會再重視他了。

　　一九八三年，我買到顏元叔剛出版的厚厚一本巨著《英國文學：中古時期》，七十萬字。我讀了他的后記，才知道，他現在全心全力想要為中國人寫一大套英國文學史，共分七大部，每部七十到八十萬字，預計五年完成。看了這樣的后記，我真是既感動又感慨，這個頑強的顏元叔是不可能被擊垮的，他還想做事。這之後，我等他的後面幾部等了好幾年，一直沒等到，就沒有再注意了。現在為了寫這篇文章，翻查他的著作目錄，才發現他在一九九五到二〇〇二年之間出版了四大部《莎士比亞通論》，分別評述莎士比亞的歷史劇、悲劇、喜劇和傳奇劇，最少的 676 頁，最多的 967 頁。由此可見，他雖然沒

有按原計劃完成全書，但總字數和他原定的設想也已相差不遠。我完全沒有料到，在最孤立的八、九○年代，他還能寫這麼多，真是了不起。

九○年代以後，顏元叔開始在《海峽評論》傾瀉他那激情澎湃的民族情懷，我沒想到我們最後會以這種方式產生了感情上的共鳴。我也在《海峽評論》寫過幾篇文章，他曾寫過一封短信給我，讚許其中的一篇。有一次我們同時參加大陸的活動，但分乘不同的車子，我遠遠的看到他，特別跑過去跟他打招呼，這是我最後一次見到他，估計應該是十三、四年前的事了。

顏元叔哪一年把他的生活重心移轉到大陸，我現在還不清楚，但我能理解他的心情。有一件事我想在文章的最後提一下。一九八○年十月二十四日，在鄉土文學論戰結束、美麗島事件發生一年多以後，顏元叔在中國時報人間副刊發表了一篇〈也是鄉土，更是鄉土〉，其中有一段是這樣說的：

在台灣談台灣的鄉土，應該包括一切真正愛台灣的人。泥土本無情，有情是人的腳跟踩進去的，指頭按捺進去的，膝蓋跪壓進去的。當你在這個地方，當你為這個地方，流了汗，流了血；這汗與血的灌注是亙古以來的自然祭禮；那淌流血汗的人與這承受血汗的土地，其間建立的盟契。沒有行灌注禮的人，不算鄉土之民；行過灌注禮的人，是過客亦變成了鄉民。鄉土是一種愛；愛這塊泥土，

這塊泥土就變成鄉土；作踐鄉土的人，雖然營厝三代，永遠只是闖入者。鄉土不是專利，於是豈可壟斷——台灣的鄉土屬於一切愛台灣的人。

　　我的學生蔡明諺跟我說，這一段話講得真好，真感人，到現在還有警示作用。是啊，顏元叔是無愧於台灣這塊土地的，他曾在這裡流了汗、流了血，做了很多別人沒有做過的工作，他是值得我們懷念的。

2013.1.12

補記：在寫這篇文章時，剛好收到蔡明諺寄來的新作《燃燒的年代——七○年代台灣文學論爭史略》（台灣文學館出版）。這本書有許多篇幅談論顏元叔，幫助我確定一些日期，提供我一些資料，對顏元叔有興趣的人可以找來參考。

顏元叔的現實關懷與民族情感 *

　　顏元叔是一個很容易遭到誤解的人，這大半要歸因於他的為人風格與行文方式。2008 年 4 月他為大陸版的散文選集《煙火人間》寫了一篇短短的後記，其中有一段是這樣：「我寫稿子，著眼於一個『錢』字，所得雖薄，亦有助於家計。職是之故，文章以娛眾為本，故多為雜文，娛人亦娛己也。偶有動感情處，發洩後即雲消霧散矣」（259）。根據這些話，我們是否可以說，顏元叔為了錢才寫作，他寫雜文也只是想讓人高興。如果就這樣解釋，那真是差之毫釐、謬以千里了。又如，他跟他的學生孫萬國寫過這樣的信：「在台灣這一群之間，我總算還像個樣子……我其實沒有什麼大志向，就是走我的路，吃我的飯；朋友之間能了解就了解，不能了解就打打哈哈……」（引自孫萬國 110）。這段文字的前半和後半本身就有矛盾，然而，我覺得兩句話都是真的。在台灣當時的知識分子中，他確實「還像個樣子」；然而，在台灣社會的條件下，他能幹什麼呢？於是只好聲稱自己「其實沒有什麼大志向」。這是抒情文，是不能死讀的。顏元叔罵孫萬國說：「你讀了四年文學，居然不會看文章」（引自孫萬國

*　原刊《中外文學》第 42 卷 1 期，2013 年 3 月。

109），這是有感而發，並不純粹針對孫萬國。

孫萬國在上一期的《印刻》雜誌上發表了〈追念「一個不平衡的人」〉，真是把顏元叔的個性寫活了。據我所知，顏元叔照顧過一些學生輩，但到目前為止，好像就只有孫萬國寫了這麼一篇真誠的懷念文章，確實擔當得起顏元叔所稱讚的「義氣」（孫萬國 107）。不過，我雖然佩服孫萬國的直言直語，也深深了解他對他的老師的情意，但我仍然覺得，他未必能體會顏元叔最後二十年的心情。「人豈易知哉！」我把孫萬國的文章仔細讀了兩遍，不由得發出這樣的感慨。顏元叔喜歡賺錢，也知道如何賺錢；顏元叔喜歡罵人、諷刺人，甚至不給人留餘地，這都是真的。但他絕對不是「市儈」，也絕對不是「屠夫」，他是台灣極少數真正具有熱情的人。他敢於罵、敢於恨，因為他有極明確的是非觀念。請看這一段文章：

由於「交征利」，由於牟利高於一切，由於野蠻的資本主義潛伏在每一個人的內心；上焉者便告貸、冒貸、呆帳、來會、倒會；中焉者，便貪汙、回扣、紅包、插花；下焉者便偷工減料、農藥亂灑、上大下小（請看裝箱水果）、面光裡爛（請看各店各攤的水果籃）。總歸處處要佔人便宜，以欺騙，以巧取，以豪奪，莫不是想多賺你幾文。用吊白塊把你毒死——管你是同胞還是非同胞；用氧化鉛速成皮蛋教你鉛中毒——「那關我什麼鳥事！」於是乎，鋼筋用小一號小二號，澆水泥多和便宜砂，屋子大概

會倒,那是以後的事,現在只管撈他一票:老闆撈大票,監工撈中票,工人撈小票。上中下一齊撈,危樓怎不倒!(〈倒塌的根由〉16)

沒有真感情的人能寫出這種文章嗎?——這不只是會寫文章、文章有霸氣而已。上面這一篇文章寫於 1980 年代的中期,那時候的顏元叔對台灣社會的現狀顯然非常的焦慮,這從他最後一本散文集《台北狂想曲》(1986 年)可以清楚的看出來。可是,他關懷台灣的社會現實,並不是從這個時候才開始。他回台灣從事文學評論之初,除了強調「文學是哲學的戲劇化」之外,還說,「文學批評人生」,那就是說,文學是要介入具體生命的。1973 年 6 月,他在《中外文學》2 卷 1 期發表〈期待一種文學〉,其中一長段是這樣批評台灣的文學現狀:「為什麼報紙副刊費如許篇幅登載歷史小說,再不然就是連篇累牘於大漠南北的綠林豪傑!一些自命高超的青年作家則孜孜於發掘內在空間,在河邊,在海傍,做一些人生真諦的幽冥沉思!否則,便是展示一顆淌血的私心,為個人的一聲哀嘆,淋漓著數千字的篇幅!」(14)。對於這兩種「古遠的」與「內在的」文學,顏元叔深致不滿,在文章的結尾處他高聲的呼籲:「讓我們的雙目注視著時下,近五年,近十年,近二十年;也必須使文學與當代產生相關性。是的,相關性是我們的要求,是我們的盼望。所以,我們期待的文學,應是寫在熙攘的人行道上,寫在竹林深處的農

舍裡」（17）。這一篇文章讓我深感意外，因為，這好像和只關心文學內在本質的「新批評家」顏元叔合不攏。直到這個時候，我才知道，他以前所說的「文學批評人生」並不是空話。這跟幾年以後才出現的「鄉土文學」，除了階級色彩不那麼鮮明（但其實還是關懷一般民眾）之外，已經差別不大了。以顏元叔當時的地位與名氣，他說這種話，是需要勇氣的。因此，當「鄉土文學」興起之後，為了區別於前者，他特別把自己的理論標明為「社會寫實主義文學」。

在1970年代的後半期，台灣文學左右兩派嚴重對立，導致鄉土文學論戰，這個時候的顏元叔真是處境艱難。我們且看當時的洛夫如何說：「在所謂『鄉土文學』及『社會寫實主義文學』雙重掩護之下，三十年代『普羅文學』意識形態的借屍還魂……」。再看朱西甯的說法：「便是顏元叔自認是他的新發現，一再為文來闡揚的『社會寫實主義文學』，也一樣的（被中共）拿來利用……」。顏元叔難道不知道，他的「社會寫實主義文學」和中共的「社會主義現實主義文學」在當時台灣的語境下，永遠不可能被區分開來。他企圖把自己和「鄉土文學」的階級色彩加以切割，卻不避諱他的口號和中共的官方術語的近似，從而授人以柄，這一點當時我也大惑不解。那時候顏元叔的反共立場是無可懷疑的，這一點反對鄉土文學的人都知道，但是，還是要拖他下水。的確，他關懷現實的強烈精神，畢竟是讓他們不安的。（關於這一

段時間顏元叔處境的詳細分析，請參看蔡明諺 263-78。）

　　孫萬國雖然是顏元叔非常照顧的學生，但在鄉土文學發軔之初就跟唐文標和尉天驄密切來往，思想上逐漸偏向鄉土文學。我雖然佩服顏元叔，但他畢竟背著國民黨和反共的沉重包袱，礙手礙腳，我也寧願跟著鄉土文學走。但我一直記得，顏元叔在整個鄉土文學論戰期間，當他意識到可能導致逮捕鄉土派的代表人物時，就沒有再充當打手；就像他在台大哲學系事件時，也沒有落井下石，反而站出來講公道話，他畢竟是值得尊敬的。不過，尊敬歸尊敬，我還是逐漸遠離了他，最後幾乎把他忘了。

　　後來，台獨派篡奪了鄉土文學的領導權，把它改造成台獨傾向的台灣文學，我在痛苦掙扎之後，決定加入陳映真領導下的中國統一聯盟。1990 年代初期，統盟的朋友告訴我，顏元叔也變成統派了，我才開始去讀他在《海峽評論》上的文章。我也知道，他的文章不但被大陸的左派刊物《中流》轉載，甚至還登到《內部參考資料》上。這樣，就開始了我對顏元叔的第二次認識過程。這個過程，直到顏元叔去世後，在翻閱他的一些舊文、在閱讀了以前沒有讀過的一些文章以後，才逐漸清晰起來。現在我可以肯定的說，文學評論家顏元叔始終不變的兩個原則是，文學要反應社會現實，而且，文學要有民族立場。我們不要忘記，早在 1973 年，他就把一本文集命名為《談民族文學》；而在鄉土文學論戰的高潮，他竟然把另一本新出的文集叫做《社會寫實文學及其他》（1978）。顏元叔是有變化與

發展（最大的變化是由反共變成親共），但這兩個原則是不變的。也許我們會怪罪於顏元叔的變化太曲折複雜，有時候也太突然，以致於不可理解。但反過來說，正是因為我們沒有理解顏元叔的個性和信念，我們才沒有掌握到他的兩個基本原則，因此也就沒有看到真正的顏元叔。

我們且來看看早期的顏元叔如何談論文學中的民族因素。他說，電影《秋決》是三十年來最佳的國片，因為《秋決》非常深刻的把握了中國人普遍的民族意識，即傳宗接代的觀念和自我犧牲的精神，這樣的道德情操西方人不可能理解，所以在西德的國際影展未能入圍一點也不用訝異（見〈《秋決》：民族藝術〉）。他又說，中國現代詩必須找到自己的形式，一方面可以完成自己的生長，一方面要承續中國詩歌的傳統，「我們的詩人若完全缺乏追求形式之意願，完全缺乏一種文學的歷史意識，完全缺乏一種承先啟後的責任感，則詩形式也許永無出現之日」（見〈對中國現代詩的幾點淺見〉150）。也就是說，沒有民族文化的歷史責任感，現代詩不可能成熟。他又認為，「當今的中國作家可能需要以意志力去發掘中國的民族意識，認識這種意識，力求了解這種民族意識如何不同於他國的民族意識」，而不要「懶憊依附在外國主義的影響下」（見〈談民族文學〉6）。以上這些例子是要說明，即使在顏元叔最熱衷於新批評的時候，他也從來沒有忘記文學中的民族感情。他是一以貫之的民族主義者，對他來講，民族主義高於一切（除了極抽象的人道主義）。

一個國民黨黨員，兩代都忠於國民黨，並且在共產黨得勝後，不得不逃亡海外或台灣，最終卻願意基於民族主義的立場，承認共產黨的貢獻，這在海外可能比台灣多一點，在台灣，顏元叔就是最顯著的例子。民族的立場高於黨的立場，這一點都不難理解。不理解顏元叔的人，其實是因為不理解中國苦難的現代史，不理解絕大多數中國人在長期備受欺凌與侵略之下所自然形成的強烈的愛國心。請看顏元叔如何悼念他的父母：「爸爸媽媽都生於活於死於中國史上大變亂的時代，千萬人飽嘗妻離子散的悲劇，他們倆能在兒子的懷抱中去世，我也終於如願以償，抓住了最後一刻，抱住了臨終的雙親，我何其幸運，這是要感激上蒼的」（《煙火人間》258）。這是顏元叔把中國現代史歸結在他們一家的遭遇中的真心感受，他也以同樣的感情來表達他對十幾億大陸同胞的感謝，因為沒有大陸同胞近幾十年的吃苦與奮鬥、甚至奉獻與犧牲，中國根本就不可能達到今天基本太平、基本豐足的成就，並讓他以身為中國人為榮。這種感情明確的表現在《海峽評論》的文章上。這不是無的放矢，也不是在台灣這塊土地上對著大陸同胞數十年所受的苦說風涼話。他的文章並不只有像《中流》這種左派刊物才歡迎，實際上還感動了海內外許許多多有共同逃難經驗和共同受辱經驗的中國人，因為這是植根於一百多年歷史的深厚民族感情的表現。

　　顏元叔什麼時候才從一個國民黨立場的民族主義者，變成一個超越黨派立場的民族主義者（他的親共是為了民

族主義），我到現在還不太清楚，但肯定要經過一段思想
的轉換過程。遺憾的是，自 1986 年他在台灣出版最後一
本散文集《台北狂想曲》，到他在 1991 年 2 月在《海峽
評論》上發表第一篇文章〈向建設中國的億萬同胞致敬〉
的五年時間內，他沒有再出過任何一本書，至於有沒有在
報刊上發表什麼文章，現在一時也沒時間查考（我不會
上網搜尋）；不過可以肯定，他大半時間保持沉默，因為
在八十年代中期，他已表示對寫雜文感到厭倦。我只能推
測，八十年代後半期他對台灣政局越來越失望，因為我自
己也正是在那一段時間，隨著台獨勢力的興起而越來越焦
躁，最後在 92 年決定加入中國統一聯盟。我們兩人公開
自己的統派立場，時間只相差一年，表面上是巧合，其實
是有深刻的時間背景的。在那一段台獨勢力急遽坐大的過
程中，「中國」竟然成為台灣社會共同蔑視的標靶，這是
任何有中國民族感情的人所無法忍受的。89 年「六四」
以後，「中國」竟然成為全世界最野蠻的國家，而崩潰的
蘇聯所受的苦難卻沒有人同情，這是我們這種人不能理解
的。從此以後，我就變得非常情緒化，動不動就酗酒，
酗酒後就跟人吵架。我就是用這種心情來閱讀顏元叔的
文章，來理解他文章中的「暴戾」風格，並且非常「同
情」，因為我在他的表面粗暴的文字中看到我一幕幕酗酒
罵人的景象。當然，大家可以批評說，我們都發瘋了，但
現在有誰反省，我們是以自己已有的一點點財富而「驕其
國人」並把這些國人視為異類？有誰反省過這種勢利眼、

這種挾外（美國）以自驕、並認為自己已足以跟白種人比肩，不但瞧不起「中國人」，甚至瞧不起任何有色人種？這是怎麼樣的一群人啊！我有時候都會感嘆，他們竟然是我的同胞，而我們的心竟離得那麼遠，我為此不能不感到痛心。我相信顏元叔也是這樣子，因此他才會把他的、從美國回來的高中老同學斥為「狗華人」、「老漢奸」，還把他趕出家門（孫萬國 103）。我也曾一言不合就把一位極尊敬我的學生罵哭，並且把他趕出去。這都是不堪回首的往事，再提這些，只是因為孫萬國文章的後半連篇累牘引述顏元叔《海峽評論》上的「名句」，不知是諷還是褒的對顏元叔表示不解。我最無法接受的是，他對顏元叔去見鄧力群之事大加嘲諷。孫萬國應該知道，「六四」之前鄧力群就已失勢，連共產黨中央委員都選不上，顏元叔在 94 年去見他，根本不可能撈到什麼好處。而且孫萬國還忘了，一個可以把蔣介石的題名照片放在桌下蒙受灰塵、又可以拿著蔣經國的名言開玩笑的人，怎麼可能會在意一個已經失勢的共產黨二級領導是否褒揚他？

孫萬國告訴我們，2010 年 5 月顏元叔生前最後一次接受採訪，在電視上說：「中國強大了，我的生命就完美了，就可以打一個 full stop（句號）」（108 註 65）。我一直在想像，顏元叔死的時候一定了無遺憾，現在得到證實，我很高興，也很欣慰。

2013 年 3 月 6 日

引用書目：

朱西甯。〈鄉土文學的真與偽〉。《聯合報》1978 年 2 月
　4 日：12 版。

洛夫。〈詩壇風雲：這一年詩壇的回顧與檢討〉。《聯合
　報》1978 年 1 月 1 日：12 版。

孫萬國。〈追念「一個不平衡的人」：顏元叔〉。《INK
　印刻文學生活誌》9.7（2013 年 3 月）：92-113。

蔡明諺。《燃燒的年代：七〇年代台灣文學論爭史略》。
　台南：國立台灣文學館，2012。

顏元叔。《煙火人間》。台灣學人散文叢書。上海：上海
　人民出版社，2008。

——。〈向建設中國的億萬同胞致敬：讀何新先生文章有
　感〉。《海峽評論》2（1991 年 2 月）。<http://www.
　haixiainfo.com.tw/SRM/2-5969.html>。

——。《社會寫實文學及其他》。台北：巨流，1978。

——。〈《秋決》：民族藝術〉。顏元叔，《談民族文
　學》141-48。

——。〈倒塌的根由〉。《台北狂想曲》。台北：九歌，
　1986。15-18。

——。〈期待一種文學〉。顏元叔，《談民族文學》13-17。

——。〈對中國現代詩的幾點淺見〉。顏元叔，《談民族
　文學》149-60。

——。《談民族文學》。台北：學生書局，1973。

——。〈談民族文學〉。顏元叔，《談民族文學》1-11。

葉嘉瑩先生的兩首詩*

　　2013 年 11 月，台灣有個文教基金會邀請葉嘉瑩先生回台，幫她做九十大壽。葉先生生於 1924 年，按傳統算法，2013 年確實是九十歲。做壽的場面非常浩大，很多葉先生在台灣的老學生都來了，真是盛會。前一天還是前兩天，基金會安排葉先生在台灣國家圖書館辦一個演講，演講廳很大，但還是座無虛席。演講時間我在淡江大學本來是要上課的，但我一想葉先生九十歲，我也六十六了（虛歲），什麼時候還有機會聽葉先生演講，所以我就向淡江大學申請調課，專程去聽她演講。葉先生演講兩小時，始終站著，從頭到尾聲音都沒有減弱，讓我們這些老學生非常佩服，又非常高興，知道葉先生的身體還是很好的。

　　在葉先生回台之前，我的一位朋友就已買到葉先生的口述自傳《紅蕖留夢》，他要求我把這本書拿去給葉先生簽名，我很高興在生日宴會時找到機會讓葉先生簽了名。這本書現在還留在我手邊，還沒有還給我的朋友。

　　我有空就翻閱《紅蕖留夢》。葉先生過往的事我多少知道一些，所以就採取跳讀的方式，專找我不熟悉的先

---

* 本文刊登於 2016 年 2 期《讀書》時，題為〈「他年若遂還
　鄉願，驥老猶有萬里心」〉。

讀。葉先生的一生有很坎坷的部分，但也很幸運，常常有師長、學生、朋友以及海外漢學家幫她的忙，讓她能在困境中找到出路。這本口述自傳是在她晚年生命力最旺盛的時候口述的，講話的語氣沒有她中年時候的那種孤憤的激情，現在的讀者如果不知道葉先生以前的事跡，可能會覺得葉先生一生都是很幸福的。其實遠遠不是如此。葉先生是在 1978 年回國教書以後，才逐漸達到她生命的高峰的。她的燦爛的晚年是她有意的選擇所促成的。現在葉先生在大陸譽滿全國，她所作的任何演講都有錄音，都有人幫她整理成書，都能暢銷，而這些是她一生坎坷的經歷的累積，再加上她為追求自己生命的安頓，在艱難的條件下，下定決心選擇自己所要走的道路，所導致的結果。看到葉先生這樣的生命追求，真是讓我無限嚮往，讓我對她產生深厚的感情。

關鍵是 1978 年。兩年前葉先生的長女和女婿結婚才三年，就出了車禍同時過世，葉先生非常痛苦。葉先生說，「事後我把自己關在屋裡，很多天不肯見人。我不願意讓外人看見我哭哭啼啼的，聽別人說一些同情的話，在接連數十天閉門不出的哀痛中，我寫下了哭女詩十首。」她的長女是和她同甘苦共患難的，她的先生被關在政治牢中的時候，她必須獨立撫養女兒。她在中學上課時，沒有人照顧女兒，她必須把嬰兒車推到教室後面，然後她才上台講課。這個女兒從小就知道她生活的苦難以及她的寂寞，應該說，女兒的去世，把她平生最不為人知的隱痛都

帶走，從此以後，再也找不到像女兒那樣了解她的人，悼女詩的最後一首是這樣寫的：

從來天壤有深悲，滿腹酸辛說向誰。痛哭吾兒躬自悼，一生勞瘁竟何為。

葉先生坦言，她的婚姻是不幸福的，她的先生嫉妒她的才華，「我盡量希望把事情做好，可是他就是要把所有美好的東西丟掉」，對於這樣的男人她可以養他一輩子，「我吃苦耐勞的什麼都做，忍受著精神上的痛苦，承擔著經濟上的壓力。當然我是為了我們的家，也為了兩個孩子。」她的先生被關了將近四年，她帶著長女相依為命的度過那幾年。現在她的長女突然過世，讓她悲從中來。家已破碎，這就是她一輩子辛勞的成果嗎？女兒的猝然離世，引發她對婚姻失敗的悲苦，讓葉先生有「生何以堪」的感慨，這可以說是她一生最大的精神危機。

就在這個精神危機的時刻，剛好中國和西方的關係已經逐漸改善，她就想到要回國教書。1978 年春天，她給國家教委寫了申請書。「當我寫好了信就要到郵筒投寄。我在溫哥華的家門前，是一大片茂密的樹林。那一天我是傍晚黃昏的時候出去的，我要走過這一片樹林，才能夠到馬路邊的郵筒去投信。當時落日的餘暉正在樹梢上閃動著金黃色亮麗的光影，春天的溫哥華到處都是花，馬路兩邊的櫻花樹下飄浮著繽紛的落英，這些景色喚起了我對自己年

華老去的警惕，也更使感到了要想回國教書，就應爭取早日實現的重要性……當時滿林的歸鳥更增加了我的思鄉之情，於是我就隨口吟寫了兩首絕句」，其中第一首說：

向晚幽林獨自尋，枝頭落日隱餘金，漸看飛鳥歸巢盡，誰與安排去住心。

這裡不說「獨自行」而說「獨自尋」，是因為你在行走之中有一種尋思，一種思索。「枝頭落日隱餘金」，是說樹枝被落日染上的金色已經漸漸褪去，太陽就要落下去了。這是寫實的，同時裡邊也有象徵生命的意思。1978 年我已經 54 歲了（以上是葉先生自己的解說）。所以說「漸看」，是說慢慢的看著歸鳥回巢，看著他們都有歸宿，再想到自己，我要怎麼辦？這樣才能轉入下一句「誰與安排去住心」，我在海外漂泊數十年，誰能夠讓我的「去住心」有了最後的歸宿，不是應該回祖國教書嗎？因為這樣的思索、這樣的選擇，葉先生終於能夠得到最光輝燦爛的晚年。

在寫了前面所提到的《向晚二首》之後不久，葉先生又寫了《再吟二絕》，其中第二首說：

海外空能懷故國，人間何處有知音。他年若遂還鄉願，驥老猶存萬里心。

第一句的「空能懷故國」，是說在海外只能懷念祖國，而不能實際報效祖國。第二句的「人間何處有知音」，是說不能暢所欲言地給學生們講我所熱愛的古典詩詞。這是葉先生自己的解釋，實際上我對這兩句，還有另外一層的解釋。你在海外、甚至台灣，如果過度表達中國情懷，人家甚至會不高興，未必海外或台灣人人都熱愛祖國，你的感情甚至會遭至嘲諷，有時還會遭到辱罵。第三、四句當然不需解釋，大家都能理解，我讀這首詩時，已經年滿六十五歲，按規定是可以退休了，雖然我可以再延長五年，但我不想延了。我不想再在台灣教書了，我決定接受重慶大學的聘書，到大陸客座半年。葉先生說，「驥老猶存萬里心」，她寫詩時五十四歲，而我讀詩時已六十五歲。我深受感動，覺得六十五歲再到大陸教書，未為晚也。後來，我在重慶的客座又延了一年，要不是我母親年紀已大，我還想繼續教下去。

上面這兩首詩，我一讀再讀，決心背下來。如果我還是二十歲，這一點都不難。但是現在年齡老大，剛背下來，過兩天就忘了，在兩個月內我隔幾天就覆誦一次，現在我大概可以隨口背出來了。讀葉先生的《紅蕖留夢》，這兩首詩最讓我感動。

最後，我講一件至今難以忘記的事。1999年慶祝開國五十週年，並舉行閱兵，我們中國統一聯盟有十多人受邀參加慶典，住在北京飯店。十一前一晚，接待人員告訴我們，明天早上一大早就要出發，繞小巷子步行至少

四十分鐘，才能走到指定要我們坐的位置。接待人員希望我們早一點睡覺，以免第二天體力無法應付。第二天一大早我們就走出飯店，其中有年過七十的陳明忠和林書揚，還有跟他們年齡相仿的一些台灣老政治犯，還有六十二歲的陳映真，以及五十一歲的我（我算是較年輕的）。我們都精神奕奕的，非常興奮，準備迎接馬上到來的慶典。走著走著，從一條小巷子繞到另一條小巷子時，從第三條小巷子也走出一群人，我跟陳映真馬上看到葉先生。陳映真雖然大我十一歲，但也是葉先生的學生，他在淡江大學讀書時，上過葉先生的大一國文。他繳給葉先生的第一篇作文，後來發表後就成為他的第一篇小說〈麵攤〉。我們兩人急著跟葉先生打招呼，葉先生很高興，一面走一面聊天，一直走向天安門，走到閱兵台才分手。這是我們三人的一次奇遇，我一直沒有忘記。

2004 年南開大學為葉先生辦八十大壽，2014 年南開大學又為葉先生辦九十大壽，我本來都準備去的，後來都沒去成。現在只能寫這篇小文，為先生壽。

2015.12.1 下午

代跋：我在「人間」十二年

　　一九八五年，陳映真創辦了《人間》雜誌，為了印行《人間》雜誌，同時成立人間出版社。《人間》雜誌發行的四年時間，人間出版社在台灣文化界聲名卓著。一九八八年，因為經濟負擔沉重，《人間》雜誌不得不停刊。人間出版社雖然持續存在，但由於陳映真的統左派立場已經無人不知，他所出版的書籍，除了少數例外，一般銷路都不好。漸漸的，人間出版社也為人所淡忘。

　　到了二○○六年，陳映真個人的生計已經成為問題，他只得應聘到中國人民大學擔任客座教授，準備移居北京。在我們看來，人間出版社當然只好結束營業。但出人意料的，陳映真卻找上年長他八歲的陳明忠先生，要求陳老出面繼續維持人間出版社。兩位陳先生具有深厚的革命情誼，我不知道陳映真是如何說服陳老的，陳老還是扛下了這個重擔。

　　有一天，陳老突然到我家來，告訴我，陳映真跟他講，出版社由他（陳老）頂著，具體業務交給呂正惠去辦，陳老問我：你接不接？這讓我完全楞住了，一時不知如何回答。

　　回顧一下我個人跟陳映真的關係，就可以了解，我為什麼會不知所措。一九九二年我加入中國統一聯盟，由於

我從大學時代就開始閱讀陳映真的小說，對他非常景仰和尊敬，所以在統盟開會見面時，我一直維持後輩的禮數。從一九九八年起，陳映真開始辦兩岸文學交流活動，每次我都是他的主要助手，我們逐漸有了私交。陳映真的朋友非常多，即使有人因他鮮明的政治立場而離開，在統左派內部，他還是非常重要的領袖。在他身邊做事，我常感受到複雜的人際壓力。最後，我選擇逐漸疏離，他離開台灣之前的幾年裡，我們見面的次數並不很多，聚會時我也盡量少發言。

所以，當陳老告訴我，陳映真要我接辦人間時，我真是大吃一驚。那一天我跟陳老聊了很多（我跟陳老聊天比跟陳映真聊天輕鬆多了），發現陳老只是試探性的詢問時，我就委婉地拒絕了。

後來他們找了另一個人，這個人也很好，但他是做生意的，不太了解文化，又因為為人作保被牽扯進債務糾紛，為了不影響人間出版社，主動辭職。這個時候陳老再次來到我家，我知道我必須接受，就點頭了。我接手的時候，陳映真已經在北京，所以確切時間應該在二〇〇六年六、七月間。

接人間時我還在淡江大學擔任教職，每週七、八小時的課，還要指導研究生，夠忙的。人間出版社離我家有一段距離，每次去出版社都是我太太用摩托車載我去，兩邊奔波，頗為辛苦。後來，我太太在我家附近找到一間空房，租金比較便宜，我們把出版社搬過來，我可以隨時到

出版社，才免去這個麻煩。

接下來是如何出書的問題。陳映真出的書大多很「硬」，而且書名就已表明立場，銷路當然不好。書如果賣不出去，就說不上影響。所以，我決定出比較「軟」的書，文字清淺，而又能訴諸感情。我每個月買許多大陸書，各種各類都有；而且，我在大陸的朋友越來越多，他們也可以介紹，選書不成問題。

台灣的閱讀人口不多，見聞又不廣，如何引發他們的興趣，是個大問題。我就想，何不親自寫序介紹，公布在出版社的網站上，供人參考。就這樣，出一本書寫一篇序。累積了一段時間之後，學生或朋友見面時常談到我的序，有的序還傳到大陸，登在大陸網站上，我居然變成寫序專家了。有一位朋友開玩笑的跟我抗議：人家讀了你的序，就不看我的書了。

學生和朋友一直勸我出書，我老是等待著，以為還不夠。近兩年，整理好陳明忠的回憶錄《無悔》，寫了一篇長序；又寫了一篇相當長的文章，評論日本學者杉山正明的兩本書；然後，連續為么書儀、賀照田的書作序，比較完整的表達了我對新中國發展道路的看法；這幾篇我都比較滿意，終於覺得可以了。恰好就在這個時候，大陸有一家出版社提出要為我出書，還建議了書名《寫在人間》。我很喜歡這個名字，爽快的就答應了。

正在編這本集子時，我接到一項新任務：出版《陳映真全集》。《陳映真全集》的編輯工作其實早就在進行，

由新竹交通大學亞太文化研究室的陳光興教授主持，得到
香港亞際書院的資助，也得到陳映真夫人陳麗娜女士的全
力支持。但搜集資料的工作接近完成時，原本同意出版的
一家大出版社突然表示不想出了。

最後陳麗娜女士決定把《全集》交給人間出版社出
版，我當然義不容辭。我找了陳老（陳明忠），陳老也支
持，我就開始進行了。沒想到，工作才開始啟動，突然接
到陳映真去世的消息，原本是作為他八十壽辰的獻禮，現
在變成是他逝世一年後的紀念，工作時間非常短，我的壓
力非常的大。

出版《陳映真全集》真是讓我備受煎熬，主要是剛開
始時，經費毫無著落，但如果不及時動手，一年內肯定無
法完成。我說服太太，把我們微薄的積蓄先投進去。幾位
朋友和學生也表示，必要時他們會無息借錢給我，如果賠
了錢也願意共同承擔損失。後來經費終於到位，但他們的
友情我還是會永遠銘記。《全集》終於如期出版，光興的
亞太研究室、香港亞際書院、光興推薦給我的編輯團隊負
責人宋玉雯，絕對功不可沒。我的貢獻只有一項：在沒有
把握時不顧風險蠻幹下去。

但是我卻有意想不到的收穫。

一九八〇年代末，台獨勢力日漸坐大。八八年陳映真
適時地和一群朋友組織中國統一聯盟，率先撐起「統派」
的大旗。對我而言，旗手陳映真比起小說家陳映真更讓我
佩服。四年後我加入統盟，我們成為同志。對於過去的陳

映真迷來說，陳映真成為統派的領袖，讓他們感到困惑、憤怒，甚至視之如寇讎。小說家陳映真和政治的陳映真中間橫陳著一條大鴻溝，他們無法跨越。對我而言，這完全不成問題。

但我從來沒有思考過，小說家陳映真如何會成為既左又統的陳映真。我和陳映真比較密切來往以後，我所以會對他有所「誤會」，以致於逐漸想要疏離，其中原因之一就是，我對陳映真寫作與思想發展的「一致性」並沒有真確的認識。在我的內心裡，小說的陳映真和政治的陳映真還不是水乳交融的。

近年來趙剛對陳映真的解讀，讓我意識到我的疏失，我在〈一九六〇年代陳映真統左思想的形成〉一文中已經比較詳細談論過。在這一次出版全集的過程中，我又進一步了解到，根本不可能把陳映真這個人限制在「小說家」或「作家」這樣的頭銜中。陳映真是一個無法歸類的人，他生長在國、共內戰的氛圍中，很早就意識到台灣再度（第一次是割讓給日本）被迫與祖國大陸割離的歷史意義：這是二戰中的戰勝國美國悍然介入中國內戰，企圖分裂中國、企圖困死社會主義新中國；這又是西方帝國主義在中國抗戰勝利之後最近一波的對中國的侵犯。這樣，我對陳映真一生的作為，對既寫小說又寫政論的陳映真「豁然貫通」了。因此，我又寫了兩篇文章，全面探討陳映真一生的作為，並指出出版《陳映真全集》的特殊意義。

這三篇文章都是匆忙完成的，後兩篇尤其如此，還不

能視為定稿，但我迫切希望把三篇收進《寫在人間》這本書中，這樣，三篇文章也就成為「為人間出版社寫作」的一個暫時的句點，使這個書名變成非常適切。

十一年說長不長，說短也不短，從五十八歲到六十九歲的這一段歲月，留下的最主要的痕跡竟然是我辦人間出版社這一件事，真是令人詫異不已。我不知道當年陳映真透過陳老（陳明忠）「逼迫」（我很難拒絕陳老）我接辦人間時是怎麼想的，但是，回顧這一段歷程，我感到很欣慰，這是為我一生中「進步」最大的十年——不少朋友對我說，我的文章越寫越好，我希望他們說的有一些真實。

我寫文章，很在意稿面的整潔、乾淨，寫起來很辛苦。後來我太太學會電腦打字，我對手稿就不那麼重視，因為可以在電腦裡隨時修改。後來我乾脆不寫了，我一面「口授」，我太太一面打字，完全沒有手稿。這本書全部由我太太打字，再長的文章也都如此，所以這本書可以說是我和我太太共同完成的。按照西洋習慣，我就把這本對我具有特殊意義的書獻給我太太罷，因為再沒有比這本書更適合題獻給她了。

2017 年 11 月 15 日

大陸版的《寫在人間》未能如期出版，現在這本書是《寫
在人間》精選集，所以就把這篇〈跋〉稍加修改，挪過來
放在本書的末尾。我主持「人間」十二年，這是第一次為
自己出書，而且還是自費。

2018 年 5 月 25 日補記

國家圖書館出版品預行編目資料

走向現代中國之路 / 呂正惠作. -- 初版. -- 臺
北市：人間, 2018.11
462面 ; 14.8x21公分
ISBN 978-986-96302-2-1(平裝)

1.中國當代文學 2.言論集

820.7   107017646

走向現代中國之路

作者	呂正惠
發行人	呂正惠
社長	陳麗娜
總編輯	林一明
執行編輯	曾芍筑
封面設計	仲雅筠
出版	人間出版社
	台北市長泰街59巷7號
	（02）2337-0566
郵政劃撥	11746473・人間出版社
電郵	renjianpublic@gmail.com
排版印刷	龍虎電腦排版股份有限公司
總經銷	聯合發行股份有限公司
	新北市新店區寶橋路235巷6弄6號2樓
	（02）2917-8022
初版一刷	2018年11月
ISBN	978-986-96302-2-1
定價	480元